문학사의 섶자락

김용직(金容稷)

경북 안동에서 출생하였으며 서울대 문리대 국어국문학과를 졸업하였다. 동대학원 석사 및 박사학위를 취득하였다. 서울대 인문대학 교수를 역임하였으며, 현재 서울대학교 명예교수, 대한민국학술원 회원으로 있다.

저서로 『韓國近代詩史』(1・2권) 『韓國現代詩史』(상・하권) 『한국문학을 위한 담론』 『북한문학사』 『한국 현대문학의 좌표』 『해방직후 한국시와 시단의 형성 전개사』 등과 한시집 『碧天集』 『松濤集』 『懷鄕詩抄』 등이 있다.

푸른사상 평론선 14

문학사의 섶자락

인쇄 2014년 4월 10일 | 발행 2014년 4월 16일

지은이 · 김용직
펴낸이 · 한봉숙
펴낸곳 · 푸른사상사
주간 · 맹문재 | 편집, 교정 · 지순이 · 김소영

등록 제2-2876호
주소 서울시 중구 충무로 29(초동) 아시아미디어타워 502호
대표전화 02) 2268-8706~7 | 팩시밀리 02) 2268-8708
이메일 prun21c@hanmail.net
홈페이지 www.prun21c.com

ⓒ 김용직, 2014

ISBN 979-11-308-0217-6 93810
값 25,000원

이 도서의 국립중앙도서관 출판시도서목록(CIP)은 서지정보유통지원시스템 홈페이지(http://seoji.nl.go.kr)와 국가자료공동목록시스템(http://www.nl.go.kr/kolisnet)에서 이용하실 수 있습니다. (CIP제어번호 : CIP2014010467)

푸른사상
평론선

14

The skirt of Literary History

문학사의
섶자락

김용직

푸른사상
PRUNSASANG

적지 않게 지각한 상태에서 내가 학부에 진학한 것이 1950년대 중반 기였다. 처음부터 한국문학 전공을 지망했는데 학부 생활이 몇 학기 겹친 다음 나는 일종의 정신적 공황상태와 직면했다. 한국문학 전공 중 현대문학 분야를 택한 것까지는 좋았다. 그 다음에 내가 세부 전공으로 택할 수 있는 지적(知的) 빈터가 발견되지 않았다. 현대 희곡·연극에는 이미 그 분야에 선두주자가 있었다. 비평, 소설사에도 사정은 그와 비슷했다. 그 단계에서 내가 발견해낸 것이 시의 역사 쓰기였다. 돌이켜 보면 올해로 내가 한국 현대문학 연구를 지망하고 나선 것이 꼬박 예순 해에 이른다. 본래 나는 천성이 명민한 편이 못 되며 또한 일을 처리하는 데 민첩하지도 못하다. 그런 터수로 민족문학의 대동맥에 해당되는 우리 시의 역사 쓰기를 꾀하다가 보니 그 사이에는 적지 않은 시행착오가 나타났다. 나만이 맛본 연구자의 애환도 수없이 거듭되었다. 여기에 담아본 몇 편의 글은 그 갈피에서 겪은 일들을 제재로 삼은 것들이다.

제1부의 네 편은 최근 10년 동안에 이루어진 것들이다. 그 어조가 논설조로 되어 있으나 내용은 그보다 더 통속적이다. 애초부터 본격담론으로서가 아니라 시골 사랑방의 한담 정도로 생각하고 쓴 것이니 심심파적거리로 읽어도 무방한 것들이다.

제2부의 일곱 편은 그대로 서사여적(書舍餘滴)에 속하는 것들이다. 이 몇 해 동안 나는 대학의 동창들이 모여서 내는 수필동호인 모임에 관계

해왔다. 또한 육당(六堂)과 춘원(春園) 등 작고 문인들의 연구모임에도 참여하여 빈자리가 생기면 내 나름의 생각을 피력하고, 질의 토론에도 참여한 바 있다. 여기에 담긴 글들은 그 갈피를 메우기 위해 작성된 것들이다.

제3부에 실린 글들 역시 그 작성 동기는 2부의 경우와 거의 같다. 양자 사이에 차이가 있다면 앞서 두 개 장과 달리 화제의 초점을 춘원 이광수 쪽으로 한정하였다(마지막의 글은 예외). 따라서 이 부분 역시 대수로운 내용은 없는 것으로 보아도 무방하다.

피력하기조차 부끄러운 일이지만 나는 50대에 접어들면서 시력이 현저하게 저하되었다. 지난해부터는 그 정도가 더욱 심하여 얼마 안 되는 시간 동안 책을 읽는다든가 관계 자료를 살피는 데도 적지 않게 신경을 써야 한다. 그런 내 사정을 감안하여 이 책의 최종 교정은 고맙게도 이상백 시인이 맡아주었다. 그밖에 바쁜 일과를 치르는 가운데 해를 넘기면서까지 이 책의 발간에 힘이 되어준 여러분들에게도 감사한다.

이것으로 나는 열 권이 넘는 책을 푸른사상사를 통해 발간하게 된다. 거듭 내 일을 위해 시간과 정력, 재정상의 부담을 무릅쓰게 된 한봉숙 사장과 편집부의 면면들에게 고개를 숙여 감사하는 바이다. 이제 우리는 또 하나의 해를 보내고 맞았다. 새해에는 묵은 해의 안개가 깨끗이 걷히고 우리 모두의 앞길에 푸른 하늘, 밝은 햇살이 가득하게 쏟아지길 빌고 바라는 마음에 이 책을 낸다.

2014년 4월
관악산 명예교수연구동 한 자리에서
김 용 직

/// 머리말 •5

제1부 창조와 전략

식민지 체제하 한국시의 민족적 저항 • 13
— 김소월(金素月)과 이육사(李陸史)를 중심으로
1. 약간의 전제 • 13
2. 김소월의 경우 • 14
3. 이육사의 경우 • 22

창조와 전략 — 시조 창작을 위한 몇 가지.문제 • 35
1. 문학사의 위상 • 35
2. 시조의 양식적 특성 • 35
3. 내면의 깊이와 기법의 문제 • 38
4. 엇시조, 사설시조, 연시조(連時調)의 문제 • 43

전기 연구의 논리와 실제 • 48
— 김원모, 『영마루의 구름—춘원(春園) 이광수의 민족보존론(民族保存論)』과 『춘원의
광복론, 독립신문』에 대하여
1. 주목되는 전기 연구 • 48
2. 춘원과 '송아지' 혼동 • 49
3. 민족의식의 좌표 설정 문제, 2 · 8선언과 일제 말의 굴절 • 56
4. 『백범일지(白凡逸志)』는 춘원 원작인가 • 65

근대시 형성기의 춘원(春園) 이광수(李光洙) • 75
1. 들머리의 말 • 75
2. 신체시의 양식적 특성과 이광수 • 77
3. 이광수의 초기 작품—「옥중호걸(獄中豪傑)」, 「곰」, 「우리 영웅(英雄)」 • 82
4. 점진주의자의 시. 상해체험 이후의 작품세계 • 88
5. 저항자의 귀국과 미완(未完)으로 끝난 민족시 • 104

제2부 문학사의 섶자락

문학사의 섶자락 • 121

  1. 벽초(碧初)와 『수호지(水滸誌)』 • 121

  2. 김기진(金基鎭)과 민촌(民村) 이기영(李箕永)의 『고향』 • 124

  3. 모윤숙(毛允淑)의 시혼 • 127

나의 Nym Wales 읽기 • 131

  1. 망명, 반제 투쟁자의 기록 • 131

  2. 님 웨일즈와 김산의 만남 • 132

  3. 조선인 반제 · 저항투사의 일대기 • 135

  4. 김산에게 비친 상해임정시대의 이광수 • 140

나도향(羅稻香)과 안동 • 147

  1. 『문단 30년사』 속의 나도향 • 147

  2. 스물네 살의 보통학교 교사 • 148

  3. 나도향의 근무학교 • 149

  4. 임청각, 동흥학교 교사 나도향 • 153

내가 읽은 정지용 『문학독본(文學讀本)』 • 160

  1. 천둥벌거숭이 중학생 • 160

  2. 정지용의 『문학독본』 입수 • 161

  3. 모리배라는 말과 C랑(娘) • 163

  4. 고전과 한시 번역 솜씨 • 166

육당(六堂)의 「자열서(自列書)」 읽기 • 170

  1. 반민특위와 육당(六堂)의 자기 변론서 • 170

  2. 건국대학 교수 취임 문제 • 171

  3. 학병 권유 강연 • 174

  4. 한일동조론자(韓日同祖論者) 아닌 민족사 연구자 • 177

  5. 육당에 의한 우리 고대사 바로잡기 시도 • 182

「처용가(處容歌)」 다시 읽기 — 양식론적 시각을 중심으로 • 189
1. 양식적 성격 • 189
2. 향가 「처용가」의 대비 • 190
3. 「처용가」의 구조 분석 • 193
4. 「처용가」 양식의 문학사적 의의 • 197

정월 나혜석(晶月 羅蕙錫)의 인간과 예술 • 204
1. 모범생 나혜석, 동경 유학 • 204
2. 최승구와 나혜석 • 206
3. 나혜석의 소월(素月) 사랑 사유 • 209
4. 예술과 생활의 상극(相剋), 그리고 여성 해방의 시도 • 213
5. 남녀평등의 실현, 상호보완론과 끝자리의 말 • 219

제3부 한 줄기 바람에도 흔들린

나의 춘원(春園) 소설 읽기 • 223
1. 어느 문화 배경 • 223
2. 등잔불을 아낀 시절 • 223
3. 몰래 넘겨본 『이순신(李舜臣)』 • 225
4. 『단종애사』를 읽을 무렵 • 228
5. 춘원 비판, 좌파의 시각 • 230

춘원의 『허생전(許生傳)』 • 234
1. 거인의 문학 • 234
2. 김동인(金東仁)의 시각 • 235
3. 편차를 가진 비판, 허생의 등장 • 238
4. 고전적 제재가 선택된 이유. 또는 올바른 소설 읽기의 길 • 242

한 줄기 바람에도 흔들리는 — 이광수(李光洙)의 친일 굴절에 대한 생각 • 247
1. 애국애족의 발자취 • 247
2. 돌발 현상으로 나타난 친일굴종(親日屈從)과 그 수수께끼 풀기 • 248
3. 기술비평의 시각과 민족보존론 • 250

4. 해외 발간 자료의 발견과 가설의 설정 – 초전시체제제하 춘원이 가진
　강박관념　　　　　　　　　　　　　　　　　　　　　　• 253

R. 타고르와 춘원 이광수　　　　　　　　　　　　　　　　• 258

　1. 하나의 예외　　　　　　　　　　　　　　　　　　　• 258

　2. 타고르의 수입, 소개 여건　　　　　　　　　　　　　• 259

　3. 중개자 진학문(秦學文)　　　　　　　　　　　　　　• 260

　4. 춘원(春園)의 타고르 수용　　　　　　　　　　　　　• 263

춘원(春園)과 봉선사(奉先寺)　　　　　　　　　　　　　• 270

　1. 역사의 격랑(激浪)과 더불어　　　　　　　　　　　• 270

　2. 봉선사, 광동학교(光東學校)　　　　　　　　　　　　• 271

　3. 『돌베개』의 세계, 다경향실(茶經香室)　　　　　　　• 273

　4. 풀벌레가 우는 자리　　　　　　　　　　　　　　　• 276

다시 읽는 춘원(春園)의 도산 안창호(島山 安昌浩) 비문　• 280

　1. 춘원의 도산 섬기기　　　　　　　　　　　　　　　• 280

　2. 흥사단, 동우회와 도산, 춘원　　　　　　　　　　　• 281

　3. 춘원의 도산 비문　　　　　　　　　　　　　　　　• 284

　4. 춘원 작 도산 비문의 주석, 해독　　　　　　　　　　• 287

그리운, 그러나 이제는 돌아갈 수 없는 자리　　　　　　• 297
　　　── 나와 '문리대문학회(文理大文學會)'

　1. 파격적인 출범　　　　　　　　　　　　　　　　　• 297

　2. 제1회 '문학의 밤'　　　　　　　　　　　　　　　　• 299

　3. 『문학』 창간호 발간　　　　　　　　　　　　　　　• 303

　4. 『문학』 제2집　　　　　　　　　　　　　　　　　　• 309

　5. 그리운, 그러나 돌아갈 수 없는 마음의 고향　　　　　• 317

/// 찾아보기 • 321

제1부
창조와 전략

창조와 전략 ― 시조 창작을 위한 몇 가지 문제 전기 연구의 논리와 실제 ― 김윤모, 『염마루의 구름―韓國 이광수의 I ...민지 체계하 한국시의 민중적 지향 ― 김소월(金素月)과 이육사(李陸史)를 중심으로 1. 약간의 전제 2. 김소... 춘원의 광부론. 독립신문에 대하여 근대시 형성기의 韓國 李光洙 2. 신체시의 양식적 특성과 이광수 3. 이광수의 초기 시

식민지 체제하 한국시의 민족적 저항

■ 김소월(金素月)과 이육사(李陸史)를 중심으로

1. 약간의 전제

김소월과 이육사는 다같이 일제 식민지 체제하의 우리 시단에 등장, 활약한 시인이다. 두 시인 가운데 김소월은 정치나 사회문제와 거리를 가진 시, 곧 순수시의 갈래에 속하는 단형 서정시를 주로 썼다. 그 작품 경향으로 그의 시는 우리 주변에 민족적 현실과 무관한 것이라는 통념을 형성시켰다.

이육사에 대한 우리 주변의 평가는 김소월의 경우와 사뭇 다르다. 그는 시인이기 전에 먼저 민족해방투쟁의 대열에 섰다. 그는 20대 초에 이미 독립운동에 뜻을 두고 해외로 망명했다. 그 과정에서 무력투쟁단체에 참여했고 군사교육도 받았다. 이육사의 이런 이력은 한때 우리 주변에서 그의 모든 시가 항일 저항의 갈래에 들 것이라는 해석을 낳게 했다. 그러나 이런 통념들은 올바른 작품 해석에서 금기(禁忌)가 되는 지레짐작의 결과로 그릇된 것이다.

김소월의 작품에도 식민지 체제하의 민족적 감정을 바닥에 깐 것이 있다. 그 대표적인 시가 「초혼(招魂)」이다. 이제까지 우리 주변의 비평가들은 별 주석도 없이 이 작품을 애정시로 해석했다. 뿐만 아니라 8·15 직후 한때 우리 주변에서는 이육사의 「청포도(靑葡萄)」에 나오는 "청포를 입고 오는 손님"이 민족해방의 상징이라고 보는 견해가 퍼져 있었다.

단적으로 말하여 식민지 체제 속에서 민족운동을 전개한 사람들은 독립운동가이며 민족적 지사들이다. 모든 민족운동자들에게 일제의 기반에서 탈피, 곧 해방이란 "삼각산이 춤추며, 한강물이 용솟음치는" (심훈, 「그날이 오면」) 열망의 공간이다. 그런 국면을 맞이한 독립운동가가 고달픈 몸으로 고향, 또는 고국에 돌아온다는 것은 말이 아니다. 이런 사례가 가리키는 바는 명백하다. 이제까지 우리 주변에서 이루어진 식민지 체제하 항일 저항시 해석에는 상당한 오독(誤讀) 현상이 나타난다. 이 작업의 조그만 목표는 그것을 바로잡는 데 있다. 이를 통하여 민족적 수난기에 제작, 발표된 우리 시인들 작품의 올바른 읽기가 이루어졌으면 한다.

2. 김소월의 경우

한국 현대시를 공부하는 사람들에게 김소월은 참으로 매력적이며 자랑스럽기까지 한 이름이다. 그는 한국시단이 아직 서구 추수주의(追

隨主義)의 늪을 벗어나기 전에 우리말의 결과 맛을 기능적으로 살린 시를 썼다. 민요조 서정시라고 명명(命名)할 수 있는 「엄마야 누나야」, 「진달래꽃」, 「먼 후일」, 「예전엔 미처 몰랐어요」, 「가는 길」, 「왕십리(往十里)」 등은 오늘도 우리 모두가 읊조리는 애송시다. 그는 우리 민족의 주권을 일제에 의해 빼앗긴 시기에 우리 시단에 등장, 활약했다. 그가 태어나 자란 곳도 한반도의 북쪽 끝이어서 문단활동을 하는 데 좋은 여건이 아니었다. 그럼에도 그의 시는 발표와 동시에 시단 안팎의 두터운 사랑을 받았다. 일제 치하의 전 기간을 통해서 김소월처럼 많은 애송시편을 독자에게 끼친 시인은 달리 발견되지 않는다.

1) 「님」과 「초혼」

우리 시단 안팎에 끼친 호응으로 보면 김소월은 우리 모두가 받들어야 할 시인, 곧 국민시인으로서 이름값을 한다. 그런데 그를 국민시인으로 받들기에는 꼭 하나 아쉬운 점이 생긴다. 김소월이 살다간 시대는 일제 식민지 체제하였다. 일제는 우리 강토를 강점한 다음 곧 우리 민족의 노예화를 위해 우리 역사를 부정했으며 우리 민족의 경제적 토대를 뒤엎었고 오랜 전통을 가진 우리 민족의 역사와 문화를 부정, 배제했다. 마침내는 우리말과 글을 쓸 자유를 박탈해갔다. 이런 상황에서 김소월의 시는 대부분 사적(私的)인 세계에 머물렀고 선이 가는 목소리로 애정의 세계를 읊조린 듯 보인다. 한 민족의 존망(存亡)이 위기에 처했을 때 참다운 의미의 시인과 문학자가 그런 상황 권외(權外)에 설 수는 없다. 한 사회와 국가가 배제, 부정되는 상황을 시인이 외면하고

개인적 감정만을 다루어서는 안 된다. 이것은 명백하게 우리가 김소월을 국민시인으로 받들지 못하는 장애 요인으로 작용할 것이다.

앞에서 나타나는 논리적 한계는 김소월의 대표작을 다시 검토하는 것으로 그 돌파구가 열린다. 김소월은 그의 많은 작품을 통해 '님'을 노래했다. 그런데 그의 '님' 가운데 일부는 이성의 애인에 그치는 것이 아니라 그 개념이 나라, 겨레로 수렴되지 않을 수 없는 것이 있다. 이 경우의 좋은 보기로 떠오르게 되는 것이 「초혼」이다.

> 心中에 남아 있는 말 한 마디는
> 끝끝내 마저 하지 못하였구나.
> 사랑하던 그 사람이여!
> 사랑하던 그 사람이여!
>
> 붉은 해는 西山마루에 걸리었다.
> 사슴의 무리도 슬피 운다.
> 떨어져 나가 앉은 山위에서
> 나는 그대의 이름을 부르노라.
>
> 설움에 겹도록 부르노라.
> 설움에 겹도록 부르노라.
> 부르는 소리는 비껴가지만
> 하늘과 땅 사이가 너무 넓구나.
>
> 선 채로 이 자리에 돌이 되어도
> 부르다가 내가 죽을 이름이여!
> 사랑하던 그 사람이여!
> 사랑하던 그 사람이여!

2) 번역시 「봄」

「초혼」이 아닌 김소월의 다른 작품에도 비감에 찬 것이 있다. 「진달 ✦ 래꽃」, 「접동새」, 「먼 후일」, 「예전엔 미처 몰랐어요」 등이 그런 시들이다. 그러나 다 같이 비감에 젖은 것이라고 해도 「초혼」의 목소리에는 위의 작품과는 다른 격렬함이 내포되어 있다. 이런 사실에 유의하면서 우리는 김소월이 두보(杜甫)의 「춘망(春望)」을 번역한 적이 있음을 상기할 필요가 있다. 1926년 3월호 『조선문단』에 「봄」이라는 제목의 번역시가 수록되어 있다.

> 이 나라 이 나라는 부서젓는데
> 이 山川 엿태 山川은 남어 있드냐.
> 봄은 왔다하건만
> 풀과 나무뿐이어
>
> 오! 설업다. 이를 두고 봄이냐
> 치어라 꽃닢에도 눈물뿐 훗트며
> 새무리는 지저귀며 울지만
> 쉬어라 이 두근거리는 가슴아
>
> 못보느냐 밝핫케 솟구는 봉숫불이
> 끝끝내 그 무엇을 태우랴함이료
> 그립어라 내집은
> 하늘 밖에 있나니
>
> 애닯다 긁어 쥐어 뜯어서

다시금 떨어졌다고
다만 이 희긋희긋한 머리칼 뿐
인제는 빗질할 것도 없구나.

— 김소월 번역, 「봄」 전문

두보의 「춘망」은 본래 철저하게 외형률에 입각한 오언율시(五言律詩)
다. 율시는 엄격한 율격에 의해 쓰는 시로, 처음 두 줄과 마지막 두 줄
에서 자수(字數)와 평측(平仄)을 지켜야 한다. 그런데 이 시에서 두보는
그 규칙을 뛰어 넘어 "국파산하재/성춘초목심(國破山河在/城春草木深)"과
같이 철저한 병치 형태로 이 작품을 썼다. 김소월은 이 작품을 아주
심하게 의역으로 옮겨놓았다. 두 행으로 그칠 수 있는 첫 부분을 네
줄로 옮긴 것부터가 그 정도를 말해준다. 뿐만 아니라 "감시화천루/한
별조경심(感時花濺淚/恨別鳥驚心)"에 이르러서는 상당히 대담한 파격이
시도되어 있다. 역시 위 두 줄의 뜻을 살린 것은 2행과 3행, 곧 "꽃닢
에도 눈물뿐 훗트며/새무리는 지저귀며 울지만" 정도다. 그 앞뒤에 붙
은 "오! 설업다. 이를 두고 봄이냐"나 "쉬어라 이 두근거리는 가슴아"
는 "감시(感時)"나 "한별(恨別)"의 의역 형태에서 빚어진 것이다.

한마디로 소월은 두보의 작품을 거의 자의(恣意)에 가깝게 개작한 셈
이다. 그러면서 이 작품은 끝내 번역의 테두리에 들 수밖에 없는 단면
도 지닌다. 이 번역에서 소월은 원시의 의미 내용이나 형태에 충실하
지는 않았다. 그러나 그는 원시(原詩)가 가진 의미 맥락과 거기서 빚어
지는 어조와 어세를 최대한 살리고자 했다. 본래 「춘망」은 난리로 깨
어진 나라, 그런 처절한 상황 속에서도 어김없이 찾아온 계절과 그런
세월을 살아야 할 화자로서의 두보가 품게 된 감정을 가락에 실은 작

품이다. 그 비분강개한 어조가 특히 인상적이다. 심하게 원형을 뒷전으로 돌린 채 김소월은 이런 「춘망」의 의미 맥락과 어세를 최대한 살리고자 했다. 깨어진 나라에 대한 감정을 표출하는 데 역점을 둔 점이 그것을 말해준다.

김소월의 「초혼」과 두보의 「춘망」 번역 사이의 연계 가능성은 식민지 체제하에 직면한 우리 시인들의 의식세계를 살피는 경우 매우 뚜렷한 선을 긋고 나타난다. 앞에서 우리는 「춘망」이 비분강개한 어조에 속하는 점을 지적했다. 그런데 일제에 의해 우리 주권이 침탈당했을 때, 우리 시인 가운데는 이런 어조의 작품을 남긴 이가 드물지 않았다. 이상화(李相和)의 「빼앗긴 들에도 봄은 오는가」는 좋은 보기가 된다. 널리 알려진 대로 그 첫 부분은 "지금은 남의 땅/빼앗긴 들에도 봄은 오는가"로 시작한다. 이것은 그대로 "국파산하재/성춘초목심(國破山河在/城春草木深)"의 한국어 판이라고 해도 무방하다. 동시에 그 가락은 김소월이 남긴 번역시의 첫 부분과 아주 비슷하다. 여기서 간과될 수 없는 것이 「초혼」의 어세며 어조다. 비분강개의 목소리를 고조된 목소리로 노래한 점에서 「초혼」은 「빼앗긴 들에도 봄은 오는가」나 「춘망」의 번역을 능가하고도 남을 정도의 작품이다. 이 비감에 가득한 목소리가 사적인 차원에 그치는 것일 수는 없을 것이다. 그렇다면 여기서 "사랑하던 그 사람"이 함축하고 있는 뜻은 무엇인가? 여기서 우리는 한 가지 사실을 확인해야 한다. 그것이 시인도 일상적인 차원에서 태어난 사람이라는 사실이다.

말할 것도 없이 일상적인 차원의 인간은 슬픔과 아픔을 국가라든가 사회, 넓은 의미에서 역사와 결부시키는 상태에서만 터뜨리지 않는다. 매우 많은 경우 그들은 피붙이나 이웃, 친구와 애인의 죽음 앞에서도 가슴 밑바닥에서 우러나는 목소리로 울부짖고 통곡한다. 그렇다면 「초혼」에서 김소월의 목소리가 그런 속성의 사적인 차원이 아니라 공적인 개념에 연계된 것이란 논증은 어떻게 성립되는가. 이렇게 제기되는 의문을 풀어보기 위해 우리는 작품 밖의 정보와 함께 내재적(內在的) 증거를 아울러 살펴야 한다.

김소월의 시에 대비되는 이상화의 시가 식민지 체제에 대한 의식의 결과임은 그 첫머리가 "지금은 남의 땅"으로 시작한 점만을 보아도 넉넉하게 파악되는 일이다. 그런데 「초혼」이 아닌 다른 작품에서 김소월도 이상화에 넉넉하게 대비 가능한 식민지 의식을 가진 것으로 나타난다. 얼핏 보면 애정의 노래로 읽어버리게 되는 「팔베개의 노래」에서 그는 "조선의 강산아/네가 그리 좁더냐"라고 한 다음 "두루두루 살펴도/금강단발령(金剛斷髮嶺)"이라고 했다. 이것은 일제가 강점한 땅 어디에도 화자가 정을 붙이고 안주할 곳이 없다는 민족의식으로 유추가 가능하다. 「나무리벌 노래」의 화자는 고향이 "황해도 신재녕(新載寧)"이다. 그곳은 "올벼 논에 닿은 물"이 넘실댈 정도로 풍요의 땅이었다. 그곳을 쫓겨난 화자는 유랑민의 신세로 만주에 흘러들어가 "만주 봉천(奉天)은 못 살 곳"이라고 한다. 여기에 나타나는 주권상실 감정은 이상화의 경우를 능가하고도 남을 정도다.

3) 한(恨)과 민족적 저항

김소월에게는 피붙이를 폐인으로 만든 것이 일제라는 의식이 그의 마음 밑바닥에 잠재되어 있었다. 일제는 한일합방 전에 군사목적으로 경의선(京義線) 철도 공사를 했다. 공사 현장의 하나가 소월의 마을 가까이에 있었다. 소월의 아버지 김성도(金性道)가 당시 나이 갓 스물에 접어든 때였다. 김소월은 그에게 첫 아들이었는데 당시의 관습에 따라 아내가 친정으로 가서 그를 낳았다. 아들이 돌이 된 날, 그는 처가에 가져갈 선물을 잔뜩 말에 싣고 경의선 공사가 벌어진 공사판 옆을 지나갔다. 그것을 일본인 십장이 발견하고는 재수 없다고 멈추어 서게 하고 불문곡직으로 구타를 했다. 이때에 받은 충격으로 그는 끝내 정신 이상을 일으켜 평생 정상적인 생활을 못했다. 감수성이 예민한 김소월이 이런 사실을 성장 후에 무로 돌렸을 리가 없다.

이제까지 우리는 이런 사실을 지나쳐 버리고 「초혼」을 애정시의 하나라고 해석해왔다. 소월에게 많은 애정시가 있지만 예외가 없이 그 가락은 부드럽고 감미롭다. 그런데 「초혼」 바닥에 깔린 감정은 이미 검토한 바와 같이 이례적이라고 볼 수밖에 없을 정도로 격렬하다. 이역시 이 시가 사적인 세계와는 다른 범주에 들 것이라는 추측을 가능하게 만든다.

이제 우리는 필요로 하는 논리적 절차를 제대로 거쳤다. 그 결과 얻어낸 결론은 명백하다. 일제 치하의 각박한 상황을 무릅쓰고 김소월은 민족사적 현실을 외면하지 않은 시를 썼다. 그것을 저층 구조에 담아 읊어낸 것이 「나무리벌 노래」이며 「팔베개 노래조」다. 「초혼」도 그런 의식의 집약 형태로 보아야 한다. 그와 아울러 소월의 시에는 우리말의 맛과 결이 매우 기능적으로 교직되어 수많은 독자에게 넓은 메아리를 일으켰다. 이것으로 우리는 김소월을 국민시인이 될 수 있는 두 요건을 아울러 갖춘 시인으로 평가할 수밖에 없다. 오늘 그의 이름은 한국 현대시의 하늘에 내어걸린 펄럭이는 기폭에 비견된다.

3. 이육사의 경우

1) 시인의 경력사항, 초기 작품세계

일제 치하에서 산 시인으로 민족의식이 문제되는 경우 누구보다 앞서 그 이름이 일컬어져야 할 시인이 있다. 그가 바로 이육사다. 김소월이 문청(文靑) 출신의 시인이었음에 반해 이육사는 애초에 그와 다른 길을 걸었다. 이미 언급된 바와 같이 그는 20대 초에 주권 회복의 뜻을 품고 해외로 망명했다. 독립운동집단인 정의부(正義府), 군정서(軍政署) 등을 거친 다음 그는 무력투쟁단체인 의열단(義烈團)에 가입했다. 장진홍 대구은행 폭파 사건에 연루되어 2년 7개월 징역형을 살고, 전후 10여 차례나 연행 투옥되었다.

이육사가 우리 시단에 등장한 것은 1933년『신조선』을 통하여「황씨(黃昏)」을 발표한 다음의 일이다. 그의 나이 30세가 되었을 때로, 처음 그 작품세계는 밝은 편이기보다는 침울했으며 외향적(外向的)이 아니라 내향적(內向的)인 편이었다.

> 목숨이란 마치 깨어진 뱃조각
> 여기저기 흩어져 마음이 구죽죽한 어촌(漁村)보담 어설프고
> 삶의 티끌만 오래 묵은 포범(布帆)처럼 달아매었다
>
> ─「路程記」

여기서 "목숨"은 바로 시인 자신의 그것에 대비된다. 그것의 은유 형태가 "뱃조각"이다. 이런 매체에 수렴되는 정신의 색조가 밝은 것이라고는 생각되지는 않는다. 이 무렵의 이육사 시에서 또 하나의 특징으로 나타나는 것이 그 말들의 추상성이다. 이 시기에 발표된 그의 작품으로 소재를 즉물적(卽物的) 차원에서 노래한 것은 잘 나타나지 않는다. 많은 작품에서 이육사는 사물들을 사유화(思惟化)하고 심성화(心性化)시켰다. 이런 경우 보기가 되는 작품이 「연보(年譜)」다.

> 서리 밟고 걸어간 새벽 길 위에
> 간(肝) 잎만이 새하얗게 단풍이 들어
>
> 거미줄만 발목에 걸린다 해도
> 쇠사슬을 잡아맨 듯 무거워졌다
>
> 눈 위에 걸어가면 자욱이 지리라
> 때로는 설레이며 바람도 불지
>
> —「연보」부분

본래 연보란 시간의 순서에 따라 우리 자신의 이력사항을 적은 것이다. 이것이 일상적 언어 형태로 적힐 경우 그 내용은 별다른 유추과정을 거치지 않고도 손쉽게 의미내용이 파악될 수 있다. 그 기법으로 보아 「연보」는 아주 감각적인 언어를 사용한 작품이다. 특히 인용된 부분의 1연과 2연은 그 심상이 선명하기 그지없다. 그럼에도 이 부분에서 시인이 객관적으로 무엇을 말하고 있는가를 파악하는 일은 쉽지 않다. 이것은 이 작품이 상당히 강하게 심성화되어 있으며 정신화되어 있음을 뜻한다.

　이육사 작품에 나타나는 이런 특성은, 일찍이 우리 주변에서 그의 시 대부분이 일제 식민지 체제에 대한 상황의식의 결과라는 생각을 양산하게 만들었다. 어느 전문 비평가는 「황혼」의 "수인(囚人)"을 반제, 민족적 저항정신의 표상으로 해석했다. 이와 동일한 맥락에서 「한 개의 별을 노래하자」의 "별"을 "조국독립과 해방을 갈구하는 염원"의 상징으로 읽은 예도 있다.

　이육사의 「황혼」에서 화자는 "12성좌(星座)의 별들"과 "수녀", "사막을 넘는 행상대", "녹음 속 활 쏘는 토인(土人)"들에게 두루 "입술을 맡기고" 싶은 사람이다. 그러나 거기서 빚어지는 심상은 황혼을 바라본 나머지 느끼게 된 식민지적 궁핍 개념에 수렴되지 않는다. 그러니까 「황혼」이나 「한 개의 별을 노래하자」에서 "수인"이나 "수녀"는 민족적 저항의식의 전제가 되는 공적 감각이 사상된 채 나타나지 않는 것이다. 이것을 조국의 해방과 독립을 갈구하는 노래로 읽는 것은 시의 해석을 단어 주워섬기기로 오해하는 결과를 낳을 것이다.

　2) 「절정(絕頂)」 해석

　자칫 내향적(內向的) 분위기로 시종될 듯 생각된 이육사의 작품세계에 하나의 전기가 이루어진 것은 1940년대의 벽두부터였다. 이 해 『문장(文章)』 1월호에 이육사 대표작 중 하나로 평가되는 「절정」이 실렸다.

매운 季節의 채쭉에 갈겨
마츰내 北方으로 휩쓸려오다

하늘도 그만 지쳐 끝난 高原
서리빨 칼날진 그 우에 서다

어데다 무릎을 꿇어야 하나
한 발 재겨 디딜 곳조차 없다

이러매 눈 감아 생각해 볼밖에
겨울은 강철도 된 무지갠가 보다

　　　　　　　　　　　—「절정」 전문

　얼핏 보아도 나타나는 바와 같이 이 작품을 지배하고 있는 것은 위기감이며 극한 상황의식이다. 그 구체적 표현으로 지적될 수 있는 것이 "서리빨 칼날진 그 우에 서다"라든가 "어데다 무릎을 꿇어야 하나/한 발 재겨 디딜 곳조차 없다" 등의 행들이다. 이 위기 상황의식은 앞서 보인 이육사의 작품에서처럼 자아의 좁은 울타리에 갇혀 있지 않다. 그 증거로 제시될 수 있는 것이 이 작품 첫머리에 놓인 두 줄이다. "매운 계절(季節)의 채쭉에 갈겨/마츰내 북방(北方)으로 휩쓸려오다"에서 시적 화자는 자의가 아닌 타의에 의해 "북방"으로 내어쫓긴 사람이다. 말하자면 그는 추방자의 신세인데 그 원인으로 파악될 수 있는 것이 "매운 계절의 채쭉"이다. 이 공간과 시간 개념 속에는 사적인 차원에 그치지 않는 시대의식이 내포되어 있다. 이런 사실은 이 무렵 이육사가 처한 상황을 고려해 넣는 경우 그 테두리가 각명(刻銘)하게 드러난다.

이육사가 「절정」을 써서 발표할 무렵 일제 식민체제하의 우리 현실은 문자 그대로 벼랑 끝에 내몰린 상태였다. 이 무렵에 일제는 한반도에 초전시체제를 펴고 있었다. 1930년대 중반기에 접어들자 일제는 각급 학교에서 우리말 과목을 폐기시켰다. 이와 때를 같이하여 그들은 모든 공공기관에 그들의 국조(國祖)인 천조대신(天照大神, 아마데라스신)을 받드는 봉안전(奉安殿) 설치를 의무화했다. 이어 1938년에는 침략전쟁을 위한 전면 동원 태세인 국가 총동원령을 공포했고, 국민징용법을 실시했다. 이보다 몇 해 앞서 이미 지원병 제도가 한반도에서 시행되고 있었다. 이것은 곧 징병제도로 변형·강화되었는데 그를 통해 우리 사회의 청장년이 모조리 침략전쟁의 손발이 되고 총알받이로 동원되는 사태가 빚어졌다.

해가 바뀌면서 일제는 우리 민족 전체에게 그들 식으로 성명을 바꾸라고 명령한 창씨개명령(創氏改名令)을 공포했다. 1940년도에는 우리 민족운동자의 임의 구금, 투옥을 뜻하는 사상범 예비구속령을 발동시켰다. 오랫동안 우리 사회의 눈과 귀 구실을 한 『동아일보』와 『조선일보』 등 양대 일간지를 폐간시키고 일체의 우리말 간행물을 못 나오게 만든 것도 이 무렵이다. 이육사는 이런 상황에서 일제의 사상범, 요시찰인(要視察人)으로 살지 않으면 안 되었다. 그런 그가 작품에 담은 "매운 계절"과 쫓겨서 간 "북방"이 무엇을 뜻하는가는 명백하다. 말할 것도 없이 그것은 단순한 시간의 단위나 공간의 이름이 아니다. 이육사의 이력사항에 비추어, 그것은 일제 암흑기의 극악한 상황을 가리키는 은유 형태다.

일찍이 김종길 교수는 이 작품에 "비극적 황홀"의 개념을 적용했다.

우리가 알고 있는바 식민지적 상황 아래서의 저항은 궁극적으로 그 주인공을 파멸로 몰아넣는다. 그럼에도 이 작품에서 이육사는 끝까지 그 길을 지키려는 의지를 보여준다. 그런 점에서 이 작품은 비극적인 것이다. 그러면서 이 작품의 시적 화자는 비극의 한복판에서 고요하게 자신을 바라보는 눈을 가졌다. 그 단적인 예증이 되는 부분이 "겨울은 강철로 된 무지갠가 보다"이다. 이것으로 시적 화자는 그의 육체적 파멸을 객관화시켰다. 이것을 김종길 교수는 "비극적 황홀"이라고 지적한 것이다(김종길, 「한국시에 있어서의 비극적 황홀」, 『시(詩)에 대하여』).

김종길 교수의 견해는 동시대의 문맥 위에서 이육사의 이 작품을 본 나머지 이루어진 것이다. 이런 생각은 일종의 역사, 상황론이 될 것이다. 이때 시의 성패를 결정하는 것은 시와 역사의 긴장 관계다. 시에서 역사 의식이나 그 감각이 얼마나 강도가 있게 나타나는가에 따라 작품의 질이 이야기될 수 있다.

3) 「광야(曠野)」, 그 도저한 역사의식

너무도 명백한 사실로 시는 현실이나 역사의 추수 개념이 아니다. 그러나 좋은 시가 우리가 사는 시대나 상황과 별개로 존재하는 그 무엇이 아니라는 것 역시 엄연한 사실이다. 여기에 이르기까지 우리는 이육사의 시를 그 제작자가 처했던 특수 여건에 비추어 읽기를 기했다. 그럴 경우 「절정」은 저항시의 필요 조건을 갖춘 작품이다. 그럼에도 이 작품에서 그 충분 조건은 만점 상태로 나타나지 않는다. 저항은

의식의 차원으로 끝나지 않는다. 의식 다음에 반드시 행동의 의지를 수반시켜야만 되는 것이 저항이다. 그런데 이미 살핀 바와 같이 이육사의 「절정」에는 그런 단면이 뚜렷하게 나타나지 않는 것이다. 그렇다면 이육사의 시는 이런 차원에서 끝나버린 것인가. 이렇게 제기되는 물음에 대해 해답을 얻기 위하여 우리가 살펴야 할 것이 「광야」다.

> 까마득한 날에
> 하늘이 처음 열리고
> 어데 닭 우는 소리 들렸으랴
>
> 모든 山脈들이
> 바다를 戀慕해 휘달릴 때도
> 참아 이곳을 犯하던 못하였으리라
>
> 끊임없는 光陰을
> 부지런한 季節이 피여선 지고
> 큰 江물이 비로소 길을 열었다
>
> 지금 눈 나리고
> 梅花香氣 홀로 아득하니
> 내 여기 가난한 노래의 씨를 뿌려라
>
> 다시 千古의 뒤에
> 白馬 타고 오는 超人이 있어
> 이 曠野에서 목놓아 부르게 하리라
>
> ─ 「광야」 전문

그 의미 구조로 보아 이 작품은 크게 두 개의 단락으로 구분될 수 있다. 이 시의 전반부는 1연에서 3연까지다. 이 부분에서 주체가 되는 것은 '광야' 그 자체다. 여기서 광야는 시간을 초월해 있고, 일체의 움직임 밖에 있는 공간을 뜻한다. 이육사의 이력사항에 비추어 우리는 이것을 민족사의 광장으로 잡아볼 수 있을 것이다. 그러나 이런 가설은 곧 하나의 강한 의문에 부딪힌다. 우리 문화사의 감각으로는 개천(開天)과 개국(開國)의 장에 닭이 울도록 되어 있다. 그럼에도 이 작품 첫 연에서는 그것조차 금기로 나타난다.

어떤 읽기에는 여기 나오는 "어데 닭 우는 소리 들렸으랴"를 긍정으로 본 예가 있다. 그러나 이때의 "어데"는 "어디에"의 방언 형태가 아니다. 그것은 우리 고어에서 자주 쓰인 부정형의 서술부를 거느리는 부사다. 그렇다면 이 부분은 개천의 장에서도 닭 소리가 들리지 않은 것으로 된다. 피상적으로 보면 이것은 이육사 시에 나타나는 논리적 혼란이다. 여기서 제기되는 의문점을 해소시키는 길로 우리는 이 시의 광야가 애초부터 물리적 차원에 그치는 그것이 아니라는 사실에 유의해야 한다. 이때의 '광야'는 우리 민족사에서 절대적 의미를 갖는 불가침의 신성 공간이다. 이미 지적된 바와 같이 우리 민족 문화사의 감각에 따르면 개천의 장에는 닭 소리가 들린다. 그런데 「광야」에는 그런 닭 울음소리조차 금기로 된 절대적 신성공간이다. 이렇게 읽어야 제2연의 "산맥들이", "차마 이곳을 범하던 못하였으리라"와 그 의미맥락이 제대로 연결된다. 3연에서 "큰 강물이 비로소 길을 열었다"가 나오는 것도 이런 이유에서다.

이 작품의 제2단락은 4연과 5연이다. 앞서 단락에서 시적 화자는 광야를 노래했다. 그러나 이 단락에서 그는 이민족의 침탈로 하여 주권을 빼앗긴 나라에서 사는 자신의 심경을 토로하고 있다. 4연에서 그는 자기희생의 각오를 피력한다. 그 희생의 성격은 역사의 요구에 응하여 한 몸을 바치려는 것이다. 어떤 이는 이때의 "씨를 뿌려라"를 단순한 선구자 의식의 표현으로 보았다. 일종의 보편론에 해당되는 이런 생각에는 지나쳐버릴 수 없는 논리의 빈터가 있다. 모든 사람에게 그 자신의 생명은 소중하기 그지없는 것이다. "가난한 노래의 씨를 뿌려라"에는 그 생명을 시적 화자가 스스로 바치고자 하는 희생의 목소리가 담겨 있다. 이것이 무엇에 말미암는 것인지 보편론으로는 그 뚜렷한 동기나 목적이 불분명하게 되어버린다.

여기서 "눈 나리고"는 이 작품의 뼈대가 되는 의식으로 보아 일제 식민지적 상황을 가리킨다. 그런 상황 아래서 시적 화자는 매화꽃의 향기를 맡는다. 우리 전통문화에서 매화는 지기(志氣)와 절조(節操)의 상징이다. 매화는 이른 봄에 피어 겨울의 어둡고 쓸쓸한 기운을 물리친다. 새삼스럽게 밝힐 것도 없이 동양화의 한 양식인 사군자의 단골 소재다. 그 화제(畵題)에서 이 꽃은 "서릿발을 아랑곳하지 않고 눈보라를 물리치는 지조(凌霜傲雪歲寒操)"의 상징으로 나타난다.

「광야」의 시적 화자가 그 향기를 맡는다는 것은 "눈 나리고"로 표상된 역사의 위기에 처해서 선열의 매운 의기를 배우리라는 각오를 다진 것이다. 이에 따라서 "가난한 노래의 씨를 뿌려라"는 역사의 소명에 응해 목숨을 던지리라는 시적 화자의 결의를 뜻한다. 이것으로 이 작품이 그 바닥에 도저한 역사의식을 깔고 있는 점이 명백하게 된다.

"다시 천고(千古)의 뒤에" 이하 이 작품의 마지막 연은 「광야」에 내포된 역사의식의 총괄편이면서 완결형이다. 시적 화자는 여기서 자기

희생의 보람과 의지를 당당한 목소리로 노래한다. 스스로의 목숨을 내어던지면서 그가 기대하는 것은 "백마 타고 오는 초인(超人)"이다. 이때의 "백마 타고 오는 초인"은 광복의 상징이며 민족해방과 독립의 객관적 상관물이다. 그에 대한 기대와 믿음이 있기에 시적 화자는 자기희생을 감히 할 수 있는 것이다. 이것을 보편론자들은 새 시대나 세계정신의 등가물로 잡는다. 그런 읽기로는 한 몸을 던지려 하는 화자의 자기희생이 어디에서 말미암는 것인지 목적, 동기의 추출이 어려워진다. 언어, 문자상의 차원이라고 하지만 자신의 파멸을 뜻하는 가난한 씨뿌리기가 실체성이 없는 새 시대를 부르기 위해서 이루어질 수는 없다. 그러나 이때 화자가 꾀하는 자기희생이 역사의 소명을 깨친 나머지라면 그것은 도저한 민족의식에 뿌리가 닿은 것이 된다. 이것은 「광야」가 보편적 세계를 노래한 것이 아니라 저항시의 갈래에 드는 것임을 단적으로 증명한다.

여기에 이르기까지 우리는 이육사의 후기시를 역사의식의 좌표 위에 놓고 살펴보았다. 그 결과 이육사의 시는 「절정」으로 그 문이 열리고 「광야」에 이르러 마무리가 이루어진 항일 저항시의 압권임을 알게 되었다. 다만 이런 시 읽기에는 적어도 한 군데에 주석을 필요로 하는 부분이 생긴다. 그것이 「광야」의 마지막 연 첫 줄에 나오는 "천고의 뒤"이다.

널리 알려진 일로 모든 민족운동가에게 조국의 해방과 독립은 일각도 지체될 수가 없는 절대지상의 과제였다. 그러니까 그들은 두 번 다시 누릴 길이 없는 이승에서의 삶을 포기하면서까지 민족운동에 정신(挺身)한 것이다. 그런데 「광야」의 시적 화자는 그것에 대한 기대를 "천고의 뒤"라고 했다. 이때의 '천고'는 그 사전적 의미가 "천년이나 되는 오랜 세월"이다. 앞에서 이미 살핀 바와 같이 식민지 체제하에서 민족적 저항을 시도하는 모든 운동자에게 해방과 독립은 일각도 유예가 될 수 없는 절대지상의 과제였다. 그러니까 '천고'가 '천년 뒤'로 해석되어버리면 그것은 「광야」의 의미 구조에 심하게 혼란이 야기된다. 이 논리의 매듭을 풀 길이 없는 한, 「광야」는 도저한 역사의식에 입각한 시이며 성공작이라는 판단은 재고되어야 할 것이다. 이런 논리의 십자로에서 우리가 살펴야 할 것이 황매천(黃梅泉)의 「사세시(辭世詩)」 둘째 수다.

새 짐승 슬피 울고 강산도 찌푸렸다
사랑하는 내나라는 없어졌다네
가을이라 등불 아래 책덮고 헤아리니
이 세상에 선비되기 어렵고도 어렵구나

鳥獸哀鳴海岳嚬　槿花世界已沈倫
秋燈掩卷懷千古　難作人間識字人

이 시의 작자인 황매천은 1910년 한일합방이 되었을 때 지리산 밑에서 살고 있었다. 그는 높은 벼슬자리에 나가지 않았으므로 주권상실에 직접적인 책임을 져야 할 입장은 아니었다. 그럼에도 망국의 비보를 듣자 그는 스스로 목숨을 끊기로 결심했다. 그에 따르면 선비는 국가, 사직의 파국에 임해서 구구하게 목숨을 보전하려는 사람이 아니었다. 과감하게 한 몸을 던져 대의(大義)에 사는 것이 선비의 길이었다. 그런 판단의 결과 황매천은 자진 순국의 길을 택했으며 그 최후의 자리에서 그는 세 수의 칠언절구를 남겼다. 이 작품은 그 가운데 한 수다.

그 의식의 차원으로 보아 위의 시는 이육사의 「절정」이나 「광야」와 좋은 대비감이 된다. 이육사가 그의 작품에서 한목숨을 던져 민족사의 내일을 열려고 한 것과 같이 이 작품도 죽음을 전제로 했다. 「광야」에 짙게 시대의식이 담겨 있는 것과 흡사하게 이 한시(漢詩)에도 그런 시적 화자의 감정이 문맥 깊숙이 배어 있는 것이다.

이들 사정이 감안되는 경우 황매천의 한시에는 더욱 우리를 긴장하게 하는 부분이 포함되어 있다. 그것이 셋째 줄 마지막 석 자인 "화천고(懷千古)"이다. 여기서 '화천고'는 '난작인간식자인(難作人間識字人)', 곧 "선비로 이 세상에서 살아가기가 참으로 어렵구나"로 나타난 자기희생이 원인이 되어 있다. 그 뜻을 순수 우리말로 다시 한 번 짚어보면 "천고를 헤아려 보니"가 된다. 그렇다면 이때의 '천고(千古)'가 물리적 시간을 뜻하지는 않을 것이다. 그 이유는 간단하다. 대의를 알고 나라의 강통을 생각하는 선비 '식자인(識字人)'이 단순하게 물리적 시간을 헤아려 본 다음 죽음을 결심할 리가 없기 때문이다. 이것으로 '천고'의 내포가 무엇인가도 스스로 명백해진다. 이 작품에서 황매천이 뼛속 저리게 슬퍼한 것은 망해버린 나라며 사직(社稷)이다. 국가, 사직의 시간 형태는 역사며 전통이다. 이렇게 보면 황매천의 「사세시」에 나오는 '천고'는 국가, 사직의 동적 형태인 역사, 전통으로 파악된다. 이육사와 황매천은 다 같이 선비문화의 전통을 이어받은 사람이다. 그렇다면 「광야」의 '천고' 역시 그와 동일한 문맥에서 뜻이 파악될 수밖에 없다. 그 결과 「광야」의 이 부분이 "다시 민족사의 결정적 국면

이 닥치면" 정도로 읽는 일이 가능하게 된다.

　이제 우리는 짧지 않은 과정을 거쳐서 「광야」의 구조 분석을 마치게 되었다. 이제 우리가 내릴 수 있는 결론은 명백하다. 일제 암흑기에 이육사는 투철한 역사의식과 함께 반제, 민족해방투쟁을 벌이다가 순국했다. 그의 시에는 그런 역사의식과 민족혼이 바닥에 어엿한 줄기를 이루며 깔려 있는 것이다. 또한 그것을 예술적 의장을 통해서 성공적으로 형상화시키고 있는 것이 이육사다. 이것으로 우리는 한 가지 사실을 확인하게 되었다. 김소월과 아울러 이육사도 또한 식민지적 상황의 삼엄한 현실에 저항의 시를 썼으며 짜임새가 있는 말솜씨로 우리 시에 새 차원을 구축한 시인이라는 것이다.

창조와 전략

■ 시조 창작을 위한 몇 가지 문제

1. 문학사의 위상

우리 민족문학의 여러 갈래 가운데서 시조는 가장 힘 있는 흐름을 이루어 오늘에 이르는 민족시가의 한 양식이다. 줄잡아도 그 역사는 고려시대 중기까지로 거슬러 올라간다. 그러니까 우리 민족 문학사에서 시조가 형성, 전개된 역사는 적어도 1,000년 가까이에 이르는 것이다. 이 장구한 시간 동안 시조의 제작, 평가, 이해에 직접, 간접으로 참여한 인력 역시 단연 다른 양식의 경우를 압도하고 남을 정도다.

2. 시조의 양식적 특성

시조를 말하는 자리에서 우리가 반드시 선행시켜야 할 일이 있다.

그것이 시조의 속성 파악을 위해 한국 고전시가가 형성, 전개된 자취를 살피는 일이다. 시조는 향가, 고려가요, 경기체가 다음을 이어 나온 우리 시가의 정계(正系), 본류(本流)에 해당하는 양식이다. 시조의 또 다른 특성으로 그 형태를 문제 삼아야 한다. 시조의 형태는 우리 고전시가 가운데서 가장 정형성이 강하다. 다른 한국의 고전시가에 비해 언어 표현 솜씨도 두드러지게 세련되어 있다. 이와 아울러 우리가 주목해야 할 것이 그 형태적 특징이다. 조윤제(趙潤濟)의 「시조자수고(時調字數考)」 이후 우리 주변에서는 거듭 시조의 형태적 특성을 파악하려는 시도가 가해졌다. 그 결과 밝혀진 것이 이 유형에 속하는 작품들이 3장 6구로 이루어져 있으며, 그 초장이 3·4·3·4, 중장 3·4·3·4, 종장 3·5·4·3의 틀에 의거하고 있다는 사실이다(조윤제, 『한국시가(韓國詩歌)의 연구(研究)』, 을유문화사, 1948).

시조의 이와 같은 형식, 내지 형태적 특성은 고려속요나 경기체가와 좋은 대조가 된다. 고려속요는 민중 속에 기반을 둔 시가 형태다. 거기에는 정형성의 감각이 깊이 뿌리를 내리지 않았다. 이와 달리 경기체가는 시조에 비견될 정도로 강한 정형의식을 바닥에 깐 양식이다. 다만 그런 외형의 문제를 떠나면 두 양식에는 뚜렷하게 차이가 나는 점이 있다. 시조 양식에서 그 표현 매체가 되고 있는 것은 대체로 순수 한국어다. 또한 그 말들은 예술작품으로서 잘 다듬어졌으며 말의 의미맥락을 살린 가운데 가락을 살린 것이 많다. 그러나 경기체가는 매우 심하게 한자어와 한문 투로 되어 있다. 그 말솜씨는 절제되어 있다기보다는 시조와 대조적이라고 생각될 정도로 수다스러운 것이다. 이것은 한국 민족 고유의 말과 가락으로 이루어진 점이라든가 예술성 확보라는 면으로 보아 경기체가가 시조에 비해 적지 않게 격차를 가진 양식임을 뜻한다.

시조의 또 다른 특성을 이룬 것이 우리말의 결을 최대한 살려서 쓴 점이다. 널리 알려진 대로 한국어는 자음과 모음의 양이 매우 풍부하다. 우리말은 그 순열과 조합을 통해 다른 언어와 대비가 되지 않을 정도로 다양한 맛을 낼 수가 있고 운율상의 기능을 살릴 수가 있다. 매우 다양한 음성 상징의 효과를 내는 표현을 구사해온 것도 시조가 지니고 있는 특징적 단면이다.

위당 정인보(爲堂 鄭寅普)가 높이 평가한 정송강(鄭松江) 훈민가(訓民歌)의 한 구절이 있다. "죵귀밧귀는 얻기에 쉽거니와/어데가 또 얻을 것이라 흘긧할긧 하나다". 여기서 "죵귀밧귀"란 종과 밭, 곧 노복과 전답을 가리킨다. 그리고 "흘긧할긧"은 반목질시를 뜻한다. 의성어, 의태어가 포함되어 있는 것이다(정인보, 『담원국학산고(詹園國學散藁)』, 「정송강과 국문학」, 1955).

우리 속담에 '아 해 다르고 어 해 다르다'는 것이 있다. 이때의 '아 해, 어 해'는 음운론의 시각에서 보면 모음이 하나씩 다를 뿐이다. 그러나 그 어감에는 아주 뚜렷한 차이가 있다. 시조는 이런 우리말의 맛과 결을 이용하여 효과적인 가락과 형태를 빚어낼 수 있는 우리 시가의 한 양식이다.

이와 함께 한국어의 또 다른 특징 가운데 하나가 곡용과 활용어미가 매우 다양한 점이다. 구체적으로 우리말의 단순 종결어미의 하나에는 '-다', '-이다'가 있다. 그 접속 형태는 '-이고', '-이며', '-이니', '-이어서', '-이어도', '이라도', '이려니', '이여', '이야' 등이다. 일상적인 차원에서 이들을 구별해서 쓰는 것은 매우 번거로운 일이다. 그러나 시조와 같은 시가의 경우에는 그 기능적인 사용이 말의 맛과 작품의 가락을 기능적으로 살리는 데 크게 기여한다.

> 어져 내일이야 그릴 줄을 모르다냐
> 이시랴 하더면 가랴마는 제 구타야
> 보내고 그리는 정은 나도 몰라 하노라.
>
> — 황진이

위 시조에서 소재가 되고 있는 것은 이별이 빚어내는 아쉬움의 정이며 그에 곁들인 사모의 마음이다. 이 작품에서 화자는 살뜰히 아끼는 정인(情人)을 떠나보냈다. 그는 화자가 애써 만류했더라면 떠나지 않았을지 모르는 사람이다. 그것을 그렇게 하지 못한 회한을 줄기로 한 것이 이 작품이다. 이런 감정을 기능적으로 노래하기 위해 황진이는 "내일이야"와 함께 "모르다냐", "가랴마는 제 구타야" 등 그 나름의 독특한 어미를 사용했다. 그것으로 이 작품은 휘도는 느낌을 갖게 되며 매우 독특한 가락을 빚어내기에 이른 것이다.

3. 내면의 깊이와 기법의 문제

시조는 그에 선행한 고려가요와도 뚜렷이 다른 변별적 특징을 갖는다. 고려속요의 담당 계층이 일반 대중, 서민이었음에 반해 시조를 쓰고 향유한 사람들은 우리 사회의 지배계층에 속하는 선비이거나 명현, 석학들이었다. 그들은 고려왕조에서부터 조선왕조 시대에 걸쳐 형성된, 사대부계층 또는 선비, 사림(士林)들로 우리 사회의 지적 수준을 지배한 사람들이다. 그들은 나아가면 조정의 묘의를 결정했고 정치, 경제, 문화 등 모든 분야에서 주도적인 역할을 했다. 그와 아울러 찰물수기(察物修己)와 성의정심(誠意正心)의 경지를 터득하는 고도의 정신적 차원도 개척해내었다. 이들에 의해 제작 발표된 것이 고전시조들이다. 그들에 의해서 이루어진 시조는 고려가요의 기층예술적 측면과는 다른 탈 속성을 가지며 그 나름의 격조를 지니고 있다.

우리가 시조의 예술성을 제대로 파악하기 위해서는 퇴계(退溪)의 "청산(靑山)은 엇디하야 만고(萬古)에 푸르르며/유수(流水)는 엇디하야 주야(晝夜)에 긋디 아니는고/우리도 긋치지 말고 만고상청(萬古常靑)하리라"고 노래한 정신적 경지를 이해할 수 있어야 한다. 여기서 고인(古人)은 성인(聖人)의 차원이며 청산(靑山)과 유수(流水)는 정관만물개자득(靜觀萬物皆自得)의 도저한 정신의 경지다. 이런 작품에는 서민예술의 통속성과 명백하게 차원을 달리하는 정신의 높이와 깊이가 내포되어 있는 것이다.

우리가 시조의 위상을 국민시가 양식으로서 제고시키기 위해서는 두 가지 작업을 선행해야 한다. 그 하나가 면면한 민족 정서를 작품에 담는 일이며 다른 하나가 현대시의 기법을 그에 접합시킬 줄 아는 기법, 내지 솜씨를 터득하는 일이다. 우리가 지금 읽고 쓰는 시, 곧 현대시는 그 기법의 특징으로 작품의 의미 구조를 위해 모순 충돌하는 두 요소의 문맥화를 선호하는 경향이 있다. 이런 경우의 한 보기가 되는 것이 에즈라 파운드의 두 줄로 된 작품이다.

인총(人叢) 속에 끼어 있는 얼굴들의 환영(幻影)
비에 젖은 검은 나뭇가지 위의 꽃잎들

The apparition of these faces in the crowd;
Petals on a wet, black bough.

— Ezra Pound, *In a Station of the Metro*

이 시의 첫 줄 주제어가 되어 있는 것은 "환영"이다. 그리고 둘째 줄의 그것은 "꽃잎들"이다. 이들 두 말은 그 다음에 수식어 절을 거느리고 있을 뿐, 첫 줄과 둘째 줄의 주제어 사이에는 그 밖의 어떤 관계 장치도 발견되지 않는다. 이와 아울러 "환영"과 "꽃잎들"은 전혀 그 의미 내용에 유사성이 없고 매우 이질적이다. 그것을 병치시키기만 한 것으로 비유가 성립될 수 있다고 보는 것이 현대시론이다. 의미 구조를 위해 현대시는 이와 같이 두 개 이상의 이질적 요소를 폭력적으로 문맥화하는 전략을 선호한다. 이러한 보기를 김춘수(金春洙)나 서정주(徐廷柱)의 작품에서 구할 수가 있다.

사랑하는 나의 하나님, 당신은
늙은 배애(悲哀)다
푸줏간에 걸린 커다란 살점이다
시인(詩人) 릴케가 만난
슬라브 여자(女子)의 마음속에 갈앉은
놋쇠 항아리다

— 김춘수, 「나의 하나님」

이 작품에서 비유의 주지가 된 말은 '하나님'이다. 하나님은 우리에게 정신의 궁극적 형태이며 지고선(至高善)의 원형이다. 그러므로 이 말은 다분히 관념적인 것이어서 물질적 차원이나 감각적 실체와는 거리가 있다. 그럼에도 김춘수는 그것을 "푸줏간에 걸린 살점", "슬라브 여자의 마음속에 갈앉은 놋쇠 항아리" 등 감각적 차원의 물체로 전이시켰다. 이것으로 이 시의 하나님은 매우 독특한 심상을 지니게 되며 작품의 창조성이 큰 팽창계수를 갖기에 이른 것이다.

물론 이와 같은 현대시의 기법은 1:1의 상태에서 시조가 될 수는 없다. 시조에서 이런 모양의 실험적 언어 사용은 창작의 실제에서 일단 재해석 되어야 한다. 단적으로 말하면 본래 시조는 그 속성상 현대성만을 추구할 수 있는 자유시가 아니다. 그것은 아무리 테두리를 넓게 잡아도 우리 민족의 정조를 그 자체에 간직하고 있어야 하는 전통적 양식이다. 시조와 단서 없는 현대시의 차이를 가능하기 위해서 우리는 서정주의 한 작품을 검토해볼 수 있을 것이다.

　　역사여 역사여 한국 역사여.
　　흙 속에 파묻힌 이조백자(李朝白磁) 빛깔의
　　새벽 두 시 흙 속의 이조백자(李朝白磁) 빛깔의
　　역사여 역사여 한국 역사여

　　새벽 비가 개이어 아침 해가 뜨거든
　　가야금 소리로 걸어 나와서
　　춘향(春香)이 걸음으로 걸어 나와서
　　전라도(全羅道) 석류(石榴)꽃이라도 한번 돼 봐라.

　　시집을 가든지, 안 상객(上客)을 가든지,

해 뜨건 꽃가마나 한번 타 봐라.

내 이제는 차라리 네 혼행(婚行) 뒤를 따르는

한 마리 나무 기러기나 되려 하노니.

역사여 역사여 한국 역사여,

외씨버선 신고

다홍치마 입고 나와서

울타리 가 석류(石榴)꽃이라도 한번 돼 봐라.

— 서정주, 「역사여 한국 역사여」

　　이질적 요소들의 문맥화를 통해 심상을 제시한 점에서 이 작품과 김춘수의 것 사이에 큰 격차는 없다. 하느님의 사랑이 그랬듯 한국의 역사 역시, 관념적인 것이지 감각적 실체인 것은 아니다. 이것을 서정주는 첫 연에서 "새벽 두 시 흙 속의 이조백자 빛깔"과 일체화시켰다. 다음 연에서 서정주의 작품에 나타나는 비유의 주지와 매체의 관계 설정은 더욱 비약적이다. 일찍이 우리 시인 가운데 그 누구도 한국 민족의 역사를 한반도의 특정 지역에 핀 석류꽃으로 전이시킨 예는 없었다. 그 석류꽃이 시인의 교묘한 말솜씨에 의해 한국 전통사회 여성의 한 전형이 되는 성춘향의 모습에 겹쳐지는 것이다. 이것은 감각적 실체가 아니기에, 볼 수 없고 만질 길도 없는 우리 민족의 역사를 송두리째 아름답고 기품을 가진 전통적 한국 여성의 모습으로 탈바꿈시킨 것이다. 여기서 우리는 한 가지 정도의 잠정적 결론을 가질 수 있다. 서정주의 시는 김춘수의 시보다 정서, 또는 감정의 상태로 보아 시조 쪽에 한 발 다가서 있는 작품이다. 적어도 그 속에 담긴 정감은 김춘수의 경우보다 한 발 더 시조를 만드는 데 효과적인 요소가 내포되어 있다. 우리가 시도하는 시조의 혁신을 위해서는 이런 사실이 감안될 필요가 있다.

4. 엇시조, 사설시조, 연시조(連時調)의 문제

시조의 형태, 구조를 논의하는 자리에서 또 하나 거론되어야 할 것이 있다. 그 하나가 엇시조, 사설시조의 문제이며 다른 하나가 연형체 작품의 문제, 곧 연시조(連時調)에 관한 것이다. 엇시조, 사설시조가 우리 시가사에 등장한 것은 조선왕조 영정시대(英正時代)부터이다. 이것은 한자 문화권인 동아시아 문학사에 나타나는 것으로 매우 특이한 현상이다. 중국의 한시(漢詩)는 『시경(詩經)』을 거쳐 고시(古詩)와 악부(樂府)의 단계 다음에 절구(絕句)와 율시(律詩) 등의 단형 정형시로 계승, 전개되었다. 일본의 경우도 사정은 그와 비슷하다. 『만엽집(萬葉集)』에는 와카[和歌]가 주종을 이루고 있지만 그 가운데 5·7·5·7·7의 자수율을 제대로 지키고 있는 것보다는 예외에 속하는 작품들이 더 많다. 그것이 완전 불식되면서 5·7·5의 하이쿠[俳句]가 나온 것은 18세기 이후부터다. 이에 대비되는 우리 시조는 그 역주행(逆走行), 도치(倒置)형식이 되어 있다.

이미 드러난 바와 같이 그 시발시기(始發時期)부터 조선왕조 영정시대에 이르기까지 시조는 그 주류가 3장 6구의 한 수, 단형인 평시조로 전승되어 왔다. 영정시대에 이르자 그것이 종장 한 구만의 파격으로 이루어진 엇시조를 낳게 했다. 비슷한 시기에 중장과 종장을 심하게 변형시킨 사설시조가 나타났다. 본래 문학양식의 형성, 전개에는 하나의 원칙이 작용한다. 새로운 문학양식은 선행한 것의 지양, 극복 형태로 등장한다. 언제나 양식은 문학적 제도의 한 형태인데 그 다음에 나타나는 양식은 앞선 것을 부정, 배제하면서 이루어진다. 그리고 이 때의 부정, 배제란 총체적인 것이지 단편적이거나 부분적인 것이 아 니다. 이런 경우의 좋은 보기가 근대 서구 문학사에 나타난 소설이다. 소설은 그 갈래로 보아 희랍시대 서사시의 흐름을 이은 것이다. 그러 나 일단 한 양식으로 자리를 잡은 단계에서 소설은 서사시의 상위개 념인 시가로서의 양식적 속성을 완전히 사상해버렸다. 서사시의 인물 과 사건 그리기를 크게 강화시키면서 형태는 180° 다른 산문문학으로 탈바꿈한 것이다. 이것은 언제나 양식적 변화가 앞선 것의 부정과 지 양, 극복 형태로 이루어지는 것임을 뜻한다.

이에 비하면 엇시조, 사설시조는 부분 변형이라고 할 수 있다. 널리 알려진 대로 엇시조, 사설시조는 평시조의 정형성을 변경시켰을 뿐이 다. 그 가락과 틀은 크게 훼손하지 않고 지킨 것이 엇시조며 사설시조 다. 엇시조와 사설시조의 형성, 전개를 우리는 이제까지 사회 주도세력 의 변화, 곧 계층적 변화의 결과라고 해석했다. 즉 영정시대까지 우리 사회를 지배한 것은 사림(士林)을 주축으로 한 양반, 선비 계층이었다. 그 퇴조와 함께 엇시조, 사설시조가 대두되었다는 생각이다. 이런 계층 론으로 시조양식에 나타나는 부분 극복 현상, 곧 양식상의 변화와 서구 의 서사시가 소설로 나타난 전면 개폐 현상의 차이가 제대로 설명될 수 없다. 이에 대해서는 본격적인 논의가 우리의 과제로 남는 셈이다.

시조의 현대화를 위해 또 하나 검토되어야 할 것이 연형체(連形體)의 문제이다. 이미 살핀 바와 같이 형성 초기에서 조선왕조 전반기에 이르 기까지 시조는 대체로 3장 6구 단형의 시가를 뜻했다. 고려 말기의 이

조년(李兆年), 원천석(元天錫), 이색(李穡), 정몽주(鄭夢周), 길재(吉再) 등의 작품이 모두 그런 것이다. 이런 단형시조는 그 장점과 함께 한계를 아울러 가진다. 단형시가로서의 단시조는 시의 이상인 긴축성, 집약미를 최대한 살릴 수가 있다. 그러나 그 축약적 성격으로 하여 단형시조는 인생과 세계의 의미나 국면을 극히 단편적으로밖에는 제시하지 못한다. 이 한계점을 보완하면서 시로서의 특성을 최대한 살릴 수 있는 연형체(連形体) 양식의 연시조(連時調)다. 흔히 이야기되는 대로 이 유형의 시조로 초기에 나타난 것은 이황의 「도산십이곡(陶山十二曲)」이며, 이이(李珥)의 「고산구곡가(高山九曲歌)」이다. 정철의 「훈민가(訓民歌)」나 윤선도의 「어부사시사(漁父四時詞)」, 「오우가(五友歌)」 역시 그런 예들에 속한다.

이들 고전문학기 연시조에는 그 나름의 한계가 있다. 구체적으로 「도산십이곡」은 이황이 구축한 정신세계를 항목별로 노래한 것이다. 이이의 「고산구곡가」도 그와 비슷한 작품이다. 이들 작품은 큰 제목 아래 몇 개의 작은 제목들이 서로 독립된 단위를 이루면서 자리 잡고 있다. 거기에는 부분과 부분이 생동감을 가진 가운데 전체가 유기적인 상관관계를 이루면서 상승작용을 하는 구조적 탄력감이 충분할 정도로 확보되지 못했다. 시조가 현대문학의 양식으로 살아남기 위해서는 이런 연립주택 형태, 시멘트 블록으로 이루어진 방과 같은 비구조적 속성이 지양, 극복되어야 한다. 우리는 그 가능성의 하나를 다음과 같은 현대시조에서 찾아볼 수 있을 것이다.

세월도 낙동강 따라 칠백리 길 흘러와서
마지막 바다 가까운 하구에선 지쳤던가

을숙도 갈대밭 베고 질펀히도 누워있데.

그래서 목로주점엔 대낮에도 등을 달고
흔들리는 흰 술 한 잔을 落日 앞에 받아 놓면
갈매기 울음소리가 술잔에 와 떨어지데.

백발이 갈대처럼 서걱이는 老沙工도
강만이 강이 아니라 하루해도 강이라며
金海벌 막막히 저무는 또 하나의 강을 보데.
— 정완영, 「을숙도(乙淑島)」

이 작품의 제목이 된 을숙도는 물리적인 차원으로 치면 낙동강이 바다와 맞닿은 곳에 생긴 한 자연 공간일 뿐이다. 그런 소재를 3연 18행의 연시조로 읊은 것이 이 작품이다. 여기서 시인은 을숙도를 자연 공간에 그치지 않는 인간생활의 한 무대로 탈바꿈시켰다. 첫 수에서 낙동강은 다분히 신화, 전설에 나오는 거인의 심상을 갖도록 의인화되어 있다. "갈대밭 베고 질펀히도 누워있데"로 의인화된 을숙도는 자연 공간에 그치는 것이 아니라 신화시대에 나옴직한 거인의 심상으로 떠오른다. 둘째 수에서 이 작품에는 비로소 인간이 나타나면서 그 배경이 채색도 선명한 풍경화의 공간이 된다. 여기서 화자로 등장하는 것은 우리 국토 어디에나 있는 목로주점의 손님이다. 그는 붉게 타오르는 석양 앞에 탁주에 지나지 않는 "흰 술 한 잔"을 받아들었다. 그것이 다시 "갈매기 울음소리가 술잔에 와 떨어지데"와 일체화된 것이 이 부분이다.

이것으로 화자를 에워싼 자연은 빛깔과 소리를 아울러 지닌 공감적 차원에 이른다. 그와 아울러 을숙도의 낙조가 선명무비한 동영상의 한 장면으로 떠오른다. 셋째 수는 을숙도 지역에 사는 주민을 등장시킨다. 여기서 그는 오랫동안 세상을 살면서 강물과 같은 시간 속에서 그 나름의 삶을 엮어가는 사람이다. 그것으로 자연 자체인 강과 인간의 삶이 일체가 되는 것이다. 이런 과정을 통해서 저녁 노을 속의 벌판, 곧 "김해(金海)벌"이 "또 하나의 강"이 된 까닭이 여기에 있다. 또한 이것으로 이 시는 우리 모두의 일상생활에 밀착되는 생활의 노래를 이룬다. 그를 통해 이 작품은 서경(敍景)에 그치지 않고 우리 자신의 역사, 현실을 포함시킨 생활의 시가 되었으며 나아가 우리 자신의 일상이 원색적인 동영상으로 탈바꿈하기에 이르는 것이다.

이런 구조분석을 통해 우리가 얻을 수 있는 교훈은 명백하다. 이 작품의 각 연은 매우 인상적이며 동시에 독자적이다. 그러나 그 독자성은 전체 작품을 떠나서 고립되는 심상의 그것이 아니다. 오히려 그 반대로 각 부분이 전체에 수용되면서 유기체적 구조가 되어 있다. 특히 둘째 수, 첫 자 "그래서"와 같은 접속사 사용은 매우 독특한 기법이다. 그것으로 시조만의 몫인 연속적 어조, 또는 휘늘어진 가락이 빚어지도록 첫째 수와 둘째 수가 연결고리를 갖게 되고 의미 맥락상의 접착성도 확보되었다. 그와 아울러 이 작품의 뼈대를 이룬 음성 구조가 독특한 의미 구조와 서로 상승작용을 하면서 총체적 효과를 얻어 내기에 성공한다. 오늘 우리 주변의 시조에는 이에 비견될 만한 작품이 다수 있다. 이런 고무적 상황을 확충, 개발해 나가면서 한국 국민시가 양식인 시조의 푸른 서부를 개척하는 일이야말로 우리가 담당할 보람 있는 과제일 것이다.

전기 연구의 논리와 실제

■ 김원모, 『영마루의 구름—춘원(春園) 이광수의 민족보존론(民族保存論)』과 『춘원의 광복론, 독립신문』에 대하여

---

1. 주목되는 전기 연구

상하(上下) 두 권으로 나온 김원모(金源模) 교수의 춘원 연구는 넉넉하게 우리 주변의 주목을 받고 남을 책이다. 이 대부서(大部書)의 첫째 권인 『영마루의 구름』은 서론에 이어 제1장 「2·8선언과 대일혈전선언(對日血戰宣言)」을 비롯한 14장으로 되어 있다. 이 권의 부피는 1,210면에 이르고 있으며 그 내용에는 여기저기에 저자 나름의 신선한 시각이 내포되어 있다. 뿐만 아니라 이 책은 방대한 양의 자료를 검토 분석함으로써 단연 그 방면의 한 보기가 될 만하다. 구체적으로 2·8독립선언의 항목에는 춘원이 기초한 「조선청년독립단 선언서」 전문이 제시되어 있고 그 필사본의 사진판도 첨부되어 있는 것이다.[1]

김원모 교수의 춘원 연구 둘째 권은 『춘원의 광복론, 독립신문』이

다. 이런 표제로 짐작되는 바와 같이 이 책은 일종의 자료집이다. 이 책은 제1편 시사(詩歌), 제2편 논설문(사설), 제3편 한국독립운동사, 제4편 인터뷰 연설문, 제5편 시사단평(時事短評), 제6편 개조론(改造論), 제7편 역설(譯述) 등으로 이루어져 있다. 지금 우리가 이용 가능한 상해임시정부 발행의 『독립신문』은 원본이 아니라 마이크로필름으로 전사된 것들이다. 세월의 풍상을 거쳐온 것이므로 그 문면은 여러 곳이 흐리게 나타나며 그 가운데는 판독이 제대로 되지 않는 것도 적지 않다. 이런 악조건을 무릅쓰고 김원모 교수는 『독립신문』 게재 관계 자료를 모두 검토, 분석하여 이 책을 만들었다. 이것은 김원모 교수의 업적이 유별난 열정, 남다른 각고와 노력으로 이루어졌음을 뜻한다.

2. 춘원과 '송아지' 혼동

열정과 성력(誠力)의 결정체로 생각되는 김원모 교수의 이광수 연구서에는 그러나 몇 군데 옥의 티라고 할 부분이 포함되어 있다. 그 구체적인 보기로 들 수 있는 것이 자료편으로 엮은 둘째 권의 「시가(詩歌)」 부분이다. 여기서 김원모 교수는 '송아지'로 서명된 「가는 해 오는 해」, 「즐김의 노래」, 「설움에 있는 벗에게」 등의 시를 모두 춘원의 작품으로 판독했다. 참고로 「즐김의 노래」 일부를 들어보면 다음과 같다.

---

1) 김원모, 『영마루의 구름』, 단국대학교출판부, 2009, 56~62쪽. 이와는 별도로 이 책에는 필사로 된 복사문을 67~70쪽에 수록.

동무들아, 이 날을 기억하느냐

뫼와 꽃이 눈물로서, 너의 祖國이 다시 산 날

이날에 二千萬의 소리가

물결같이 움직였다

이 날에 三千里 山과 벌이

기쁨으로 떨었다, 오오 이날에

이 크고 거룩한 날에

나의 가슴은 끓어오르고

붉은 두 뺨은 눈물로 빛났다

동무들아 이 날을 기억하느냐

빛검은 주검의 옷을 버리고

受難者의 봄세례를 받던 날

옛날에, 너의 父母, 동생, 어린것

피뿌려 거룩한 싸움의 先驅를 지었다.

이날에, 너희 불붙는 情熱의 心臟이

惡한 敵의 총칼 앞에 白熱이 되었다

오오 이날에, 이 莊嚴한 감격의 피가

黑暗한 東亞에 횃불을 들었다

— 「즐김의 노래」 1, 2연[2]

춘원이 『독립신문』을 통해 발표한 민족 저항시들은 이광수라는 본
명과 함께 '춘원(春園), 장백산인(長白山人)' 등의 필명으로 발표되었다.
그러나 위와 같은 작품에는 분명하게 작자가 '송아지'로 나타난다. 그
러니까 두 유형의 작자는 일단 구별이 되어야 하는 것이다. 그럼에도

---

2) 김원모, 『춘원의 광복론, 독립신문』, 단국대학교출판부, 2009, 43~44쪽.

김원모 교수는 이들 작품을 모두 춘원 작품으로 돌렸다. 그 빌미가 되고 있는 것은 2차 정보인 다른 연구자의 생각을 그대로 적용, 반복했기 때문이다. 이런 시각에서 김원모 교수는 김윤식의 '송아지'=비춘원설(非春園說)을 배제했다.

　　여기서 김윤식과 최준(崔埈)은 송아지는 주요한의 호가 송아(頌兒)이기 때문에 주요한의 필명이라고 비정한 데 반해 정진석은 춘원으로 고증했다. 춘원은 독립신문에 '송아지'라는 필명으로 「부인해방문제에 관하여」를 13회 연재했을 뿐더러 기타 수필, 시가에도 '송아지'라는 필명으로 발표했다. 뿐더러 「시사단평」과 시가에는 주요한은 그의 이름을 따서 '요(耀)'라 표기했고, 춘원은 '송'이라고 구별하고 있었다.[3]

　얼핏 보아도 나타나는 바와 같이 김원모 교수가 '송아지'를 춘원 작품이라고 본 것은 정진석의 견해를 여과과정 없이 수용한 결과다. 그의 이런 생각은 외재적 여건으로 보나 내재적 접근 양면에서 아울러 논리적 모순을 야기시킨다. 우선 '송아지'가 주요한의 필명이라는 사실은 일찍 주요한 자신이 쓴 기록을 통해 확인이 된다. 다음은 1930년대 중반기에 시인, 작가들의 아호, 별칭에 대한 설문에 답한 주요한의 언명이다.

　　"雅號는 所有한 것이 없고 따라서 出典도 가히 자랑할 것이 없습니다. 變名 又는 異名이 필요에 응하야 여러 가지로 사용했습니다. 그중 중요한 것 몇가지를 들자면 '狼林山人'이란 것은 이전에 『동아일보』에

3) 위의 책, 13쪽.

재직시 연재소설이 갑자기 품절이 되어서 임시로 번안소설을 실릴 적에 山脈의 명칭, 頌兒라는 것은 언문으로 '송아지'에서 나온 것인데 '송아지'라는 것은 海外放浪時에 春園선생이 지어준 雅號였습니다. 그러나 어떤 분은 '頌兒'의 출전이 성경에 있다고 참 그럴 듯이 설명해 줍디다. '요한'이라는 것은 鄙人의 雅號라고 친절스럽게 약력과 아울러 발표해 주신 잡지 편집자도 계십니다. 이 外에 句離甁, 韓靑山, 白民, 白船, 벌꽃, 기타 不知 其數也라." 주요한이 최초로 쓴 필명은 朱落陽(현상소설「마을집」,『靑春』11호, 1917)이다.(밑줄 필자)[4]

이와 같은 시인의 말은 주요한의 작품에 나오는 말투나 형태 등을 분석해보아도 그 확인이 가능하다.『독립신문』에 실린 춘원 시가의 특징은 어느 편인가 하면 행과 연 구분이 뚜렷한 것들이다. 그 가락도 다소간은 감상적이며 회상 투의 말들이 섞여 있다. 이런 경우의 우리에게 좋은 보기가 되는 작품이「저 바람 소리」다.

저 바람 소리!
長白山 밑에는 불지를 말어라
집 잃고 헐벗은 五十萬 同胞는
어이하란 말이냐

저 바람 소리
仁王山 밑에는 불지를 말어라
鐵窓에 잠 못 이룬 國士네의 눈물은
어이 하란 말이냐

---

4) 주요한,「나의 아호, 나의 異名」,『동아일보』, 1934.3.19.

저 바람 소리!

滿洲의 벌에는 불지를 말어라

눈 속으로 쫓기는 가련한 勇士들은

어이하란 말이냐

— 이광수, 「저 바람 소리」 1, 2, 3연[5]

보기를 통해 나타나는바 이 작품 각 연의 첫머리는 "저 바람 소리!"로 시작된다. 또한 그 마지막 행은 "어이하란 말이냐"이다. 이것은 이 작품이 완전하게 정형시의 틀에 의거한 것은 아니지만 그렇다고 뚜렷하게 자유시의 형식에 의거하지도 않았음을 말해준다. 이와 아울러 이 시의 말씨는 다분히 향내적(向內的)이며 감상적이다. 이에 반해서 같은 무렵 『독립신문』을 통해 발표된 주요한의 시는 이와 사뭇 다르다.

위대할사 나의 祖國아 고통과 영광으로 부활한 祖國아. 너의 沈勇과 熱血로 正義의 소리로 길고 긴 밤을 헤치고 일어났다 (……) 달아나라 그리하여 승리에까지 전에 느린 걸음을 비웃던 자를 길 밖으로 헤치고 너의 넓은 발굽이 밟는대로 끝없는 文化의 道程으로[6]

이 작품은 그대로 우리에게 『창조』 창간호 권두를 장식한 주요한의 시 「불노리」를 연상하도록 만든다. 앞에 춘원 작품이라고 보는 「즐김의 노래」에 대비시켜 보아도 그 변별적 특징이 뚜렷하게 나타난다. 우선 두 작품은 다 같이 그 주제어 하나를 '조국'으로 했다. 뿐만 아니라

5) 『독립신문』, 1920.12.18.
6) 주요한, 「조국」, 『독립신문』, 1920.11.10.

양자는 그 내용이 과거 회상쪽이기보다 새로운 전망을 마련하기를 기하는 의욕을 앞세운 편이다. 형태도 춘원의 시들처럼 정형의 틀이 느껴지기보다는 산문시 투를 느끼게 한다. 여기서 우리는 한 가지 사실을 지적해두지 않을 수 없다. 『독립신문』에 실린 '송아지'의 시는 의심의 여지가 없이 춘원의 것이 아닌 주요한의 작품이다.

김원모 교수가 『춘원의 광복론, 독립신문』에서 보인 오류는 시가편에만 그치지 않는다. 이미 나타난 바와 같이 그는 '송아지'뿐 아니라 '송'으로 서명된 『독립신문』 게재의 여러 논설과 선언문, 의정보고서, 역술류들을 모두 춘원의 것으로 판정했다. 1920년 3월 11일자부터 13회에 걸쳐 연재된 「부인해방문제에 관하여」는 '송아지'로 서명이 되어 있는 논설이다. 위에 살핀 논리의 귀결로 이들 글은 당연히 춘원의 저작권 외로 돌려야 한다.[7]

자료편 제5편에 실린 여러 글들은 시사성을 띤 기사들이며 본격적인 의미의 평설들이 아니다. 당시 『독립신문』에서 춘원은 사장인 동시에 주필을 겸하고 있었다. 망명정부의 기관지라고 하지만 잡보에 해당되는 기사까지 그가 썼을까는 아무래도 의문이다.

뿐만 아니라 이 책에서 김원모 교수는 명백히 안창호(安昌浩)의 이름으로 된 글을 춘원의 것으로 수록하고 있다. 상해임정에서 도산(島山)은 내무총장으로 복잡한 임시정부의 계파 조정과 활동자금 융통 등 복잡한 사무를 도맡아 보고 있었다. 그가 바쁜 일정에 쫓긴 나머지 일부 식사(式辭)나 연설문을 춘원에게 부탁했을 가능성은 전혀 없지 않았

---

7) 『독립신문』, 1920.3.11~4.16.

을 것이다. 그러나 이것은 어디까지나 춘원이 도산(島山)을 보좌한 차원에서 이루어진 일이다. 그들을 단서 없이 모두 춘원의 글로 묶는 것은 또한 온당하지 못한 생각이다.

위의 경우보다 더 미묘한 문제가 제3편에 나타난다. 구체적으로 「대한독립단(大韓獨立團)의 약력」은 『독립신문』 1921년 4월 2일과 4월 9일 2회에 걸쳐 게재된 글이다. 이때 이미 춘원은 상해 임정에서 이탈하여 본국으로 돌아온 터였다. 그 시기로 보아서 「대한독립단의 약력」이 춘원의 것일 가능성은 일단 없게 된다. 이런 생각에 대해서는 혹시 이 글이 춘원의 상해 이탈 전에 작성된 것으로, 그가 귀국한 다음 『독립신문』에 게재되었을 가능성을 묻는 사람이 있을지 모르겠다. 춘원의 상해 이탈은 그가 그 직후 신의주에서 총독부 경찰에 검거, 연행됨으로써 국내외에 널리 알려졌다.[8] 상해 임정의 강경파들은 그것을 곧 춘원의 독립운동 포기이며 친일적 변절이라고 단정하였다. 일부 과격파는 그것으로 춘원 숙청론을 펴기까지 했다. 그런 독립단 선언을 그것도 『독립신문』과 같은 임정의 기관지에 춘원이 귀국한 다음 내어 주었을 리가 없는 것이다. 이상 여러 사실들에 비추어 우리가 김원모 교수의 『춘원의 광복론, 독립신문』에 보탤 말은 한 줄로 줄일 수 있다. 이 책을 만들어낸 김원모 교수의 열정에 우리는 넉넉한 경의를 표한다. 그러나 그에 못지않게 이 책에는 다시 검토되어야 할 면도 내포되어 있는 것이다.

---

8) 연보에 따르면 춘원의 귀국은 1921년 4월이다(『이광수전집』 20, 삼중당, 1964, 282쪽).

3. 민족의식의 좌표 설정 문제, 2 · 8선언과 일제 말의 굴절

이미 거론된 바와 같이 김원모의 『영마루의 구름』은 춘원 연구의 본 무대이며 압권이다. 이 책은 그 부제목이 「춘원 이광수의 친일과 민족 보존론」이다. 이런 제목이 내포하고 있는 뜻은 적지 않게 비유적이다. 김원모는 춘원의 평생을 관통하고 흐르는 의식을 민족의 편에 선 것으로 보았다. 그런데 춘원이 처한 시대와 상황은 그의 의식과 180° 달랐다. 일제는 한일합방과 함께 우리 민족을 끊임없이 탄압, 유린하려고 들었다. 특히 일제 말기에 이르러 그들은 우리 민족의 전면 탄압, 말소를 기도했다.

이 절대절명의 위기 상황에 임하여 춘원은 표면상 민족을 버리고 친일을 하는 듯 위장했다. 그러나 그것은 표면상 민족운동을 포기하는 듯 보이면서 그 위기에 처한 우리 민족을 구원, 보존케 하려는 전략이 바닥에 깔린 나머지 춘원이 벌인 행동 양태였다. 이런 시각에서 김원모는 춘원이 일생을 걸어 시도한 것이 우리 민족의 명맥 유지며 보존이라고 본 것이다.

그 나름의 생각을 논증해가는 과정에서 김원모 교수는 몇 개의 사실을 중점적으로 이용했다. 특히 그는 춘원이 2 · 8독립선언의 주동자인 동시에 그 선언문의 기초자라는 점에 주목했다. 여기서 김원모 교수는 육당 최남선(六堂 崔南善)의 '기미독립선언문'과(이하 3 · 1선언) '2 · 8독립선언서'를 대비시키는 방법을 택했다. 그에 따라 두 선언서의 차이점을 항목화시켜 요약 제시하고 있다. 첫째 3 · 1선언이 일제와의 공존, 공생을 지향한 것임에 반해 2 · 8독립선언에는 민족의 생존을 위해 혈전을 불사할 것이라는 각오가 담겨 있다. 이것을 김원모는 무저항 소극론 대 적극적 민족운동론으로 해석했다.[9]

둘째 김원모 교수는 3·1선언이 대일 우호의식을 지니고 있음에 반해 2·8선언에는 정복자와 피정복자 간의 대립의식이 나타난다고 보았다. 그런 생각을 전제로 김원모는 3·1선언이 유화적인 편이라면 2·8선언에 투쟁적 민족주의 의식이 검출되는 것이라고 지적했다. 이어 김원모는 3·1선언과 2·8선언의 차이를 우정에 의한 공존론의 경향 대 일제의 구축을 기한 혈전의식에 있다고 보았다.[10]

그 나름의 결론을 이끌어내는 과정에서 김원모는 그대로 지나쳐버릴 수 없는 논리의 빈터를 생기게 했다. 3·1선언이 평화와 타협주의임에 대해 2·8선언이 적극적 독립쟁취론이라는 증거로 그는 어휘의 빈도수를 들었다. 그에 따르면 2·8선언에 조선이라는 말이 22회 그리고 일본 또는 일본인이라는 표기가 26회나 나온다. 그에 반하여 3·1선언에는 일본족을 '이민족', 일본을 '타(他)'라고 했을 뿐이라고 한다. 이것을 김원모 교수는 전자가 대일 혈전(對日 血戰)의 의지를 명백히 한 것임에 반해서 후자는 '한일화해적 우호적인 민족주의를 주장'한 것이라고 해석했다.[11]

우리 모두가 잘 알고 있는 바 3·1선언의 첫머리는 "오등(吾等)은 자(玆)에 아(我) 조선(朝鮮)의 독립국임과 조선인의 자주민(自主民)임을 선

---

9) 위의 책.
10) 위의 책, 75~76쪽. 이에 이어 김원모 교수는 양자의 네 번째 차이가 낙관적 미래 대 비관적 미래에 있다고 보았으나 여기서는 논외로 한다.
11) 위의 책, 76쪽.

언하노라."로 시작한다. 이런 말들에 담긴 민족과 국가의식이 2·8선언에 비해 떨어진다고 보는 것은 아무래도 이상하다. 뿐만 아니라 그에 이은 "유사(有史) 이래 누천년(累千年)에 처음으로 이민족(異民族) 겸제(箝制)의 고통을 당한지 금(今)에 십년을 과(過)한지라. 아(我) 생존권(生存權)의 박탈(剝奪)됨은 무릇 기하(幾何)이며, 심령상 발전의 장애됨이 무릇 기하(幾何)며, 민족적 존영(尊榮)의 훼손됨이 무릇 기하(幾何)며, 신예(新銳)와 독창으로 세계 문화의 대조류에 기여보비(寄與補裨)할 기연(機緣)을 유실(遺失)함이 무릇 기하(幾何)뇨"는 어떻게 읽어야 할 것인가. 여기서 이민족은 말할 것도 없이 일본이며 일제를 가리킨다. 그런 일제의 죄상이 중층적으로 열거되어 있는 것이 3·1선언이다. 이와 같은 3·1선언에 대일 적개심이 함량미달이라고 본 견해는 아무래도 우리가 전폭적으로 수긍하지 못할 일면을 가진다.

이와 아울러 우리는 3·1선언에서 만해 한용운(萬海 韓龍雲)이 추가한 것으로 알려진 공약 3장을 다시 검토해야 한다. "최후의 일인(一人)까지 최후의 일각까지"에 담긴 정신은 아무리 양보해도 고강도의 자주독립 쟁취 정신이다. 여기에 혈전(血戰)이란 단어가 없다고 하여 3·1선언이 탈식민지 운동에서 소극적이었다는 해석은 따라서 재고될 필요가 있다.

춘원이 만년에 범한 민족적 과오를 김원모 교수는 그의 저서 여기저기에서 재해석하려는 시도를 가졌다. 그 보기의 하나가 되는 것이 일제 말기에 춘원이 창씨개명으로 가진 가야마 미쓰오[香山光郎]라는 이름이다. 널리 알려진 대로 춘원은 창씨개명 때에 그가 택한 일본식 이름에 대해 그 나름의 변명(?)을 가한 바 있다. 그는 자신의 일본식 성을 가야마[香山]라고 한 것이 일본의 신무천황(神武天皇)이 즉위한 강원(橿原)이 있는 가구야마[香久山]에서 따온 것이라고 했다. 그리고 미쓰오[光郎]는 이광수의 광(光) 자와 일본 본토를 뜻하는 내지(內地)식 이름에 자주 쓰이는 오[郎] 자를 붙인 것이라는 설명을 가했다.[12] 춘원 자신의 이런 언명이 있음에도 불구하고 김원모 교수는 이때의 창씨개명이 위장된 것일 뿐 그 바닥에 오히려 맥맥한 민족의식을 깐 것이라고 보았다. 김원모 교수가 그의 생각을 입증하기 위해서 벌인 논증이 여섯 개 항목이나 된다.

첫째, 둘째는 당시 춘원이 처한 여건론이다. 김원모에 따르면 그 무렵에 춘원은 일제의 삼엄한 감시 속에서 사는 조롱 속의 새였다. 뿐만 아니라 그는 민족 지도자들이 송두리째 말소될 사태가 올지 모른다는 위기감에 사로잡혀 있었다. 그 타개책의 하나로 생각된 것이 위장 친일과 일제의 침략전쟁 협력이었고 창씨개명도 그 테두리에서 이루어진 위장 전향 형태의 하나였다는 것이 김원모 교수의 생각이다.[13]

김원모 교수는 그의 주장을 밑받침하기 위하여 뚜렷한 보기가 되는 객관적 논증 자료를 제시하지 못했다. 이것으로 그의 생각은 일반에게 속 시원하다는 느낌을 주는 데는 성공하지 못했던 것이다. 그의 견해 가운데는 오히려 논지와 반대되는 예가 나오는 경우도 있다. 그 보기가 되는 것이 해당 부분의 넷째와 다섯째, 여섯째 부분이다. 김원모 교수는 여기서 춘원이 1936년 4월 선천(宣川)에서 강연을 한 다음 이영

12) 『매일신보』, 1940.1.5.
13) 김원모, 『영마루의 구름』, 단국대학교출판부, 2009, 986~987쪽.

학(李英學)에게 부채에 써준 사실을 들었다. 그 부채의 문면에 춘원이 적은 것이 포은 정몽주(圃隱 鄭夢周)의 「단심가(丹心歌)」였다. 춘원은 그 말미에 '향산지형혜존(香山志兄惠存)'이라고 썼다.[14]

김원모 교수는 여기에 쓰인 '향산(香山)'이 단군사당이 있는 묘향산 (妙香山)에 비정된다고 강조했다. 그리고 포은의 「단심가」는 그의 가슴 속에 대의에 살기를 기하는 의지가 있음을 알리는 것이라고 보았다. 어떻든 이영학에게 이런 호를 붙여준 것으로 보아 춘원의 창씨인 가 야마[香山]는 그가 창씨의 변에서 말한 가구야마[香久山]가 아니라 묘향 산을 가리킨다는 생각이다.[15]

김원모 교수의 생각에는 적어도 두 가지 정도의 논리적 빈터가 포함 되어 있다. 첫째 춘원이 이영학에게 부채에 써준 시기 문제다. 두루 알려진 것처럼 일제의 창씨개명령이 발동된 것은 1936년이 아닌 1940 년이었다. 창씨개명령이 있기 전에 춘원은 그 자신이 아닌 이영학에 게 아호 정도로 묘향산을 뜻하는 '향산(香山)'을 써주었을 것이다. 그리 고 이것은 일제의 삼엄한 전시체제가 선포되고 국가총동원령이 내려 진 상황과는 조금 다른 시기에 있었던 일이다. 참고로 밝히면 1930년 대 전반기까지 우리 주변에서는 최남선, 안재홍, 변영로 등에 의해 백 두산 등반이 이루어졌다. 그 산을 민족의 성산으로 일컫은 시가와 기 행문도 상당수 발표되었다. 이 시기에는 우리 주변에서 별도로 정몽 주나 사육신(死六臣)의 시조가 읊조려지고 이순신의 전적이 칭예된 것

---

14) 위의 책, 1008~1009쪽.
15) 위의 책, 1011쪽.

도 드물지 않은 일이었다.(실제 우리 마을에서는 태평양전쟁 발발 직전까지 「단심가」나 이순신의 〈한산도 달 밝은 밤에〉가 나오는 시조의 가투놀이가 안채에서 자주 벌어졌다.) 여기서 우리가 가질 수 있는 잠정적 결론은 명백하다. 당시의 국민문학도에 의한 국토산하 순례나 역사적 위인, 열사 숭모가 곧 일제 말기의 항일 저항의지와 동일시될 수가 없다. 그렇다면 이영학의 예로 춘원의 위장저항론을 편 것은 지나친 견해다.

다음 여섯 번째 항목에서 김원모 교수는 매우 재미있는 자료를 제시했다. 일찍 춘원의 장편 『사랑』은 박문서관에서 현대걸작 장편소설 제 1권으로 간행되었다. 그런데 그 판권란에 저자가 가야마 미쓰오[香山光郞]로 나타난다. 그리고 출판 연월일이 '소화(昭和) 십삼년(十三年) 십월(十月) 이십오일(二十五日)'로 되어 있다. 일제의 이 연호를 서력으로 환산하면 1938년이 된다. 김원모 교수는 이런 사실에 주목했다.

> 여섯 번째 춘원은 창씨개명 실시 2년 앞서(1938)부터 스스로 '香山光郞'이라는 자호를 만들어 사용하기 시작했다. '香山'은 묘향산에서 '光'자는 자기 이름에서 '郞'자는 신라 화랑도의 '永郞述郞' 등 화랑도의 이름에서 '郞'자를 따서 '香山光郞'이라 지어 사용해 왔다는 점에서 대단히 의미 있는 자호 사용인 것이다.[16]

위와 같은 김원모 교수의 생각이 논술로 참의 자리를 얻어내기 위해서는 적어도 한 가지 전제가 해결되어야 한다. 첫째 향산광랑(香山光郞)

---

16) 위의 책, 1013쪽.

이라는 필명을 쓴 시기가(당시까지 춘원의 본명은 어디까지나 이광수(李光洙)였다.) 1938년 전으로 소급되어 있다는 사실이 입증될 필요가 있다. 각주를 보면 김원모는 그의 생각을 밑받침하는 사실로 일간지의 보도기사를 들었다. '춘원 이광수 창씨개명 실시 2년 앞서 사용. 소설집 『사랑』 판권란 香山光郎으로'. 김원모 교수의 글에 따르면 이 기사는 1997년 6월 10일자 『중앙일보』에 게재된 것이다. 그 작성자는 정운현이다.[17]

논문 작성자가 새로운 사실을 입증하는 데는 반드시 거쳐야 할 과정이 있다. 요구되는 판단 근거를 구하기 위해서 그는 외재적 증거와 함께 재질문의 여지가 생기지 않게 그 나름의 해석 근거를 논리적으로 제시할 토대도 닦아놓아야 한다. 이때 우리가 경계해야 할 것이 남이 내린 판단이나 결론을 그대로 믿고 따르는 일이다. 이런 시각에서 우리는 김원모 교수가 사실 판단의 근거로 삼은 박문서관의 판권란을 다시 보지 않을 수 없다.

박문서관이 발행한 『사랑』 판권란에는 한 가지 이상한 점이 발견된다. 거기에는 분명히 저자 춘원의 이름이 일본식 성명인 향산광랑(香山光郎)으로 되어 있다. 그런데 발행자의 이름 또한 창씨개명이 된 서원성석(瑞原聖錫)이다. 여기 나오는 서원(瑞原)은 당시 박문서관의 사주인 노성석(盧聖錫)이었다.[18] 그렇다면 그 역시 창씨개명 이전에 이미 일본식 성명을 가진 것인가.

---

17) 김원모, 『영마루의 구름』, 단국대학교출판부, 2009, 1013~1014쪽.
18) 이에 대해서는 『이광수 단편선』(박문서관, 1939)의 판권란 참조.

위에서 제기되는 문제를 풀기 위해 우리는 부득이 김원모 교수가 내세운 춘원의 가야마 미쓰오[香山光郎]가 창씨개명령 시행 이전 사용설을 재검토해보지 않을 수 없다. 그리고 바로 이때에 우리는 소급설에 반대되는 증거자료와 부딪친다.

임종국(林鍾國)의 『친일문학론』에는 일제 말기 일제 군부의 강요에 의해 우리 문인과 출판계가 동원된 황군위문작가단(皇軍慰問作家團)의 항목이 나온다. 1939년 3월 14일 부민관에서 열린 그 발족대회에는 이광수(李光洙), 박영희(朴英熙), 김동인(金東仁), 김동환(金東煥), 주요한, 김용제(金龍濟) 등의 문인들과 함께 박문서관, 한성도서, 삼문사(三文社)의 대표가 참가하였다. 이때 한성도서의 대표가 노성석(盧聖錫)이었고 한성도서 이관구(李寬求), 삼문사 한규상(韓圭相) 등이었다. 그런데 노성석은 춘원이나 다른 관계자들과 함께 개명한 이름이 아니라 본 이름 그대로 보도되어 있다.[19] 여기서 우리가 지나쳐 버릴 수 없는 것이 있다. 그것이 당시에 이미 일급 친일문인으로 부상한 김동환, 김용제 등 그 누구도 황군위문작가단 명단에 창씨개명된 이름을 쓰고 있지 않은 점이다. 대체 이런 현상이 가리키는 바는 무엇인가. 여기서 대두되는 의문을 해결하기 위해 불가피하게 우리는 『사랑』 판권란에 나타나는 출판시기 '소화 십삼년(昭和 十三年)(1938)'을 다시 검토하지 않을 수 없다.

김원모 교수가 도판으로 제시한 춘원의 『사랑』 초판 판권란에는 인쇄 연월일과 함께 발행 연월일이 명시되어 있으며 그 바로 아래에 '초

19) 임종국, 『친일문학론』, 평화출판사, 1966, 94~95쪽.

판(初版)'의 표시가 나온다. 우리가 지나쳐 버려서는 안 되는 것이 바로 이 판수 표시다. 요즘도 그렇지만 당시 총독부 당국에서 과세는 출판사의 실적을 감안하여 산출되었다. 그리고 이때의 출판사 실적이란 각 회사에서 발행되는 도서들의 부수가 기준이 되었고 그 근거 자료는 각 서적의 판수로 결정했다. 당시 서적의 한 판(版)은 대개 1,000부로 발행되었다. 그러니까 판이 바뀌면 출판사는 그에 정비례로 세금을 더 물어야 했던 것이다. 이런 세금제에도 교묘하게 세금을 탈루할 속임수가 있었다. 그것이 판이 거듭되어도 초판 표시를 하여 책을 발행해 버리는 일이었다.

이야기가 여기에 이르면 우리는 박문서관 발행의 『사랑』 판권란에 나타나는 작자나 발행인의 이름과 출판시기 사이의 모순, 충돌 현상이 어디에 말미암은 것인가를 짐작할 수 있을 것이다. 단적으로 말하여 춘원의 이름이 가야마[香山]로 올라 있는 『사랑』 판권란의 '소화 십삼년(昭和十三年)' 표시는 재판 표시를 기피한 출판사 측의 허위 기재일 뿐이다. 명백히 향산(香山)으로 저자 이름이 오른 『사랑』의 발행 시기는 1938년이 아니라 창씨개명이 이루어진 뒤의 일이다. 이런 사실을 감안하지 않은 채 김윤모 교수는 춘원이 일본식 이름인 가야마 미쓰오[香山光郎]를 민족의식을 바탕에 깐 것으로 속단했다. 이상 논의를 통해 결론도 명백해진다. '향산(香山)', 곧 친일이 아니라 투철한 민족의식의 발로라는 가설을 전제로 한 춘원의 일제 말 위장 전향설은 논리적 근거가 성립될 수 없는 가설이 되어버린다.

4. 『백범일지(白凡逸志)』는 춘원 원작인가

『백범일지(白凡逸志)』는 널리 알려진 바와 같이 상해임정의 주석인 백범(白凡)이 스스로 쓴 자서전이다. 이 책이 활자화된 것은 1947년 12월 국사원(國土院)판을 통해서였다. 백범(白凡) 자신이 해외에서 망명생활을 하는 가운데 집필하여 파란으로 가득 찬 그의 일생을 기록한 것이 이 책이다. 당시 우리 또래는 중학교 학생이었는데 그 무렵 우리 주변에는 좌익서적이 범람했다. 그에 비해서 이승만 박사나 김구 선생과 같은 우파지도자들의 저작은 별로 인기가 없었다. 그런데 김구 선생의 『백범일지』는 그렇지 않았다. 그 무렵 우리 또래의 책상머리에는 김기림(金起林), 김동석(金東錫) 등의 평론집과 함께 『백범일지』가 꽂혀 있었던 것이다. 이 『백범일지』를 김원모 교수가 춘원의 손에 의한 것이라고 주장했다.

사릉과 봉선사에서의 3년간 돌베개 고행을 마감하고 서울 효자동 본가로 돌아오자마자 흥사단의 청탁으로 『도산 안창호』 전기를 집필했다. 이를 탈고한 후 즉시 『白凡逸志』를 집필한 것이다. 춘원은 친일행태에 대한 반성과 참회의 심정으로 상해임정의 동지인 두 독립투사의 전기를 연달아 一氣呵成으로 집필, 『도산 안창호』는 1947년 5월에, 『백범일지』는 1947년 12월에 각각 출간했다. 두 저서에는 집필자의 이름이 없다. 특히 『백범일지』의 표지에는 '金九著'로 판권란에는 '編輯 兼 發行人 金信'으로 되어 있다. 전자는 국한문 혼용으로 집필했고 후자는 한글 전용으로 집필했다. 모두 춘원 이광수의 이름을 밝히지 않아서 집필자를 가리는 데 혼선을 빚고 있다. 『도산 안창호』는 춘원이 집필했다고 일찍부터 알려지고 있다. 그래서 『이광수전집』에도 수록이 되어 있다. 그런데 문제는 『백범일지』는 춘원의 저작이라고 분명히 밝히지 않아서 『이광수전집』 전20권을 발간할 때 이를 제외한 것이다. 더구나 白凡의 아들 金信은 『백범일지』 육필 원고본을 원색영인본으로 출간하면서 후 기에서 "『백범일지』가 처음 활자로 간행된 것은 광복 후 서울에서 1947 년 12월 15일 國士院에 의해서이다. 이 책은 원본을 현대 한글 철자법에 준하여 윤문하였고, 부록으로 선친의 정치철학을 피력하신 「나의 소원」 을 첨가하였다. 그 후 오늘날까지 여러 출판사에서 이 國士院판의 현대 한글 철자법과 문장에 준하여 윤문한 『백범일지』를 다시 약간씩 철자법 을 고치고 윤문하여 간행하여 왔다."라고 말하면서 정작 저자 춘원에 대해서는 일언반구 언급이 없다.[20]

　이런 김원모 교수의 지적대로라면 『백범일지(白凡逸志)』는 원 저자가 백범(白凡)이 아닌 춘원의 것이 되어버린다. 그가 국사원판에서나 김신 (金信)이 원색판을 발간할 때 『백범일지』가 춘원 이광수 작으로 밝혀 있지 않은 것을 강하게 유감으로 말하고 있는 까닭도 바로 여기에 있 었던 것이다. 그렇다면 지금 우리 사이에 통념으로 되어 있는 『백범일 지』 김구(金九) 저작설은 수정되어야 할 것인가.

　김원모 교수의 말들에는 그 자체에 이미 모순이 내포되어 있다. 앞 에서 그는 분명히 『백범일지』 육필 원고본이라는 말을 썼다. 이것은 춘 원 이광수의 손을 거치기 전에 그에 선행한 김구(金九)의 수고본(手稿本) 『백범일지』가 있었음을 뜻한다. 그러니까 국사원(國士院)판으로 시작되 었고 현대어로 고쳐진 『백범일지』는 범박하게 보아도 춘원에게 저작권 이 돌아가는 책이 아니다. 춘원은 그것을 윤문하는 데 기여했을 뿐이

---

20) 김원모, 『영마루의 구름』, 단국대학교출판부, 2009, 1085~1086쪽.

다. 김원모 교수가 유감으로 생각할 것이 있다면 이런 사실을 지적하는 데 그쳐야 했다. 따라서 그가 친필 원고본에까지 춘원의 이름이 빠져 있다거나 김신(金信)이 거기에 저자를 이광수(李光洙)로 밝히지 않은 사실을 지적한 것은 명백히 과녁을 빗나간 화살이 되어버린다.

여기서 우리는 『백범일지』를 에워싼 원작자 시비를 종식시키기 위해 원본과 국사원판 『백범일지』를 비교, 검토해볼 필요를 느낀다. 지금 우리가 흔히 대하는 『백범일지』는 이미 드러난 바와 같이 1947년 국사원판이다. 그 첫머리에는 『백범일지』 상하편 수본(上下編 手本)이라고 명기된 표지 사진이 나온다. 또한 그 하단에는 "이 책의 원본인 『백범일지』 상하편 수본—이것을 순국문으로 번역하여 인쇄한 것이 곧 이 책이다."라고 설명이 붙어 있다.[21] 이것을 지나쳐 본 『백범일지』 원작자 시비는 정상궤도 이탈이라고 해도 할 말이 없다.

우리가 알고 있는바 다 같은 전기라고 하더라도 자서전과 일반적인 의미의 전기는 근본적으로 그 성격이 다르다. 넓은 의미의 전기란 한 인간의 평생을 줄거리로 한 서사문학의 한 양식이다. 흔히 그것은 제3자가 써주는 것으로 자서전과는 구별된다. 그와 달리 자서전은 바로 글을 쓰는 자신이 다른 사람이 아닌 자신의 생애를 기술함으로써 이루어진다. 이런 기준에 비추어 볼 때 자서전 『백범일지』가 춘원의 창작일 가능성은 애초부터 그 근거가 성립되지 않는다. 앞에서 드러난 바와 같이 수고본에 의거한 『백범일지』 표지에 명백히 '김구 자서전'

---

21) 국사원판 사진자료 일곱째 면. 이것이 1971년 3월 1일자로 간행된 金九著 『金九自敍傳 白凡逸志』(백범 김구선생 기념사업협회 발행)에서 도판 제7면에 수록되어 있다.

이란 표기가 되어 있기 때문이다. 그럼에도 김원모 교수가 위와 같은 말을 한 까닭이 다른 데 있는가. 혹시 수고본의 자서전 표기와 달리 내용에서 다른 단면을 내포하고 있는 것인가. 이렇게 제기되는 의문에 답하기 위해 일단 우리는 원본, 또는 수고본(手稿本)『백범일지』와 활자본을 대조, 검토해볼 필요가 있다. 수고본『백범일지』머리에는 백범(白凡)이 두 아들에게 준 편지 글이 붙어 있다.

(一) 믜슥 汝父는 汝等이 居住하는 고향에서 水陸 幾千里를 隔한 他國에서 此逸志를 書함은 장래에 汝等이 長成하여 아비의 경력을 알고 싶어 할 때에 보여 달라고 付託하여 몇몇 親舊에게 分傳하였거니와 汝等이 年少하여 直接으로 말하지 못하는 것이 遺憾이지만은 어디 世上事 뜻과 같이 되느냐

(二) 아비는 이제 너희가 있는 고향에서 수륙 오천리를 떠난 먼 나라에서 이 글을 쓰고 있다. 어린 너희를 말하여 들릴 수 없으매 그 동안 나의 지난 일을 대략하여서 몇몇 동지에게 남겨 장래 너희가 자라서 아비의 경력을 알고 싶어 할 때가 되거든 너희에게 보여 달라고 부탁하였거니와 너희가 아직 나이가 어리기 때문에 직접으로 말하지 못하는 것이 유감이지마는 어디 세상사가 뜻과 같이 되느냐.[22]

여기서 우리가 확인할 수 있는 것은 한글로 바꾼 『백범일지』의 문장이 매우 부드럽고 훌륭한 점이다. 수고본의 "여등(汝等)"이 여기서는 "너희"로 바뀌었다. "수륙 기천리(水陸 幾千里)를 격(隔)한"은 "수륙 오천리를 떠난"으로 고쳐졌다. 그러나 문장이 유려함에도 국사원판의

---

22)『白凡逸志』, 국사원, 1947, 1쪽.

것은 어디까지나 원문의 뜻을 훼손시키려 하지 않은 자취를 뚜렷하게 드러낸다. 이런 문장쓰기를 우리는 윤문이라고 한다. 이에 반하여 창작으로서의 글쓰기란 소재나 줄거리를 빌려서 쓰는 것으로 문장은 처음부터 쓰는 이의 독자적 형태를 취한다. 따라서 활자본으로 간행된 『백범일지』를 춘원의 독자 집필로 보는 것은 창작과 윤문의 구분을 망각해버린 것이다.

뿐만 아니라 『백범일지』의 본문을 검토해보면 이 책이 춘원의 원작일 수 없는 점이 더욱 명백해진다. 수고본 『백범일지』에서 우리에게 관심의 초점이 되는 사실들은 백범이 상해임정의 국무령이 된 항목이라든가 윤봉길(尹奉吉) 의사의 의거에 관계된 부분이다.

(一) 민국 구년 십일월에 나는 국무령(國務領)으로 선거되었다. 국무령은 임시정부의 최고 수령이다. 나는 임시의정원의장(臨時議政院議長) 이동녕을 보고 아모리 아직 완성되지 아니한 국가라 하더라도 나같이 미미한 사람이 한 나라의 원수(元首)가 된다는 것은 국가의 위신에 관계된다 하야 고사하였으나 강권에 못 이기어 부득이 하야 취임하였다.[23]

(二) 국무령(國務領),(一) 동년 11월에 국무령으로 피선되었다. 나는 의정원 의장 이동녕(李東寧)에게 대하여 내가 김존위(金尊位)의 아들로서 아무리 추형(蒭形) 일망정 일국의 원수가 됨이 국가의 위신을 추락케 함이니 감임(堪任)키 불능이라 하였으나 혁명시기에는 무관(無關)이라고 강권하므로 부득이 승낙하고 윤기섭(尹琦燮), 오영선(吳永善), 김갑(金甲), (金澈), 이규홍(李圭洪)으로 내각을 조직한 후에 헌법개정안을

---

23) 국사원판 『백범일지』, 261~262쪽.

의원에 제출하여 독재제인 국무령제를 고쳐서 평등인 위원제로 개정실
시하여 당금(當今: 눈앞에 닥친 이때)은 위원의 일인으로 피임(被任) 시
무(視務)한다.[24]

보기 중 (一)은 춘원의 손을 거쳤을 것으로 판단되는 『백범일지』에
서 백범이 국무령에 취임한 사실을 적은 부분이다. 그에 대해 (二)는
수고본 『백범일지』의 해당 부분을 축자역(逐字譯)으로 옮긴 것이다. 위
의 보기를 통해 우리가 추정 가능한 두 『백범일지』의 성격은 단순, 명
백하다. 그것이 국사원 발행의 『백범일지』가 충실하게 수고본에 의거
한 점이다. 굳이 두 책에 나타나는 차이점을 든다면 하나의 사실이 지
적될 수 있다. 얼핏 보아도 드러나는 바와 같이 전자는 사실을 간명하
게 밝히고 있다. 그에 대해 수고본은 사실을 세세하게 전하고자 한 단
면을 드러낸다. 이것은 백범의 자서전 내용을 중요 경력 중심으로 재
편성하고자 춘원 나름의 윤필의식이 작용한 결과일 것이다. 그런 이
상 국사원판 『백범일지』를 춘원의 독자저작설로 단정하는 것은 온당
한 작품 읽기가 아니다.

윤봉길 의사의 거사 부분을 통해서도 『백범일지』의 대작(代作) 가능
성은 전혀 문제될 여지가 없다. 수고본에는 윤봉길 의사가 홍구공원에
서 투척한 폭탄의 입수 경위가 자세하게 적혀 있다. 그에 따르면 그것
은 훗날 대한민국 국군의 창설에 참가한 김홍일(金弘一)의 적극적 참여
로 이루어진 일이다. 당시 중국군 상해 조병창의 공장장은 송식표(宋
式驃)였다. 김홍일은 백범(白凡)에게 그를 소개하고 고성능 폭탄을 물병

---

24) 수고본 『백범일지』, 506쪽.

과 도시락 모양으로 만들었다. 윤봉길이 일본인으로 위장한 다음 그것을 들고 일본군이 벌인 상해 침공 전승기념식장에 들어가서 일본 수뇌부가 들어선 기념식 단상을 향해 던졌다.[25] 그날 백범은 윤봉길을 현장으로 보내놓고 거사의 성패 여부에 대해 온몸의 신경을 곤두세우고 있었다. 아래는 거사 직전 윤봉길과 식사를 함께한 다음 그를 의거장소로 보낸 후의 정황을 적은 국사원판 『백범일지』의 일부다.

식장을 향하여 떠나는 길에 윤군은 자동차에 앉아서 그가 가졌던 돈을 꺼내어 내게 준다. "왜 돈은 좀 가지면 어떻소?" 하고 묻는 내 말에 윤군이, "자동차 값 주고도 오륙원은 남아요" 할 즈음에 자동차가 움직였다. 나는 목이 메인 소리로, "후일 지하에서 만납시다." 하였더니 윤군은 차장으로 고개를 내밀어 나를 향하여 숙였다. 자동차는 크게 소리를 지르며 천하 영웅 윤봉길을 싣고 홍구공원을 향하여 달렸다.

그 길로 나는 조상섭(趙尙燮)의 상점에 들려 편지 한 장을 써서 점원 김영린(金永麟)을 주어 급히 안창호 선생에게 전하라 하였다. 그 내용은 "오전 십시경부터 댁에 계시지 마시오. 무슨 대 사건이 있을듯 합니다" 하는 것이었다. 그리고 나는 석오(石吾) 선생께로 가서 지금까지 진행한 일을 보고하고 점심을 먹고 무슨 소식이 있기를 기다리고 있었다.

오후 한 시쯤 해서야 중국 사람들의 입으로 홍구공원에서 누가 폭탄을 던져서 일인이 많이 죽었다고 술렁술렁하기 시작하였다. 혹은 중국인이 던진 것이라 하고 혹은 고려인의 소위라고 하였다. 우리 동포 중에도 어제까지 소채바구니를 지고 다니던 윤봉길이 오늘에 경천위지할 이 일을 했으리라고 아는 사람은 김구 이외에는 이동녕, 이시영, 조완구 같은 몇 사람이나 짐작하였을 것이다.

---

25) 대한매일신보사판 『屠倭實記』, 국사원, 1947, 706~707쪽.

이 날 일은 순전히 내가 혼자 한 일이므로 이동녕 선생에게도 이 날에 처음 자세한 보고를 하고 자세한 소식을 기다리고 있었다. 오후 세시에 비로소 신문 호외로 "홍구공원 일인의 천장절 경축 대상에 대량의 폭탄이 폭발하여 민단장 하단(河端)은 즉사하고 백천대장, 중광(重光)대사, 야촌(野村) 중장 등 문무대관이 다수 중상"이라는 것이 보도 되었다.

그날 일인의 신문에는 폭탄을 던진 것은 중국인의 소위라고 하더니 이튿날 신문에야 일치하에 윤봉길의 이름을 크게 박고 법조계에 대수색이 일어났다.[26)]

이 보기에서 "나"는 말할 것도 없이 백범 자신이다. "윤군"이란 윤봉길(尹奉吉) 의사를 가리킨다. 거사 직전 그와 백범 사이에 오고 간 말은 생사를 초월한 동지애를 극명하게 드러낸다. 그 사이의 사정을 이렇게 살뜰하게 적어낼 사람은 백범이었기에 가능했을 것이다. 수고본 판 대역에서 해당 부분을 보면 다음과 같다.

윤군은 입장(入場)의 길을 떠나는 데 기차를 타면서(중국에서 기차는 자동차를 뜻함 – 필자 주) 소지(所持) 금전을 꺼내어 나의 손에 들려준다. 왜 약간의 돈을 가지는데 무슨 방해가 있는가. 아닙니다, 기차세 주고도 5, 6원은 남겠습니다. 그러는 즈음에 기차는 움직인다. 나는 목멘 소리로 후일 지하에서 만납시다. 윤군은 차창으로 나를 향하여 머리를 숙이자 기차는 소리를 높이 지르고 천하영웅 윤봉길을 싣고 홍구공원을 향하고 질치(疾馳: 달려감)해 버렸다. 나는 그 길로 조상섭의 상점에 들어가서 일봉서(一封書)를 서(書)하여 점원 김영린을 주어 급히 안창호 형에게 보내었으니 그 편지 내의(內意)는 금일 오전 10시경에서부터 댁

26) 국사원판 『백범일지』, 307~308쪽.

에 계시지 마시오. 무슨 대사건이 발생될 듯합니다. 그 길로 또 석오 선생 처소로 가서 진행하는 사정을 보고 오반(점심)을 먹고 무슨 소식이 있기를 기다리던 중 오후 1시쯤 되어 곳곳에서 허다한 중국 사람들이 술렁거리는 말은 불일(不一)하다.

　홍구공원에서는 중국인이 작탄을 던져서 다수 일인이 즉사하였다는 둥 고려인의 소위(所爲)라는 둥, 우리 사람들도 엊그제까지 소채바구니를 메고 날마다 홍구로 다니면서 장사하던 윤봉길이 경천동지의 대사건을 연출할 줄이야. 김구 이외에는 이동녕, 이시영, 조완구 기인(幾人)이 짐작하게 되었던 것이다. 그러나 그날에 거사하는 것은 나 일개인뿐이 알고 있는고로 석오 선생께 가서 보고하고 진적(眞蹟)한 소식을 기다린다 하자. 오후 2, 3시 경에 신문호외로 홍구공원 일인의 경축대상(慶祝臺上)에 거량(巨量) 작탄이 폭발되어 민단장 하단(河端)은 즉사하고 백천(百川) 대장과 중광(重光) 대사와 식전(植田) 중장, 야촌(野村) 중장 등 문무대관이 중상 운운이고 일인 신문에서는 중국인의 소위(所爲)라고 하다가 기(其) 익일에는 각 신문에서 일치하게 윤봉길의 명자(名字)를 대호활자(大號活字)로 게재되고 법조계에 대수색이 기(起)한다.[27]

백범의 수고본 『백범일지』와 춘원이 손을 본 것 사이에는 다소간의 차이점이 검출된다. 수고본이 당시의 사정을 자세하게 기술하고 있는 것임에 반해 국사원판의 것은 등장하는 인물이 주고받는 대화와 행동이 그림처럼 선명하게 나타날 정도로 그려져 있다. 이것은 당시 우리 문단을 대표하는 문필인으로서의 춘원이 지닌 위상일 것이다. 그러나 그것이 곧 원작자와 윤문한 이의 위치를 엇바꾸게 만들 수는 없다. 이것으로 우리는 『백범일지』의 저자에 대한 김원모 교수의 수정 시도가

27) 『백범일지』 직역 부분, 317쪽.

주객전도에 속한다고 보지 않을 수 없다. 다만 8·15 직후에 나온 『백범일지』의 문장을 춘원이 크게 다듬어낸 사실만이 인지될 뿐이다.

여기에 이르기까지 우리는 김원모 교수가 가진 작업의 내용을 비판적으로 검토해보았다. 이미 이 글 첫 부분에서 밝힌 대로 김원모 교수의 업적은 이렇게 비판적 시각으로만 논의될 성격의 것이 아니다. 결함보다 좋은 점을 더 많이 지닌 것이 그의 춘원 연구이기 때문이다. 끝으로 하나 아쉽게 생각하는 것은 김원모 교수가 끈질기게 파헤치고자 한 춘원의 친일 문제와 그에 곁들인 민족보존 노력의 표리관계 문제다.

한때 우리 주변에는 아무런 단서도 달지 않은 채 춘원의 친일을 매국적 반역행위라고만 매도, 단죄해버리는 발언들이 횡행했다. 그러나 일제 식민지 체제와 같은 특수상황에 비추어 문학자의 굴절과 전향은 좀 더 종합적이며 입체적인 시각을 통하여 논의, 검토되어야 할 것이다. 그런 시각으로 볼 때 김원모 교수의 춘원 옹호론은 몇 가지 결함을 가진 것임에도 우리가 검토, 음미할 업적이 된다. 다만 김원모 교수의 일제 말 춘원의 전향이 전적으로 민족보존만을 위한 애국적 노력의 결과라는 판단에는 한계가 있다. 이때의 애국애족주의와 친일적 굴절을 판별해내기 위해서 우리는 좀 더 복합적인 시각을 도입해야 한다. 여기서 우리가 바라는 것은 하나다. 김원모 교수의 이번 작업이 춘원을 비롯한 민족운동자들의 지절(志節)과 전향의 문제 논의에 한 기틀이 되었으면 한다. 그를 통해서 우리 근대와 현대사의 논리적 취약지대 가운데 하나가 재빨리, 그리고 기능적으로 재검토, 해석되는 길이 열리기를 바란다.

근대시 형성기의 춘원(春園) 이광수(李光洙)

1. 들머리의 말

한국 현대문학의 역사를 쓰려는 자리에서 춘원(春園) 이광수(李光洙)가 제외될 수는 없을 것이다. 이와 아울러 우리 문학사에서 이광수의 위상을 다루려면 아무래도 『무정』과 『개척자』를 비롯하여 『흙』, 『사랑』, 『이순신』 등의 장편소설이 먼저 문제될 수밖에 없다. 뿐만 아니라 문학사의 배경을 이루는 정신세계, 특히 그의 사상 철학의 뼈대를 생각하는 경우, 우리는 「자녀중심론」이나 「민족개조론」, 「조선의 현재와 장래」 등 논설적 담론을 들먹이게 되는 것이다.

이밖에도 이광수를 논의하는 자리에서 제외될 수 없는 분야가 있다. 그것이 문예비평의 경우다. 우리 문단에 좌파 계급주의 문학이 형성되고 그들에 의해 급진적인 문학참여론이 제기되자 이광수는 그와 한

선을 긋는 입장을 취했다. 이때 그는 문학의 길이 자극과 신기를 추구하는 쪽에 있는 것이 아니라는 견해를 피력했다. 그는 당시 우리 문단이 지향할 바를 반극단, 평상(平常)의 차원에서 이루어져야 할 것으로 보고 그것을 중용(中庸)이라고 지적했다. 이광수에 따르면 '중용'은 "宇宙와 人生을 支配하는 根本原則"이다.[1]

이광수의 이런 생각은 계급문학집단인 카프는 물론 우파에 속하는 국민문학파 내에서도 만만치 않은 반대 의견을 몰고 왔다. 그것을 집약, 또는 대표한 것이 양주동(梁柱東)의 「중용과 철저」다. 이 글에서 양주동은 헤겔의 역사철학 논리를 적용하여 정반합(正反合)의 개념을 내세웠다. 양주동은 이광수의 중용론이 문학의 한 입장일 뿐이지 비평의 전면적 진실이 될 수 없다고 못 박았다. 그것만으로는 문단의 정체가 빚어질 것이라고 보았다. 그는 중용론과 같은 온건주의에 대해 당시 우리 문단에서 요구되는 것이 좀 더 충격적이며 철저한 문학적 입장이라고 주장했다. 그를 통한 마찰과 자극이 우리 문단의 새국면 타개를 가능하게 한다고 본 것이다.[2]

오늘 새삼스럽게 이광수를 두고 이루어진 이런 류의 논쟁에 대해서 다시 주목하는 이유는 별것이 아니다. 한때 이광수는 소설이나 사회적 담론에 속하는 글이 아닌 문예평론으로도 문단활동의 중심권을 차지했다. 이에 비하면 시가 분야에서 그가 끼친 발자취는 부차적인 것이 될 수도 있을 것이다. 그럼에도 이 작업이 주안점(主眼點)으로 삼고

---

1) 李光洙, 「조선이 가지고 싶은 문학」, 『동아일보』, 1926.1.3, 『李光洙全集』 16, 三中堂, 1964, 149~150쪽.
2) 梁柱東, 「中庸과 徹底」, 『조선일보』, 1926.1.10~12.

자 하는 것은 바로 그런 이광수의 시가다. 그 동기와 이유는 이 논의가 진행되는 가운데 이루어지도록 한다.

2. 신체시의 양식적 특성과 이광수

이미 드러난 바와 같이 이광수의 시작활동(詩作活動)은 다방면에 걸친 그의 문학활동에 비추어 보면 결정적인 비중을 차지하지 않는다. 그러나 이 말이 곧 그의 시를 우리 현대문학사의 지엽, 말단 현상으로 보아도 좋다는 해석과 동의어로 해석될 수는 없다. 이런 경우 우리에게 아주 각명한 보기가 되는 것이 이광수가 신체시 시기에 발표한 작품들이다. 두루 알려진 바와 같이 한국 근대시의 효시가 되는 작품을 우리는 육당 최남선(六堂 崔南善)의 「해(海)에게서 소년(少年)에게」로 잡는다. 『소년(少年)』 창간호에 실린 6장 42행으로 된 이 작품 전반부는 다음과 같다.

> 一
>
> 텨―ㄹ썩, 텨―ㄹ썩, 텨, 쏴―아.
> 따린다, 부슨다, 문허바린다,
> 태산 갓흔 놉흔 뫼, 집텨 갓흔 바위ㅅ돌이나,
> 요것이 무어야, 요게 무어야,
> 나의 큰 힘, 아나냐, 모르나냐, 호통까지 치면서,
> 따린다, 부슨다, 문허바린다,
> 텨―ㄹ썩, 텨―ㄹ썩, 텨, 튜르릉, 콱.
>
> 二
>
> 텨―ㄹ썩, 텨―ㄹ썩, 텨, 쏴―아.

내게는, 아모것, 두려움 업서,

陸上에서, 아모런, 힘과 權을 부리던 者라도,

내압헤 와서는 꼼짝 못하고,

아모리 큰, 물건도 내게는 행세하디 못하네.

내게는 내게는 나의 압헤는.

텨—ㄹ썩, 텨—ㄹ썩, 텩, 튜르릉, 콱.

三

텨—ㄹ썩, 텨—ㄹ썩, 텩, 쏴—아.

나에게, 절하디, 아니한 者가,

믯슥까지, 업거던, 통긔하고 나서 보아라.

진시황, 나팔룬, 너의들이냐,

누구누구누구냐 너의 亦是 내게는 굽히도다,

나허구 겨르리 잇건 오나라.

텨—ㄹ썩, 텨—ㄹ썩, 텩, 튜르릉, 콱.

이 작품을 포함한 개화기 시가의 양식적 전개를 우리는 개화가사, 창가, 신체시의 선에 따른 것으로 본다. 이들 양식들의 첫 번째 공통 특질은 반제(反帝)의식과 함께 반봉건 문명개화의 의지를 담고 있는 점이다. 이들 양식에 나타나는 공통특질은 문체, 형태를 기준으로 하는 경우 크게 흔들린다. 먼저 개화가사는 예외 없이 우리 고전시가의 양식 가운데 하나인 가사가 가지는 외형률에 의거하고 있다. 각 행이 4·4 또는 3·4조로 되어 있고 그 말씨 또한 근대시의 특질인 언어의 집약적 사용과는 거리를 가진다. 거의 모든 작품이 산문에 가까운 해설 투가 되어 있는 것도 개화가사의 특징이다. 창가에 속하는 작품들에는 개화가사와 달리 분절(分節) 현상이 나타난다. 그와 아울러 이 유형에 속하는 작품들은 각 행을 7 · 5조나 6 · 4조로 하고 있어 그 외형률이 개화가사와 다르다.[3] 또한 이 양식에 속하는 작품들은 대부분이 가창(歌唱)을 전제로 한 노랫말의 성격을 띠고 있다. 많은 창가 작품에는 악곡이 붙어 있어 그들이 가창을 전제로 한 것임을 알 수 있다.

「해에게서 소년에게」로 대표되는 신체시는 창가 양식과 달리 가창을 전제로 한 노랫말로 제작된 것이 아니다. 따라서 그 각 행은 7 · 5조나 6 · 4조로 규격화되지 않았다. 논자에 따라서는 「해에게서 소년에게」의 대응되는 각 연이 일정하다고 지적한 예가 있다. 각 연의 첫 행이 "텨—ㄹ썩, 텨—ㄹ썩, 텍, 쏴—아"로 동일하며 1연의 2행과 2연의 2행이 "따린다, 부슨다, 문허바린다"로, 그리고 3행이 "내게는 아모 것, 두려움 업서"와 같이 된 점을 그 보기로 들었다. 본래 고전시가와 근대시를 구별하는 기준 가운데 하나가 형태상 정형성을 고수하고 있는가 아닌가에 있다. 그런데 「해에게서 소년에게」의 위와 같은 단면이 바로 전근대성에 해당된다는 것이다.[4]

「해에게서 소년에게」를 두고 이루어진 이제까지의 해석에 대해서 우선 우리는 그 사실 해석의 경직성을 지적하지 않을 수 없다. 본래 정형시와 자유시의 개념을 시가의 형태론에 정립시킨 것은 동양이 아니라 서구 쪽이었다. 그런데 정형시 형태를 지양, 극복한 서구의 자유시를 보면 한 작품에서 대응되는 각 연의 행이 일정한 음수율을 가진 예가 상당수 나타난다. 또한 서구에서 정형시와 자유시 구분을 위한

---

3) 이에 대한 자세한 것은 김용직, 『한국근대시사』 상, 학연사, 1986, 69쪽 참조.
4) 金春洙는 이에 대해서 변칙적인 정형시, 또는 準自由詩라는 말을 썼다. 『韓國現代詩形態論』, 해동문화사, 1958, 23쪽.

절대적 기준은 두운이나 압운이 지켜진 것인가 아닌가와 함께 대응되는 각 행에 동일한 율격이 있는가 여부(與否)다. 이런 사실을 감안하면 「해에게서 소년에게」를 정형시로 보는 견해에는 난점이 생긴다.

「해에게서 소년에게」의 형태적 특징을 제대로 파악하기 위해서 우리가 무엇보다 먼저 주목해야 할 것이 있다. 그것이 이 작품의 말법, 또는 어투를 되새겨보는 일이다. 이미 드러난 바와 같이 이 작품의 각 연 첫 줄은 독특한 의성어로 시작되어 있다. 뿐만 아니라 이때의 의성어는 작자의 의도 가운데 하나인 문명개화와 표리의 관계를 이루는 진취적 기상을 표상한다. 1연과 2연의 행들이 "따린다, 부슨다, 문허바린다"와 같이 세 번이나 종결어미 '-다'로 끝난 점도 지나쳐 보아서는 안 된다.[5] 최남선에 의해서 이루어진 이런 어투는 그 이전의 그어떤 시인에 의해서도 쓰인 바가 없는 것이다. 이와 아울러 여기에는 근대문학의 요건인 문장의 구어체화가 뚜렷하게 이루어져 있다. 이것은 「해에게서 소년에게」가 우리 근대시의 효시로 자리매김 하는 데 중요한 기준을 이루는 형태, 기법상의 변화다. 다만 최남선 자신의 작품 연보를 참고하는 경우 우리가 갖는 문학사적 판단에는 빛이 아니라 그림자로 지적될 수도 있는 부분이 생긴다. 일찍이 육당은 그가 쓴 최초의 작품이 「해에게서 소년에게」가 아니라 「구작삼편(舊作三篇)」이라고 말한 바 있다.[6] 여기서 「구작삼편(舊作三篇)」 1, 2연을 들어보면 다음과 같다.

---

5) 이에 대해서는 김용직, 전게서, 91쪽.
6) 『少年』 6, 1909.4, 2쪽.

우리는 아모것도 가진 것 없오,
칼이나 륙혈포나…
그러나 무서움 없네.
鐵杖 갓흔 形勢라도
우리는 웃지 못하네.
　우리는 옳은것 짐을 지고
　큰길을 거러가난 者ㅡㅁ일세.

우리는 아모것도 지닌 것 업소,
비수나 화약이나 ―
그러나 두려움 없네.
면류관의 힘이라도
우리는 웃지 못하네.
　우리는 옳은것 廣耳삼아
　큰길을 다사리난 者ㅡㅁ일세.

―「舊作三篇」

　얼핏 보아도 명백한 바와 같이 이 작품은 첫 행을 7·5조로 하며 각
장 끝자리에 같은 내용을 담은 후렴구가 붙어 있다. 이것은 이 작품이
창가의 노랫말 형태를 씻어내지 못한 가운데 제작, 발표된 것임을 뜻
한다. 형태, 기법 면으로 보아 「해에게서 소년에게」로부터 몇 걸음 후
퇴한 셈이다. 이광수는 이보다 앞선 작품에서 이미 산문시에 가까운
작품을 발표했다. 이런 경우의 우리에게 좋은 보기가 되는 것이 「옥중
호걸(獄中豪傑)」, 「곰」, 「극웅행(極熊行)」, 「우리 영웅(英雄)」 등이다.

3. 이광수의 초기 작품 – 「옥중호걸(獄中豪傑)」, 「곰」, 「우리 영웅(英雄)」

이광수의 신체시 쓰기는 최남선보다 한 발 늦게 시작되었다. 그가 쓴 최초의 작품 「옥중호걸」은 「해에게서 소년에게」가 나온 다음 다음 해인 1910년 신년 벽두에 동경 유학생회의 회지인 『대한흥학보(大韓興學報)』 9호에 실렸다. "슬프도다. 저 호걸아, 자유 없는 저 호걸아!"와 같은 구절을 포함한 이 작품에 대해 조소앙(趙素昻)은 "진경(眞境)을 그려내어 단숨에 읽혀진다"는 평을 붙였다.[7] 이 작품의 표면상 주인공은 부엉이다. 이광수는 이 날짐승을 철창에 갇힌 몸이 되어 자유를 상실한 우리 민족의 모습과 일체화시켰다. 그것으로 이 시의 부엉이는 바로 폭압에 맞서 싸우는 반제(反帝)투쟁자의 심상에 겹쳐지는 것이다.

> 뼈심마다, 힘줄마다, 電氣같이 잠겨 있난 굳센 힘 날낸 기운, 흐르는 소래엇가. 眞珠같이 光彩있고 慧星같이 돌아가는 횃불같은 兩眼에는 苦悶 안개 끼었도다. 그러나 그 안개 속에 빛나는 光明은 숨은 勇氣, 숨은 힘이 中和한 번갯불, 前後左右 깔린 남게 색인듯한 가는 줄은 獄에 매인 저 豪傑의 고민 고통 자최로다.[8]

이광수가 이 작품을 발표할 무렵 일제의 한반도 병탄정책은 이미 마무리 수순을 밟고 있었다. 이런 상황과 맞닥뜨리자 당시 일본에 유학 중인 대부분의 한국 학생들이 일제히 궐기했다. 그들은 일제의 한반도 병탄 음모 반대를 결의하고 친일 매국적 노선을 택한 일진회(一進

---

7) 嘯卬生評曰. 畵出眞境諳不覺長. 『大韓興學報』 9, 33쪽.
8) 상게서, 29쪽.

會) 타도의 횃불을 들었다. 그 사이의 사정을 단적으로 드러내는 것이 1909년 12월 6일 오후에 이루어진 유학생 임시총회의 한일합방 결사 반대 결의다. 이때 유학생회는 3개 항목의 결의문을 채택했는데 그 첫째가 일진회 분쇄를 위해 내각에 호소문을 보내자는 일이었다. 이와 아울러 동경에 있는 유학생들은 13도에 포고문을 발송했다. 당시의 이런 상황에 비추어 보면 「옥중호걸」을 통해 이광수가 노래하고자 한 바가 분명하게 드러난다. 「옥중호걸」에서 부엉이는 적어도 가슴에 사무치는 한을 품고, 결사항전의 의지를 다지는 반제, 민족해방운동자의 상징이다.

이런 단면과 함께 「옥중호걸」에서 더욱 주목되는 것이 그 형태와 문체상의 특징이다. 일찍이 이 작품에 대해서는 가사체라는 해석이 가해진 바 있다.[9] 피상적으로 보면 이 작품은 4·4조를 가진 정형시인 듯 보일 것이다. 그러나 우리가 가사라고 할 때 그것은 한국 고전시가의 한 양식을 가리키며 그 문체가 율문(律文)으로 이루어질 것을 전제로 한다. 그러나 이미 살핀 바와 같이 「옥중호걸」의 문체는 그와 다른 호흡과 가락을 가지고 있다. 새삼스레 밝힐 것도 없이 가사체의 특색은 말씨가 설명적인 데 있다. 바로 우리가 이 양식을 수필적이라고 하는 까닭이 여기에 있는 것이다. 「옥중호걸」은 어조가 가사 투로 각 행이 동일한 틀을 갖지 않았다. 또한 그 문체가 수필적인 것도 아니다. 이 작품에는 자유로운 형식 속에 정형시 이상의 음악성을 담고자 하

---

9) 金基鉉, 「春園의 新詩」, 『한국문학논고』, 일조각, 1972, 230쪽. 김학동, 「신체시와 그 시단의 전개」, 『開化期 文學論』, 형설출판사, 1978, 210쪽.

려는 제작자의 의도가 내포되어 있다. 이렇게 보면 「옥중호걸」은 「해에게서 소년에게」보다 근대시의 이상에 한 발 더 다가선 작품이다.

「우리 영웅」은 「옥중호걸」 다음에 발표된 것으로 이광수의 신체시 작품 제2탄에 속한다. 이 작품의 주인공은 임진왜란 때 우리 남쪽 바다를 침략해 들어온 일본 수군을 맞이하여 결정적인 전과를 올린 민족의 영웅 이순신 장군이다. 이광수는 이 작품을 다음과 같이 끝맺었다.

크도다 壯하도다 우리 英雄의 精神이여
이 精神 ― 忠君, 熱誠, 愛國精神있기에
自由, 獨立의 表象되는 白頭의 뫼가
青邱의 北天에, 솟아 있을 때까지
永遠, 平和의 表象되는 漢江의 물이
青邱의 中央을 흐를때까지
父母, 兄弟 姉妹 ― 한 피를 나눈 우리 民族이
青邱의 樂園으로부터 큰 使命을 다할 때까지
讚揚하고 노래하리라 ―
우리 英雄 ― 忠武公 李舜臣[10]

여기서 백두산과 한강 물은 말할 것도 없이 우리 민족의 맥맥한 강통을 표상하며 기상을 상징한다. 청구(青邱)는 계림(鷄林)이나 근역(槿域)과 함께 우리 민족 국가의 별칭이다. 백두산이 그 중앙에 높이 솟고 한강이 넘실대며 흐르기를 기하는 것은 우리 겨레의 자주 독립, 부강 국가의 이상이 훌륭하게 실현되는 꿈이 이루어지는 것을 뜻한다. 이

10) 孤舟, 우리 英雄, 『少年』, 1910.3, 45쪽.

것으로 이 작품의 의도하는 바가 뚜렷이 드러난다. 임진왜란 때의 구국의 명장 이순신을 찬양함으로써 이광수는 반제, 애국의 정열을 온몸으로 노래하고자 한 것이다. 「옥중호걸」과 그 의식세계를 같이하는 이 작품은 또한 형태상으로도 주목에 값하는 단면을 가진다.

> 明月浦에 밤이 깊었도다
> 連日苦戰에 疲困한 壯士들은
> 깊히 잠들고 콧소리 높도다
> 깁고 검은 하날에 無數한 星辰은
> 잠잠하게 반뜻반뜻 빛나며
> 부드러운 바람에 나라오난 불내까지도 날낸
> 우리 愛國士의 핏내를 먹음은듯
> 浦口에 밀려오난 물ㅅ결 소래는
> 철썩철썩 무엇을 노래하난듯[11]

이렇게 시작하는 이 작품의 각 연은 그 행수가 서로 다르다. 그와 아울러 이 작품의 각 행은 대응되는 다른 연의 행과 동일한 자수율이나 보격을 가지고 있지도 않다. 그 말씨 또한 고전 시가가 가지는 정형의 틀과는 무관하게 되어 있는 것이다. "월명포(月明浦)에 밤이 깊었도다"에서 구태여 음악성에 대한 배려로 생각되는 부분을 찾는다면 그것은 "-도다"라는 어미 정도일 것이다. 그러나 이것은 신소설과 신체시 단계에서 우리 시가가 완전하게 씻어내지 못한 문어체의 잔재로 보아야 한다. 이것은 이 작품이 아주 뚜렷하게 전근대적인 어투와 형태를 지

---

11) 상게서, 47쪽.

양하고자 한 것이다. 여기서 우리가 얻을 수 있는 잠정적 결론도 명백해진다. 이광수는 「옥중호걸」과 「우리 영웅」을 거치면서 민족의 의지를 뼈대로 한 가운데 형태상으로 명백하게 근대적인 시를 쓴 것이다.

우리 근대 시가의 초창기에 이광수가 끼친 발자취를 살피려는 우리에게 또 하나 지나쳐 볼 수 없는 것이 「말 듣거라」이다. 1913년 『새별』을 통해 발표된 이 작품의 전문은 다음과 같다.

山아 말듣거라 웃음이 어인 일고
네니 그님 손에 만지우지 않았던가
그님을 생각하거드란 울짖기야 왜 못하랴
네 무슨 뜻 있으료마는 하 아숩어

물아 말듣거라 노래가 어인 일고
네니 그님 발을 싯기우지 않았던가
그님을 생각하거드란 느끼기야 왜 못하랴
네 무슨 맘 있으료마는 눈물겨워

꽃아 말듣거라 단장이 어인 일고
네니 그님 입에 입맞추지 않았던가
그님을 생각하거드란 한숨이야 왜 못 쉬랴
네 무슨 속 있으료마는 가슴쓰려[12]

얼핏 보아도 나타나는 바와 같이 이 작품의 주제어는 "님"이다. 시적 화자인 시인은 그 "님"을 받들고 섬기려는 살뜰한 마음을 가진 사

12) 『새별』, 1913. 9. 『李光洙全集』 15, 삼중당, 1968, 22~23쪽.

람이다. 그런데 이 작품의 어조 또는 문맥으로 보아 그 "님"은 지금 화자의 곁에 있지 않은 것, 곧 상실감을 자아내게 하는 대상이다. 이때의 상실감은 또한 우리 국토의 일부인 자연으로서의 산과 물, 꽃에 대비가 가능하다. 그 상실감이 국토자연을 통해 부각, 강조된 점으로 보아 여기서 "님"은 곧 「옥중호걸」이나 「우리 영웅」의 바닥에 깔고자 한 민족, 국가와 그 공간 형태인 국토산하(國土山河)에 해당된다.

민족국가는 말할 것도 없이 구체적 물상이 아니라 일종의 관념 형태다. 그에 대한 상실감 역시 사상, 관념의 차원에 그치는 것이어서 실체성을 가지지 못한다. 좋은 의미에서 시란 사상관념을 감각적 차원으로 바꾸어 물상화시켜야 하는 문학의 한 양식이다. 그런데 「옥중호걸」이나 「우리 영웅」에는 이에 대한 인식의 자취가 명쾌하게 드러나지 않는다. 그렇다면 이 작품은 어떻게 해석, 평가되어야 하는 것인가. 여기서 작중 화자는 빼앗긴 나라를 바라보며 일어나는 슬픔을 막을 길이 없어한다. 그는 주권상실의 슬픔을 온몸으로 느끼며 그에서 빚어진 비장감을 가슴 깊이 간직했다. 그런 감정으로 봄철에 잎이 핀 산, 푸른 물결을 마주하고 있으며 그에 기탁해서 주권상실의 통한을 노래했다. 이것으로 화자가 대하는 산과 강은 객관적 상관물이 되어 눈으로 볼 수 있고 귀로 들을 수 있는 감각적 실체로 탈바꿈했다. 이것은 이 작품에서 이광수가 좋은 의미에서 서정시의 교의를 기능적으로 살려내었음을 뜻한다.

「말 듣거라」에 나타나는 문체, 형태상의 변모양상 역시 지나쳐 보아서는 안 될 일이다. 「옥중호걸」이나 「우리 영웅」을 통해 이광수는 당시 우리 시단의 수준으로 볼 때 상당히 대담한 시의 산문화를 시도했다. 그것이 이 작품에 이르러서는 다소간 정형의 틀로 복귀한 자취를 드러낸다. 구체적으로 이 작품의 세 개 연은 모두가 3행으로 되어 있다. 뿐만 아니라, 각 연의 대응되는 행들의 어조와 보격 또한 그와 같은 유형에 속한다. 그럼에도 이 시는 정형시가 아닌 자유시로 보아야할 단면을 더 강하게 드러내는 작품이다. 이미 그 가락에 창가나 신체시가 지닌 과도기성이 불식되어 있기 때문이다. 여기서 이광수가 어떤 이유로 이런 기법을 쓴 것인가도 문제될 필요가 있다. 이것으로 그는 「옥중호걸」이나 「우리 영웅」이 지닌 한계, 곧 시적 운율에 기여하기보다 자칫 산만해지기 쉬운 과도기의 가락을 좀 더 음악성이 강한쪽으로 바꾸고자 한 것이다. 이런 기법을 통해 이광수는 개항 직후의우리말 시가 지닌 예술적 차원 개척에 진일보한 차원을 구축하려는시도를 가진 셈이다.

4. 점진주의자의 시. 상해체험 이후의 작품세계

1915년을 분수령으로 이광수의 생애는 큰 전기를 맞이한다. 이 해에 그는 인촌 김성수(仁村 金性洙)의 도움으로 재차 일본에 건너가 와세다대학 철학부에 적을 두게 되었다. 이를 계기로 그는 세계인식의 새국면을 타개하고자 했으며 「문학(文學)이란 하(何)오」, 「교육자(敎育者)제씨(諸氏)에게」, 「농촌계발(農村啓發)」 등의 논설을 써서 그가 지향한민중계몽, 사회개혁의 이상을 글로 발표했다. 1917년은 그가 20대 후반기에 접어든 해다. 이 해 신년벽두에 그는 『매일신보』를 통하여 우리 신문학사상 최초의 근대소설로 평가되는 장편 『무정』을 연재하기 시작했다. 이 소설은 같은 해 6월 중순에 126회로 완결을 보았고 거기서 얻어낸 성가(聲價)는 일약 그를 우리 문단과 사회 전체의 지도자로 부상하도록 만들었다.[13]

이어 이광수는 국토산하 순례의 서막을 연 「오도답파기행(五道踏破紀行)」을 발표했으며 신문연재소설의 제2탄에 해당되는 『개척자(開拓者)』를 『무정』의 경우와 똑같이 『매일신보』에 연재했다. 이 무렵에 이미 육당 최남선은 활동의 중심 축을 시와 문학이 아닌 역사와 고전 연구 쪽으로 바꾼 터였다. 그리하여 이후 얼마동안 한국 문단은 거의 이광수의 독무대가 되다시피 했다.

1) 2 · 8독립선언 주도와 상해 망명

1918년 파리에서 제1차 세계대전의 종결처리를 목적으로 한 국제강화회의가 열렸다. 이때 미국의 윌슨 대통령이 민족자결주의 원칙을 제창한 것은 널리 알려진 바와 같다. 이를 계기로 하여 열강의 주권 침탈로 식민지, 또는 반식민지 상태에 떨어진 약소민족의 자결주의가 기세를 떨치게 되었다. 이에 자극을 받아 동경유학생들의 반제, 탈식민지(脫植民地)운동의 움직임이 일어나자 이광수는 스스로 그 중심축이 되었다. 1918년 말경 이광수는 허영숙과 함께 북경 지방을 여행 중이었다. 거기서 이광수는 제1차 세계대전 종결과 함께 미국대통령 윌슨이 국제연맹에 제출하기로 한 세계 약소국가들의 정치적 독립요구와

---

13) 『李光洙全集』 20, 三中堂, 1964, 276쪽.

영토 보전의 보장 움직임이 일어났다는 소식을 들었다. 이 소식을 듣자 이광수는 곧 민족독립의 호기가 온 것으로 판단을 했다.[14] 그 자리에서 이광수는 허영숙과 헤어진 다음 서울을 거쳐서 동경에 이르렀다. 그는 동경에서 독립선언서를 작성하고 그 영문 사본을 만든 다음 최팔용(崔八鏞) 등과 협의하여 학생대표단을 구성했다. 그 학생조직인 '조선독립청년단'을 결성한 다음 1919년 2월 8일을 기해 동경의 한국기독교 청년회관에서 '독립선언결의문'을 낭독하도록 했다. "전조선청년독립단(全朝鮮靑年獨立團)은 우리 이천만(二千萬) 조선민족(朝鮮民族)을 대표(代表)하여 정의(正義)와 자유(自由)의 승리(勝利)를 얻은 세계만국(世界萬國)의 앞에 독립(獨立)을 기성(期成)하기를 선언(宣言)하노라"로 시작하는 이 선언서의 한 구절은, 일본이 만일 "우리 민족의 정당한 요구에 불응할진대 우리 민족은 일본에 대하여 영원히 혈전(血戰)을 선언하리라"라고 되어 있다.

2 · 8독립선언을 기획한 직후 이광수는 곧 일제의 삼엄한 감시망을 뚫고 상해로 탈출했다. 그는 유학생들의 궐기가 일본경찰의 검거선풍으로 이어지리라는 사실을 사전에 예견했다. 실제 2 · 8선언 회장에 모인 한국인 유학생의 수는 400명 선이었는데 선언서가 낭독되고 만세가 고창되자 주모자와 함께 학생 전원이 연행 구금되었다. 이때 이

---

14) 단 이때 몬로가 미국 의회의 동의를 얻기 위해 한 제의는 부결되었다. 그러나 일제 식민지 체제하에 신음한 우리 민족에게 그것은 신선한 자극이었다. 그에 고무되어 3 · 1만세시위가 일어났다. Henry S. Commager(ed). *Documents of American History*(New York, 1958); 金源模 『영마루의 구름』, 단국대학교 출판부, 2009, 53~54쪽 재인용.

광수가 걱정한 것은 그와 주모자 급이 연행되면 독립선언이 1회용으로 끝나버릴지도 모른다는 의구심이었다. 그래서 그는 송계백(宋継百)을 국내로 밀파했다. 그와 아울러 이광수는 자신이 만든 선언서를 상해로 가지고 가서 세계 각국에 알려야 한다는 생각을 했다. 그 준비로 그는 2·8독립선언서의 영문판을 만들었고 그 번역문을 명치학원(明治學院)의 영어교사인 맥큔(George. S. McCunne)에게 보여 교열을 받아내었다.[15] 이제까지 이광수의 상해 탈출에 대해서는 일제의 고문이 무서웠기 때문이라는 견해가 지배적이었다. 위의 사실들로 미루어 그런 추론은 이제 극복되어야 한다. 어떻든 이광수는 2·8선언을 주동한 다음 민족독립의 다음 단계를 모색하기 위해 상해에 갔던 것이다.

상해에 도착한 후 이광수는 곧 현순(玄楯), 선우혁(鮮于赫), 최창식(崔昌植), 여운형(呂運亨) 등과 손을 잡고 반제 민족운동 조직인 '신한청년당(新韓青年黨)'을 발족시켰다. 그와 아울러 독립선언서 영문판을 강화회의 대표들에게 우송하였고 여러 동지들과 함께 민족투쟁의 총본산이 될 임시정부 수립에 착수하여 그 실현을 위해 동분서주했다.[16]

이광수와 그 밖의 여러 애국지사들이 열과 정성을 다해 세우고자 한 대한민국 임시정부가 상해의 프랑스조계 보창로에 임시 '의정원'을 갖게 된 것은 1919년 4월 11일의 일이었다. 이때의 의정원 의장은 이동녕(李東寧)이었고 국무총리 이승만(李承晩), 내무총장 안창호(安昌浩) 등이었다. 이렇게 대한민국의 국호를 쓴 임시정부가 수립, 발족한 것

---

15) 김원모, 상게서, 56쪽.
16) 이에 대해서 자세한 것은 상게서, 97~100쪽.

이 3·1만세운동 후 한 달 가량이 지난 4월 11일이었다.[17] 이때 이광수는 현순, 여운형, 백남칠(白南七), 장건상(張建相) 등과 함께 외무위원이 되었다.

발족 당시 임시정부는 명분상으로 정부기구를 구성했을 뿐 실질적으로 민족운동을 벌일 처지가 아니었다. 많은 망명객이 모이기는 했으나 그들을 수용해서 구체적 정책을 펴고 민족운동을 전개하는 데 필요한 자금과 시설, 실무진과 구체적 행동방침이 전혀 마련이 되지 않았던 것이다. 이 불리한 여건을 극복하게 만든 것이 도산 안창호(島山 安昌浩)다. 그가 미주에서 '한인국민회'를 기반으로 모은 독립운동 성금 4,000달러를 가지고 상해에 도착한 것이 1919년 5월 25일이었다.[18] 도착과 동시에 그는 곧 임시정부 조직 개편에 착수하여 대통령을 이승만으로 하고 이동휘(李東輝)를 국무총리로 하는 국무원을 발족시켰다. 그와 아울러 그는 임시정부의 사료 편찬작업에 착수하여 그 스스로 총재가 되었다.

'임시정부사료편찬부'가 설립되자 이광수는 그 실질적인 책임자로 주임의 자리를 맡았다. 이때 사료편찬부의 위원이 된 사람들이 김홍서(金弘敍), 김한(金翰), 김병조(金秉祚), 조동호(趙東祜), 김여제(金輿濟), 김두봉(金枓奉) 등이다. 이광수가 주재하게 된 '임시정부사료편찬부'의 성격은 그 설립 취지문을 통해 드러난다. "임시정부에 사료편찬부를 설립하고 (……) 조선역사의 독립실적 및 한일관계(韓日關係)를 명세(明

---

17) 『독립운동사』 9, 독립운동사 편찬위원회, 1972, 137~142쪽.
18) 『미주 한인 민족운동자료』, 345~360쪽, 김원모, 상게서, 110쪽.

細)하게 편사(編史)하여 국제연맹(國際聯盟)에 제출케 함"이라고 했다. 발족 당시 임시정부는 국권회복, 일제에게 강탈당한 나라를 찾고자 한 우국충정으로 모인 망명객의 조직집단이었다. 대부분 그들은 가슴에 애국의 정열을 안고 있었을 뿐 국권회복의 구체적 방책을 갖고 있지 않았다. 이에 비하여 일제는 그들의 한반도 통치를 합리화시키고 정당하다는 논리를 펴는 영자신문 *Seoul Press Annual Report for 1907*를 발간했다. 그 밖의 여러 간행물을 통해 일제는 한일 합방과 통감부 및 총독 정치가 한국과 일본, 나아가 동양 평화를 위한 것이라고 허위 선전해 마지않았다.[19] 이런 사실들에 비추어 볼 때 안창호가 임시정부의 국무원을 구성하면서 곧 '사료조사편찬부'를 발족시킨 까닭이 명백해진다. 그것으로 그는 대한민국 임시정부가 전개할 민족운동의 이론 내지 행동 철학의 토대와 근거를 마련하기를 기한 것이다.

'사료조사편찬부'의 책임자가 된 것과 함께 상해임시정부에서 이광수가 맡은 역할 가운데 하나가 『독립신문』을 기획, 발간하는 일이었다. 임시정부가 이광수를 실질적인 책임자로 한 '사료조사편찬부'를 가동하여 일제의 침략행위를 규탄, 폭로하는 사실들을 수집, 편찬토록 한 것은 이미 밝힌 바와 같다. 그 1차 보고서에 해당되는 『국제연맹제출 조일관계자료집(朝日關係資料集)』이 완성된 것은 대한민국 원년 곧 1919년 8월 20일의 일이다. 이때 이광수는 이 보고서의 서론인 "본서(本書) 편찬의 목적"을 썼다. 그 머리 부분에서 이광수는 보고서 작성의 목적이 "한인(韓人)의 구(口)로 한인의 사정을 세계에 소(訴)하려" 함에 있다

---

19) 『한국독립운동사』, 자료임정편4, 이에 대해서는 김원모 상게서, 113~114쪽.

고 밝혔다.[20] 이광수는 이들 자료를 근거로 일제의 한반도 침략을 규탄하는 선언서를 만들어 김규식(金奎植) 등의 도움을 받아 파리국제연맹본부와 미국 등 여러 나라에 배포했다. 그러나 이와 같은 국제여론 호소 전략에는 그 나름의 한계가 있었다. 우리나라의 독립은 우리 민족이 주체가 되어 벌여야 하는 민족해방투쟁이었다. 이런 인식은 상해 임시정부의 요인들로 하여금 독립운동의 당면 과제가 식민지 체제하에서 신음하는 국내 동포를 전력할 필요를 절감하도록 만들었다.

임시정부가 발족하고 난 후에도 얼마동안 국내에서는 만세 시위가 계속되었다. 그런 상황 속에서 일제의 시위 군중에 대한 연행, 구금, 투옥은 시간이 흘러갈수록 더욱 가중되었다. 그에 따라서 국내 탈출자도 불어났다. 뿐만 아니라 독립운동 자금 모금을 위해서도 상당수의 사람이 국내에 잠입하지 않을 수 없었다. 반제, 민족적 저항의 물꼬를 튼 민중에게 바람직한 행동의 방향을 알리고 그들에게 탈식민지의 의지를 다지게 하는 일도 제외될 수가 없는 임시정부의 행동내용이 되어야 했다. 이에 임시정부는 그런 역할을 담당할 선전과 연락, 조직 구실을 하는 기관지를 발간할 필요에 직면했다. 그것이 구체화되어 나온 것이 『독립신문』 발행이었다.

임시정부의 기관지 『독립』 창간호는 1919년 8월 21일에 나왔다. 이 기관지의 사장과 주필 역을 이광수가 맡았다. 이 신문의 창간 목적은 역시 이광수에 의해 집필된 5개항의 창간 취지에 명시되어 있다.

---

20) 고려대도서관 소장 자료, 이광수 편, 『朝日關係資料集』, 김원모, 상게서, 117~118쪽.

① 동일한 사상과 주의를 鼓吹, 民心을 통일한다.

② 우리의 사정과 사상을 우리 입으로 설명한다.

③ 여론을 환기, 국민의 사상과 행동의 방향을 지도한다.

④ 신학술사상을 섭취하고 신사상을 소개한다.

⑤ 영예로운 國史와 國民性을 고취하고 신사상을 섭취, 국민성을 改造하고, 혹은 부활한 민족으로 거듭 태어나는 신국민을 창조한다.[21]

창간과 동시에 『독립신문』은 항일민족운동의 북과 나팔이 되기를 기하지 않을 수 없었다. 이 역할을 이광수가 담당했다. 그는 논설을 통해 일제 타도, 민족해방의 기세를 올렸다. 발간 초 『독립신문』은 그 밑에 이영열(李英烈)이 영업을 담당하고 출판부장 주요한, 차이석(車利錫), 박현환(朴賢煥), 김여제(金輿濟) 등이 기자 겸 교정원으로 일했다. 창간 후 얼마동안 『독립신문』은 그 제호가 '獨立'이었다.[22] 당시 우리 사회의 관례에 따라 그 표기는 한자 위주로 되어 있었고 시기 표시는 단군기원이나 서기를 쓴 것이 아니라 임시정부 출범을 기준으로 원년(元年)이 사용되었다. 망명정부라고는 하나 어엿한 한 나라의 정부 기관지임에도 불구하고 이 신문의 운영 여건은 문자 그대로 열악 자체였다. 독자적인 편집 공간이나 사옥이 없었음은 물론 조판시설인 공무국도 없었다. 신문의 조판과 인쇄는 '상무인서관(商務印書舘)'에 의뢰하여 발행되었다.

---

21) 이광수, 창간사, 『獨立』 1, 1919.8.21.

22) 『독립신문』의 제호가 일제의 간섭으로 '獨立'에서 '독립신문'으로 바뀜 (1919.10.25). 곧 22호부터 '독립신문'. 그 사이의 사정에 대해서는 김원모, 전게서, 7쪽.

간행 여건이 열악했음에도 불구하고 이광수와 그의 동지들은 『독립신문』의 편집, 발간에 열성과 성력을 다했다. 안으로 임시정부 구성원들의 단결을 호소하고 밖으로는 일제의 우리 주권 강탈의 부당성을 지적해 마지않았다. 국내외의 반제 저항이 벌어질 때마다 그 내용을 논설형식으로 쓰고 국내외의 움직임도 기사형식으로 보도해갔다. 구체적으로 1919년 9월 2일 강우규(姜宇奎)에 의해 조선총독으로 부임하는 사이토[齊藤實]를 향한 폭탄 투척사건이 있었다. 『독립신문』은 그 책임이 일제의 민족차별, 부당한 식민지 통치책에 있음을 가차없이 지적했다.

> (……) 일본은 한인에게 온갖 무기를 빼앗았음으로써 안심할 지나 우리들은 이미 일본의 언론압박의 禁止를 뚫고 우리의 진정을 세계에 발표할 길을 열었나니, 오늘 이후에도 일본이 오히려 韓族의 의사를 무시하고 한국을 일본의 일부분으로 주장할진대, 2천만 한인의 가슴 속에 갈무리하였던 2천만의 비수와 폭발탄은 漸次로 일본 및 일본인에게 향하리라 (……) 일본이라도 지금 한족의 민심이 소수의 매국노와 偵探을 제외하고는 전부 일본을 떠난 줄을 확실히 알지니, 병력과 경찰력을 증가함이 이를 확증함이 아니리오. 만일 우리가 한 마디로, 다만 한 마디로 일본인의 虐殺을 선언하는 날, 2천만의 민중은 30만의 적을 虐殺하는 최후행동을 취할지니 불행하면 이러한 날을 볼 수 있을 것이다.[23]

2) 반제(反帝), 민족적 저항의 시

상해 시대에 이광수가 써서 발표해나간 민족저항의 의지는 논설에 그치지 않았다. 그가 주재한 『독립신문』에는 일제를 향한 국내외의 저

---

23) 『독립』 9, 1919.9.16.

항이 차례로 보도되었고 그 어조에는 독립투쟁의 승리를 열망하는 기백이 가득 차 있었다. 1920년 2월 5일자 신문에는 일제의 인구조사를 거부한 우리 동포의 저항이 짤막하게 보도되어 있다.

> 西間島 某地의 동포는 敵警의 우리 동포 인구조사를 거절하였다. 가로되 만일 우리의 인구를 조사하려거든 우리 정부의 명령을 가지고 오라고.
> 아아, 우리 국민의 결심은 마땅히 이만하여야 할 것이다. 내 생명을 끊으라. 그러나 내 조국에 대한 정신은 건드리지 못하리라.
> 동포여, 諸位는 이러한 결심을 가졌는가 안 가졌는가.[24]

『독립신문』의 기사 내용을 보면 그 기사 취재의 폭과 넓이가 실감나는 부분들이 있다. 같은 신문 3월 16일자에는 동경 유학생들의 3·1절 1주년 기념 시위를 내용으로 한 기사가 실려 있다. "적경(敵京) 유학(留學) 학우일동(學友 一同)은 3월 1일을 기하여 시위운동을 거행하고 최승만(崔承萬), 박승철(朴勝喆) 이하 20여 명이 현금 옥중(獄中)에 있다 한다. 구금(拘禁)인 이 중에는 여자의전 현덕신(玄德信) 여사 이하 6명의 부인도 있다 한다"[25]는 이 신문의 기사에는 다음과 같이 국내에서 일어난 국내의 저항 기사도 나온다.

> 慘劇중의 慘劇 — 金明玉은 지난 달 어느 날 暗夜에 그의 일가족 8인이 몰살당하였다 한다. 동족을 팔고 동포를 먹는 그의 생전은 가증하고도 비참하거늘, 그가 아무리 極惡無賴의 짐승이라 할지라도 外敵의 목

24) 『독립신문』 43, 1920.2.5.
25) 『독립신문』 54, 1920.3.10.

을 베일 칼로 먼저 동족의 피를 흘리지 아니치 못하게 되니 비참 중에도 비참이로다. 더군다나 그의 極惡의 죄가 넘치어 무고의 일족이 한 칼 아래 원혼을 지으니, 세상에 비극 중에 이에서 더한 비극이 다시 있으랴. 그러나 열혈청년의 비분이 뿜는 곳에 이와 같은 참극에 이르지 않으면 멎을 수 없나니, 또한 장쾌하다 하리로다. 내외의 대소 倀鬼는 이를 보고 전율할지어다.26)

『독립신문』은 발간과 동시에 상해와 중국 일역에만이 아니라 미주와 러시아 등 우리 동포가 사는 곳에 널리 배포되었다. 또한 국내 공작에 파견되는 공작원들을 통해서도 상당량이 반입되었다고 한다. 이런 신문에 국내외의 반일투쟁을 보도하고 앞으로 전개할 민족투쟁의 결의와 정신적 각오를 피력한 것이 이광수였다. 이를 통해서 적어도 그는 두 가지 효과를 노렸을 것으로 보인다. 그 하나는 자칫 감정을 앞세우기 쉬운 망명지사들에게 독립투쟁의 전략이나 방책을 되새기고 모색하게 하여 임정의 반제투쟁을 정책과 전략의 차원으로 이끌어 올리는 것이 그 하나였다. 그리고 다른 하나가 거리, 또는 공간상의 위치로 차이가 나는 여러 지역의 반식민지 투쟁 실적을 제때에 보도하려는 의도였다. 그를 통해 이광수와 임정 요인들은 국내와 국외에 걸친 우리 민족의 반식민지, 국권회복투쟁을 긴밀하고 공고한 조직적 행동으로 탈바꿈시키려 한 것이다.

『독립신문』을 통해 이광수가 펼친 활동은 담론과 논설에만 국한되지 않았다. 그는 이 신문에 〈대한민국임시정부 성립 축하가〉, 〈태극기〉,

---

26) 『독립신문』 72, 1920.3.23.

〈독립군가〉 등 노랫말, 「병중음(病中吟)」 등 시조와 함께 「삼천(三千)의 원혼(怨魂)」, 「저 바람 소리」, 「광복기도회(光復祈禱會)에서」 등 여러 수의 자유시를 발표했다. 이들 작품 가운데 노랫말들, 곧 창가의 가사로 쓰인 것들은 예술적인 차원 확보가 제대로 이루어지지 않았다. 그 말들이 개화기 시가의 수준에 머문 것으로 형태와 기법 면에서 구태의연한 것이었다. 시조의 경우에도 이와 거의 같은 말이 되풀이 될 수 있다. 「삼일절(三一節)」이나 「병중음(病中吟)」은 3장 6구를 가지는 시조의 틀을 기계적으로 지킨 작품이다. 거기에는 성공적인 한국 고전시조에 나타나는 휘돌아 감기는 말들의 가락과 멋이 제대로 담기지 못했다. 이들에 비하면 이광수의 자유시들은 기법 면에서 성공한 작품들이다.

　　저 바람 소리!
　　長白山 밑에는 불지를 말어라
　　집 잃고 헐벗은 五十萬 同胞는
　　어이 하란 말이냐

　　저 바람 소리!
　　仁王山 밑에는 불지를 말어라
　　鐵窓에 잠 못 이룬 國士네의 눈물은
　　어이 하란 말이냐

　　저 바람 소리!
　　滿洲의 벌에는 불지를 말어라
　　눈 속으로 쫓기는 가련한 勇士들은
　　어이 하란 말이냐

저 바람 소리!
江南의 잎 떨린 버들을 흔드니
피눈물에 느끼는 나의 가슴은
어이 하란 말이냐

— 「저 바람 소리」[27]

하나님이시어
불쌍한 이의 發願을 들어주신다는
하나님이시어

잃어버린 나라
그 안에 우짖는 가엾은 同胞를
건져 주소셔

늦도록 바쁜 일에 피곤한 몸을
겨울 새벽 닭의 소리에 일으켜
人跡없는 길로 당신의 집을 찾아 갑니다

亡命의 異域, 길치인 오막살이 거물은 불빛에
말없이 모여 앉은 男女의 얼굴을 봅시오
思鄕과 憂國의 눈물에 붉은 눈들을 봅시오

푹 수그린 고개
멀리, 땅 밑에서 오는듯한 떨리는 祈禱의 소리
검은 바람같이 온 방안으로 휙 도는 구슬픈 느낌

---

27) 『독립신문』, 1920.12.18.

「지아비를 잃은 아내, 아들딸을 잃은 어머니
主여, 그네의 피눈물을 씻어주시고
所願을 이뤄주소서」 – 아아 이 眞情의 發願

무덤에 한 발을 놓은 八旬이 넘은 할머니
철도 나지 아니한 어린 兒孩, 閨中에 깊이자란 處女들까지
'하나님이시어' 부르는 그네의 부르는 소리를 들읍시오

가장 낮은 땅의 한 모퉁이에서 부르짖는
이 불쌍한 무리의 기도가 燔祭의 내와 같이
구름을 지나 별을 지나 당신의 寶座로 오르게 합시오
　　　　　　　　　　　　　　 —「광복기도회(光復祈禱會)에서」[28]

　　우리가 이들 작품을 기능적으로 읽기 위해서는 비슷한 시기에 이광
수가 쓴 「삼천(三千)의 원혼(怨魂)」과 「간도(間島) 동포의 참상(慘狀)」을
아울러 생각해보는 것이 좋다. 「삼천의 원혼」은 1920년 10월 일제가
마적단의 습격사건을 구실로 이른바 비적 토벌대를 출동시켜 간도 지
방 일대의 우리 동포들을 무차별 학살한 사건을 바탕으로 한 것이다.
이 작품은 "원혼(怨魂)아 원혼(怨魂)아/소리가 되어 외치고 피비가 되어
/꿈꾸는 동포네의 가슴에 뿌려라/너희 피로 적신 땅에/태극기(太極旗)
세우라"로 끝난다. 「간도 동포의 참상」 또한 발상의 배경은 「삼천의
원혼」과 비슷하다. 이 작품을 이광수는 "오늘밤은 강남(江南)도 추운데
/장백산(長白山) 모진 바람이야/오죽이나 추우랴/아아 생각하는 간도
(間島)의 동포(同胞)들"로 끝맺었다. 나라를 잃은 나머지 일제 침략자들

<hr>

28) 『독립신문』 94, 1921.2.17. 작자 란에 春園으로 서명되어 있다.

에 의해 비참하게 희생된 동포들에게 가슴 밑바닥에서 솟는 슬픔을 노래한 점에서 이들 두 작품은 공통된다.

「저 바람 소리」나 「광복기도회에서」는 같은 시기에 이광수가 쓴 다른 작품들과 달리 예술적 품격이 상당히 제고되어 있다. 이들 작품은 독립을 염원하는 민족의 의지를 그 형태, 문체가 기능적으로 밑받침하고 있다. 한 연을 4행으로 이들 시에는 상해시대 이광수 작품에 흔히 나타나는 산문성이 극복되고 시로서의 율조가 느껴진다. 「저 바람 소리」는 "저 바람 소리"를 첫 행에 놓고 "어이하란 말이냐"를 후렴구가 되게 하여 그 나름의 가락이 빚어지고 있는 작품이다.

「저 바람 소리」에 비해 「광복기도회에서」는 좀 더 향내적(向內的)인 입장을 취한 작품이다. 상해 체재의 초기에 이광수는 뚜렷한 민족운동의 방법을 갖지 못했다. 그런데 도산 안창호를 만나게 되자 일거에 극복되었다. 이때부터 그는 안창호의 실력 양성, 점진주의 쪽으로 민족운동의 가닥을 잡았다. 상해임정에 모인 지사들 가운데는 급진론을 펴면서 민족운동의 길을 폭력투쟁만으로 이루어지는 직접, 전면 실력투쟁으로만 가능하다고 보는 일파가 있었다. 그들이 곧 이동휘(李東輝)를 정점으로 하는 과격파들이었다.[29] 이들과 달리 안창호는 우리 민족이 식민지 체제를 극복하기 위해서는 민족의 역량, 곧 힘을 길러야 한다고 생각했다. 그리고 이때의 힘은 총포와 병력의 숫자만을 뜻하지 않았다. '실력양성론'에서 힘이란 민족을 구성하는 개인들의 세계

---

29) 이에 대해서 자세한 것은 김용직, 「민족문학파의 등장과 그들의 활동」, 『韓國近代詩史』 하, 학연사, 1986, 230~240쪽.

인식 능력과 인격, 또는 덕성을 뜻했다. 그런 개인이 모여서 건전한 단체를 구성해야 하고, 그와 아울러 그런 조직을 이끌어 나갈 탁월한 영도자가 나와야 할 것으로 보았다.[30] 그를 토대로 이루어지는 민족운동이 우리 민족을 식민지의 기반에서 벗어나게 하며 자주번영, 부강국가를 이룩할 수 있는 토대를 이루게 한다고 본 것이다.

2·8독립선언에 나타나는 바와 같이 안창호를 만나기 전 이광수의 항일 저항운동은 다분히 주전론(主戰論)에 기울어 있었다. 그러나 1919년 8월 안창호를 만나게 되자 그는 곧 민족운동의 방향을 무실역행(務實力行), 점진주의 노선으로 바꾸었다. 이광수가 안창호의 흥사단에 가입, 그 맹원이 된 것은 『독립신문』 창간과 때를 같이했다.[31] 이광수는 흥사단에 가입한 다음 상해거류민단에도 관계했다. 당시 상해에는 여운형, 윤기섭(尹琦燮)이 주도하는 교포조직이 있었다. 또한 안창호나 이승만을 추대하는 기독교 계통의 단체들도 형성되었다. 이런 조직을 통해 안창호나 여운형은 동포들의 결속을 다지고 그들을 민족운동의 기간요원으로 육성해 나가기를 기했다. 여기 나오는 광복기도회는 거기서 파생된 민족운동의 2선 조직의 산물이었다.[32]

---

30) 도산기념사업회, 『島山 安昌浩』, 1947, 249~250쪽.
31) 주요한, 「도산선생의 추억」, 『새벽』(요한기념사업회, 1947), 35~36쪽. 이때의 흥사단 가입은 이광수가 첫 번째였고 주요한은 두 번째였다.
32) 이 무렵 이광수는 반드시 우파의 입장만을 고수하지 않고 그 주변의 동포에게는 정치노선에 관계없이 두루 만나고 유대감을 갖게 하는 포괄주의를 택했다. 그 한 가지 예로 님 웰스가 지은 『아리랑』의 주인공 김산이 1919년 가을 그를 찾아갔을 때 따뜻하게 맞이하여 『독립신문』 교정원으로 쓴 일을 들 수 있다. 이에 대해서는 김용직, 「나의 Nym Wales 읽기」, 『춘원연구학회 뉴스레터』 1.

그 형태로 보면 「광복기도회에서」는 신체시 단계에서 이광수가 보여준 작품보다 좀 더 자유시에 접근해 있다. 피상적으로 보면 이 작품의 각 연은 3행으로 이루어져 있어 일정한 것 같다. 그러나 각 연의 대응되는 행은 그 길이, 또는 음보의 숫자가 각기 다르다. 뿐만 아니라 그 말의 단위를 이룬 각 행의 어조 역시 운율의 틀을 의식하기 전에 의미 구조를 주조로 삼은 느낌이 강하다. 여기서 우리는 이 작품이 의도적으로 시의 음성 구조를 의미 구조에 귀착시켰음을 알 수 있다. 이것으로 우리는 한 가지 사실을 확인할 수 있다. 상해시대의 이광수는 그가 처한 상황 여건으로 하여, 시의 예술성 추구에 전념할 입장이 전혀 아니었다. 그럼에도 「광복기도회에서」에는 전단계의 그의 시가 갖는 전근대성이 좀 더 뚜렷한 선을 그으며 극복되어 있다. 이것은 상해시대의 이광수가 바쁜 일과 가운데도 시를 씀으로써 우리 시와 시단의 형성, 전개에 그 나름의 기여를 해내었음을 뜻한다.

5. 저항자의 귀국과 미완(未完)으로 끝난 민족시

1920년대 초부터 국내 시단을 지배한 것은 『창조』, 『폐허』, 『백조』의 동인들이었다. 이들의 시는 대체로 해외시의 추수주의에 기울어 있었다. 이 시기의 우리 시단을 지배한 것은 후기 낭만주의나 상징주의의 세기말적 경향이다. 그와 아울러 이 시기 시의 지배적인 경향은 역사, 상황을 뒷전으로 돌려놓고 순수문학, 예술지상주의에 물든 점이다. 특히 『창조』에 이어 나온 『폐허』와 『백조』의 동인들 작품에서 역사, 상황에 대해 적극적인 자세를 취한 것은 거의 찾아볼 길이 없다.

당시 우리 시의 이런 경향에 대해서 우리는 두 가지 사유를 지적할 수 있을 것이다. 그 하나가 개항 이후 우리 주변을 강타한 서구적 충격의 영향이다. 육당이나 춘원 이후 우리 주변의 문단활동은 곧 신문화운동의 일환으로 이루어졌다. 그리고 이때의 신문화운동은 서구 근대문화의 수입과 모방의 동의어로 해석되었다. 이런 추세가 기하급수격으로 팽창한 것이 1920년대다. 『창조』, 『폐허』, 『백조』의 동인들은 동경을 거쳐 수입된 서구 근대문예사조에 편승하는 것으로 문학과 시의 지름길이 열리는 것으로 생각했다. 그 결과가 이 시기의 일방적인 서구 추수주의를 몰고 온 것이다. 1920년대 시의 순문예화 경향은 그 빌미가 일제의 강압적인 식민지 지배정책과도 상관관계가 있다. 주권 침탈과 함께 일제는 우리 민족의 영구, 완전한 노예화를 기도했다. 일제는 그들의 목적을 달성하기 위해 세계사에 유례를 찾기 어려울 정도로 가혹한 언론 통제정책을 썼다. 그들은 한반도 내에서 민족적 자아가 형성, 전개될 어떤 소지도 허용하지 않았다. 일제의 이와 같은 언론 봉쇄정책에는 물론 우리 시인, 작가의 작품활동이 포함되었다. 조선총독부가 이 분야에서 택한 정책에는 일체의 문학작품이 활자화되기 전 그들의 검열을 받도록 하는 법규가 포함되어 있었다. 그를 통해서 일제는 매우 사소한 경우라도 우리 시인, 작가의 민족의식 고취나 식민지체제 비판을 뿌리째 뽑아버리고자 했다.

조선총독부가 우리 민족에게 과한 검열제도의 정도를 알기 위해서 우리는 변영로(卞榮魯)의 경우를 들어볼 수 있다. 본래 변영로는 『폐허』 동인으로 우리 시단에 등장했다. 문학적으로 그는 세기말적 분위기를 가진 시인이었고 정치적으로 특히 반일 저항적인 입장을 취한 바도 없다. 1924년 출간된 그의 처녀시집 『조선(朝鮮)의 마음』은 사전 검열을 거치고 출간되었다. 그랬음에도 이 시집은 발간과 동시에 배포가 금지되어 전량이 압수되었으며 변영로 자신도 한때 연행, 구금의 변을 당했다. 그 빌미가 된 것은 1922년 『신생활(新生活)』을 통해 발표한 작품 「논개(論介)」에 있었다.

거룩한 분노는
종교보다도 깊고
불붙는 情熱은
사랑보다도 강하다
    아 강낭꽃 보다도 더 푸른
    그 물결 우에
    양귀비꽃 보다도 더 붉은
    그 마음 흘러라

아리땁든 그 蛾眉
높게 흔들이우며
그 石榴 속 같은 입설
죽음을 입맞추었네!
    아, 강낭꽃 보다도 더 푸른
    그 물결 우에
    양귀비꽃 보다도 더 붉은
    그 마음 흘러라

흐르는 江 물은
길이길이 푸르리니
그대의 꽃다운 혼

어이 아니 붉으랴

    아, 강낭꽃 보다도 더 푸른

    그 물결 우에

    양귀비꽃 보다도 더 붉은

    그 마음 흘러라

— 「論介」[33]

이 작품의 어세나 가락이 특히 항일저항, 민족적 감정을 고취할 정도로 억세거나 거칠다고 생각되지는 않는다. 총독부의 감정을 자극한 것이 있다면 이 작품이 그 주인공을 논개로 한 점에 있었을 것이다. 논개는 두루 알려진 바와 같이 임진왜란 때 진주성을 짓밟은 적장을 유인하여 그를 껴안고 남강에 투신 순국한 의열 여성이다. 그를 주인공으로 삼았다는 것만으로도 시집 전체가 압수되고 시인이 연행, 구금된 것이다.[34] 1920년대의 국내 상황이 이와 같았다. 이런 여건 속에서는 우리 시인들이 민족과 역사적 감각을 바탕으로 한 노래를 써서 발표할 여지가 없었다.

1920년대의 우리 문학과 문단을 논하는 자리에서 우리가 무엇보다 먼저 유의해야 할 것이 3·1운동 직후에 이 연대가 시작된 점이다. 3·1운동은 두루 알려진 바와 같이 식민지 체제하에서 우리 민족이 거족적으로 궐기한 민족적 동원이었다. 개항과 함께 우리 민족과 사회는 자주독립, 근대적 민족국가를 세우기 위해 몇 단계의 시도를 가졌다.

---

33) 『新生活』 3, 1922.4. 『조선의 마음』, 平文舘, 1924, 25~26쪽.
34) 변영로에 대해서는 김용직, 전게서, 172~177쪽.

그 첫 단계가 독립협회로 대표되는 지성동원(知性動員)이었다. 이어 우리 민족은 동학농민운동으로 표출된 종교동원(宗敎動員)의 단계를 거쳤으며 3·1운동은 그에 이어 이루어진 민족동원(民族動員, National Mobilization)이었다.[35] 신체시 작가의 이광수나 최남선이 기폭제 구실을 한 이 운동을 통해 우리 사회는 일단 전 민족이 하나의 목표와 구호속에 궐기할 수 있음을 전 세계에 과시했다. 이 단계에서 우리 시인과 작가의 임무가 무엇인가를 생각해보는 것도 유의성이 있는 일이다.

식민지 체제하에서 우리 시인과 작가들은 모두가 그들의 생명선인말과 글을 마음대로 쓸 자유가 없었다. 이런 상황에서 우리 시인과 작가들은 불가피하게 민족적 저항의 시도를 가지지 않을 수가 없었다. 이요구에 3·1운동의 성격을 접합시키면 우리 시인과 작가들의 행동 방향이 설정될 수 있다. 그것이 민족의식을 바탕으로 한 가운데 우리 가슴에 메아리칠 가락을 담은 작품을 쓰는 일이었다. 고전문학기의 우리시인과 작가들은 민족의 의지와 사상, 감정을 구조화시켜 본격적 서사시를 엮어낼 단계에 이르지 못했다. 개항과 함께 몰아닥친 식민지 체제하에서는 총독정치의 폭압으로 하여 그럴 자유가 없었다. 그렇다면 우리가 그 가능성을 생각할 수 있는 자리는 3·1운동 직후부터 독립운동의 성지로 부상한 상해가 될 수밖에 없었다. 그리고 그 주역이 되어야할 사람은 바로 이광수였다. 무엇보다 그에게는 개항 직후부터 독립신문에 이르기까지 작품활동을 한 경력이 있었다. 그와 아울러 『창조』나 『폐허』 동인들과도 호흡을 같이 하는 활동의 폭도 지닌 터였다.

---

35) G. Hendrson, *Korea: Politics of the Vortex*, Harvard Univ. Press, 1968, pp.63~67.

식민지 시대라는 특수상황에서 민족적 서사시를 엮어낸다는 것은 역사의식만으로 그 목표가 달성될 일이 아니었다. 이 경우에 문제되는 민족적 서사시 제작의 전제가 되는 것은 시대와 세계인식의 깊이와 넓이인 동시에 그것을 문장으로 엮어내어 형태화시킬 줄 아는 시인의 기량일 수밖에 없었다. 앞에서 이미 살핀 바와 같이 『독립신문』에 발표된 이광수의 시는 이런 민족시 제작의 공리에 부합되는 여건을 지니고 있었다. 다시 한 번 되풀이하면 그에게는 2·8독립선언으로 문장화된 민족의식이 있었다. 신체시 이후 그가 보여준 시 쓰기의 기법도 축적되어 있었다. 그렇다면 상해시대의 이광수의 시가 우리 시의 당면 과제를 시원스럽게 해결해낸 것인가. 이렇게 제기되는 물음에 대해 우리는 일단 전면적으로 긍정적 답을 할 수가 없다. 그 이유는 단순한 데 있다. 이미 살핀 바와 같이 「저 바람 소리」나 「광복기도회에서」가 다른 시들에 비하여 진일보한 것은 사실이다. 그러나 그것이 곧 본격적인 의미의 근대시가 가지는 형태, 구조를 확보한 것은 아니다. 그 어투에는 얼마간의 거친 점이 있고 그 가락은 다분히 통속적이다. 그렇다면 이 단계에서 우리 근대시는 아예 민족적 서사시를 만들어낼 만한 힘을 지니지 못했던 것인가. 이렇게 제기되는 의문점에 해답을 마련하기 위해 우리가 주목해야 할 것이 이광수와 함께 『독립신문』 발간에 참여한 주요한의 「조국(祖國)」이다.

偉大할사 나의 祖國아 나의 어린 時節의 追憶이 지금 나의 단꿈을 때때로 이끌어 간다. 마음을 녹이는 溫帶의 봄바람에 안기어 복송아나무 그늘에서, 그 偉大한 歷史를 읽고 눈물지던 그때―그 눈물의 즐거움 (……) 그같은 樂이 지금은 다시 맛볼 수 없게 되었다. 너는 나와 너머

가까이 있어서 尋常하여졌다.

그러나 偉大할사. 나의 祖國아, 患亂과 傷心의 날에 네 이름이 나의 慰勞가 되며 勇氣가 된다.

네가 낳은 모든 英雄, 大同, 鴨綠의 물가에 너의 武勇을 빛내던 將帥들. 鷄林 수풀에 金海 물가에 建國의 神話를 빚어낸 너의 그림자, 또 네가 길러낸 邦國, 民衆－어느때 나는 배달 余의 光彩 가득한 史記를 보고 가슴이 興奮으로 떨림을 깨달았다. 모든 낡은 꿈들이 祖國이란 이름 아래 새 生命을 가지고 내피를 끓게 하였다.

偉大할사 나의 祖國아, 나의 祖國 아름다운 鮮血에 花郎된 祖國아

祖國아, 옛날에 너의 땅에서 사람을 낳았었다. 지금 그 人物은 다 어디 갔느냐. 예前에 네 우에 文化의 꽃이 피었었다. 富와 美를 가졌던 都邑들아, 지금은 묵은 무덤 우에 追想의 꽃조차 시들었다.

그러나 偉大할사 나의 祖國아, 世界를 놀래던 너의 生活力, 물결치는 鼓動이 지금 너의 廢墟에 설은 나의 가슴에도 늘 뛰려 한다.

偉大할사, 나의 祖國아, 苦痛과 榮光으로 復活한 祖國아. 너의 沈勇과 熱血로, 正義의 소리로, 길고 긴 밤을 헤치고 일어났다.

소와 같은 나의 祖國아 世界는 너의 달아남을, 너의 부르짖는 高喊소리를 驚歎으로 보고 있다.

달아나라! 그리하야 勝利에까지. 前에 너의 느린 걸음을 비웃던 者를 길밖으로 헤치고 너의 넓은 발굽이 밟는 데로 끝없는 文化의 道程으로.

偉大할사, 나의 祖國아. 나의 자랑이요, 平安한 품이 되는 너의 또 나의 唯一의 希望이오, 기쁨이 된다. 들으라, 그의 荒凉한 부르짖임이 밝아오는 새벽하늘에 氣運차게 울리어감을……

— 「祖國」[36]

36) 『독립신문』 86, 1920.11.10.

『독립신문』 발표 당시에 이 작품의 필자는 '송아지'로 나타난다. 여기 나오는 '송아지'에 대해서는 주요한이 한때 그 필명을 '송아(頌兒)' 하고 한 점이 감안되었다. 따라서 이 시가 상해 체재 때 그가 쓴 것으로 생각된 것이다. 이에 대해서 정진석(鄭晉錫) 교수는 이광수가 「부인 해방문제에 관하여」를 『독립신문』에 연재한 적이 있음을 지적했다. 정 교수는 그 필자가 '송아지'로 되어 있다고 한 다음 「조국」의 작자가 이광수라고 주장했다.[37] 이제까지 우리는 송아지와 송아(頌兒)의 음운상 상관성에 주목했다. 정 교수는 이에 대한 반대 증거로 『독립신문』 게재 이광수의 부인론을 들었다. 그러나 실제 우리가 『독립신문』을 보면 그 필자가 '송아지'라고 되어 있을 뿐이다. 뿐만 아니라 1920년 여름에 근간 광고가 나온 이광수의 『독립신문』 논설집에도 「부인 해방문제」가 포함되어 있지 않다. 이와 아울러 우리에게 더욱 결정적인 증거자료로 나타나는 것이 주요한 자신이 쓴 기록이다. 1930년대 중반기의 한 기획 기사에서 주요한은 그의 별칭과 아호에 대하여 다음과 같이 적고 있다.

"雅號는 所有한 것이 없고 따라서 出典도 가히 자랑할 것이 없습니다. 變名 又는 異名은 필요에 응하야 여러 가지로 사용했습니다. 그중 중요한 것 몇가지를 들자면 '狼林山人'이란 것은 이전에 '동아일보'에 재직시 연재소설이 갑자기 품절이 되어서 임시로 번안소설을 실릴 적에 山脈의 명칭. '頌兒' 라는 것은 언문으로 '송아지'에서 나온 것인데 '송아지' 라는 것은 海外放浪時에 春園선생이 지어준 雅號였습니다. 그러나

---

37) 鄭晉錫, 「상해판 독립신문에 관한 연구」, 『汕耘史學』 4, 1990, 141쪽.

어떤 분은 '頌兒'의 출전이 성경에 있다고 참 그럴 듯이 설명해 줍디다. '요한'이라는 것은 邸人의 雅號라고 친절스럽게 약력과 아울러 발표해 주신 잡지편집자도 계십니다. 이 外에 句離瓶, 韓靑山, 白民, 白船, 별꽃, 기타 不知 其數也라." 주요한이 최초로 쓴 필명은 朱落陽(현상소설 「마을집」.『靑春』11호, 1917)이다.[38]

　문예비평에서 외재적 증거는 말할 것도 없이 사실을 밝히는 데 매우 중요한 논증자료가 된다. 그러나 이런 전제는 그 결론을 내리는 과정에서 내재적 증거가 뚜렷하게 확보되지 못하는 경우에 한해서 전면적인 진실이 될 수 있다. '송아지' 곧 주요한 설에는 그 사정이 이와 전혀 다르다. 무엇보다 이때 주요한이 쓰지도 않은 아호를 하나 더 만들어 우리 판단을 혼란에 빠트리게 할 동기나 목적이 포착되지 않는 것이다. 이런 이유로 우리는 「조국」의 작자인 '송아지'를 주요한으로 보고자 한다.

　「조국」을 주요한의 작품으로 보는 경우 우리는 이에 대비되는 것으로 즉각 「불놀이」를 떠올릴 수 있다. 시간의 간격으로 보아 「불놀이」는 「조국」이 발표된 다음 약 10개월 뒤에 활자화된 것이다. 두 작품은 첫 머리가 주워섬기기 어투로 된 점에서 공통된다. 사이사이에 근사성이 있는 현상들을 주워섬겨 일종의 흥청거리는 가락을 자아내고자 한 점에도 상관관계가 느껴진다. 단형의 작품만이 양산된 초창기의 한국 근대시에서 그 길이가 비교적 있는 점도 양자 사이의 연결성이 유추가능하다.

---

38) 주요한, 「나의 雅號, 나의 異名」, 『동아일보』, 1934.3.19.

이와 함께 「조국」과 「불놀이」 사이에는 얼핏 보아도 뚜렷이 나타나는 변별적 특징도 있다. 「불놀이」는 그 문체가 화자의 내면세계를 읊조린 독백체로 되어 있다. 그 의식을 지배하고 있는 것 또한 민족이나 역사와 무관한 개인적 차원이다. 그에 비하여 「조국」은 그 제목부터가 외향적이며 그와 동시에 공적(公的)인 것이다. 이 작품에서 기조가 되어 있는 것은 국가민족이다. 화자는 그에 대해서 충성심의 다른 이름인 애국정신을 작품의 바탕으로 삼았다. 뿐만 아니라 이 시는 전혀 감출 길이 없을 정도로 강하게 역사, 민족에 대한 감정을 담고 있다. 우리는 앞에서 1920년대 초부터 한국시와 시단의 화두가 민족의 꿈과 현실을 엮어서 전 민족의 심금(心琴)을 울릴 수 있는 대서사시를 엮어 내는 것이라고 파악했다. 그길로 시인의 역사, 시대의식과 함께 형태, 기법에 대한 요구가 충족되어야 할 것이라는 사실도 유추해보았다. 주요한의 이 작품을 이광수의 작품에 대비시켜 보면 위와 같은 우리 요구에 한발 다가선 단면을 띄고 있다. 우선 주권회복의 의지에 있어서 주요한의 것이 이광수의 작품들을 능가했으면 했지 뒤지지 않는다. 똑같은 이야기가 형태, 기법 면을 보아도 가능하다.

상해시대에 주요한이 제작, 발표한 시는 이광수와 상관되는 간접적 연결고리도 갖는다. 주요한은 1920년대 중반기에 상해 생활에 종지부를 찍고 국내에 돌아와 신문사에 관계하는 한편 흥사단의 국내 조직 형태인 『동광(東光)』을 주재했다. 그 창간호에는 그의 「발자취」가 실려 있다. 주요한은 거기서 그의 한 작품을 들고 그것이 '1920년 7월 C선생이 첨삭해주신 것'이라고 적어놓았다.

여기 적힌 1920년은 주요한이 『독립신문』 기자로 활약할 무렵과 그 시기가 일치한다. 또한 당시 이광수는 고주(孤舟)의 아호를 버리고 이미 춘원(春園)이라는 필명으로 쓰고 있었다. 이것으로 C선생이 이광수였을 가능성은 의문부를 달 여지가 없게 된다. 여기서 우리가 포착할 수 있는 정황도 명백해진다. 상해시대에 발표한 주요한의 시에는 뜻밖에도 이광수의 입김이 깊숙이 작용한 것이다. 이것을 「조국」의 질적 수준에 대입시키면 한 가지 이야기가 가능하다. 민족적 대서사시 출현을 기다리던 이 단계에서 그 가능성의 싹은 주요한이 가장 크게 간직하고 있었다. 그러나 지금 우리가 알고 있는 바와 같이 1920년대 이후 우리 시단에는 끝내 민족의 가슴을 크고 깊게 울려주는 민족적 대서사시가 나오지 않았다. 그 사유를 묻고자 하는 우리에게 떠오르는 것이 두 가지 사실들이다. 1921년 4월 이광수는 2년 남짓한 상해 체재를 끝맺고 귀국했다. 그의 귀국은 말할 것도 없이 총독부 경찰의 묵인 하에 이루어진 것이었으나 그와 동시에 그것은 이광수가 총독부 경찰의 관리체제 속에 들어가는 것을 뜻했다. 바꾸어 말하면 그것으로 민족 서사시 제작의 기능 보유자 가운데 한 사람이 일제의 보호관찰 체제 속에 수용된 것이다.[39] 이것은 민족문학 건설의 역군으로서의 이광수가 지녀야 할 반제의 축과 예술성 확보의 축 가운데 한 축에 수갑이 채워진 것임을 뜻하는 사태였다. 뿐만 아니라 귀국 이후 그는 문학적 주력을 시가 아닌 소설 양식으로 바꾸어 버렸다. 『이순신』과 『선도자』, 『사랑』과 『흙』이 그런 상황을 토대로 제작, 발표된 작품이다.

---

[39] 김용직, 「춘원 이광수의 민족의식」, 『한국현대문학의 좌표』, 푸른사상, 2009, 250~254쪽.

주요한의 귀국은 이광수보다 몇 해가 늦었다. 이광수가 귀국하고 나서 얼마 안 된 1921년 8월 15일에 『독립신문』은 110호를 내고는 무기 휴간에 들어갔다.[40] 주요한은 그 후 중단된 학업을 계속하기 위해 호강대학에 입학했다. 그가 상해에서 학업을 마치고 귀국한 것은 1925년이다. 그러나 그 이전에 그는 문단 관계와 학비 조달을 위해 국내와 연락 통로를 가지고 있었다. 이것은 주요한이 지향해야 할 민족적 대서사시 제작에 필요한 한 축에 금이 가기 시작했음을 뜻한다. 최남선이나 이광수와 달리 주요한에게는 적어도 민족문학과 시에 대한 그 나름의 인식이 있었다. 1924년 『조선문단』에 쓴 「노래를 지으시려는 이에게」의 한 구절은 우리가 주목하는 것에 값한다.

신시운동의 전도의 목표는 무엇인가 적어도 나의 생각으로는 두 가지의 목표가 있다고 합니다. 첫째는 민족적 정조와 사상을 바로 해석하고 표현하는 것, 둘째는 조선말의 미와 힘을 새로 찾아내고 지어내는 것입니다.[41]

여기 나타나는 바와 같이 주요한은 근대시 초기단계에서 우리 시단이 노려야 할 것을 의식 사상 문제인 동시에 형태, 기법에 대한 인식으로 보았다. 그는 우리에게 「조국」으로 대표되는 상해시대의 시를 통해 그 가능성을 점치게 해주었다. 그러나 1925년의 귀국과 함께 그의 시에서 역사와 민족의 개념은 희석되지 않을 수 없었다. 그런 경향에

---

40) 이광수, 『나의 고백』, 춘추사, 1948, 139~140쪽.
41) 주요한, 「노래를 지으시려는 이에게」, 『朝鮮文壇』 2, 1924. 11, 49쪽.

가장 결정적 요인이 된 것은 일제가 우리 시인들에게 가한 정신적 압박이었을 것이다. 그러나 그에 못지 않게 민족시 건설에 역기능으로 작용할 다른 소인도 그는 내포하고 있었다.

이미 살핀 바와 같이 주요한은 우리 근대시를 본격화하는 데 결정적 역할을 한 시인이다. 우리는 그 계기를 지은 시를 『창조』 창간호를 통해 발표한 「불놀이」 이하 몇 편의 작품이라고 말해 왔다. 주요한은 1924년 조선문단사(朝鮮文壇社)를 통해 그의 처녀 시화집인 『아름다운 새벽』을 상재했다. 「불놀이」는 이 시집 말미 부분에 수록되어 있다. 『아름다운 새벽』의 권두를 차지한 것은 부드러운 가락과 고운 정서를 노래한 「샘물이 혼자서」 이하 여러 편의 서정 소곡들이다. 이미 살핀 바와 같이 「불놀이」는 정치색이 전혀 가미되지 않은 시다. 따라서 일제에 대한 경계인식으로 이 시를 그의 처녀시집 말미에 배치했을 가능성은 전혀 없다. 이런 사실은 우리로 하여금 주요한의 시적 체질을 점치게 한다. 일찍부터 그에게는 역사나 사회를 총체적으로 다루기보다 감미로운 서정소곡을 만들려는 성향이 있었다. 그의 그런 체질은 귀국과 함께 일제의 식민지 제체에 순응하는 것이 세상살이에 편하다는 행동방향과 이해가 맞아 떨어졌다. 그 나머지 그는 우리 민족문학의 힘 있는 북과 나팔이 될 수 있는 길을 유보하거나 방치한 것으로 보인다.

이 담론의 마지막 자리에서 우리는 끝내 서글픈 결론을 내리지 않을 수 없다. 우리 근대시 형성기의 두 주역은 분명히 이광수였고 주요한이었다. 그들에게는 우리 시를 대교향악으로 만들 자질과 의지가 있었다. 그러나 그 씨앗은 일제 식민지 체제하라는 특수상황으로 하여 제대로 꽃이 피고 열매를 맺지 못했다. 시와 문학으로 보면 분명히 정치나 역사, 사회의 문제는 비본질적인 것이다. 그러나 정작 이 비본질적인 여건이 우리 시와 시단을 잠식, 지배해버린 것이 형성기의 우리 근대시와 시단의 상황, 여건이었다. 이것으로 우리는 우리 근대시 초창기의 상황, 여건이 상상할 수 있는 것 이상으로 불리하고 각박했음을 실감하게 될 뿐이다.

제2부
문학사의 섶자락

문학사의 섶자락 1. 벽초(碧初)와 『수호지(水滸志)』 나의 Nym Wales 읽기 1. 망명, 반제 투쟁자의 기록 2. 남도향(羅稻香)과 안동 1. 문단 30년사 속의 나도향 2. 스물 네 살의 보통학교 교사 내가 읽은 정지용 『문학독본(文學讀本)』 수당(水堂)의 자열서(自列書) 읽기 1. 반민특위에 제출한 자기 변론서 처용가(處容歌) 다시 읽기 — 양식론적 시각을 중심으로

문학사의 섶자락

　　문학의 역사에서 몸통이 되는 것은 아무래도 시나 소설, 희곡 등 작품일 것이다. 그런 의미에서 시인, 작가들에 부수된 정보, 자료는 문학사의 참고사항이며 옷자락이다. 그러나 이 비본질적인 정보, 자료들에도 때로 시인이나 작가와 그들 작품의 해석, 평가에 시사를 던지는 요소들이 내포되어 있다. 다음에 적어본 것은 내 문학사 쓰기의 과정에서 얻은 그런 류의 외재적 정보, 자료들이다.

1. 벽초(碧初)와 『수호지(水滸誌)』

　　8·15와 함께 한글 소설을 읽기 시작한 우리 또래에게 홍명희(洪命憙)의 『임꺽정전(林巨正傳)』은 가장 인기 있는 작품이었다. 그 무렵 우리는 일제가 금제로 한 한글을 다시 읽고 쓸 수가 있었다. 거기서 얻어

낸 독서 능력으로 우리는 이광수의 『무정』, 심훈의 『상록수』 등을 읽었다. 이광수의 『무정』은 비평가들이 문제작이라고 하니까 읽었다. 심훈의 『상록수』를 읽은 것도 브나로드(Vnarod)운동의 부산물 정도로 생각했다. 그러나 벽초의 『임꺽정전』은 그런 단서 없이도 재미를 느낀 화제작이었다.

넓은 의미에서 무협지의 성격을 띤 이 소설에는 막 제1반항기에 접어든 우리 또래를 자극하기에 충분한 반항과 모험이 있었다. 사랑과 의리도 포착되었다. 그런데 이 장편소설을 읽는 가운데 우리 또래는 곧 중국 소설의 이름을 떠올리게 되었다. 그것이 아동물로 개작, 번안되어 나온 것으로 읽은 『수호지(水滸誌)』였다. 『수호지』가 양산박(梁山泊)을 근거지로 한 영웅호걸들의 이야기임에 대해, 『임꺽정전』역시 그런 인물과 줄거리로 이루어져 있었다. 시내암(施耐庵)이 그의 작품에서 노린 것의 하나가 부패한 송나라 조정의 부정과 비리타파였다. 그와 아주 비슷하게 벽초의 작품에서 뼈대가 된 것도 권도 정치의 모순과 갈등을 비판, 배제하려는 측면이었다.

그 속성으로 하여 『임꺽정전』은 그동안 우리 주변에서 매우 빈번하게 비교문학 연구의 대상이 되어왔다. 이 소설을 검토한 연구자의 거의 모두가 그 한 부분에 『수호지』와의 상관관계를 말한 이유가 여기에 있다. 비교문학 연구에서 외재적 증거는 내재적인 것의 보조수단이다. 작품 자체의 분석을 통해서 서로 사이의 상관관계가 확인되면 그것으로 발신자와 수신자 사이의 상관관계가 성립된다. 그러나 그럴 경우에도 외재적 증거가 나타나면 비교문학 연구가 가질 수 있는 결론은 더욱 그 정당성이 보강된다. 그런데 최근에 나는 바로 홍명희가

『수호지』를 애독한 증거자료 하나를 얻어 읽었다.

卍海老兄狀照. 碧弟拜緘
　昨日 訪書肆 問水滸則小字本外別無善本云 故 買得小字本 一部玆仰
呈 幸遊神於水泊山寨之間 與群盜相周旋以慰病懷如何 爲此略白 碧弟拜
蘭價錄在別幅

만해형보시압. 아우 벽초 삼가 올립니다.
　어제 책방을 찾아 수호지를 물었던바 작은 글씨로 된 것 외에는 좋은
책이 없다고 하더이다. 그래 소자본을 사서 한 부를 여기에 부쳐 드립니
다. 마음을 물나라 산채에 두고 뭇 도적들과 더불어 근심 걱정을 털어버
리는 것이 어떻겠습니까. 이만 줄이옵고 벽초 제 사림. 난초 가격 적은
것이 다른 장에 있습니다.

　이런 벽초가 한용운에게 보낸 편지글에는 적어도 두 가지 사실이 담
겨 있다. 그 하나가 홍명희와 한용운의 독서 목록 중에 『수호지』가 포
함된 점이며 다른 하나가 서로가 가진 의식(意識) 속에 이외에도 패관
무협소설의 영역이 상당한 부피를 차지한 점이다. 두루 알려진 것처
럼 홍명희의 『임꺽정전』은 1928년 말경 『조선일보』 연재로 시작되었
다. 그 이전에 홍명희가 협객물 소설을 쓴 예는 발견되지 않는다. 그
러니까 벽초의 『임꺽정전』 집필은 우리 문단에서 생긴 돌발사태의 하
나였다. 그 이력사항을 보면 벽초는 다분히 보수 유림의 학통을 이어
받은 쪽이다. 그런 그가 당시 우리 사회의 전통을 뒤엎고 장편 『임꺽
정전』을 썼다. 이제 그 제작 동기를 이룬 문화적 충격이 어디에서 이
루어진 것인가가 모습을 드러낸 것이다.

2. 김기진(金基鎭)과 민촌(民村) 이기영(李箕永)의 『고향』

카프는 일제 치하의 한국문단에서 유례가 없을 정도로 세력을 떨친 집단이다. 사회주의 문예활동을 지향한 이 조직이 발족한 것은 1925년이었다. 이후 카프는 1935년 경기도 경찰부에 해산계를 내기까지 적어도 10년간을 한국문단에서 최대의 문예조직으로 군림했다. 백철(白鐵)이 그의 『신문학사조사』에서 이 기간을 '카프의 10년 제패'라고 했을 정도다.

그런데 이런 카프에도 문예조직으로 감출 길이 없는 약점이 있었다. 기승을 부린 구호, 선전의 수준에 비해서 그들의 제작이나 발표하는 작품들이 양과 질, 양면을 아울러 그것을 밑받침하지 못했다. 그들의 시는 대체로 정치집단의 가두시위 구호 수준에 그쳤다. 소설들 역시 사회주의 혁명의 개념을 기계적으로 옮긴 것에 머물렀다. 무엇보다 카프의 시와 소설에는 대중을 조직, 선동할 수 있는 힘이 없었다. 특히 카프 문학에서 최대의 약점이 된 것이 장편소설의 결여였다. 이기영(李箕永)의 『고향』은 카프의 이런 취약점을 보완할 수 있는 작품으로 일제 치하 한국 프로문학이 가진 최대의 성과로 표방된 장편이다.

『고향』의 무대 배경이 된 곳은 식민지 체제하에서 가난에 시달린 한국의 농촌인 '원터'다. 거기서 농민들을 지도하여 지주와 대결하도록 만들어낸 주동자는 안희준이다. 그 보조역으로 소작쟁의를 성공하게 만든 것이 지주인 안승학의 딸 안갑숙이다. 어느 해 '원터' 마을에 대홍수가 난다. 농민들이 가꾼 곡식들은 모두 흙탕물 속에 잠겨 소작료를 감당할 힘이 없었다. 그럼에도 안승학은 그런 사정을 조금도 고려

하지 않은 채 농민들에게 예년처럼 소작료를 내놓으라 강요한다. 지주인 안승학은 일제 치하 한국 농촌의 정석대로 경찰의 비호를 받는다. 그와 맞서 싸우는 소작쟁의가 성공할 요건은 애초부터 존재할 수가 없었다.

이 전환점에서 『고향』은 소설적 복선을 갖는다. 김희준을 돕는 안갑숙은 하숙생인 권경호에게 정조를 빼앗긴다. 그것으로 안갑숙은 그와 마음에도 없는 약혼을 한다. 전경호의 아비인 권상철 역시 악덕 공장주였다. 그런데 권경호는 그의 친아들이 아니라 사실은 구장집 머슴인 곽첨지의 자식이었다. 김희준과 안갑숙은 이 약점을 포착했다. 그것으로 유난스럽게 명예욕이 강하고 체면을 내세우기 좋아하는 안상학을 협박했다. 딸까지 가세한 김희준의 협박에 안승학은 무릎을 꿇는다. 마침내는 그의 입에서 흉년이니까 도조를 탕감해 주겠다는 말이 나왔다. 원터 마을의 소작쟁의가 끝내 승리한 것이다.

줄거리 제시로 나타나는 바와 같이 『고향』은 한국 프로문학 사상 최고의 성공작이다. 대부분의 카프 작품이 공식과 개념으로 이루어진 데 반해 이 작품에는 살아가는 인간의 생활이 있고 그 가운데 남녀간의 사랑과 미움도 나타난다. 그러면서 목적의식이 소설의 원칙 가운데 하나인 계급투쟁과 그 성공이 문맥화되어 있는 것이다. 이 작품으로 이기영은 한국 프로문단의 최대작가로 부상할 수 있었다. 『고향』은 그 후에도 그의 문학적 위상을 보장하는 작품이 되었다. 그런데 사실은 이 작품의 후반부 상당 부분이 이기영이 아닌 김기진(金基鎭)의 집필에 의한 것이었다. 이기영이 『조선일보』 지상에 『고향』을 연재하기 시작한 것이 1933년 말 경이었다. 연재 도중인 1934년 후반기에 제2차

카프사건이 일어났다. 전주 사건으로 통칭된 이 사건에 연루되어『고향』의 작가 이기영도 연행, 투옥당할 처지가 되었다. 이때 김기진은 조선일보에 근무하고 있었다. 이기영은 있을 수 있는 검거에 대비하여 그에게『고향』의 연재를 부탁했다.

> 이기영(李箕永)은 그때(카프 제2차 검거를 가리킴 – 필자 주) 조선일보에『고향』이라는 장편소설을 쓰고 있는 중이었으므로 만일 자기가 나보다 먼저 붙잡혀 가게 되거든『고향』의 원고를 나더러 계속해서 써주는 동시에 신문사에서 주는 원고료를 자기 집에서 찾아가도록 해달라는 부탁이었다. (……) 나는 12월 7일에 검거되었는데 이 통에 나는 이(李)의 집으로부터『고향』의 신문 절취첩(切取帖)을 가져다가 처음부터 읽어 보고서 그 소설을 끝맺어주기에 신문회수로 35~6회를 매일 계속해서 집필하였던 것이다.
>
> — 김기진,「한국문단측면사」,『사상계』(41), 1956.12

이에 이은 기록에서 김기진은『고향』이 단행본으로 발간될 때의 사정도 적어놓았다. 그에 따르면『고향』은 그 후 상하 두 권으로 출판이 되었다(한성도서에서 상권－1936.10, 하권－1937.1－필자 주). 김기진은 그때 이기영에게 그가 집필한 부분을 원작자가 재집필하도록 말했다고 한다. 그러나 이기영이 그럴 필요를 느끼지 않는다고 하여 추가 개작은 이루어지지 않았다. 일제 치하에 나온 프로문학작품으로『고향』은 유일하게 계급적 투쟁의 성공으로 결말이 이루어진 점에서 높이 평가되고 있는 작품이다. 그런 결말 부분이 바로 김기진에 의해 집필된 것은 우리가 지나쳐 버릴 수 없는 일이다.

3. 모윤숙(毛允淑)의 시론

모윤숙이 한국시단에 등단한 것은 1931년 말이었다. 이 해 봄에 그는 이화여전을 졸업했고 그해 말 『동광(東光)』에 「피로 새긴 당신의 얼굴을」을 발표했다. 이어 그는 『동광』과 『삼천리』, 『신동아』, 『신생』 등을 통해서 잇달아 「추억」, 「봄을 찾은 마음」, 「광야로 가는 이」, 「왜 우느냐」 등을 발표했으며 1933년에는 처녀시집 『빛나는 지역(地域)』을 발간하기에 이르렀다. 이 시집의 서문에서 춘원 이광수(春園 李光洙)는 "조선말을 가지고 조선민족의 마음을 읊은 여시인(女詩人)으로는 아마 모윤숙 여사(毛允淑 女士)가 처음일 것이다"라고 썼다.

모윤숙 이전에 한국의 근대시단에 등장한 여류가 전혀 없었던 것은 아니다. 나혜석(羅蕙錫)과 김일엽(金一葉), 김탄실(金彈實) 등이 그 보기가 되는 경우였다. 동경 유학 때부터 춘원은 이들 여류 시인들을 알고 있었다. 따라서 시집 『빛나는 지역』에 붙인 그의 말은 명백한 과찬이었던 것이다. 이런 서문이 계기가 되어 모윤숙은 춘원을 평생 사사(師事)하게 되었다. 모윤숙의 자서전에 따르면 두 사람은 시집이 나온 얼마 뒤 금강산에서 만났다. 그 장면이 신문사의 사회면을 장식(?)했다. 신문에 두 사람의 사진이 나가자 이 여류 시인과 춘원의 염문이 꼬리를 물었다. 같은 무렵에 두 사람은 부전고원으로 함께 여행을 떠났다. 이때 모윤숙의 아호인 영운(嶺雲)을 춘원이 지어주었다. 뿐만 아니라 1937년 『렌의 애가(哀歌)』가 나오게 되자 그와 모윤숙 사이를 각색해낸 염문은 눈덩이처럼 불어났다. 산문시의 형식을 취한 이 수상집에서 주인공이 된 사람은 표면상 "그대"였다.

오직 그대 내 등불 가까이 오라
침묵의 흰 하늘 그 달빛 비치는
내 등불 가까이 오라
물먹은 보리수 그늘 아래
표류하는 혼! 어둠에 고달프리
오직 그대 내 등불 가까이 오라

이 사회집의 다른 자리에는 "그대"가 "시몬"으로 나온다. 모윤숙은 그가 어느 특정인을 뜻하는 것이 아니라 "현실에서는 이룰 수 없는 한 사람"이라고 적었다(자서전, 『회상의 창가에서』). 그러나 이미 풍문에 휩싸인 독자들이 시인의 말을 뒷전으로 돌렸다. 그들은 모두가 모윤숙의 시몬을 춘원으로 지목했다.

모윤숙 시인이 결혼을 한 다음 시몬은 부군인 안호상(安浩相) 쪽으로 이동한다. 그리고 8·15를 거쳐 대한민국 정부 수립과 6·25를 겪는 가운데 다시 시몬은 정치가, 보편적인 인간상 등으로 모습을 바꾸어 갔다. 이 일종의 표류기를 거친 다음 1960년대가 닥친다. 이때부터 모윤숙의 시몬은 서울 법대의 형법 담당교수 유기천(劉基天)으로 바뀐다. 당시 유기천 교수는 모윤숙보다 여섯 살 아래였고, 또한 그에게는 부인인 이스라엘계 헬렌 실빙 교수가 있었다. 그러나 모윤숙은 그런 조건을 전혀 문제 삼지 않았다.

시인 모윤숙은 그 특유의 열정으로 유기천의 학문과 인격을 사랑했다. 유기천은 한때 유신독재, 헌법유린에 항거하여 서울대학교 법대 교수 신분으로 반체제운동의 선봉에 섰다. 이것은 곧 박정희 정권의 탄압을 불러일으켰다. 유기천 교수가 구금, 투옥의 위험에 노출되자 모윤숙은 그에게 피신처를 마련해주었고 또한 청와대에 그의 신변을 보호해주도록 간곡하게 요청했다. 모윤숙의 이런 유기천 교수 사랑은 그가 미국으로 망명하고 난 다음에도 식을 줄 몰랐다. 다음은 모윤숙 시인이 이미 황혼에 접어든 나이로 미국에 있는 유기천 교수를 그리워하며 쓴 글이다.

8월 3일 밤. 이슬이 내려 몸이 젖었다. 나는 R의 환상을 가슴에서 불렀다. 먼먼 산과 바다를 건너 어느 창 안, 저 달이 그의 얼굴 위에 내리리라. 그는 지금 쇠약하여 있을지도 모른다. 짤막한 글을 써서 보내리라. 나는 길이 끝나는 촌락의 마지막 숲에서 밤을 걷는다. (……)

물 냄새 달 냄새 풀냄새
싱그러운 둘레다.
가슴엔 기억의 숲
한 마리 새가 날고 있다

서울도, 한국도, 한국인도 진저리가 난다. 공식화된 법규들에 얽매여 괴로워하는 인간, 자유는 타의가 아닌 자의다. 그런데 우리에겐 자의로 우러나온 자유혼이 없다. 인습을 핥아먹는 철 안든 아이들 같다. 불을 끈다. 석유등엔 벌레가 꾄다. 자리에 누웠다. 팽팽한 공간 속으로 별이 뿜는 신비의 냄새, 수묵색 산봉들이 꿈속의 그림같다. 희미하나 선명하다. 산 옆에 산이 누웠다. 콩잎이 다리에 껄끄럽다. 그의 이성, 그의 미소, 그의 예지는 얼마나 더 밝아졌을까? 인생에서는 어느 만큼이나 더 박력있고 성의 있는 즐거움을 발견하고 있을까? 그의 눈은 얼마나 먼 그리움을 인내하는 미덕에 빛나고 있을까?

— 『모윤숙 전집』 10권에서

여기 나오는 R과 '그'는 말할 것도 없이 유기천 교수를 가리킨다. 유기천 교수가 한국을 떠난 것이 1972년이었다. 모윤숙 시인이 이 글을 썼을 때는 이미 거기서 10여 년의 세월이 흐른 다음이다. 그를 그린 시인의 건강도 이미 매우 좋지 않았다. 그럼에도 시몬을 향한 그의 열정은 청춘의 그것을 능가하고 남았을 정도다. 흔히 내성적이라고 생각되어 온 한국의 여성 가운데 이런 예를 발견할 수 있는 것은 어느 모로 이야기 되든 충격적이다. 여기서 우리는 다시 한 번 모윤숙의 시에 나오는 시몬의 의미를 되새겨보지 않을 수 없게 된다.

나의 Nym Wales 읽기

1. 망명, 반제 투쟁자의 기록

우리가 흔히 『아리랑』이라고 말하는 님 웨일즈의 전기작품의 정확한 명칭은 『아리랑 노래(The Song of Ariran)』다. 이 책의 부제는 '중국 혁명 속의 한 한국 공산주의자(A Korean Communist in the Chinese Revolution)'로 되어 있다. 이런 부제로 짐작되는 바 이 작품의 주인공은 일제 치하의 한국에서 망명하여 반제투쟁에 투신한 김산(金山, 1905~1938)이다. 그는 평안북도 용천군 출생으로 본명이 장지락(張志樂)이다(일제의 치안기록에는 장지학(張志鶴)으로 되어 있다). 김산이란 이름은 그가 반제투쟁 때 사용한 별명 중의 하나였다. 이 밖에도 장지락은 장재천(張在千), 장명구(張明求) 등의 가명을 썼고 일부 문건에는 한산(寒山), 영광(永光) 등 필명도 나온다.

2. 님 웨일즈와 김산의 만남

『아리랑』의 작가 님 웨일즈는 본명이 헬렌 포스터 스노우(Helen Poster Snow, 1907~1997)다. 님 웨일즈에서 '님'은 희랍어로 이름을 뜻하며 '웨일즈'는 그녀의 가계가 웨일즈에서 미국으로 이민을 간 후예였기 때문에 붙여진 것이다. 그녀에게 이런 필명을 쓰도록 한 것은 바로 모택동의 전기 『중국의 붉은 별』을 쓴 그녀의 남편 에드거 스노우(Edgar Parks Snow, 1905~1972)다. 1934년을 전후해서 이들 부부는 각자가 미국에서 북경 연경대학으로 유학을 간다. 처음 그들은 중국어를 배우고 중국을 연구하는 한편 중국 문학작품을 번역하고 그에 관한 해설을 쓰기로 했다. 그런 상황에서 웨일즈 부부는 1935년 12월 9일 연경대학에서 시작된 반파쇼 좌파 학생운동에 휘말려 들었다. 그들은 그 후 거의 자동적으로 중국 공산당 북경시당에 연계되었다. 에드거 스노우는 당시 영국 신문에 기사를 보내는 신분이었다. 그런 입장이 작용하여 그는 모택동의 본거지로 향한다.

님 웨일즈의 기록에 따르면, 에드거 스노우가 첫 번째 연안(延安)에 간 것은 1936년도다. 그는 그해에 곧 북경에 돌아왔는데, 님 웨일즈는 그와 엇바꾸어 모택동의 본거지인 연안을 향한다. 당시 연안은 10만 리 장정을 마친 홍군의 제2, 제4 방명군이 막 도착했을 때다. 그 무렵까지 분명히 에드거 스노우와 님 웨일즈는 일개 동조자였을 뿐 공산주의자가 아니었다. 중국 공산당에 입당한 신분은 더욱 아니었다. 그럼에도 님 웨일즈는 수없는 산들을 넘고 도처에 좌익 공산당과 그 연루자를 체포하여 처형하고자 기다리는 우파 국민당이 득실대는 지역을 통과한 것이다.

이때 님 웨일즈의 연안행에는 위기일발에 호구를 탈출한 국면이 있었다. 북경을 출발해서 그녀가 먼저 도착한 곳이 서안(西安)이었다. 서안은 당시 장학량(張學良)이 패권을 쥐고 있었다. 그는 모택동 군대 섬멸작전을 독려하기 위해 날아간 총통 장개석을 체포·감금하여 대항항전으로 방향 전환을 하도록 강요, 협박을 가했다. 이로 인하여 장개석은 공산군 섬멸작전을 포기하지 않으면 안 되었다. 국민당과 장개석의 체면은 그것으로 진흙탕에 처박힌 꼴이 되었다. 서안 도착과 함께 님 웨일즈는 재빨리 그것을 기사화하여 『런던 데일리 해럴드』에 보냈다. 세계가 이 소식에 발칵 뒤집혀 버렸다. 체면이 크게 손상된 국민당은 님 웨일즈라는 이름에 치를 떨었다.

첫 번째 서안에서 탈출하여 북경으로 돌아간 님 웨일즈는 겁도 없이 다시 중공의 해방구를 지향하고 북경을 떠났다. 1937년 그녀는 일단 서안까지 갔다. 그러나 당시 이미 그녀에게 호의를 가진 장학량의 부대는 붕괴된 다음이었다. 국민당의 경찰은 그녀의 신분을 파악하자 곧 체포하여 연금 상태로 몰아넣었다. 이 위기상황에 처하여 님 웨일즈는 현지의 선교 목사 가정을 이용했다. 그들의 도움으로 국민당의 군차량을 얻어 타고 재차 호구를 탈출하여 최종 목적지인 연안에 들어갔다. 님 웨일즈는 그로부터 4개월간 연안에 체재했다. 그동안에 모택동과 주덕 등 중공수뇌부의 각별한 대접을 받았다. 그 무렵까지 서방세계에는 전혀 알려지지 않은 홍군지역의 상황도 파악할 수 있었다.

김산과 님 웨일즈가 만난 것은 위와 같은 그녀의 연안체재 기간이었다. 그 직전까지 이 벽안의 신문기사 작성자는 김산이 누구인지 전혀 몰랐다. 어느 날 그녀는 연안의 노신도서관에 영어로 된 책을 빌리러 갔다. 거기서 그녀는 레닌의 『좌익공산주의 소아병(Left Wing Communist in Infantile Disease)』, 타닌과 요한의 공저인 『일본은 언제 전쟁을 일으킬 것인가(When Japan Goes to War)』 등을 대출했다. 그런데 이들 책에는 앞서 그것을 빌려본 열람인의 이름이 기록되어 있다. 그가 바로 김산이었다.

잔뜩 호기심이 동한 님 웨일즈가 관계자에게 그의 소재를 물었고 그를 통해 비로소 김산이 조선인 항일투쟁조직의 대표자로 연안에 파견된 사람임을 알게 되었다. 그 자리에서 그녀는 면담을 신청했다. 다음은 그를 만났을 때의 인상을 적은 부분이다.

> (……) 일주일쯤 지났을 때 숙박소 방의 창문 대신으로 쓴 푸른 무명 커튼을 걷어 올리며 학자풍으로 생긴, 유별나게 큰 키의 사람이 햇살을 받으며 나타났다. 그는 긍지로 찬듯 보였고 또한 정중한 몸짓으로 머리를 숙였다. 그는 악수를 하면서 나를 지켜보았다. 비가 쏟아졌던 날로 종이를 바른 창은 채광 상태가 좋지 않았다. 그러나 그의 뚜렷한 윤곽은 기묘할 정도로 중국인과는 달랐다. 차라리 스페인계 혼혈이라고 하는 것이 옳을 듯한 멋쟁이였다. 순간 나는 그가 유럽인 같다고 생각했다.
>
> "이 편지는 당신이 보낸 것입니까"라고 그는 물었다.
>
> "그렇습니다"라고 나는 대답했고, 이어 "당신이 내가 만나고자 한 조선인 대표입니까"라고 했다.
>
> (……)
>
> 이 한국인은 음모가형이라고 나는 마음 속으로 생각했다. 위험한 지하혁명운동을 거치면서 살아온 망명자는 음산하게 보였고 냉정했으며 자기 수양이 된 듯했으나 예민하며 선병질적인 듯했다. 표정이 뚜렷한 긴 모양의 저 얼굴빛은 감옥생활에서 얻은 창백함이 아닌가. 그러나 지

성적으로 보이는 빛나는 눈길이 내 용기를 북돋우어 주었다. 솔직하고 이해성이 있는 듯 생각되었기 때문이다.

3. 조선인 반제 · 저항투사의 일대기

김산을 만났을 때 님 웨일즈가 뜻한 것은 그에 관한 개인적 전기 작성이 아니었다. 첫날 그녀는 그 한 해 앞서 여행한 한국에서 보고 느낀 것을 화제로 삼았다. 그 자리에서 금강산 유람 체험이 이야기되었고 서울에서 본 홍수의 광경도 화제가 되었다. 김산도 이때에는 "조선에 관한 얼마간의 자료를 준비해왔다"고 했다. 그러나 님 웨일즈는 그와 몇 번 만나서 이야기하는 동안 김산이 풍기는 인간적 매력에 크게 이끌렸다. 다음은 그에 대한 님 웨일즈의 기록이다.

> 그는(김산을 가리킴－필자 주) 내가 동양에서 보낸 7년 동안 만나본 사람 가운데 가장 매력이 있는 한 사람이었다. 다른 혁명가들에게서는 (그들 24명에 관해서는 그해 한 여름을 바쳐 내가 매우 심한 글쓰기의 압박감에 시달리면서 전기를 써냈으나 － 님 웨일즈가 연안에서 취재한 다음 지은 중국공산당 지도자의 전기 『붉은 먼지(Red Dust)』를 말한다. 그 내용이 34인의 중공지도자 약전으로 되어 있으므로, 여기서 24명은 오식으로 생각된다. － 필자 주) 찾아볼 수 없는 유별난 것이 그에게는 있었다. 처음 그것이 어떤 것인가를 헤아리지 못했으나 차차 알게 되었다. 그는 그만의 의연함을 가지고 있었으며 두려움을 모르는 영혼과 완벽한 침착성을 지니고 있었다. 그의 결연한 주장은 이론과 경험 두 분야에서 얻어낸 면밀한 사고의 결과 이루어진 것인 듯하여 당연한 일로 생각되었다 (……) 중국과 한국이 당면한 역사상황 속에서 그는 엄청난 비극의 백열상태(白熱狀態)를 거친 가운데 단련된 듯했다. 그러면서 그는 최상

급의 시련을 거친 나머지 지니게 된 강철과 같이 강한 의지의 화신인 데 그치지 않았다. 그는 정감적 실체로 존재하는 사나이였다.

이렇게 김산에 매혹되자 님 웨일즈는 일제 식민지 체제하의 조선을 다루고자 한 처음 의도를 뒷전에 돌리고 그의 전기 작성으로 방향을 잡았다. 그로부터 두 사람은 거의 날마다 만났다. 시간은 일과 후의 오후가 이용되었다. 김산의 이야기는 저녁 늦게까지 이어지도록 내용이 많았다. 이때의 일을 님 웨일즈는 날마다 촛불을 켜놓고 김산의 말을 적었다고 회고한 바 있다. 그녀에게는 타이프라이터가 없었고 녹음기는 더 더욱 발명되기도 전이었다. 희미한 촛불 아래서 그녀는 잉크를 찍어서 쓰는 펜으로 김산의 이야기를 하나하나 적을 수밖에 없었다. 『아리랑』 서문을 보면 그때 그녀는 '손가락이 마비되어 더 계속할 수 없을 때까지 김산의 이야기를 적었다'고 기록했다.

님 웨일즈는 중국어가 조금 되었으나 한국어는 전혀 알아듣지 못했다. 그녀에게 김산은 영어로 말할 수밖에 없었다. 님 웨일즈의 기록에 따르면 처음 그의 영어는 서투르고 자주 더듬거렸다고 한다. 그러나 만나는 횟수가 거듭되면서 그의 영어는 놀라울 정도로 유창해지고 표현도 풍부해졌다. 님 웨일즈는 그 원인을 독서를 통해서 말을 배운 데서 빚어진 현상으로 보았다. 영어뿐만 아니라 김산은 여러 나라 말을 구사할 줄 알았다. 일본어는 교사를 할 정도였고 중국어도 완벽한 것이었다고 한다. 그 외에 의과대학을 다녔으므로 독일어와 라틴어도 알고 있었다. 그 밖에 김산은 몽골어도 다소간 하는 터여서 그런 어학 능력이 님 웨일즈의 감탄을 샀다.

그의 구술을 토대로 한 『아리랑』을 보면 김산은 평양 가까운 자작농 가정의 셋째로 태어났다. 대가족에 큰 지주가 아니었으므로 가세는 빈한한 편이었다. 적령기가 되자 공립보통학교에 들어갔으나 5학년 때 동급생을 구타하는 사고를 일으켜 중도에 학교를 물러났다. 그후 둘째 형의 도움으로 기독교계 중학교에 진학했다. 3·1운동이 일어나자 그도 다른 학생과 함께 만세 시위에 가담했다. 그리고는 총독부 경찰에 의해 연행된 다음 심한 구타를 당하자 식민지 체제하의 한국을 등지기로 했다.

그는 고학을 뜻하고 현해탄을 건넜다. 그러나 김산의 동경 생활은 반년 정도로 막을 내렸다. 다시 고향에 돌아간 다음 둘째 형이 본가에 전하라고 준 돈을 들고 압록강을 넘었다. 이 2차 탈출 때 그가 최초의 목적지로 잡은 곳은 모스크바였다. 당시 무정부주의에 매력을 느낀 그는 모스크바에서 새로운 사상을 배우고 싶었다. 그러나 하얼빈에 이르렀을 때 그는 연합군의 시베리아 출병으로 중국과 소련의 국경이 봉쇄되었음을 알았다.

김산은 그 길로 남하하여 당시 한국독립군의 근거지인 서간도지방의 삼원보(三源堡)로 갔다. 거기서 그는 신흥무관학교에 입교하고 6개월로 소정의 과정을 마쳤다. 그 직후인 1920년 10월에 조선독립군이 일제의 군대를 대파한 청산리전투가 있었다.

그런데 분명히 독립군의 사관양성과정을 마친 김산은 이 전투에 참가하지 않았다. 그 직전에 그가 삼원보를 떠나 상해로 향했기 때문이다. 상해에서 그는 안창호의 지도를 받고 이광수가 주재한 『독립신문』의 편집·발간에도 관계한 것으로 나타난다. 그러나 얼마 뒤 그는 점진주의, 준비론식 민족투쟁에 회의를 느끼게 되었다. 이때에 그 주변에 나타난 것이 적극투쟁론을 펴는 사회주의자들이었다.

그 가운데서 김산은 김충창(金忠昌), 오성윤(吳成崙)과 접촉하면서 곧 계급주의자가 되었다. 한때 그는 북경을 거쳐 중국 남부 광동으로 자리를 옮겼다. 그 얼마 전에 중국 공산당은 그 투쟁방식으로 도시폭동 노선을 채택했다. 12월 10일 중국 공산당은 광동지방의 전 조직에 호소하여 폭력혁명을 전제로 한 무장봉기에 들어갔다. 중국 공산당사에서는 이때의 폭동을 스탈린의 지령에 의한 8·7 긴급회의(1927년)의 결과라고 적고 있다.

그 구체적 전략으로 계획된 것이 ① 강서·호남·광동·광서 등 네 성에 걸친 추수폭동과 함께 ② 해륙풍(海陸豊) 소비에트 정부 수립, ③ 광동(廣東) 콤뮨을 통한 일대 지역의 소비에트화였다. 광동 콤뮨이 기도한 바는 노동자들을 무장시켜 광동지방의 국민당을 몰아내고 해방구를 만드는 일이었다.

이때는 김산, 김충창, 오성윤, 박철 등의 지도자와 함께 약 800명의 한국인이 무장봉기에 참가했다. 그러나 3일간 혈전을 벌였음에도 국민당의 수비와 반격은 완강하고 치열을 극했다. 국민당 정부군은 18일 무장폭동의 배후 조종자인 소련 영사관을 포위했다. 그 부영사가 체포, 처형됨으로써 일주일 남짓한 적색 무장봉기는 완전히 무너져버렸다. 광동 콤뮨이 붕괴되자 김산은 홍콩을 거쳐 상해로 돌아갔다.

김산은 그 후 중공당의 지시에 따라 북경시위원회의 조직부장이 되었다. 그러나 그 무렵 북경지역은 국민당 특무기관의 조직 파괴공작으로 성한 구역이 하나도 남지 않을 정도로 거덜이 났다. 김산, 곧 장지락(張志樂)도 이 소용돌이 속에서 체포되어(1930년 11일) 일본 영사관 경찰에 인도되었다. 일제의 취조는 가혹을 극한 것이었으나 그는 끝내 공산당 관계를 부인했다.

그 결과 그는 1931년 4월 증거 불충분으로 풀려났다. 그러나 예상외로 빠른 그의 석방이 중공당의 의혹을 부르게 되었다. 이 일로 그는 오랫동안 중국 공산당에 복귀가 허락되지 않았다. 그 후 김산은 당의 조직상 임무가 없는 채 지하공작을 벌였다. 그리하여 1933년 4월 다시 체포되어 전향을 거부한 가운데 일본 영사관 경찰에 인도되었다. 그것으로 귀국 조치가 되어 일제의 총독부 경찰에 인계되었다. 이때도 그는 증거 불충분으로 석방되어 북경에 복귀했다(1934년 1월).

지금까지 그 경위가 밝혀지지 않은 채, 김산은 1935년경 중국 공산당의 지시로 조직활동의 무대를 석가장(石家莊)으로 옮겼다. 그곳에서의 공작활동이 성공하여 파괴된 석가장 위원회가 재건되었다. 이렇게 김산의 활동이 뚜렷함에도 끝내 중공당은 그의 복당을 허락하지 않았다. 1936년부터 중국 내의 한국 공산주의자들 사이에는 새 국면을 타개하려는 움직임이 일어났다. 이미 드러난 바와 같이 이 해에 모택동의 홍군(紅軍)이 10만 리 장정을 마쳤다. 이런 정세에 직면하자 중국 내의 한국 사회주의운동자들은 중국에 있는 한국인의 혁명세력의 결집을 꾀했다.

그 결과 1936년 7월 '조선민족해방동맹'이 결성되었다(그 후 독립동맹으로 개칭). 이 조직은 결성과 함께 연안에 대표를 파견할 것을 결의했다. 이때 선출된 민족해방동맹의 대표가 김산이었다. 연안에서 그는 명목상 중국 공산당과 한국 혁명조직의 연결고리를 이룬 창구 역할을 했다. 다만 실질적으로 연안에는 김두봉(金枓奉)을 주석으로 한

독립동맹이 있었다. 따라서 김산이 연안에서 조직 명칭에 걸맞은 역할을 할 틈서리는 적었을 것으로 짐작된다. 연안에서 그는 항일군정대학(抗日軍政大學)의 물리와 수학, 일본어, 조선어 등을 담당하는 교관으로 일했다. 그가 님 웨일즈를 만난 것이 바로 이 시기였다.

1938년 김산에게는 극악의 사태가 몰아닥쳤다. 당시 연안에는 모스크바에서 돌아온 캉성[康生]이 조직 숙청의 칼날을 휘둘렀다. 그의 눈에 김산이 걸려들었다. 그리하여 그는 트로츠키 일파로 지목되어 처형되어 버렸다. 대부분 숙청사가 그랬던 것처럼 김산의 처형도 그 뒤 유야무야로 파묻혀 버렸다. 1938년 1월 중국 공산당 중앙위원회 조직부가 비로소 그의 억울한 죽음을 바로잡았다. 이때 중공 조직부는 김산의 처형이 '특정 역사적 조건 아래서 범하게 된 오류'라고 결정했다. 그것으로 끝까지 사회주의를 위해 산 그의 이름에서 비로소 반당 반혁명분자의 단서가 벗겨진 것이다. 님 웨일즈가 쓴 김산의 일대기 『아리랑』은 그가 처형되고 3년이 지난 1941년에야 출간되었다.

한국에서 이 책은 1947년 종합지 『신천지(新天地)』를 통하여 신영돈(辛永敦)의 번역으로 소개된 적이 있다(완결이 이루어지지는 못함). 참고로 밝히면 님 웨일즈는 1961년에 또 하나의 김산에 관한 책으로 『한국과 김산의 생애에 관한 각서(Notes on Korea and the Life of Kin San)』를 냈다.

4. 김산에게 비친 상해임정시대의 이광수

『아리랑』을 통해서 보면 이광수는 안창호와 함께 상해임정에서 민족주의계를 대표하는 2인조로 나타난다. 김산이 짧은 삼원보 생활 다음에 상해로 향한 사실은 이미 지적된 바와 같다. 상해 도착과 동시에 그는 곧 이광수가 주필인 『독립신문』에 일자리를 얻을 수 있었다고 한다. 이때의 일이 『아리랑』에는 다음과 같이 나타난다.

> 나는 『독립신문』에 植字와 교정원 자리를 곧 얻어냈다. 한 달 보수가 20원이었다(원문에는 $로 되어있으나 중국 화폐단위인 元으로 바꾸었다—필자 주). 『독립신문』은 李光洙가 주필을 보고 있는 비밀출판의 급진적 민족주의 신문으로 상해에서 발행되었다. 훗날에는 다른 곳에서 발행되었으며 한국에도 비밀리에 반출이 이루어졌다.

『아리랑』의 이런 기술에는 다소간의 주석이 필요한 부분이 있다. 『독립신문』이 임시정부 기관지로 발행된 것은 1919년 8월이었다. 그 제목은 『독립신문』이 아닌 『독립(獨立)』으로 시작되었다. 그 이전 임시정부는 등사판으로 『우리소식』을 발행하고 있었다. 그것이 얼마 뒤에 박은식(朴殷植)을 사장으로 하고 주필 이광수, 영업부장 이영일, 출판부장 주요한 등으로 진용을 짠 본격 신문체제를 갖추어 발행된 것이다. 그러나 당시 임시정부의 규모로 보아 공무국이 별도로 마련되지는 않았을 것 같다. 이것은 임정의 『독립신문』 식자와 조판이 외주에 의거했을 공산이 큼을 뜻한다. 그렇다면 『독립신문』의 편집·교정 일은 전속 사원인 이광수나 주요한 등 몇 사람만으로도 이루어질 수 있었을 것이다. 그 사이의 상황이 이랬음에도 당시 16세 소년에 지나지 않았고 우리말 구사 능력도 검증을 받지 못한 김산을 『독립신문』의 교정원으로 썼을까가 문제다. 뿐만 아니라 삼원보를 거쳐 상해로 건너

간 과정에서 김산은 민족운동 실적을 증명해줄 아무런 증빙서류도 가지지 못한 상태였다. 그의 사상적 동향도 전혀 보증할 근거가 없었다. 그런 그를 한 나라를 대표하는 조직의 기관지 발간요원으로 상해임시정부가 선뜻 받아들였을 것인가. 이런 사실들로 미루어 보아 김산은 상해 도착 후 얼마 뒤에 『독립신문』에서 정식 직원이 아닌 잔심부름꾼으로 있었을 공산이 크다.

이밖에 『아리랑』에는 상해 도착 후 김산의 생활을 어느 정도 가늠해볼 수 있는 부분이 나온다. 그 하나가 김산이 낮에 『독립신문』에서 일을 보고 밤에는 야학에 나가서 공부했다는 기록이다. 그때 그가 다닌 학교가 거류민단에서 세운 인성학교(仁成學校)였다. 이 학교는 1916년에 설립된 것으로 상해 한국인 교민 친목회가 경영을 담당했다. 교사로 여운형(呂運亨), 윤기섭(尹琦燮) 등이 근무했고 학생들의 교육 내용으로 민족의식 고취가 특히 강조되었다. 이 학교에서 김산은 영어를 공부하고 에스페란토를 익혔다. 훗날 그가 영어를 잘했다는 것은 그때에 받은 훈련이 힘으로 작용한 결과였을 것이다.

동경과 간도지방을 거쳤다고 하지만 상해에 도착했을 때 김산은 아직 지적으로 미숙한 상태였다. 그런 그에게 아주 강한 인상을 심어준 두 사람의 민족운동자가 있었다. 그 하나가 안창호였고 다른 한 사람이 바로 이광수였다. 안창호에 대해서 그는 "대한민국 임시정부의 내무총장인 동시에 그 자신이 1916년에 창립한 홍사단의 지도자였다"고 적었다. 여기서 김산은 그 자신도 한때 홍사단에 입단했다고 말한 바 있다. 당시 상해에는 80명의 홍사단 단원이 있었다고 한다. 한국 사람이 있는 곳이면 어디에나 홍사단지부가 설치되었다고 밝히기도 했다.

김산은 이광수를 안창호와의 함수관계 속에서 이야기했다. 그에 따르면 '이광수와 안창호는 다 같이 계급주의자가 아니었다. 그들은 부르주아지의 편에 선 행동철학을 가진 경우였다. 이광수는 또한 안창호가 만든 흥사단의 열성적인 단원이기도 했다. 그럼에도 두 사람 사이에는 행동원칙에서 약간의 차이점이 있었다.'고 『아리랑』에 다음과 같이 기록되어 있다.

安昌浩가 부르주아지의 원칙에 기초한 민족주의적 대중의 행동을 대표했다면 李光洙는 상류 부르주아지와 부르주아 지식인 가운데서 이루어진 자유주의적 문화운동을 대표했다. 李光洙는 프롤레타리아의 세력화를 반대했다. 그러나 安昌浩는 그의 혁명적인 역할을 인정하고 있었다. 李光洙는 家父長的 위엄을 보이려는 경향이 있었으나 安昌浩는 진정한 자유를 지향하는 민주주의적 지도자였다. 孫文과 중국의 민족주의자들이 그들 자신의 복잡한 과제를 풀기 위해 맑시즘에 기울게 된 시기와 때를 같이 하여 安昌浩도 공산주의자들의 이론과 전술에 관심을 가진 바 있다. 그는 끝내 공산주의자가 되지는 않았으나 초창기의 조선공산당에 반대하지도 않았다.

1924(1921년의 착오 ─ 필자 주)년경 李光洙는 齋藤總督의 청을 받아들여 한국에 들어갔다. 그는 『동아일보』와 『東光』이라는 청년들을 상대로 한 자유주의 성향의 독자투고지에서 주간이 되었다. 李光洙는 최초였고 지금도 아직 최고의 자리를 차지하는 근대한국의 작가이다. 그는 장편소설, 단편소설, 수필, 시, 역사물 등 20권 가까운 책을 지었다. 그는 희생정신과 아버지 같은 온정, 비극적 심정을 지닌 톨스토이주의자인 것이다.

김산의 이런 말들에도 얼마간 손질이 가해져야 할 부분이 있다. 우리가 알고 있는 이광수의 귀국은 부인인 허영숙 여사의 간청에 의한 것이었다. 묵인이라면 몰라도 그것이 곧 조선총독의 요청을 받아들인 결과는 아니었던 것이다. 그가 국내에 들어온 다음의 활동도 안창호의 흥사단 운동을 뼈대로 삼은 것이었다. 그는 또한 문단활동을 주로 했고 민족주의의 입장을 지키고자 했을 뿐이다. 정치나 사회운동 노선으로 부르주아적인 입장을 취하고 그와 대립되는 계급주의를 배격한 예는 전혀 나타나지 않는다.

그런 이광수를 우 편향 반 마르크시스트(Marxist)로 규정한 것은 온당한 생각이 아니다. 다만 이런 김산의 생각 가운데 꼭 하나 지나쳐 버릴 수 없는 것이 있다. 그것이 이광수를 아버지 같은 온정의 소유자며 본바탕이 희생정신을 간직한 사람으로 본 점이다. 희생정신의 다른 이름은 나보다 남을 생각하는 생활태도에 관계된다. 또한 이것은 대아(大我)를 위해 소아(小我)를 부정·억제하려는 마음이라 할 것이다. 이광수를 가리켜 톨스토이언이라고 본 김산의 규정은 이런 시각에 의한 것이다.

사실 작가로서 또는 사회개혁운동자로서 이광수를 특징짓는 가장 뚜렷한 성향은 그가 물질적으로 도를 넘는 욕심은 부리지 않은 점이다. 한때 그는 상당한 재화를 축적할 수 있는 위치에 있었다. 그러나 평생을 통해 그는 한 번도 필요 이상으로 자산을 가지려 하지 않았다. 작가나 문인에 흔히 부수되는 명예욕도 유별나게 강하지 않았다.

그의 대표작 가운데 하나는 『원효대사』이며 또 하나는 『흙』이다. 『원효대사』의 주인공은 세속적인 명리를 구름같이 여긴 신라 일대의 고승 원효대사다. 『흙』의 주인공은 널리 알려진 대로 변호사인 '허숭'이다. 그는 터득한 법학지식을 이용하기만 하면 안정된 직위와 상류층

생활이 보장되는 사람이다. 그럼에도 그는 농촌에 돌아가 그곳 사람들과 살기 위해 서울 생활을 미련 없이 정리해 버린다. 이것은 이광수가 세속적인 명리에서 그 자신을 격리시키고자 한 사람이었음을 뜻한다.

한때 김산도 이광수식 경지에 매력을 느낀 적이 있었다. 그는 3·1운동을 거친 다음 동경과 삼원보를 거쳐 상해에 도착한 직후까지 톨스토이식 금욕주의의 세계를 지향했다. 그것으로 그는 인간생활의 최고 형태인 순결이 확보될 것으로 기대했다.

이와 아울러 『아리랑』의 다른 자리에는 김산 자신의 항일저항운동이 비폭력 온건주의의 선에서 시작되었음을 알리는 부분이 포함되어 있다. 기독교 계통의 중학교에 입학하고 나서 그는 곧 민족의식에 가득 찬 지리·역사 선생을 만났다. 그에게 지리·역사 선생은 기독교도의 도덕성과 단결력이야말로 조선독립운동의 든든한 보루라고 가르친다. 김산이 그의 말에 대한 회의를 갖게 된 것이 3·1운동을 통해서였다. 이 만세시위에서 한국인들은 폭력을 쓰지 않고 평화적인 민족자결만을 외쳤다. 총독부 경찰은 이런 만세시위자들에게 총검을 휘두르고 사격까지 가했다. 이에 충격을 받고 김산은 비폭력 온건주의 민족운동에 회의를 품게 된 것이다.

상해에 도착하고 나서 김산이 이광수와 안창호의 영향권에 들어갔음은 거듭 밝힌 바와 같다. 한동안 그는 거기서 흥사단에 입단하고 아침저녁으로 두 민족운동 지도자들의 가르침을 받았다. 만약 이런 상황이 그대로 계속되었다면 김산이 사회주의자가 되고 폭력혁명노선에 가담하는 일은 생기지 않았을 것이다. 그의 마지막이 엄청난 비극으로 끝나버린 불상사도 일어나지 않았을지 모른다. 그런데 이미 드러난 바와 같이 1921년 4월 이광수가 임정의 파벌싸움에 염증을 느끼고 귀국해 버렸다. 안창호 역시 같은 무렵에 임정을 떠나 미국으로 돌아갔다. 이런 사태에 직면하자 김산은 중단된 학업을 계속하고 독립운동의 새로운 방향을 모색하기 위해 상해를 떠나 북경으로 갔다. 거기서 그는 금강산에서 수도생활을 한 김충창(金忠昌)을 만났다.

김충창은 실력투쟁으로 일제를 한반도에서 몰아내기를 기한 적극전투론자였다. 그 돌파구를 마련하기 위해 그는 일제의 감시망을 뚫고 국내를 탈출하여 중국에 망명했다. 처음부터 그는 항일저항투쟁의 전략으로 대중의 조직과 전략화를 기도한 사람이다.

1923년 그는 북경에서 공산청년동맹을 결성했다. 그와 아울러 기관지 『혁명(革命)』을 만들어 북경지방뿐만 아니라 한국 국내와 시베리아, 만주, 미국과 구라파까지 그것을 배포했다. 북경 생활과 함께 김산은 곧 그에게 포섭되었다.

이때부터 그는 톨스토이식 비폭력 온건노선을 포기하고 김충창, 곧 김성숙(金星淑)의 적극투쟁론에 동참하게 되었다. 그 나머지 의학도로서의 꿈을 접고, 끊임없이 생을 위협당하는 폭력혁명운동에 뛰어들었다. 그 결과가 1938년 연안에서 처형된 것과 같은 비극을 불러온 것이다.

『아리랑』을 읽고 그의 짤막했지만 파란만장한 생애를 가늠해보는 우리에게 한 가닥 감회가 일어난다. 일제 식민지 치하에서 우리 주변의 지식인들의 나날은 그 자체가 까마득한 벼랑 끝에 내몰렸거나 작두날을 탄 꼴이었다. 그 보기의 하나에 김산이 있다. 이광수와 그의 상관관계 역시 그런 우리 민족사의 한 단면으로 파악되어야 할 것이다.

나도향(羅稻香)과 안동

1. 『문단 30년사』속의 나도향

김동인(金東仁)의 『문단 30년사』는 일종의 교우록이다. 거기서 김동인은 그 나름의 직설적인 말투로 그와 사귄 작가와 문단인들을 차례로 비판했다. 나도향에 대한 첫인상을 그는 '형사 같아 보여서 호감이 가지 않았다'고 적었다. 그런데 그와 달리 나도향은 한 번 김동인을 만나고 나자 곧 '흉허물 없는 사이'가 되고자 했다. 누군가의 소개로 인사를 나눈 다음날 그는 불문곡직 식으로 김동인을 찾아갔다. 그리고 입고 온 린넬 저고리를 병풍에 건 다음 그에게 장기 두기를 청했다고 한다.

소탈, 그 자체인 나도향의 성격에 매혹된 김동인은 그 후 거의 날마다 그를 만났다. 나도향도 어느 자리에서 김동인이 그 무렵의 대표적 사회주의자인 주종건(朱鍾建)을 궁지에 몰아붙이는 것을 목격했다. 김동인이 주종건의 생활을 그의 논리와 이율배반인 것으로 지적하여 일패도지로 몰아넣자 나도향은 뛸 듯이 기뻐하며 좋아했다. 그런 나도향이 2차 동경유학에 실패하고 귀국한 다음의 일이다. 김동인은 당시 평양에 머물고 있었으나 그의 마음을 달래주기 위해 상경했다. 다음은 당시의 사연들을 적은 김동인의 추억담 가운데 일부이다.

> 그가(나도향-필자주) 귀국한 뒤에 일부러 상경하여 그를 만났다. 평양을 꼭 보고싶다는 稻香의 하소연에 꼭 오라고, 오면 술과 기생은 싫도록 대접하마고, 稻香이 下壤할 날까지 약속하고 나는 平壤으로 돌아와서 稻香이 오기를 손꼽아 기다렸는데 그날을 당하여 稻香에게서 사정 때문에 못간다는 엽서가 왔다. 그 사정이란 물론 차 값 등 경제 사정일 것이 짐작이 가서, 이 뒤 상경할 기회가 생길 때 함께 데리고 오리라고 벼르는 동안, 그 뒤 한 달쯤 지나서 신문지는 稻香의 죽음을 알렸다. 나는 이 신문 보도를 보고 소리없이 울었다. 총각으로 죽은 稻香이었다.

2. 스물네 살의 보통학교 교사

그 죽음에 임해서 김동인이 사무치게 애도한 나도향은 1902년 서울 남문 밖 청파동에서 태어났다. 본명은 경손(慶孫)으로 한의사인 조부 밑에서 자랐으며 교회 계통에서 세운 공옥소학교(攻玉小學校)를 졸업하고 김소월보다 한 발 앞서 배재고보를 다녔다. 그의 동기로는 박영희(朴英熙)가 있었다. 한때 조부의 뜻대로 경성의전에 입학했으나 곧 적성에 맞지 않아 그만두었다. 그 직후 동경에 건너가 와세다 대학을 지망했지만 학비 조달의 길이 막혀 귀국한 바 있다. 그가 김동인을 만난 것은 이 무렵이다. 이후 그는 3차 문예동인지 『백조』에 동인으로 참가했다. 그 창간호에 문청(文靑) 냄새 가득한 소설 「젊은이의 시절」을 발표했으며 「시골」, 「회화(會話)」 등 투르게네프의 산문시를 번역한 것으로 나타난다.

『백조』에 발표한 나도향의 작품은 대체로 감상적인 어조에 후기 낭만파 문학의 특색을 이룬 비관적 색조에 지배된 것이었다. 그러나 1925년 「뽕」(『개벽』 1, 2월호), 「물레방아」(『개벽』 8월호)에 이르러 이런 그의 작품세계는 일변했다. 이때부터 그의 단편들에는 등장인물의 성격이 뚜렷이 부각되고 사건들에 현실적인 감각이 살아 움직이게 된 것이다. 오늘 그는 『백조』 동인 가운데 현진건(玄鎭健)과 함께 초창기의 한국 근대단편을 본격화시킨 작가로 평가되며 1920년대의 한국소설을 본격 근대문학으로 격상시킨 대표적 문학자로 손꼽힌다. 한창 문단의 유망주로 손꼽힌 그가 빈궁과 무절제한 생활의 결과로 타계한 것이 1926년이다. 그의 죽음은 요절과 조서(早逝)가 정석처럼 되풀이된 당시의 우리 문단 사정으로 보아도 이례적이라고 할 정도였다.

3. 나도향의 근무학교

그 생애가 짧았음으로 나도향의 이력사항에는 유별나게 미심쩍은 구석이 나타나지 않는다. 말하자면 그는 단선적인 삶을 살다간 작가로 학력이나 경력사항에서 특별히 분석, 검토를 필요로 하는 항목이 내포될 여지가 적었던 셈이다. 그러나 그 가운데 꼭 하나 예외로 생각되는 부분이 남아 있다. 그것이 1차 동경 유학에서 돌아온 다음 그가 시골에 내려가 보통학교에서 교편을 잡은 점이다. 이제까지 우리 주변에서 나온 나도향론에서는 이것을 1920년대 초에 안동보통학교에서 교편을 잡은 것으로 해석해왔다. 그 논거를 이루어온 것이 『백조』2호의 권말에 붙은 「육호잡기(六號雜記)」 일부다.

> 羅稻香氏는 慶北安東 땅에서 敎鞭을 잡고 계시게 되었습니다. 號曰 笑亭之翁이지만은 多恨多情한 氏가 더구나 그 變的性格에 엇지나 애를 썩히고 지내는지 日常 잘 부르는 哀傷의 泗泚水曲만 저녁 노을 비최인 洛東江 흘으는 물에 아마나 하염없이 앳굿이 흘니여 보내겠지요. 日前에 부친 便紙에 「여기 꽃이 다 저바렸나이다. (……) 寂寂寥寥한 이곳에 외로히 있는 저는 다만 學校 뒤에 聳出한 映南山 우에 올라서서 西北便 하늘을 바라볼 뿐이외다.

여기 나타난 바와 같이 안동에서 이루어진 나도향의 교편생활에는 그 학교의 이름이나 직급이 드러나지 않는다. 그 무렵까지 안동에는 중등학교가 생기기 전이었다. 당시 안동시내에 소재한 공립학교로는 지금 안동중앙초등학교가 된 안동보통학교가 있었을 뿐이다. 여러 문학적 담론에서 그가 안동보통학교 교사 근무로 기술된 사실은 여기서 비롯된 것으로 보인다. 그러나 이런 단정은 몇 가지 점에서 사실 해석을 위해 반드시 이루어져야 할 검증 절차를 건너 뛴 것으로 재검토가 필요한 경우다.

일제는 한일합방과 함께 우리 민족에게 전면적인 황민화 교육(皇民化 敎育)을 실시했다. 조선총독부 학무국은 그들의 교육목표를 기능적으로 달성하기 위하여 각급 학교의 교사들 자격부터를 엄격하게 규정, 제한했다. 특히 초등학교에 해당되는 보통학교에서는 원칙적으로 사범학교 출신을 우선적으로 발령, 배치했다. 경우에 따라서 사범학교 출신만으로는 교사 요원 숫자가 모자랄 수 있었다. 그럴 경우에는 중등교육을 받은 자들을 뽑아 촉탁교사로 배치하기는 했다. 그러나 그런 때에도 엄격하게 교사의 자질을 문제 삼았다. 그 요건 중 하나로 교사 지망자가 교육목표를 충실하게 이행할 것인가 아닌가 여부를 검토, 심의한 것이다. 그들이 짠 교과과정에 따라 수업을 실시하는 일도 자격심사 요건 중의 하나였다. 나도향은 이미 드러난 바와 같이 이례적으로 예술가적 기질을 강하게 타고난 작가였다. 그런 그가 총독부 학무국의 지휘, 감독을 충실하게 이행할 것을 최우선 전제로 하는 공립학교에서 교사로 근무했을까에 의문의 여지가 생긴다.

뿐만 아니라 이에 대해서는 좀 더 적극적인 반대 논증자료도 얻어 볼 수 있다. 필자는 혹 있을 수 있는 예외 임명의 가능성을 생각해서 안동보통학교의 후신인 안동중앙초등학교에 의뢰하여 1920년도 이후 5년간 교사들의 교사 명단을 문의해보았다. 그 가운데 나경손(羅慶孫)이나 도향(稻香)의 이름은 전혀 나타나지 않았다.

안동보통학교 교직원 명부에 이름이 올라있지 않다고 하여 나도향이 20년대 초 안동에서 가진 교육자 체험이 그대로 허공에 떠버리는 것은 아니다. 우리가 그런 판단을 내리기에는 앞서 제시된 『백조』 2호의 「육호잡기」에 너무 뚜렷하다. 그렇다면 나도향이 그 시기에 안동소재의 다른 학교에서 교편을 잡지는 않았을까. 이런 의문을 가진 필자에게 입수된 것이 1999년도에 나온 『안동의 독립운동사』 한 권이다. 이 책의 저자인 김희곤(金喜坤) 교수는 안동대학교 사학과의 교수로 한

국근대사 중에서 특히 독립운동사가 전공이다.

그는 필요로 하는 정보, 자료를 얻기 위해 관계 문헌은 물론, 정보를 가진 사람을 일일이 찾아내어 구술을 녹취하기까지 했다. 그의 책에는 안동지방의 민족운동이 의병투쟁과 같은 적극 실력활동의 양태와 함께 교육, 계몽을 통해서도 이루어진 점이 밝혀져 있다. 개화 계몽기에 안동지방의 교육활동은 이상룡(李相龍), 유인식(柳寅植), 김동삼(金東三) 등이 주도했다. 그들은 보수 유림들의 완강한 반대를 무릅쓰고 향교 재산 등을 처분하여 신식교육기관인 협동학교(協東學校)를 설립했다. 1910년 한일합방과 함께 이상룡, 유인식, 김동삼 등 협동학교 설립의 주역 3인은 망국의 한을 안고 서간도로 건너가 버렸다. 거기서 그들은 독립군 기지를 만들고 군정부를 설립, 운영했다(뒤에 서로군정서로 개칭됨). 그것으로 국내 진공과 함께 일제를 한반도에서 구축할 기반 구축에 전념한 것이다. 그들의 망명과 함께 협동학교는 교세가 꺾이어 그 후 폐교되었다.

그러나 민족의식에 뿌리를 내린 안동지역의 교육운동은 그것으로 종막이 되지는 않았다. 3·1운동을 전후해서 안동지방에는 보광학교, 계명학림, 원흥의숙, 선성의숙 등 사립 교육기관이 10여 개가 넘게 창설, 운영이 되었다. 그 가운데 이상룡의 혈족인 고성 이씨(固城 李氏)가 세운 문중학교인 사립 동흥강습소가 있었다. 이 학교는 안동부의 진산인 영남산 동쪽 기슭에 자리했고 그 교사가 고성 이씨의 종택 임청각(臨淸閣), 아흔 아홉 칸 한식 와옥이었다. 이 동흥학교 교사 명단에 권태희(權泰熙)와 함께 나도향(羅稻向)의 이름이 올라 있다.

여기 나오는 '도향(稻向)'이 '도향(稻香)'임은 몇 가지 증거 자료로 입증이 가능하다.

① 지금 나도향의 본가에는 1922년 안동에서 교편을 잡을 때의 것이라고 하여 의자에 앉아 찍은 그의 사진이 전한다(김용성, 도향 나경손, 『한국문학사 탐방』, 1973, 134쪽 참조). 이 사진에 곁들인 설명은 앞에 제시된 『백조』 2호의 「육호잡기」와 일치한다. 다만 이것만으로는 그가 교편을 잡은 것이 다른 학교인지 동흥강습소인지가 명백하게 입증되지 않는다.

② 나도향과 동흥강습소의 상관관계를 밝히기 위해서 이 학교가 임청각을 교사로 상용한 사실이 주목되어야 한다. 협동학교의 설립자 가운데 한 사람인 이상룡을 말할 때 잠깐 언급된 바가 있는 임청각은 고성 이씨 사랑채에 딸린 수기찰물(修己察物)의 공간이었다. 그러니까 거기서 교편을 잡은 '도향(稻向)'은 '도향(稻香)'의 와전일 가능성이 크다. 이에 대해서는 좀 더 뚜렷한 증거 자료가 추가된다. 석주(石洲) 이상룡이 만주로 망명한 다음 동흥학교의 교장은 역시 고성 이씨 문중의 장로인 이승걸(李承傑)이 맡았다. 지금 안동에는 그의 후손들이 살고 있다. 그들은 어려서 부형(父兄)들이 나도향과 아침저녁으로 만나고 학교에서 가르치는 모습도 보았다는 말을 들었다고 한다.

4. 임청각, 동흥학교 교사 나도향

나도향이 임청각에 머문 사실은 1930년대 후반기에 등장 활약한 시인 이병각(李秉珏)의 「광려귀래기(匡麗歸來記) ─ 잃어버린 고향을 찾아서」에도 나온다. 시인 이병각은 1910년 경상북도 영양, 석보에서 태어

났다. 안동에서 보통학교를 다닌 다음 중동중학을 다니다가 광주학생
사건 때 동맹휴학에 연루되어 중도 퇴학이 되었다. 한때 동경에 건너
가 중앙대학에 적을 두었으며 1935년 『조선중앙일보』에 콩트 「눈물의
열차」가 당선되어 문단에 진출했다. 등단 초기에 그는 「봄의 레포」,
「古茂山간 玉伊」, 「아드와의 원수를」 등 경향색이 짙은 시를 썼다. 그
러나 1930년대 말경 순수시 전문지 『시학(詩學)』에 참여한 다음부터 작
품 경향이 순수 서정의 세계 추구로 바뀌었다. 시 이외에도 그에게는
「조선현실의 논고」, 「농민문학의 본질」, 「시에 있어서의 형식과 내용」
등 평론과 함께 「나의 독언초(毒言抄)」, 「외투기」, 「부엉이」, 「홍료초(紅
蓼抄)」 등 수필들이 있다.

　1941년 서른한 살을 일기로 타계한 이병각 시인이 남긴 작품은 시와
소설, 수필, 평론 등 통틀어서 160여 편이다. 이들 가운데서 「광려귀래
기」는 시인이 서울에서 오랜만에 고향을 찾으면서 갖게 된 감회를 기
행문 투로 적은 수상이다. 이 글이 쓰여진 것은 1937년 가을이었고 그
무렵까지 서울에서 안동에 이르는 중앙선은 개통되지 않았다. 따라서
이 글의 앞부분은 시인이 김천을 거쳐 경북선으로 바꾸어 타고 안동
에 이른 노정이 적혀 있다. 다음은 그에 이은 부분이다.

　　열 한 시―여기는 慶北線의 終點 安東이요. 내가 서울서 車에 올라
　실로 열 두 시간만에 내리였소. 점심때가 다 되었는데 아직 나는 얼굴도
　씻지 못하고 차안에서 자다가 일어난 채로 그냥 거리를 걷고 있소. 물론
　아침도 먹지 않았소. 그러나 조금도 시장한 氣는 없고 그저 머리가 휭
　나리쪼이는 가을 볕살에 눈이 시오.
　　나는 여기서 自動車로 百餘里 險路에 시달일 것을 생각하니 코에는

까소링의 야릇한 냄새가 숨어드는 것 같소.

　내가 어렸을 때 이곳 普通學校에 다닌 일이 있음으로 퍽이나 낯익은 곳이요. 뿐만 아니라 읍에서 멀지안은 동쪽 바로 洛東江邊에 있는 탑골이란 마을은 나와 퍽 因緣이 깊은 곳이기도 하오. 이 마을에는 新羅때의 큰 塔이 있소. 이 집 근처에는 무궁화나무가 둘러싸고 있는데, 내가 어릴 때 妹兄을 따라서 놀던 곳이요. 이 집 무궁화씨는 누님이 나에게 보내주어서 우리 집 祠堂마당에 심어 두었소. 벌써 그것이 十五年前일인가보오. 이 塔골 마을에 東興講習所라는 것이 있었는데 그때 敎舍로 쓰이던 집은 하루 밤 사이에 독갑이들이 지었다는 九十九間의 큰집이였소. 이 학교엔 故羅稻香이 선생으로 와서 있었소. 그리하여 이 학교에서 배우던 나의 妹兄은 稻香과 더불어 洛東江邊을 걸으며 춘원의 泗泚水 노래를 부르던 것을 내가 보았소.

　여기 나오는 "낙동강변에 있는 탑골", "무궁화나무", "독갑이들이 지었다는 九十九間의 큰 집", "춘원의 사자수 노래"를 나도향과 함께 부른 매부 등에 대해서는 모두 얼마간의 보충 설명이 필요하다. 나도향이 교편을 잡은 동흥강습소가 교사를 임청각으로 한 사실은 이미 드러난 바와 같다. 임청각이 위치한 자리는 옛 안동부 동쪽 법흥사(法興寺)와 법림사지(法林寺趾) 가까이였다. 이 가운데 법흥사는 신라시대 중기에 창건된 것으로 추정되는 절이다. 몇 차례의 전란을 거치는 가운데 절집은 완전히 없어지고 지금 남아 있는 것은 국보 제16호로 지정된 7층의 전탑뿐이다. 이 일대는 안동의 진산인 영남산의 동쪽 기슭 한 골짜기를 차지하고 있다. 탑골의 동리 명칭은 거기에서 연유된 것이다.

　다음 사당 주변에 무궁화 나무가 나오는 점도 지나쳐 버릴 수 없는 일이다. 임청각의 주인인 석주(石洲)가 개화 초기부터 철두철미하게 애국애족의 화신으로 산 점은 이미 드러난 바와 같다. 그에게 대한제국이 국화로 지정한 무궁화를 심고 가꾸는 것은 곧 애국애족의 길이었고 민족의 기상을 살리는 일이기도 했다. 그래서 그가 망명한 후에도 임청각 주변에는 무궁화가 보호, 재배된 것이다.

임청각의 원류인 고성 이씨는 본래 고려 문종 때의 명신인 철성군(鐵城君) 이황(李璜)에서 시작된다. 그의 후손 가운데 한 분인 이승(李增)은 조선왕조 세종 원년 한양에서 태어났다. 단종 때 진사시에 합격했으나 중앙 정국의 어지러운 모습을 보고는 산수에 숨어 살기로 결심했다. 그가 영남 쪽으로 낙향하여 자리를 잡은 것이 당시 안동부의 남문 밖이었다. 그의 아들 가운데 하나인 이명(李洺)은 성종 17년 사마시에 합격한 다음 벼슬길에 올랐으나 연산군 때 갑자사화(甲子士禍)에 연루되어 영덕에 유배된 적이 있다. 풀려난 다음 정치에 싫증을 내지 않을 수 없었다. 중종 8년 안동에 돌아와 영남산 기슭에 집을 지은 것이 임청각이었다.

안동은 일찍부터 영가(永嘉)라는 별호를 가진 고장이다. 이때 '永'은 파자(破字)로 二水之合, 곧 두 갈래의 물이 합치는 곳을 뜻했다. 여기서 두 갈래의 물은 낙동강의 본강과 그 지류인 반변천(半邊川)을 가리킨다. 그 합수 지점에 바로 임청각이 들어섰다. 임청각은 배후에 화산(花山)의 별칭을 가진 영남산을 두고 그 동쪽 편에는 무협태(巫峽台)가 있었다. 또한 남쪽 강 건너에 문필봉(文筆峰)과 낙타산이 솟아올라 자연 풍광이 더할 나위 없이 훌륭했다. 이명은 여기에 그의 집을 얽으면서 그 규모를 아흔 아홉 칸으로 하였다. 봉건왕조에서 임금이 아닌 신분의 사람이 백 칸 이상의 집을 짓는 것은 엄격히 금지되어 있었다. 이렇게 보면 임청각의 주인은 사가(私家)로서 최대 규모의 저택을 지은 것이다. 아흔 아홉 칸 큰 집의 독갑이 하룻밤 공사설은 여기서 이루어진 건축설화인 셈이다.

나도향과 강가를 거니면서 춘원의 사자수 노래를 부른 이병각 시인의 매부는 임청각의 작은 집 출신이었다. 석주에게는 조카뻘이 되는 사람으로 이름이 이세형(李世衡)이었다. 1905년 생으로 그가 학령기가 되었을 때 협동학교는 이미 기능이 마비되어 있었다. 그는 당시의 관례에 따라 집안 어른에게 한문을 배운 다음 10대에 이르러 동흥학교에 입교했다. 나도향과는 세 살 차이였지만 학교에서는 엄연히 스승과 제자 사이였다. 그러나 일단 학과 시간이 끝나면 두 사람은 사제간의 울타리를 허물고 친구처럼 노닐 수도 있었을 것이다. 이병각 시인의 기억 속에 두 사람이 노래를 부르며 강가를 거닌 장면이 나오는 것은 그런 것에 연유한 것으로 생각된다.

참고로 밝혀두면 이병각 시인의 매부인 이세형은 후에 대구에 나가 운수업에 관계하고 또한 자금 원조를 해주는 이가 있어 동해안에 있는 영덕의 금광에도 손을 대었다. 이런 사실을 이병각 시인은 앞에 보인 인용 부분 다음 자리에 "(……) 도향(稻香)은 지하(地下)로 간 지 오래며 매형(妹兄)은 지금 동해안(東海岸)에서 금광(金鑛)을 하고 있소"라고 적었다. 이런 기록들이 가리키는 바는 명백하다. 전후 문맥으로 미루어 이병각 시인의 동흥학교와 나도향 관계 기록은 모두 사실에 부합된다. 이것으로 우리는 1920년대 전반기에 나도향이 안동에서 교편을 잡은 학교가 정확히 동흥학교임을 확인할 수 있게 된 것이다.

지금 안동에서 동흥강습소에 관계되는 정보 중 문헌기록으로 남아 있는 것은 한조각도 없다. 그러므로 당시 나도향이 어떤 경로를 통해서 그와는 전혀 연고가 없는 안동까지 내려가 교편을 잡게 되었는가를 알 길은 아주 막혀 있다. 그가 가리킨 과목이 무엇이었는지 안동 체재 때 어떤 사람들과 사귀게 되었는지도 알려진 것은 나타나지 않는다. 다만 그가 유고로 남긴 중편「청춘」의 글머리에 얼마간 안동 체험의 자취가 드러난다.

> 안동(安東)이다. 태백(太白)의 영산(靈山)이 고개를 흔들고 꼬리를 쳐 굽실굽실 기어 내리다가 머리를 쳐들은 영남산(映南山)이 푸른 하늘 바깥에 떨어진 듯하고, 동으로는 일월산(日月山)이 이리 기고 저리 뒤쳐 무협산(巫峽山)에 공중을 바라보는 곳에 허공중천이 끊긴 듯한데, 남에는 동대의 줄기 갈라산(葛羅山)이 펴다 남은 병풍을 드리운 듯하다.

이렇게 시작하는 이 소설에는 지명이나 고적, 산, 강의 이름만도 '주왕산(周王山), 남강(南江), 영호루(映湖樓), 태화산(太華山), 서악(西岳), 옥동(玉洞), 한절(法龍寺), 연자원(燕子院), 낙양촌(洛陽村), 반구정(伴鷗亭), 귀래정(歸來亭)' 등이 차례로 나온다. 이 가운데 '영호루, 태화산이나 법룡사, 반구정, 귀래정'은 상당기간 안동에 체재한 경험이 없고는 찾아볼 수 없는 곳들이다.

나도향이 안동에 대해서 상당한 매력을 느낀 자취는「화염에 싸인 원한」을 통해서도 나타난다.「청춘」과 아주 혹사하게 이 작품도 그 글머리에 "영남산, 영호루" 등이 나온다. 그러나 이 작품 역시「청춘」과 비슷하게 등장인물의 성격화나 사건의 처리가 성공작으로 평가되기에는 난점을 가진다.

이미 드러난 바와 같이 나도향의 작품으로 성공작의 이름에 값하는 것은 「벙어리 三龍이」, 「물레방아」, 「뽕」 등 단편들이다. 이들 작품은 예외 없이 그 등장인물이 우리 사회의 하층계급에 속하는 사람들이며 그들이 엮어가는 사건들 역시 다분히 관능적이며 충동적이다. 나도향이 체재한 1920년대 전반기까지 안동지방을 지배한 것은 유학적 질서 체제에 따른 도덕률이었고 삼강오륜을 뼈대로 한 행동 양태였다. 나도향의 작품으로 이에 귀납될 수 있는 인생관이나 세계인식의 자취가 맥을 이루고 드러나는 것은 거의 없다. 여기서 우리가 가질 수 있는 결론도 단순하게 된다. 나도향이 본격적으로 우리 문단에 진출하기 전 한때를 안동에서 교편생활을 한 것은 사실이다. 그 구체적 사실로 포착되는 것이 동흥학교 근무다. 동흥학교, 곧 사립 동흥강습소는 고성 이씨 문중에서 설립, 운영한 학원이었으므로 나도향이 교편을 잡았을 때도 유학적 정신풍토가 감지되었을 것이다. 거기에는 당시까지 안동지방을 지배한 민족의식의 입김도 서려 있었을 것으로 생각된다. 그러나 나도향에게 그런 정신풍토와 문화환경은 그의 인격 형성이나 행동 양태에 별다른 영향을 끼치지는 않았다. 안동은 나도향에게 스물네 해의 짧은 생애를 살면서 거쳐간 차창 너머의 풍경 정도로 그쳐버린 셈이다.

내가 읽은 정지용 『문학독본(文學讀本)』

1. 천둥벌거숭이 중학생

정지용의 산문집 『문학독본(文學讀本)』이 발간된 것은 1948년 이른 봄의 일이었다. 당시 나는 시골 소읍의 중학교에 다니고 있었다. 그 두어 해 앞서 교내 백일장에 시 아닌 시를 출품했다. 그것이 무슨 전화의 혼선 현상 같은 것을 일으켰는지 당선작으로 뽑혔다. 이때부터 나는 가볍지 않은 문학편집증을 앓기 시작했다.

일단 발열상태에 들어간 내 문학편집증, 특히 시를 향한 그것은 초기 단계에서 두 가지 증상으로 나타났다. 그 하나로 자연계 과목인 수학, 물리, 화학, 농업(이 과목은 내가 다닌 학교가 농림계였으므로 첫 학년부터 필수였다) 등을 기피, 또는 외면하려 들었다. 그와 동시에 내 독서방향이 두드러지게 시와 시인 주변으로 쏠리게 되었다. 이때부터 나는 교과목에 속한다고 해도 문학 관계 이외의 거의 모든 책들을 뒷전에 돌려버렸다.

시와 시인 편집증이 시작되기 전에도 나는 여러 분야의 책 가운데 유독 문학서적을 즐겨 읽었다. 해외의 것으로 『삼국지』, 『수호지』, 소년, 소녀들이 읽기 좋게 번역된 『그리스 로마신화』, 『푸르타크 영웅전』, 셰익스피어 이야기, 세르반테스, 톨스토이, V. 위고 등의 작품들을 닥치는 대로 읽었다. 그리고 국내의 것은 단연 이광수, 김동인, 현진건, 염상섭, 이태준, 박태원 등의 소설에 집중되어 있었다. 그것이 백일장 사건이 있고 난 다음에는 김소월, 정지용, 이상, 김기림 등의 작품집을 사서 모으기와 읽기 쪽으로 바람의 방향이 바뀌었다. 이것은 말할 것도 없이 우려할 지식의 편식증후군이었다. 그럼에도 당시내 주변에는 이런 나의 소아병적 독서편집증을 걱정하고 훈계를 하는어른이 아무도 없었다.

2. 정지용의 『문학독본』 입수

백일장 사건이 있고 난 다음 나는 누구에게 얻어들은 것인지 좋은 시를 쓰기 위해서는 우선 몸이 튼튼해야 한다는 말을 믿었다. 그 결과로 한때 나는 교내 체육 서클 가운데 하나인 권투부에 등록을 했다. 나의 권투부 출입은 며칠 만에 종지부가 찍혔다. 권투 연습과정에는 반드시 스파링이 따른다. 그것은 상급생이 내 얼굴을 치는 동작을 뜻했다. 그런데 나는 허약 체질에 동작도 민첩하지 못하여 상급생의 가격이 있을 때마다 코피를 쏟았다. 그것으로 나는 권투 연습 부적격 판정을 받았다. 그 무렵에 내가 한 비정상적 행동이 서점이나 도서관에서 시인의 시집이나 산문집이 있으면 불문곡직 그 입수를 시도한 일이다. 여기서 구입이라는 말이 쓰이지 않고 입수라는 말이 쓰인 점에 주의가 필요하다. 우리 집은 시골 유생의 가통을 이어받은 계층이었으나 한말과 일제 식민지 시대를 거치는 과정에서 가세가 크게 기울었다. 그 나머지 내 학교생활에 필요한 등록금이나 교과서 구입비 이외의 지출은 엄격하게 제한되었다. 그런 상황이어서 내가 교과서 이외의 책을 마음대로 사볼 여유가 없었다.

구입비가 없다고 해서 내가 보고 싶은 책을 서점에서 겉장만 넘기고 그만둘 수는 없었다. 그 대책으로 생각해낸 것이 친구들에 접근하여 유인, 설득 작전을 벌이는 방법이었다. 내 친구 가운데는 시골의 부농 집안 아들들이 몇 있었다. 그들도 수학이나 농업 과목이 싫은 점에서 나와 서로 기맥이 통했다. 또한 그들은 책을 사서 모으는 취미도 가지고 있었다. 나는 기회만 있으면 그들을 시내의 서점으로 데리고 갔다. 그리고 읽어도 무슨 뜻인지 모르겠다고 내켜하지 않는 그들을 설득하여 국내와 해외 시집이나 시론집을 사게 했다. 그에 성공하면 곧 나는 친구에게 그 책을 빌려보는 수순을 밟았다. 이것이 내가 보고 싶은 책에 대해 구입이란 말 대신 입수라는 말을 쓴 이유이다.

정지용의 『문학독본』을 내가 입수하게 된 것도 그런 과정을 거쳤다. 지금 그 판권 란을 보니까 발행일자가 1948년 2월로 되어 있다. 이 책을 나는 그해 늦은 봄에 입수했던 것 같다. 지금 어렴풋한 내 기억으로 그 시기가 우리 학교 뜰의 벚꽃이 소리도 없이 흩어지고 있었던 어느 날이다. 그 날 나는 같은 반의 친구가 산 그 책을 빌릴 수 있는 것만으로도 마음이 들떠서, 친지의 집 문간채를 빌려 쓰는 숙소로 향했다.

3. 모리배라는 말과 C랑(娘)

지금 펼쳐보니 『문학독본』 셋째 번에 실린 지용의 글은 「신앙과 결혼」이다. 처음 나는 『이상선집』을 장식한 「산촌여정(山村餘情)」이나 김기림의 『바다와 육체(肉體)』에 실린 기행문을 대했을 때의 신선한 감흥을 기대하면서 그것을 읽어보았다. "×소좌(小佐)는 뻐어취 중위 사택 칵테일 파아티에서 농담을 하였다. '자기는 본래 카톨릭 신자가 아니었으나 자기 부인과 함께 결혼하기 위하야 카톨릭에 귀정(歸正)하였다가 결혼에 성공한 후 카톨릭을 버리었노라'고 시작하는 글을 읽게 되자 내 기대는 실망으로 바뀌었다. 그 꼬리가 "신앙과 결혼, 결혼과 신앙 사이의 30 팔도선, 아메리카적 책임"이라고 끝이 난 이 글을 읽은 다음 한동안 나는 내 독서능력이 부족한 것인가로 고민에 빠졌다. 답답한 나머지 이웃 방에 있는 상급생에게 문의해보았다. 상급생의 말은 퉁명스러웠다. "문학소년인 니도 모르는 것을 내가 어떻게 아노. 그런데 미군을 보고 모리배라고 한 것은 뭐꼬, 니 정지용은 좌익이데이. 이런 책을 들고 다니면 학련패들에게 좌익으로 몰릴 수 있으니 조심하는 게 좋다."

상급생의 경고가 있었음에도 나는 그 다음날에도 『문학독본』을 가방에 넣고 다녔다. 그 이유 가운데 하나가 지용의 영어실력이었다. 그는 "×소좌에게 당신은 연애의 모리배이군요"를 영어로 'You are a profiteer of love'라고 했다. 8·15 직후 '모리배'라는 말은 '친일파, 정상배' 등의 단어와 함께 어느 자리에서나 범람했다. 그런데 우리 또래 가운데 그 말이 영어로 어떻게 되는지를 알고 있는 사람은 아무도 없었다. 지용의 『문학독본』에 모리배가 'profiteer'로 명기되어 나타난 것이다. 나는 그 옆에 줄을 긋고 감탄 부호까지 쳤다. 내가 당시 이미 교과서에서 추방된 정지용의 책을 들고 다닌 이유의 중요한 가닥이 바로 이 점에 있었다.

『문학독본』에서 두 번째로 내가 읽은 것은 「C랑(娘)과 나의 소개장」이었다. 제목으로 보아도 짐작이 가능한 것처럼 이 글은 일종의 추천장 내지 소개장 작성 경위를 적은 것이었다. 이 글을 읽기 전에 나는 이광수의 서간문범(書簡文範) 정도는 뒤적인 터였다. 거기에는 소개장 작성의 요령이 적혀 있었다. 그에 따르면 상대방에게 소개자의 좋은 점을 알리는 것이 소개장의 요체였다. 그런데 정지용의 것은 그와 거리가 있는 듯 생각되었다.

> C랑(娘)은 나의 유일한 친우라고 주장할 수는 없다. 왜 그런고하니 동양의 관습과 예의가 아직까지 이러한 사교적 용어를 신임하지 않는 까닭이다. (……) C랑(娘)의 시(詩)와 문화(文化)에는 결점이 있음을 지적할 수 있다. 그의 시와 문화에는 청춘과 애정을 발견할 수 없다. (……) C랑(娘)은 꽃병에 꽃을 꽂아 놓고 시를 썼다. C랑(娘)의 시에 청춘과 애정이 없다는 것은 그의 카톨릭적 엄격에 책임이 있는 것이 아니다. 무릇 동양적 여성 탄압에서 오는 여성 함구령 또는 여성 집필 정지에서 오는 위선적 전통에 책임이 컸다. 위선적 전통에서 쓴 C랑(娘)의 시는 다소 위선적일 수밖에 없다.

모리배가 나오는 글과 달리 이 글은 오랫동안 내 뇌리에 의문 부호를 갖도록 만들었다. 지용의 말에 따르면 C랑(娘)은 서울 소재의 여자 전문 문과 출신이며 가톨릭 신자였다. 해방 직후에 이르기까지 우리 주변에서 여성이 전문교육을 받은 예는 극히 제한되어 있었다. 더욱이나 그 가운데 도미유학까지를 꾀한 경우는 아주 드물었다. 뿐만 아니라 당시 우리 시단에 진출한 여성은 문자 그대로 가뭄에 콩 나는 일이었다. 나는 전공이 문학사 쓰기여서 오랫동안 시나 시인의 외재적(外在的)인 여건, 특히 그 가운데도 작가들의 출신계층, 학력, 기타 이력사항에 관심을 가지지 않을 수 없었다. 그런 나에게 8·15 직후 정지용이 도미유학의 소개장을 쓴 C랑이 떠오른 것이다.

C랑에 대한 내 의문은 언젠가 이화여대의 나영균(羅英均) 선생을 통해 밝혀졌다. 나영균 선생은 그가 일제 말기에 이화여전을 같이 다닌 최귀동(崔貴童)이라고 알려주었다. 권영민 교수가 펴낸 『한국현대문인대사전』에 의하면 그는 1927년 생으로 이화여전을 거쳐 솔본느 대학에 유학한 경력의 소유자였다. 문단 등단작은 1946년 「젤프루다의 사랑」이다. 같은 제목의 시집이 1953년 갑진문화사에서 간행되었다. 이후 『인생』(갑진문화사, 1955), 『이국의 향기』(풍림문화사, 1972), 『장미의 숲』(혜진서관, 1987) 등의 시화집을 냈으며 지금 문인주소록에는 도미 중으로 되어 있다.

그런데 나는 이분과 두어 학기를 같은 대학에 나간 적이 있다. 1970년대 초에 나는 서울대학교 소속이면서 당시는 운현궁터에 교사가 있었던 덕성여대 국문과에 출강했다. 그때 몇 번인가 교수 휴게실에서 시인 아닌 최귀동 교수를 뵈었다. 그러나 나는 지용의 산문에 등장하는 C랑이 바로 그인 줄은 전혀 짐작하지 못했다. 그때 내가 C랑이 최

교수인 줄 알았으면 꼭 묻고 싶은 말이 있었다. 지용의 소개장이 그의 도미유학에 유용하게 쓰였는가. 또한 지용의 그 독특한 산문이 어떻게 영어로 번역될 수 있었는지, 그러나 주의력 부족으로 나는 끝내 그럴 겨를을 갖지 못했다.

4. 고전과 한시 번역 솜씨

『문학독본』의 다른 글들은 기행문과 정지용이 『문장』 선고위원 때 쓴 신인 추천사, 30년대의 서울생활을 바탕으로 한 수상들이다. 그 가운데 이색적이라고 생각된 것이 한시 번역과 함께 우리 고전에 대한 생각을 적은 「옛글 새로운 정」이었다. 「옛글 새로운 정」에는 경정백모당(耿庭柏母堂) 서씨(徐氏)의 7언 절구 한 수를 우리말로 옮겨놓은 것이 있다.

> 집안 평안한 줄 네게 알리우노니
> 논밭에서 걷운 것으로 한 해 쓰고도 남겠고나
> 실오락 만치라도 남중(南中) 물건에 손대지 말어라
> 조히 청관(淸官) 노릇하야 성시(聖時)에 갚을 지니라

작품의 문맥을 통해서도 파악되는 바와 같이 이것은 지방으로 내려간 아드님에게 내린 모부인 서씨의 훈계를 담은 시다. 여기에는 백성들을 섬기면서 고을을 살 것이며 터럭만큼이라도 민폐를 끼치지 말도록 하라는 어머니의 간곡함이 담겨 있다.

이 글에서 수사적 기교는 거의 찾아볼 수가 없다. 정지용의 작품들

은 거의 모두가 이와 달리 영롱한 말솜씨를 바탕으로 한다. 「압천(鴨川)」의 "목이 잦았다 여울물 소리라든가", 「향수」의 "얼룩백이 황소가 금빛 게으른 울음 울던 곳" 등이 그 대표적인 보기가 될 것이다. 그럼에도 이 작품 다음에 정지용은 이례적이라고 할 정도로 상찬의 말을 달았다. "사내로 한번 나서 태평성시(太平聖時)에 밝으신 임금 모시고 백성을 착히 다스리어 위(位)와 벼슬이 높아 봄즉도 한 교훈과 고요히 일깨워 주시는 어머니의 글월을 벼슬 자리에서나 받자와 뵈일 수 있는 이로서야 나라에 빛난 공훈을 세움이 의당할 일일지로다"『정지용 시집』이나 『백록담』에 담긴 정지용의 시에서 앞서는 것은 명중 그 자체라고 할 수 있는 언어 감각들이다. 그에 반해서 인간의 도덕률을 살리고자 한 자취는 그의 우리말 시에서 뚜렷하게 포착되지 않는다. 그런 정지용이 이 글에서는 인간의 덕성에 밀착된 속마음을 열어놓고 있다.

『문학독본』에 실린 지용의 한시 번역은 「녹음애송시(綠陰愛誦詩)」의 제목 아래 묶여 있다. 그 첫머리에 나오는 것이 『시경』의 「조풍(曹風)」 '시구(鳲鳩)'다.

뻐꾸기 뽕나무 위에 앉아 새끼 일곱을 거나리놋다
착한 안해요 옳은 남편, 그 거동이 한결 같으이
거동도 한결 같거니 마음이사 맺은닷 하올시
(鳲鳩在桑   其子七兮
淑人君子   其儀一兮
其儀一兮   心如結兮)

내가 자랄 때까지만 해도 우리 고장에는 봉건 유습의 잔재가 짙게 남아 있었다. 그런 현상의 하나로 글을 하는 사람이 필독할 서목 가운데 하나가 『시경(詩經)』이었다. 우리 또래는 다섯이 된 봄에 큰사랑에 나가 『천자문』을 배우기 시작했다. 그와 함께 『명심보감』이나 『논어』, 『대학』, 『중용』에 나오는 단편적 어휘와 함께 『시경』 첫머리에 나오는 "관관저구(關關雎鳩)" 등의 구절을 무시로 얻어 들었다. 그런데 영창서관에서 나온 언해현토판(諺解懸吐版) 『시경』에는 이들 작품이 매우 심하게 직역으로만 나와 있었다. 현토판 『시경』에 따르면 "기자칠혜(其子七兮)"가 고작해야 "그 아들 일곱이로다"가 될 뿐이었다. 그것이 『문학독본』에서 "새끼 일곱을 거니놓다"로 번역되어 있는 것이다. "숙인군자(淑人君子)"가 "착한 안해요 옳은 남편"으로 된 것도 놀랍다고 생각되었다. 특히 두 번 되풀이 된 "기의일혜(其儀一兮)"가 "그 거둥이 한결같으이/거동도 한결 같거니"로 옮겨진 것이 신기했다.

지금 같으면 그저 고어 투의 말에 지나지 않는다고 생각될 "맺은 닷 하올시"와 같은 말씨도 아주 신선했다. 그 결과로 나는 작문시간에 "가을의 푸른 하늘 두드리면 소리가 날 것 같으이", "산에 핀 철쭉꽃 흰 깁에 붉은 물감 들일 수 있을 듯 하올시"식인 구절을 썼다. 그것으로 국어 선생님께 핀잔을 맞기까지 했다. 어떻든 처음 시큰둥하게 대한 『문학독본』이 나에게 던진 충격은 적지 않았다.

『문학독본』을 가늠자로 삼아 나는 지용의 시가 가지는 말솜씨가 어디에서 온 것인가도 생각해본 적이 있다. 널리 알려진 대로 그가 대학에서 전공한 것은 영시였다. 또한 그는 일제시대에 태어나서 경도의 동지사 대학에 유학한 경력을 가진다. 그 무렵에 일본 현대시단을 대표한 시인 기타하라[北原白秋]와도 친교를 가졌다. 그의 초기 시인 「카페, 프랑스」, 「바다」 등은 일어로 쓰여 한국문단에 발표되기 전 기타하라가 주재하는 『근대풍경(近代風景)』에 먼저 활자화되었던 것이다. 이런 관점을 바탕으로 우리 주변에서는 정지용 시의 뼈대를 이룬 언어구사능력을 영시나 일본 시에 결부시켜 설명하려는 시도가 있어 왔다. 그러나 나는 그보다 정지용 시의 언어구사능력을 우리 고전이나 한시 읽기에 결부시키는 것이 어떨까 한다.

『백록담』의 글머리를 장식하는 「장수산(長壽山)」은 "벌목정정(伐木丁丁) 이랬거니"로 시작한다. 「인동차(忍冬茶)」의 마지막 두 줄은 "산중(山中)에 책력(冊曆)도 없이/삼동(三冬)이 하얗다"이다. 전자는 바로 『시경』의 「소아(小雅)」편 다섯째 수에 나오는 한 구절을 그대로 쓴 것이다. 후자가 태상은자(太上隱者)의 "산중무세년(山中無歲年)/한진부지연(寒盡不知年)"의 패러디에 속하는 점도 널리 알려진 대로다. 이런 내 정지용 읽기는 물론 전공의 햇수가 거듭되면서 이루어졌다. 그러나 그 기틀을 만들어낸 힘의 어느 가닥에는 철부지였을 때 읽은 지용의 『문학독본』이 섞여 있다고 믿는다. 이제 그때 내 말벗이 되고 길동무가 되어준 친구들은 모두 흩어져 버렸다. 더러는 이승의 사람들이 아닌 그들의 기억 앞에서 고개를 숙이고자 한다.

육당(六堂)의 「자열서(自列書)」 읽기

────────

1. 반민특위와 육당(六堂)의 자기 변론서

연보를 살펴보면 1949년은 육당(六堂)이 60세가 된 해였다. 공교롭게도 이 해에 육당은 반민특위에 의해 최린(崔麟), 이광수(李光洙) 등과 함께 일제 식민지 체제하에서 친일·반민족적 행동을 한 혐의로 기소되어 서대문형무소에 수감되었다. 여기서 화제가 되는 「자열서」는 그때 육당이 써서 반민특위에 제출한 자기 변론의 글을 가리킨다.

두루 알려진 것처럼 육당의 문필활동은 12세의 어린 나이로 『황성신문(皇城新聞)』에 「대한흥국책(大韓興國策)」을 쓴 것이 효시였다. 그 후 그는 '신문관'을 설립하고 『소년(少年)』을 간행하면서 본격적인 문필활동에 들어갔다. 이후 그는 수많은 논설을 쓰고 수상과 시, 번안소설, 역사, 문화론을 집필했다. 그럼에도 육당이 그 많은 양의 저술 가운데 자기 스스로에 관해 발언을 한 예는 거의 발견되지 않는다. 그런 그가 반민특위에 제출한 「자열서」에서는 일제 식민지 체제하에서 자신의 행보(行步)에 대해서 그 나름의 변호를 한 것이다. 이것은 육당의 친일 혐의의 상당 부분이, 일반이 알고 있는 것과 달랐다는 추론의 가능성을 점치게 만든다.

2. 건국대학 교수 취임 문제

육당의 평생 저술은 『육당 최남선 전집(六堂 崔南善 全集)』 열다섯 권에 수록되어 있다. 「자열서」는 전집 열 번째 권인 논설편에 실려 있는 것으로 200자 원고지로 환산하여 50매 안팎이 되는 분량이다. 이 「자열서」 내용은 대충 세 쪽으로 항목화가 가능하다.

그 하나가 3·1운동 때 독립선언문을 기초한 애국애족의 정신을 버리고 조선사 편수위원이 되어 일선동조론(日鮮同祖論)의 전파자가 된 것이라는 혐의에 관한 것이다. 이것을 육당은 「자열서」의 서두에서 언급하고 동시에 그 끝자리에서도 문제 삼았다. 육당 자신으로서는 이 부분이 그 정도로 중대한 사안으로 생각된 나머지였을 것이다. 다음 육당은 만주 건국대학 교수가 된 일을 말했다. 처음 그는 건국대학이 범세계적인 학문의 전당을 지향하는 것이라는 일제의 말을 믿은 것 같다. 「자열서」에는 그 교수진으로 인도의 간디, 러시아의 트로츠키, 중국 학계를 대표하여 호적(胡適)이 초빙될 것이라는 계획이 언급되어 있다. 그런 학교 설립계획을 믿은 나머지 육당 자신이 건국대학 교수 직을 수락한 것이다. 여기 나타나는바 당시 육당의 상황인식은 상당히 덤을 얹어주어도 너무 소박한 것이었다. 이것이 민족의 지도자급인 그가 일제 군부의 기획에 따라 설립된 만주의 국립대학에 부임한 변명이 될 수는 없을 것이다.

다만 건국대학 부임 후 육당이 가진 연구와 교수 내용에 대해서는 우리가 지나쳐 볼 수 없는 말들이 포함되어 있다. 건국대학 교수직 부임과 동시에 그는 만주와 몽고 일대에 걸치는 동아시아 고대문화사의 원천을 답사, 기술하고자 했다. 또한 우리 민족의 옛 강토를 찾아 자신의 역사와 문화 연구의 기초자료로 삼고자 한 시도도 가졌다. 그 성과를 학생들에게 전수시키고자 한 자취도 뚜렷한 선으로 나타난다. 건국대학 때 육당이 기울인 답사, 연구의 자취는 1937년 10월 『매일신보』를 통해 발표한 「송막연운록(松漠燕雲錄)」을 비롯하여 「만리장성」, 「만주풍경」, 「만주의 명칭」, 「몽고천자(蒙古天子)」, 「만몽문화(滿蒙文化)」, 「만주약사(滿洲略史)」 등으로 남아 전한다.

이 가운데서 특히 주목되는 것이 「만몽문화」다. 이 논문의 내용은 다음과 같다.

> 1. 서론
>   만주와 몽고의 지리적, 역사적 그리고 민족 분포를 고찰한다. 나아가서 역사에 있어서 '문화'의 개념을 제시한다.
> 2. 문화 이동선과 만몽
>   원시 문화를 중심으로 하여 그 연원과 연결관계를 탐구한다.
> 3. 대륙의 고신도(古神道)
>   민간 신앙을 비교 종교학적으로 고찰한다.
> 4. 새외신화(塞外神話)에 나타난 국가이념
>   건국 사실을 표상한 신화의 동원관계를 밝혀낸다.

5. 남북의 항쟁과 문화의 착종(錯綜)

　북방민족과 남방민족의 접촉 양상을 고증한다.

6. 만몽에 있어서의 문화 유형의 진행

　만몽을 중심으로 문화 교규의 사실을 관찰한다.

　육당은 이 글에서 만주, 몽고, 우리나라와 일본문화의 뿌리를 이루는 것 가운데 하나가 원시신앙인 무속종교, 곧 샤머니즘이라고 지적했다. 그와 함께 우리나라의 단군신화와 일본의 신도(神道), 몽고와 만주의 건국신화를 대비, 검토함으로써 조선과 만주·몽고·일본 사이의 문화적 뿌리가 뚜렷하게 동일하다고 보았다. 이것은 간접적으로 일제가 내세운 야마토 민족문화 독자설과 절대우위설에 맞서려는 의도가 내포된 견해였다. 육당이 건국대학 교수 부임과 함께 시도한 역사, 문화 연구에서 이와 같이 일제 군부의 국책사관(國策史觀)과 다른 견해가 나타나는 것이다. 이에 대해서는 다음과 같은 「자열서」 일부의 내용이 다시 검토되어야 한다.

　　…… 나는 그대로 유임하여서 (건국대학교에서의 교수직을 뜻함 — 필자 주) 학생의 훈도와 만몽문화사의 강좌, 기타를 담당하고서 祖疆의 답사와 민족투쟁의 실재를 구경하는 흥미를 가졌었다. 건국대학의 조선학생을 어떻게 훈도하였는가는 당시의 건대생(建大生)에게 알아봄이 공평할 것 같다.

　육당의 이런 해명에 대한 보강자료로 건국대학교 1회 강영훈(姜永勳)의 「나의 스승 육당 최남선 선생」이 있다.

건대(建大) 제1기생(第一期生)에 강의한 「동방문화론(東方文化論)」의 요지는, 만주는 백두산(白頭山)을 중심으로 한 한민족문화(不咸文化)의 발상지(發祥地)이며, 고대(古代) 한민족(韓民族)의 생활영역(生活領域)이라는 점이 강의의 중심골자(中心骨子)였습니다. 이러한 내용이 대학당국의 비위를 거슬렸던지 두 번 다시는 그와 같은 강의를 하지 못하게 되어 결국 교수직을 자진사퇴(自進辭退)하시게 되었던 것이었습니다. 이와 같은 상황 아래에서 육당선생의 진의를 이해하신 외국인 한 사람이 있었습니다. 그분은 만주국 초대 국무총리 정효서(鄭孝胥) 씨였습니다. 정씨(鄭氏)는 청조(清朝)가 망할 때 어린 마지막 황제(皇帝) 부의(溥儀)를 업고 북경을 탈출한 사람으로 일본 제국주의자들이 부의(溥儀)를 만주국 황제로 영입(迎入)할 때 초대(初代) 국무총리(國務總理)가 된 사람입니다. 그는 타계(他界)하기 전에 일인(日人)이나 중국인(中國人) 학자들이 많은 가운데 만주(滿洲)의 오족협화주의(五族協和主義) 왕도낙토(王道樂土) 건설을 부탁한다고 하면서 그 수많은 청조문적(清朝文籍)을 육당선생에게 양여(讓與)하였던 것입니다. 대학을 떠나시기 전에 육당선생께서 저희들 한인학생들에게 주신 감화훈도(感化薰陶)는 두말할 것도 없이 지대(至大)하였다고 생각합니다.

— 육당최남선선생기념사업회, 『육당이 이 땅에 오신 지 百周年』, 151쪽.

3. 학병 권유 강연

육당의 「자열서」에서 또 하나의 항목을 이룬 것이 학병 권유 문제다. 이때의 학병이란 태평양전쟁 말기에 일제가 우리 민족의 차세대 역군인 전문대학생들을 그들의 침략전쟁에 동원하고자 한 책략의 결과였다. 일제는 1940년대 초에 세계 재패의 야욕과 함께 침략전쟁의 전단을 중국 본토에서 태평양 전역으로 확대시켰다. 미국과 영국 등

연합군을 적으로 한 이 전쟁을 일제는 사전에 그들 나름의 준비과정을 거친 다음 도발하였다. 개전 초기에 그들은 기습공격으로 태평양 전역을 석권하는 듯 보였다. 그러나 개전 후 두어 해가 지나자 전세가 역전되었다. 그들의 군대는 태평양 전역과 대륙에서 싸움마다 격파, 패퇴를 했다.

전세가 크게 불리해지자 일제는 그들의 본국은 물론, 식민지 한반도에 초비상 전시체제를 선포했다. 이와 때를 같이하여 일제는 우리 민족의 기간요원인 전문대학생까지를 전선으로 내몰기로 했다. 학병 지원제는 그런 상황 속에서 입안, 공표된 것이다. 일제 군부는 이 학병 권유 독려를 위해 우리 민족의 지도자들을 동원했다. 육당 역시 그 예외가 될 수는 없었다. 그는 이광수와 함께 동경에 건너가 학병 권유 강연장에 나가지 않을 수 없었다.

이때 학병 해당자들은 육당과 함께 춘원 이광수의 말도 들었다. 춘원은 등단과 함께 '천황폐하의 적자(赤子)로 총칼을 드는 것은 영광'이라고 말했다. 그러나 육당의 말은 그와 사뭇 달랐다. 일제의 사찰진과 헌병이 임석한 자리에서 그는 식민지 체제하를 사는 우리 민족의 상황을 순연(順緣)이 아닌 역연(逆緣)이라고 전제했다. 이어 육당은 그 나름의 참전론을 폈다. 그에 따르면 순연으로 전쟁에 참여하는 것이 바람직하나 지금 세계 정세가 그렇지 못하다. 그러니 우리는 이 기회를 역으로 이용해야 할 것이라고 했다. 그는 학병 대상자들에게 장차 우리가 실현시켜야 할 민족국가를 위해 역연이라도 받아들여 군사경험을 익혀야 할 것이라고 주장했다.

…… 우리는 이 기회를 가지고 이상과 정열과 역량을 가진 학생 청년
층이 조직, 전투, 사회 中核 결성에 대한 능력 取爲性을 양성하여 임박
해 오는 신문명에 대비하자 함이었다.

다른 경우도 그렇지만 우리는 이런 육당의 자기 변론을 액면 그대로
받아들일 수는 없다. 법의 심판을 받는 자리에서 우리 모두는 심리적
으로 자신에게 걸린 혐의 사실을 부인하는 것이다. 그런데「자열서」의
위와 같은 진술 내용은 반드시 그런 측면만으로 논단해버릴 수 없는
일면도 지닌 것으로 보인다. 이에 대해서는 당시 현장에서 육당의 말
을 들은 학병 해당자 김붕구 교수「한국의 지식인 상」의 증언이 참작
될 필요가 있다.

　　육당(六堂)의 경우, 동경(東京) 간다(神田)의 어느 여관방, 학병(學兵)
이라는 문제에 부딪혀 기로(岐路)에서 고민하는 젊은이들의 애타는 눈
동자들에 둘러싸여 열(熱)에 뜬 수난(受難)의 고행자(苦行者) 같은 춘원
옆에서, 일제관헌(日帝官憲)과 입회교수(立會敎授)들을 뒤에 앉히고 그
는 거침없이 토(吐)하는 것이었다. "온 세계의 청년들이 전쟁터에서 싸
우고 있다. 오직 조선청년(朝鮮靑年)만 편히 앉아 있으라고 뒤둘성 싶지
도 않고, 또 그렇게 된다면 전쟁 후에 어떤 발언권(發言權)을 얻을 수 있
겠는가? 비단 일본(日本)에 충성(忠誠)을 하기 위해서 나가라는 것이 아
니다. 어쨌든 총쏘는 법을 배워두란 말이다……"고
— 육당최남선선생기념사업회, 『육당이 이 땅에 오신 지 百周年』, 113~114쪽.

학병 지원 권유의 자리에서 육당이 한 발언들은 물론 본격 민족적
저항의 길로 생각되는 적극, 전면적 독립 쟁취론이 아니었다. 그러나
오늘 우리가 그런 사실 하나만으로 육당의 학병 권유가 곧 민족반역

행위였다고 보는 것은 현명하지 못하다. 이미 드러난 바와 같이 당시 일제는 전선과 후방을 가리지 않고 초전시체제를 선포하고 있었다. 침략전쟁 수행에 전 국가, 사회의 역량을 집중시킴은 물론 조금이라도 그에 거슬리는 현상이 나타나는 경우 일제는 그에 대해 가차 없이 압제의 총칼을 휘둘렀다. 그런 상황 속에서 그것도 일제의 특고(特高)와 사찰진이 지키고 있는 학병 권유장에서 육당은 조선민족이 해방될 날을 위해 군대를 지원하여 그런 기회를 이용, 조직, 집단행동의 요령을 배우라고 했다. 이것은 아무리 각박하게 평가되어도 일제를 향한 전면 굴종이 아닌 또 하나의 민족의식이 포함된 발언이다.

4. 한일동조론자(韓日同祖論者) 아닌 민족사 연구자

육당의 「자열서」에서 가장 큰 비중을 차지한 것이 조선사 편수위원 관계와 단군 국조 부정론에 대한 해명이다. 3·1운동 때 육당은 독립 선언서 기초자로 서대문형무소에 수감되었다. 석방된 다음 육당은 총독부의 역사문화관계 자문역으로 조선사 편수위원이 되었다. 그와 아울러 박물관 설비위원, 고적 천연기념물 보존위원, 역사교과서 편정위원 등도 역임한 것으로 나타난다. 반민특위와 그에 동조하는 일부 지식인, 사회인사들 가운데 이것을 확대 해석하는 사례가 나타났다. 그 나머지 육당이 일찍부터 내선일체(內鮮一體)를 제창했으며 우리 겨레의 국조(國祖)인 단군까지 부정한 것이라고 단정하게 된 것이다. 이에 대해서 육당은 그 왜곡 전파를 가장 뼈아프게 느낀 것 같다. 다음과 같은 「자열서」의 한 부분이 그 정도를 드러낸다.

…… 나에게 叢集하는 죄목은 국조 단군을 誣하여 드디어 일본인의 소위 내선 일체에 보강 자료를 주었다 함이다. (……) 대저 반세기에 걸치는 나의 일관된 苦行이 국사연구, 국민문화에 있었음은 아마 일반의 승인을 받을 것이요 또 연구의 중심이 경망한 학도의 손에 말소 廢悶되려한 국조 단군의 학리적 부활과 및 그를 중핵으로 한 국민정신의 천명에 있었음은 내 학구의 과정을 보고 아시는 분이 부인치 아니할 바이다.

여기서 문제되는 것이 상황의 악화와 함께 과연 육당이 민족사와 민족문화 자체를 부정, 말살행위를 감히 한 것인가 아닌가 하는 점이다. 「자열서」에서 밝힌 대로 육당은 거의 평생을 바쳐 한국문화와 역사를 탐구, 정립시키는 데 헌신한 분이다. 우선 육당이 한국사 연구를 시작한 것은 1918년에 발표한 「계고차존(稽古箚存)」을 통해서였다. 이 글은 제1기 단군시절, 제2기 부여시절로 구성되어 있다. 이후 육당의 우리 민족사와 우리 문화에 관한 탐구 시도는 고대에서 근대사에 두루 걸치는 것이 되었다. 뿐만 아니라 그 범위 역시 타의 추종이 허락되지 않을 정도로 광범위에 걸쳐서 이루어졌다. 그 연구분야는 민족문화 전반에 걸치는 것이어서 문학, 예술, 종교, 민속 등 여러 분야가 두루 망라되어 있다. 이와 함께 육당의 역사와 문화 연구에서 가장 중점적으로 다루어진 것이 고대사에 관한 것이었다. 그 가운데 단군을 정점으로 한 우리 민족 형성사가 육당의 가장 큰 관심사였다. 육당의 그런 단면은 우리 주변의 역사 연구가 본론화되면서 더욱 가속되어 갔다. 그 구체적 보기가 되는 것이 일본 관학자들의 단군격하론을 반박하기 위해 작성된 「단군 부인의 망(妄)」이다. 여기 나오는 일본 관학자의 논문이란 오다 쇼고([小田省吾], 1871~1953)의 「이른바 단군전설에 대하여」를 가리킨다.

육당이 가차없이 비판을 가한 오다의 논문은 총독부 학무국에서 발행한 『문교의 조선(文教の朝鮮)』에 실린 것이다. 이 글에서 그는 관계 문헌을 인용하면서 단군신화가 사실에 근거한 것이 아니라 오래전부터 일본인 사가들이 의도적으로 날조한 것이라는 주장을 했다. 그 내용을 요약, 제시해보면 다음과 같다.

① 그의 논문을 통해 오다는 단군신화의 근거 문헌이 되는 것으로 『삼국유사』에 나오는 단군관계 기록을 일역(日譯)으로 요약 제시했다. 이어 이런 기록이 불교류의 것이라고 단정하고 그 논거로 이율곡(李栗谷), 안정복(安鼎福) 등의 견해를 인용했다.(『文教の朝鮮』(1926.2), 32~40쪽)

② 이어 오다는 단군의 조선 건국설이 부정되어야 할 이유가 한국의 고전에도 있다고 주장했다. 우선 『삼국사기』가 그 예로 손꼽혀 있다. 오다는 조선 최고의 역사서인 이 책에 단군 건국신화는 나타나지 않는다고 지적했다. 뿐만 아니라 평안북도 묘향산의 다른 이름이 태백산(太伯山)으로, 이곳은 단군 전설이 살아 숨 쉬는 성지의 하나인데 거기 있는 보현사의 비문을 고려 인종 19년 김부식(金富軾)이 썼다. 오다는 이 비문에 단군에 관한 것은 전혀 나타나지 않는다고 지적했다. 뿐만 아니라 『삼국사기』가 나오기 약 20년 전, 중국의 송나라 사신으로 노윤적(路允迪) 등이 그곳을 다녀갔다. 그 수행원 가운데 한 사람인 서긍(西兢)은 그가 고려에서 보고 들은 것을 적어 『선화봉사고려도경(宣和奉使高麗圖經)』을 내었다. 당시 고려에서 단군의 신화 전설이 일반에게 널리 전파, 신봉되었다면 이 책에 그것이 올라 있었을 것이다. 그럼에

도 이 책에는 전혀 단군에 대한 언급이 없다. 이런 사실을 지적한 다음 오다는 다음과 같은 단언으로 단군배제론을 작성했다.

> 저『고려사』와 같은 것은 훨씬 후세의 李朝에 이르러 편찬된 것으로 그 문제에 대해서는 애초부터 증거가 없다. 그러므로 조선에서 단군이라는 것이 옛적부터 있다고 주장하려면 적어도 고려 忠烈王 이전에 그에 관한 전설이 있었다는 증거가 제시되지 않으면 안 될 것이나 아마 현재로서 불가능한 일이리라.
>
> —『文教の朝鮮』, 34~35쪽.

③ 그의 글 3장에서 오다는 거듭 단군신화가 날조된 것이라고 보았다. 그 증거로 든 것이 고조선의 건국시조인 단군은 '단군(檀君)'으로 표기된 점이다. 오다는 여기서 단군의 표기가 태백산(太伯山) 신단수(神檀樹) 아래서 태어났기 때문이라고 단정했다. 그런데 정작 원본『삼국유사』를 보면 단군이 '단군(壇君)'으로 표기되어 있다. 이것은 단군이 제석천(帝釋天)의 서자임을 뜻하며 고려의 승려들에 의해서 조작된 결과라는 것이다. 여기서 오다는 그가 생각한 고려왕조의 단군신화 날조 사유도 적었다. 고려는 본래 고구려의 전통을 이은 것으로 자처했다. 그리고 그 유구한 역사를 강조하기 위해서 주몽(朱蒙)을 받들었는데 이때 주몽→단군의 후예설이 이루어졌고 다시 그것이 불교의 제석천(帝釋天)에 결부시킨 단군신화가 작성되었다는 것이다.

④ 오다의 논문 넷째 부분은 3장의 연장, 부연이다. 오다는 여기서『삼국유사』제작 당시의 고려가 몽고의 외침으로 크게 시달린 상태라고 지적했다. 그것을 물리치며 국권의 회복을 기하기 위해서는 고려

나름의 민족적 긍지가 요구되었다. 그 시도의 일단으로 나타난 것이 『삼국유사』의 단군 항목이라고 본 것이다.

⑤ 오다의 생각에 따르면『삼국유사』는 고려가 한국사의 전통을 계승한 자임을 제시하기 위해 불교의 힘을 빌려 만들어낸 조작품이 된다. 이런 오다의 생각에는 명백하게 한 가지 문제가 제기된다. 그것이 조선왕조의 건국이념이 유교였던 점이다. 불교국가인 고려에서 만든 단군신화가『세종실록지리지』에 자세하게 수록되어 있다. 그 무렵 경성대학 문학부는 거의 예외가 없이 문헌학적 방법, 사료의 고증에 입각한 글들을 썼다. 그렇다면 오다의 '단군신화=불교 승려의 조작설'로는『세종실록』에 단군 건국 기록이 되풀이되는 이유를 설명할 길이 없다. 이에 대해서 오다는 조선왕조의 대명관계(對明關係)를 문제 삼았다. 즉 고려에 이어 이성계가 이조를 건국하자 당시의 명(明)나라에 승인을 받을 필요가 생겼다. 그 나머지 새 조정은 조선왕조가 고려를 아주 단절시킨 것이 아니라 고조선의 강통을 이어받은 것이라는 주장을 표방할 필요가 있었다. 오다는『세종실록지리지』에 나오는 고조선 관계 기록, 특히 단군에 관한 기록이 그 결과 이루어진 것이라고 본 것이다(상게서, 39~40쪽).

이 부분에서 오다는 그도 모르는 가운데 앞뒤가 모순이 되는 논리를 폈다. 그는 조선왕조 태종 때 변계량(卞季良)이 주청한 말을 이끌어 들였다. "우리 동방은 단군이 하늘에서 내려 이루어진 것이며 천자(天子) 분봉(分封)의 땅이 아니다"라는 말을 해석하여 오다는 "이씨(李氏)(李朝의 오기－필자 주)가 명(明)의 승인을 얻어 비로소 반도를 통치하게 되었으나 그 다스리는 땅은 일찍 단군이 통치한 터전으로 그 영토는 결코 애초에 중국의 천자로부터 분봉(分封)한 바가 아니라 단군이 천명(天命)에 의해서 나타낸 것이라고 생각한다"를 그렇게 표현한 것이라고 했다. 얼핏 보아도 이 논리는 앞뒤가 맞지 않는다. 조선왕조로 본다면 명나라는 새로운 왕조의 성립 여부를 승인하는 결정권자였다. 그런 힘을 가진 대국에게 새로 세운 나라의 승인을 받으려면 조선이 중국과 달리 독자적 역사 전통을 가진 나라임을 강조하는 것이 유리했을까. 이에 대한 답은 물론 '아니다'일 것이다. 이것은 오다가 그의 단군 부정론의 한 논거로 변계량(卞季良)이 주청문을 든 것이 전혀 반대되는 증거를 제시한 것임을 뜻한다.

5. 육당에 의한 우리 고대사 바로잡기 시도

오다로 대표된 일인 학자들의 단군부정론은 전후논리가 제대로 서지 않은 것이었다. 이에 대해서 최남선은 오다의 생각을 두 가지 시각에서 비판했다. 우선 『삼국사기』에 단군 건국 기사가 보이지 않는 것은 김부식의 유교적 발상에 말미암은 것이라고 지적했다. 그리고 『삼국사기』에서 '고구려 동천왕(東天王) 21년 기록'을 왜 오다가 보지 못했는가도 문제 삼았다. 거기에는 분명하게 단군에 관한 언급이 나오기 때문이다. 또한 『삼국유사』에 불교적인 말들이 섞인 것에도 재해석을 가했다. 그것은 고려사회를 지배한 불교의 영향이지 그 자체가 승려의 단군 조작설을 반증하는 것일 수 없다고 본 것이다.

이때 육당이 쓴 반론의 대표작이 1926년 3월, 『동아일보』를 통해서 발표된 「단군론─조선을 중심으로 한 동방문화 연원 연구」다. 그 목차는 다음과 같다.

1. 개제(開題)
2. 단군의 고전(古傳)
3. 준근거증빙(準根本懲憑)
4. 신성적 설상(神性的 說相)
5. 승도 망담설(僧徒 妄談說)
6. 왕검성신화(王儉城神話)
7. 성립연대관(成立年代觀)
8. 민족적 감정설
9. 민족적 신앙설
10. 그 관학적 단안(官學的 斷案)
11. 일본인 제설(諸說)의 개관
12. 승도 망담설의 검핵(檢覈)

최남선의 이 글은 『동아일보』에 1926년 3월 3일부터 같은 해 7월 25일까지 연재되었다. 한 달 10여 회가 실렸다고 하더라도 어림잡아 70여 회에 걸친 것이다. 그 부피부터 당시 여타 사학 논문에 비교가 되지 않는 셈이다. 또한, 이 논문에는 전편에 걸쳐 각주가 붙어 있는데 그 숫자가 200여 개에 이른다. 이로 미루어 보아도 이 글에 임한 최남선의 비상한 열의와 성력이 짐작되고도 남는다.

최남선은 이 글 연재를 끝맺는 자리에서 그의 의도를 "문헌(文獻)과 민속(民俗) 양방으로 오인입론(吾人立論)의 근거"를 제시하고자 했다고 적었다. 여기서 "오인입론", 곧 나의 주장이란 오다 등의 일인 학자들의 단군부정론에 맞서 우리 국조실체설을 세우려고 한 육당의 생각을 뜻한다. 구체적으로 육당은 이 글 2장 단군고전에서『삼국유사』고조선조의 원문 전체를 인용하고 그에 대한 해석을 가했다. 이어 3장에서『삼국사기』의 전기 동천왕(東天王) 부분과 정인지 등의『고려사지리지』에 나오는 관계 기록을 첨부해놓았다.『동국사략(東國史略)』과 권근(權近)의「응제시(應製詩)」,『세종실록』의 해당 기록 역시 빠짐없이 제시했다. 뿐만 아니라 여기서 그는 이규보의「동명왕편(東明王篇)」을 문제 삼아 당시로서는 우리 주변의 단군 관계 문헌을 두루 망라하고 있는 것이다.

육당의 단군을 보는 또 하나의 시각에는 민속학적 방법이 원용되어 있다. 이때의 민속학은 신화까지를 아우른다. 그런 시각에서 그는 단군신화의 검토를 위해 언어학적, 심리학적, 인류학적 방법을 두루 이용하려 한 자취를 남긴다. 이후 이 분야를 육당은 그가 전공으로 한 역사 연구의 한 과제로 삼은 듯 보인다. 그리하여 우리 민족의 건국시조인 단군의 실체성을 부각시키기에 전력투구를 한 자취를 남기고 있는 것이다.

1920년대 이후 육당이 가진 단군옹호론은 오다에 대한 반박에 그치지 않았다. 오다와 함께 단군개국설에 의문을 단 일본인 학자 가운데 하나가 시라토리 구라키치([白鳥庫吉], 1865~1942)다. 그의 저서 가운데 하나로『조선사연구(朝鮮史研究)』가 있다. 거기에 수록된「단군고(檀君考)」를 통하여 시라토리는『삼국유사』고조선 부분의「여요동시(與堯同時)」를 문제 삼았다. 시라토리는 단군이 중국 요임금과 동시대의 왕이었다면 그에 대한 기록이 중국의 다른 사서에 나와야 할 것이라고 전제했다. 그럼에도『위서(魏書)』에 앞서는 중국의 고대 문헌들, 곧『상서(尙書)」, 『사기(史記)』, 『한서(漢書)』에 그런 기록이 나타나지 않음을 문제 삼았다.

이어 시라토리는 단군 기록에 포함된 불교적 요소를 지적했다. 그가 지적한 것이 태백산(太伯山)의 외연(外延)이었다. 그는 이때의 태백산(太伯山)이 묘향산이 가리키는 것이라고 단정했다. 묘향산에는 보현사가 있고 거기에는 또한 향목(香木)이 자생한다는 것이다. 이 향목이 곧 부처의 나라 상징인 우두전단(牛頭栴檀)에 대비되는바 단군의 '신단수하(神檀樹下)' 강림이 여기서 이루어진 것으로 보았다.(白鳥庫吉, 「檀君考」, 『朝鮮史硏究』, 岩波文庫, 1980, 1쪽)

이것으로 시라토리는 오다가 제기한 단군신화 승려 조작설의 선편을 잡은 것이다. 오다의 경우와 같이 시라토리의 이런 견해에 대하여 육당은 가차 없는 반박을 가했다. 우선 '태백산(太伯山)=묘향산' 설은 『삼국유사』의 부주(附註)를 일연이 쓴 것에서 온 혼선 현상이라고 지적했다. 또한 시라토리는 '단(檀)'이 원본 『삼국유사』에서는 '단(壇)'으로 된 사실에도 맹목이었다. 어떻든 이런 상태에서 시라토리는 고구려가 그 연원을 신성한 것으로 만들기 위해 단군←부루(夫婁)←주몽(朱蒙)의 계보를 엮어내었고 단군 전설을 날조한 것으로 보았다. 앞에 보인 오다의 견해는 이런 시라토리의 설에서 고려 승려 참가 부분을 추가한 격이 된다. 최남선은 일인 학자들의 이런 생각을 다음과 같이 반박했다.

> 檀君의 壇字(단자)가 본디 檀(단)이라 할지라도 檀이 반드시 檀木의 檀일 까닭과, 더구나 栴檀(전단)이 白鳥(백조)씨의 抄(초)한 것처럼 佛菩薩(불보살)에 가장 인연 있는 명목도 아니며, 더욱 帝釋桓囚(제석환인)에게는 이렇다 할 연상의 舟梁(주량)을 가지지 아니한 것이다.

대개 조선에서 香木(향나무)으로 칭하는 자에 대한 것은 松杉科(송삼과)에 속하는 圓柏(원백)이요, 소한 것은 杜松(두송)의 류를 가리킴이 통례이며, 檀木(단목, 박달)이라는 자는 樺木科(화목과)에 속하는 일목으로, 본디부터 香木(향목)하고 風馬牛(풍마우)인 자니, 향산의 향목이 당초에 단목 그것으로 더불어 간섭이 없는 것이매, 이제 香木을 구태여 檀木이라 하고 栴檀(전단)이라 하는 것이 이미 無謂(무위)에 속하는 것이요, 摩羅耶山(마라야산) 운운의 擬說(의설)은 장황할수록 그대로 수고스러운 鑿虛(착허)일 따름이다.

또 古記(고기)에는 단군의 성지를 태백산이라 하였을 뿐이요, 妙香이 그니라 함은 一然(일연)의 添注(첨주)임이, 저 桓國의 하에 帝釋을 注함과 동일한 것이어늘, 짐짓 太伯의 고를 놓고 문득 妙香의 명을 붙들어서, 妙香과 檀木과 神樹思想과의 不能相離(불능상리)할 계기를 지음은 진실로 생떼에 가까운 일이라 할 것이니, 설사 그 말이 선다 할지라도 一然의 臆料(억료)를 깨뜨림은 될지언정, 그로 인하여 古記의 본의야 언제 일찍 일호의 손감을 입을 것이랴. 이렇게 저네들의 논증이 매양 己見(이견)을 세우기에 바빠서 원의를 돌아봄이 부족함에 좌함은 애달픈 일의 하나이다.

— 「20, 승도망담설(僧徒妄談說)의 검핵(檢覈)」, 『동아일보』, 1926.5.15.

위에서 보인 육당의 단군옹호론은 당시 우리 학계의 수준으로 보아 정상급에 속했다. 또한 그의 단군론에는 민족의 역사와 문화를 수호, 신장시키려는 그 나름의 각오와 열의가 맥맥한 줄기를 이루며 꿈틀대고 있는 것이다. 이에 더하여 주목되는 것이 이 무렵 이후에도 육당이 줄기차게 우리 민족의 고대사와 단군 관계 연구를 계속한 점이다. 20년대 후반기에 육당이 이 분야에서 끼친 연구논문 가운데 중요한 것만을 들어보면 다음과 같다.

단군론 : 『동아일보』(1926.3.3~7.7)

아시조선(兒時朝鮮) : 『조선일보』(1926.4)

단군신전에 들어있는 역사소(歷史素) : 『중외일보』(1927.1.1.~1.20)

조선문화의 일체 종자인 단군신전의 고의(古義) : 『동아일보』(1928.
1.1~2.28)

단군 급 기연구(壇君 及 其研究) : 『별건곤(別乾坤)』(1928.5)

단군과 삼황오제(三皇五帝) : 『동아일보』(1928.8.1~12.16)

단군소고 : 『조선(朝鮮)』(186) (1930.11)

　여기에 이르기까지 우리는 육당의 「자열서」셋째 부분에 대한 관계 사실들도 검토해보았다. 한마디로 거기에는 민족사와 문화에 대한 탐구 열기가 뚜렷이 포착된다. 이와 같은 육당의 민족사에 대한 보폭은 그 후에도 쉼없이 계속 되었다. 그 중심에 단군을 정점으로 한 우리 민족의 건국신화가 놓인 사실도 뚜렷한 선을 그으며 나타났다. 이것은 그의 「자열서」에서 육당이 한평생을 바쳐 민족사와 민족문화를 탐구하려고 했다는 말이 크게 거짓이 아님을 뜻한다.

　그동안 우리 주변에 가한 육당 비판은 조선사 편수위원이 되면서 내선동조론(內鮮同祖論)을 휘두른 것이라는 지적과 건국대학 교수 취임, 학병 권유활동을 비판하는 각도에서 이루어졌다. 이상 우리가 살핀 바에 따르면 육당의 실제 행동과 그런 친일시비 사이에는 상당한 거리가 있음을 느끼게 된다. 새삼스럽게 밝힐 것도 없이 우리가 시도하는 친일시비는 민족정기 살리기나 역사 바로잡기 운동의 한 표현이며 동시에 그 전략의 결과다. 우리가 시도하는 역사 바로잡기나 민족정기 살리기가 제대로 이루어지려면 반드시 전제되어야 할 선행 조건이 있다. 그것이 피의자에 대한 사실 심의가 객관적이며 합리타당한 절차를 거쳐 이루어져야 할 것이라는 점이다. '역사 바로잡기'가 친일분자의 실제 활동을 축소·은폐하는 선에 이루어지는 것은 물론 금물이다. 그러나 그 역도 또한 우리가 범해서는 안 되는 불법의 방조행위다. 객관적인 사실 심리를 바탕으로 하지 않은 상태에서 피의자를 단죄·처결하는 일은 단순 재판의 경우에도 피해야 할 일이다. 아무리 각박하게 잡는다고 하더라도 우리가 시도하는 역사 바로잡기가 법률 조문의 기계적 해석으로 이루어질 수는 없다. 그것은 개인의 행동 양태에 시대상황을 감안하는 선에서 이루어져야 할 것이다. 이 불문율이 배제되지 않으려면 단국 부정론자 육당은 재고되어야 한다. 바로 여기에 오늘 우리가 새삼스럽게 육당의 「자열서」를 다시 읽어보는 의의가 있는 것이다.

「처용가(處容歌)」 다시 읽기

— 양식론적 시각을 중심으로

1. 양식적 성격

그 이름이 가리키고 있는 바와 같이 고려가요는 고려시대에 제작, 발표된 작품들이다. 고려시대의 작품들이었기 때문에 이들 시가는 세종대왕의 한글 창제가 있기까지 우리 글자로 표기, 정착되지 못했다. 그리하여 고려가요는 한동안 구비전승(口碑傳承)으로 사람들 입에서 입으로 전해져 온 것이다.

구비전승 유동문학(流動文學)이었기 때문에 고려가요는 세월의 풍상(風霜)을 거치는 가운데 상당수의 작품이 마모, 소실되어 버렸다. 지금까지 남아 우리에게 끼치는 그 숫자는 극히 일부에 그치는 것이다. 이렇게 보존, 전승이 제대로 이루어지지 않았음에도 우리 문학사에서 차지하는 고려가요의 위상은 매우 뚜렷하며 또한 값지다. 지금 우리가 대하는 고려가요들 가운데는 「정과정곡(鄭瓜亭曲)」, 「서경별곡(西京別曲)」, 「청산별곡(靑山別曲)」, 「가시리」, 「동동(動動)」, 「만전춘(滿殿春)」 등과 같이 그 곡진한 말씨와 아름다운 가락으로 우리 고전시가사를 장식해 온 것이 있다. 지금부터 우리가 논의, 검토하려는 처용가도 또한 그 가운데 하나임을 먼저 밝혀둔다.

2. 향가 「처용가」의 대비

구비전승, 유동문학으로서의 고려가요 일부가 채록되어 문헌에 수록된 것은 조선왕조 성종(成宗) 때였다. 이때 성현(成俔) 등이 임금의 명을 받들어 궁중의 의전용(儀典用) 악서(樂書)인 『악학궤범(樂學軌範)』을 편찬했다. 바로 이 책에 고려가요로서의 「처용가」가 "여기창(女妓唱)"의 표시 아래 수록되어 있는 것이다. 궁중의 의전용 악서에 실려 있었으므로 「처용가」는 널리 민간에 유포되지 못했다. 뿐만 아니라 19세기 말 경 우리 사회는 서구(西歐)와 아서구화(亞西歐化)한 일본의 매우 위혁적인 문화적 충격을 받았다. 이때에 가해진 충격으로 우리 주변의 문화의식은 전통적인 것을 버리고 서구화의 길을 치달리는 외래추수주의로 크게 기울었다. 그런 서슬 속에서 「처용가」를 포함한 고려가요들도 검토, 분석의 사각지대에 놓이게 되었다. 1930년대에 이르러서야 이런 민족고전에 대한 방치상태에 종지부가 찍혔다. 이때에 이르러 근대적 한국문학 연구자들인 조윤제(趙潤濟), 양주동(梁柱東) 등이 등장하였다. 그들에 의해 『악학궤범』과 『악장가사(樂章歌詞)』에 실린 고려가요들이 본격적으로 검토, 분석되기 시작했다. 특히 양주동은 당시로서는 매우 정력적인 우리 고전시가의 연구자였다. 그는 일본인에 의해 선편이 잡힌 향가, 고려가요를 전면 재검토하여 그 나름의 본문 비평 시도를 가졌다. 다음에 제시된 것은 그의 역저인 『여요전주(麗謠箋注)』를 통하여 이루어진 「처용가」 해독을 옮겨 적은 것이다.

신라성대 소성대(新羅聖代 昭聖代)
천하대평 라후덕(天下大平 羅候德)
처용(處容)아바
이시인생(以是人生)애 상불어(相不語)ᄒᆞ시란ᄃᆡ
이시인생(以是人生)애 상불어(相不語)ᄒᆞ시란ᄃᆡ
삼재팔난(三災八難)이 일시소멸(一時消滅)ᄒᆞ샷다

어와 아븨즈ᅀᅵ여 처용(處容) 아븨즈ᅀᅵ여
만두삽화(滿頭揷花) 계오샤 기울어신 머리예
아으 수명장원(壽命長願)ᄒᆞ샤 넙거신 니마해
산상(山象)이슷 깅어신 눈썹에
애인상견(愛人相見)ᄒᆞ샤 오ᄋᆞᆯ어신 누네
풍입염정(風入盈庭)ᄒᆞ샤 우글어신 귀예
홍도화(紅桃花)ᄀᆞ티 븕거신 모야해
오향(五香) 마ᄐᆞ샤 웅긔어신 고해
아으 천금(千金) 머그샤 어위어신 이베
백옥유리(白玉琉璃)가티 ᄒᆡ어신 닛바래
인찬복성(人讚福盛)ᄒᆞ샤 미나거신 특애
칠보(七寶) 계우샤 숙거신 엇게예
길경(吉慶) 계우샤 늘으어신 ᄉᆞ맷길헤
설믜 모도와 유덕(有德)ᄒᆞ신 가ᄉᆞ매
복지구족(福智俱足)ᄒᆞ샤 브르거신 ᄇᆡ예

홍정(紅鞓) 계우샤 굽거신 허리예
동락대평(同樂大平)ᄒ샤 길어신 허튀예
아으 계면(界面) 도ᄅ샤 넙거신 바래

누고 지ᅀᅥ 셰니오 누고 지ᅀᅥ 셰니오
바ᄂᆞᆯ도 실도 어ᄢᅵ 바ᄂᆞᆯ도 실도 어ᄢᅵ
처용(處容)아비를 누고 지ᅀᅥ 셰니오
마아만 마아만 ᄒ니여
십이제국(十二諸國)이 모다 지ᅀᅥ 세온
아으 처용(處容)아븨를 마아만 ᄒ니여

머자 외야자 녹리(綠李)야
ᄲᅡᆯ리나 내 신 고ᄒᆞᆯ ᄆᆡ야라
아니 옷 ᄆᆡ시면 나리어다 머즌 말
동경(東京) ᄇᆞᆯ곤 ᄃᆞ래 새도록 노니다가
드러 내 자리를 보니 가ᄅᆞ리 네히로새라
아으 둘흔 내해어니와 둘흔 뉘해어니오
이런 저긔 처용(處容) 아비 옷 보시면
열병신(熱病神)이ᅀᅡ 회(膾)ㅅ가시로다
천금(千金)을 주리여 처용(處容)아바
칠보(七寶)를 주리여 처용(處容)아바
천금(千金) 칠보(七寶)도 말오
열병신(熱病神)를 날 자바주쇼셔
산(山)이여 ᄆᆡ히여 천리외(千里外)예
처용(處容)아비를 어여려거져
아으 열병대신(熱病大神)의 발원(發源)이샷다

— 「처용가(處容歌)」

이런 「처용가」를 대하고 나면 우선 우리는 그 부피에서부터 뜻밖이라는 느낌을 받는다. 우리 국문시가사에는 고려가요 이전에 「처용가」의 이름을 단 작품이 또 하나 있었다. 신라시대의 향가 가운데도 「처용가」의 이름을 단 작품이 있는 것이다. 그런데 두루 알려진 바와 같이 향가 단계의 「처용가」는 4장 8구의 단형(短形)시가 작품이었다. 그 수사도 수다스럽지 않고 간결한 편이었다. 그것이 고려가요에 이르러서는 위와 같이 체적(体積)이 불어나 있고 말씨가 번잡스럽다. 대조의 편의를 위해 여기서 향가의 원문과 현대어 역을 붙여 보기로 한다.

東京明期月良 夜入伊遊行如可
入良沙寢矣見昆 脚烏伊四是良羅
二肹隱吾下於叱古 二肹誰支下焉古
本矣吾下是如馬於隱 奪叱良乙何如爲理古

— 「처용가(處容歌)」, 전문

〈현대어역〉
東京 밝은 달에 밤들이 노니다가
들어 자리를 보니 다리가 넷이러라.
둘은 내해였고 둘은 누구핸고.
본디 내해다마는 빼앗은 것을 어찌하리오.

3. 「처용가」의 구조 분석

이미 지적된 바와 같이 향가 단계의 처용가는 그 형태가 4장 8구이며 4행에 그친다. 그에 반해서 고려가요인 처용가는 4절(4연)이며 총

45행을 헤아리게 되는 장가로 나타난다. 단순 계산으로는 후자가 전자의 10여 배에 달하는 길이를 가지는 셈이다. 이제 그 내용을 구체적으로 검토해보기로 한다.

제1절―〈新羅盛大天下泰平羅候德 ~ 三災八難이 一時消滅ᄒ샷다〉
　　전강―5행, 부엽―1행. 계 6행.
제2절―〈어와 아비즈이여 處容 아비즈이여~ 아으 界面 도르샤 넙거신 바래〉
　　중엽, 부엽, 소엽 각 1행. 후강, 2행. 부엽, 중엽, 부엽, 소엽―각 1행. 대엽―4행. 부엽―1행. 중엽―2행. 부엽, 소엽―각 1행. 계―18행.
제3절―〈누고지어 니오 ~아으 處容 아비를 마아만 ᄒ니여〉
　　전강 ― 2행. 부엽, 중엽, 부엽, 소엽 각 1행. 계―6행.
제4절―〈머자 외야자 綠李야 셜리나 내신고흘 미야라 ~ 아으 熱病大神의 發源이샷다〉
　　후강―2행. 부엽―1행. 중엽―2행. 소엽―1행. 대엽―4행. 부엽―2행. 중엽―2행. 소엽―1행. 계―15행.

이렇게 분절을 하고 보면 「처용가」는 그 문맥을 네 개의 단락으로 구분해 보는 것이 편리하다. 첫째 단락에서 처용은 인욕행(忍辱行)을 거친 라후덕(羅候德)이며 삼재팔란(三災八亂)을 물리치는 벽사(辟邪)의 화신이기도 하다. 둘째 단락은 처용의 위용을 그려낸 부분이다. 여기서 그는 머리에서 발끝까지 장대, 엄정한 모습을 한 찬미의 대상이다. 셋째 단락은 앞 단락들의 수합인 동시에 총괄이다. 여기서 처용은 그 의용으로 하여 십이제국(十二諸國)이 함께 받들어 모시는 절대 권위의 상징으로 칭예된다.

특히 이 부분에서 「처용가」의 노랫말은 일종의 반전을 가진다. 여기서 화자가 찬미하는 것은 향가에 나오는 처용, 곧 동해에 나타난 용신(龍神)의 아들인 바로 그 처용이 아니다. 여기서 노래되고 있는 것은 제3자, 곧 십이제국(十二諸國)이 모두 참가해서 지어낸 처용이다. 이것으로 우리는 여기에 등장한 처용이 바로 향가의 작가 자신이 아니라 연희 무대에 등장하는 제3의 존재임을 알게 된다. 넷째 단락에서 처용은 열병대신(熱病大神)을 횟감으로 삼을 수 있는 위력적 존재다. 이것은 이 작품의 처용에 악령 구축, 질병 퇴치의 일면이 추가된 무속신앙의 심상이 추가되었음을 말해준다.

돌이켜 보면 이제까지 우리 주변에서 이루어진 「처용가」 논의에는 일종의 선입견이 작용하고 있었다. 이미 드러난 바와 같이 고려가요인 「처용가」는 "신라성대 라후덕 처용(羅候德 處容) 아바"로 시작한다. 피상적으로 작품을 읽는 자리에서 이것은 고려가요인 「처용가」가 선행한 신라시대 작품의 아류며 후속 형태로 생각하게 만든 중요 요인이 되었을 것이다. 뿐만 아니라 고려가요로서의 「처용가」에는 그 마지막 단락에 신라 향가인 「처용가」가 거의 그대로 나온다. 이런 유사성만을 감안한 나머지 그동안 우리는 향가인 「처용가」와 고려가요로서의 「처용가」 사이에 나타나는 차이점에 유의하지 않았다. 문학사 기술의 결정적 기틀이 되는 형태와 양식적 변화를 포착하지 못한 채 오늘에 이른 것이다.

앞에서 이미 드러난 바와 같이 향가와 고려가요로서의 「처용가」 사이에는 내용과 형태면에서 현격한 차이가 있다. 이와 꼭 같은 이야기가 배경설화를 검토해보는 경우에도 그대로 되풀이 될 수 있다. 다음은 조선 세종 때 개찬한 『고려사』 중 「고려사악지(高麗史樂志)」에 나온 해당 부분 기록이다.

신라 헌강왕이 학성을(지금의 울산) 순행할 때였다. 개운포에 이르게 되니 홀연 기이한 모습에 색다른 옷차림을 한 사람이 나타나 왕 앞에 절하며 노래와 춤으로 임금의 덕을 찬양하였다. 그 길로 왕을 따라 서울에 올라와 스스로 처용이라 일컫더니 매양 달이 밝은 밤에는 노래하고 춤추었으나 끝내 그 거처를 알 수가 없었다. 그리하여 사람들이 그를 신인(神人)으로 여겼으며 훗날 사람들도 특이하게 생각하여 이 노래를 만든 것이다. 이제현(李齊賢)이 시로 그를 풀어 가로되

옛적 신라의 처용아비
듣건데는 바다 넘어 왔다고 하는데
흰 잇발에 붉은 입술 달밤에 노래하니
치뜬 어깨 자주 소매 봄바람 탄 춤사위여

新羅憲康王 遊鶴城 還至開雲浦 忽有一人奇形詭服 詣王前歌舞讚德 從王入京 自號處容 每月夜歌舞於市 竟不知其所在 時以爲神人 後人異之 作是歌 李齊賢作詩解之日

新羅昔日處容翁 見說來從碧海中
貝齒頳脣歌夜月 鳶肩紫袖舞春風

여기서 우리가 지나칠 수 없는 것이 "후인이지 작시가(後人異之 作是歌)"로 된 부분이다. 이것을 문면 그대로 읽으면 「처용가」는 명백하게 처용 자신이 지은 것이 아니라 후세의 사람들이 지은 노래가 된다. 『삼국유사』의 기록은 이와 크게 다르다. 『삼국유사』의 「처용가」 배경설화

도 신라 49대 헌강왕대로 시작하는 점은 같다. 그러나 그 다음에 왕을 만나는 것은 동해의 용신이다. 처용은 그 일곱째 아들인데 왕을 따라 경주에 올라온 것이 바로 그다. 헌강왕은 그를 기특하게 여겨 벼슬을 주었고 미녀와 혼인을 시켜 살도록 하였다. 하루는 그가 밖에 나가서 노닐다가 집에 돌아와 보니 사람으로 변색한 역신(疫神)이 그의 아내를 범하여 같이 자고 있었다. 처용이 그를 보고는 노래를 부르고 춤을 추며 물러났는데 그때 노랫말이 바로 향가의 한 수인 「처용가」라는 것이다. 여기서 혼선이 일어나지 않도록 해당 부분을 그대로 제시한다.

> 처용이 밖에 나갔다가 그의 집에 돌아가 보니 두 사람이(처용의 처와 역신을 가리킴 - 필자 주) 잠자리에 들어 있었다. 이에 그는 노래(처용가 - 필자 주)를 지어 부르고 춤을 추며 물러났다.(處容自外至其家 見寢有人乃唱歌作舞而退)

4. 「처용가」 양식의 문학사적 의의

신라의 「처용가」가 후세 사람들에 의한 작품이 아니라 바로 처용 자신의 제작이라는 사실은 문학사에서 매우 중요한 의미를 갖는다. 화자가 제3자인 때 처용가는 그 어법이 반드시 주정적(主情的)이 아닐 수 있다. 그러나 그 반대의 경우에는 노래에 화자의 감정이 직접적으로 담긴다. 한 작품에서 화자가 곧 작자이며 그 작자가 바로 그의 정감을 노래한 시를 우리는 서정시라고 한다. 서정시 가운데도 화자가 그의 애증(愛憎)을 집약적으로 토로한 시는 서정양식의 대표격이 되는 것이다. 구체적으로 우리 문학사에 나타나는 고대시가에 「구지가(龜旨歌)」,

「황조가(黃鳥歌)」 등이 있다. 전자는 가락국의 백성들이 군왕을 맞이하기 위한 축도의 의식 자리에서 부른 것이다. 그에 대해서 후자는 고구려의 유리왕이 그가 사랑한 여인과 헤어지게 된 나머지 갖게 된 안타까운 마음을 읊조린 노래다. 이런 사실을 기준으로 우리는 두 작품을 차별화시키지 않을 수 없다. 즉 「구지가」는 화자가 사적인 감정을 토로한 것이 아니므로 서정양식이 아니다. 그러나 「황조가」는 명백하게 「구지가」와 정반대되는 작품이다. 따라서 그 양식적 성격이 서정시에 속하는 것으로 판정할 수밖에 없다.

향가의 경우와 달리 고려가요인 「처용가」에는 서술적 측면, 곧 이야기 비슷한 것이 담겨 있다. 뿐만 아니라 이 작품에서 처용은 그 모습이 신라 향가와는 다른 것으로 나타난다. 여기서 그는 아내를 뺏긴 지아비의 모습이 아니라 바로 열병대신(熱病大神)을 물리치는 벽사(僻邪)의 상징으로 탈바꿈하는 것이다. 이것은 그가 자연인의 차원이 아니라 무속신앙의 한 특징인 퇴질(退疾), 구마(驅魔)의 상징이 되었음을 뜻한다.

등장인물이 있고 그가 펼치는 사건으로 이루어지는 시이면서 단형이 아닌 장형(長型)의 작품을 우리는 일단 서술시라고 할 수 있다. 서술시 가운데 영웅이 등장하고 그가 파란이 겹친 생을 살아가면서 운명과 대결하여 싸우는 시를 우리는 영웅서사시라고 한다. 그런데 고려가요인 「처용가」에는 그에 비견될 만한 영웅이 뚜렷하게 나타나지 않는다. 이 작품에서 처용이 뭇사람의 주목을 받는 것은 사실이다. 그의 모습이 예사로운 수준을 넘어 있기는 하다. 그러나 그 위용은 처용이 펼친 영웅적 행동을 바탕으로 이루어진 것이 아니다. 이때에 처용이 보여주는 행동실적이란 열병대신(熱病大神)을 단숨에 물리치는 차원에 그친다. 이것은 우리로 하여금 이 작품이 영웅서사시가 아니라 그 이전의 서사양식인 무속서사시, 곧 서사무가일 가능성을 점치게 한다.

장가인 「처용가」는 적어도 두 가지 점에서 무속적 서사양식에 가깝다. 우선 이때의 처용은 『삼국유사』의 연기설화에 나오는 처용과 동일 인물이 아니다. 고려시대 우리 주변에서 민속놀이의 일부로 널리 퍼진 나례(儺禮) 행사에 등장하는 주인공이 바로 그다. 나례는 고려시대에 널리 퍼진 벽사(辟邪) 진경(進慶)의 연희다. 고려 장가의 처용이 바로 그에 결부된다는 것 역시 이 작품과 샤머니즘의 상관관계를 짐작하게 한다.

다음 그 화법에 있어서도 영웅서사시와 무속서사시 사이에는 상당한 거리가 있다. 이미 되풀이 된 바와 같이 영웅서사시는 그 초점이 초인적 힘을 가진 영웅 쪽에 맞추어진다. 이 유형에 속하는 작품에서 영웅은 모두가 파란만장한 생을 산다. 영웅서사시는 그를 부각하여 청중을 울고 웃게 하는 데 목적을 두는 양식이다. 이런 속성으로 하여 영웅서사시는 그 가락이나 말씨가 묵직하며 듬직하고 기백을 느끼게 한다. 그에 비해서 무속서사양식은 여러 신령들을 불러내어 그들을 통해 이루어지는 여러 이적(異蹟)을 주워섬기며 그것으로 제액(除厄) 벽사(辟邪)에 이용하고자 한다. 이 양식에서 주인공의 행동은 적지 않게 과대 포장되어 나타난다. 그 말씨 또한 수다스럽고 잡다하다는 느낌까지 준다.

이 경우의 우리에게 좋은 보기가 되는 것이 「동명왕편(東明王篇)」과 남해지방과 제주도에서 전승되어 온 「바리공주」의 차이다. 이규보(李奎報)의 「동명성왕편」은 그 전편이 오언(五言) 282구에 이르는 장편서사시다. 그 초점 또한 주몽(朱蒙)이라고 한 '동명성왕(東明聖王)'에 집중되어 있다. 이 작품에는 주몽이 그를 모살하고자 하는 형의 흉계를 피하기 위해 남쪽으로 길을 택했을 때의 장면이 나온다. 강으로 길이 막혔을 때 일어난 기적을 이규보는 다음과 같이 노래했다.

欲渡無舟艤	강을 건너고자 하나 배를 얻을 길 없어
秉策指彼蒼	말채찍으로 푸른 물결을 가리키면서
慨然發長嘯	긴 파람으로 탄식하며 말했네
天孫河伯甥	환웅의 손자이며 하백의 조카인 이 몸
避難至於此	난을 피해서 여기까지 왔는데
哀哀孤子心	애닯아라 외로운 신세
天地其忍棄	하늘과 땅에 버린 몸 되었네
操弓打河水	활을 들어 강물을 치니
魚鼈騈首尾	고기와 자라가 모여들어 머리와 꼬리를 맞대어
屹然成橋梯	어엿하게 다리를 만들어주어
始乃得渡矣	비로소 강물을 건너갔다네

— 이규보, 「동명성왕편」

국문시가 아닌 한시(漢詩)이기는 하나 이 작품의 가락에는 그 나름의 기백이 느껴지며 말들은 수다스럽지 않고 격식을 가진 편이다. 이에 대비되는 「바리공주」의 한 장면은 다음과 같다.

산신령님의 도술로
버리덱아 백일 산제 불공하여 난 버르덱아
구년간 불공들인 버르덱아 금은 덕을 너 받아라
삼시 시때 물 먹고 떠먹는 생수가 서왕산 약수란다

쓰고 버린 물도 서왕산 약수란다

그 물 길러서 어서 가서 느그 부친을 살리거라

버리데기는

금동우에 물을 길러 은또가리 받쳐 이고

한잔 등을 넘어서면 죽지말란 환생초를 꺾어 들고

두 모퉁이를 돌아서니 늙지 말란 불로초를 꺾어 들고

세 모퉁이를 돌아서며 말하시란 기함초를 꺾어 들어

저기 가는 저 상부야

질 밑으로 내려 서고 길 욱으로 올라가서

서른 세 명 유대군들 잠시 잠간 쉬어가오

겉매 일곱매 속 매 일곱매

열 네 매듭을 툭툭 끌러

천계 띠고 천금을 밝히시고

막막수를 벗겨 내어

환생초로 한 번을 떡 적시니 한숨이 피어나시네

불로초 두 번을 떠 적시니 웃음이 피어나시네

말하시라는 기함초로 세 번을 떠 적시니

어허 잠도 곤했구나

— 이두현(李杜鉉) 채록, 『전남 영암지방 씻김굿』,
국립문화재연구소, 1912.

이것은 딸만을 둔 집의 천덕꾸러기 막내로 태어나서 산속에 버려진 버리데기의 이야기다. 버리데기는 아버지와 어머니가 잇달아 죽자 지극한 효심으로 신령에 치성을 드린다. 그것으로 시왕산 약수를 얻어 그의 부모를 소생시킨다. 그러니까 이 장면은 마땅히 엄숙, 경건한 말로 이루어져야 했을 것이다. 그럼에도 여기 나타나는 말들은 적지 않게 사설조에 기울어 있고 잡다하다는 느낌을 준다. 그 말씨가 적지 않게 고려가요인 「처용가」의 경우를 방불하게 한다.

　여기에 이르기까지 우리는 고려 「처용가」의 화법과 형태적 특징을 어느 정도 살펴보았다. 그 결과 우리가 얻을 수 있는 평가는 단순하게 된다. 이 작품이 신라 「처용가」와 달리 순수서정시가 아니라 서사양식에 가깝다는 점이 그것이다. 서사양식 가운데도 서사무가에 가까운 것이 고려의 「처용가」인 것이다. 그러나 이것이 곧 「처용가」를 버리데기 공주나 제석(帝釋)풀이의 반복 형태라거나 아류로 판정케 하는 것은 아니다. 고려가요의 하나인 「처용가」에는 서사무가의 단면과 함께 「청산별곡」이나 「서경별곡」, 「정과정곡(鄭瓜亭曲)」에 대비되는 말씨도 포함되어 있다. 제3단락 "누고 지서 셰니오" 이하 3행과, 제4단락의 앞부분 3행에는 우리 시가의 고유한 바탕으로 생각되는 애틋한 정감과 함께 자연스러운 우리말에서 빚어진 부드러운 가락이 담겨 있다.

　이런 이유로 우리는 고려 「처용가」가 신라 「처용가」의 서정적 단면과 함께 서사무가의 요소도 아울러 가진 2중 구조의 작품이라고 보고자 한다. 신라 향가 가운데는 「처용가」 이외에도 순도가 높은 서정적 작품이 상당수 있다. 그들이 곧 「헌화가(獻花歌)」, 「찬기파랑가(讚耆婆郎歌)」, 「원왕생가(願往生歌)」, 「제망매가(祭亡妹歌)」 등이다. 이들 작품에 내포된 양질의 서정적 단면은 고려가요인 「정과정곡」이나 「서경별곡」에 젖어들어 있다고 보아야 한다. 이능화(李能和)의 『조선무속고(朝鮮巫俗考)』를 보면 고려 무속의 특징 가운데 하나가 '귀신을 섬기어 병이 들어도 약을 쓰지 않고 집을 짓거나 토담을 쌓는 일에도 신령을 불러 결정한다'는 기록이 나온다. 이것은 고려사회 일부에 뚜렷이 샤머니즘의 흐름이 있었음을 뜻한다. 「처용가」에도 이런 무속신앙의 자취가 드러나는 셈이다.

　이제 이 조그만 담론도 매듭을 지을 차례에 이른 것 같다. 한마디로 「처용가」는 샤머니즘의 요소에 향가 이래 우리 문학에 흘러든 양질의 서정적 정조가 습합 상태로 이루어진 작품이다. 이것은 처용가가 우리 고전시가사에서 매우 독특한 위치를 차지하는 작품임을 뜻한다.

정월 나혜석(晶月 羅蕙錫)의 인간과 예술

1. 모범생 나혜석, 동경 유학

이 작업의 화두가 되는 것은 예술가로서의 정월 나혜석(羅蕙錫, 1896~1949)이다. 1896년 경기도 수원의 넉넉한 집안에서 태어났다. 아버지 나기정(羅基貞)은 재지사족(在地士族) 출신으로 대한제국 말년 법관으로 시작하여 시흥과 용인 군수를 지냈다. 그런 신분과 가세를 바탕으로 그는 자녀들에게 새 시대의 주역이 되어 활동할 수 있도록 신식교육을 받게 했다. 이런 가정환경에 힘입어 나혜석은 당시 여성으로서는 드물게 중등교육과정을 이수했고 이어 일본에 유학, 전공 교육의 기회도 가졌다.

도일(渡日) 유학생이 되면서 나혜석은 그림에 전념하고 문필활동도 했다. 그러한 연수과정을 통하여 근대화 과정 초창기의 여류 활동가가 된 나혜석은 우리 사회의 통념과 인습을 과감하게 배제하고 나선다. 그것이 한때 문단 안팎에서 물의를 일으키고 이단시되었다.

그러나 기초교육 이수의 초기 단계에서 나혜석은 상당히 온순하고 착실한 학생이었다. 어려서 그는 한 번도 말썽을 일으켜 어른들의 골머리를 아프게 한 적이 없다고 한다. 초등교육과정 다음의 중등교육은 나혜석의 집안에서 설립한 삼일(三一)여학교에서 시작하였다. 이 무렵에 그는 품행이 방정하여 다른 학생의 모범이 되었다. 서울의 진명여학교에 진학한 다음에도 나혜석은 근면, 성실했다. 진명여학교 학적부에 따르면 그의 학업성적은 10점 만점에 9로 나타난다. 특히 졸업반에서는 급장으로 임명된 바 있다. 진명 재학 당시 나혜석의 의식성향을 알아보기 위해서 좋은 참고자료가 되는 것이 학적부에 기재된 조행(操行)란이다. 이때의 조행이란 학생들이 일상생활을 관찰하여 그 품성을 평가하는 일종의 덕성(德性) 평점이다. 나혜석의 1, 2학년 아울러 갑(甲)으로 기재되어 있다.

이런 나혜석의 행동 양태가 아웃사이더 기질로 표출된 것은 동경 유학 때부터다. 진명여학교를 마치고 동경여자미술학교에 진학한다. 당시까지 우리 주변에서 사족(士族)들이 그림을 전업으로 하는 일은 금기(禁忌) 중의 금기였다. 나혜석이 동경 유학을 하던 1910년대 전반기경 우리 사회에서 여자 해외유학생 숫자는 열 명 내외였다. 그들의 전공은 대체로 교육이나 신학 등이었고 일부가 보건, 의료를 지망하여 의과를 택했다. 나혜석은 이런 우리 사회의 통념을 아랑곳하지 않았다. 주변의 눈총을 무릅쓰고 그는 그림 그리기에 미래를 걸었다. 이런 전공 선택의 결과 나혜석은 우리 현대회화사에서 제1호 여류 화가가 되었다.

2. 최승구와 나혜석

동경 유학생활이 자리를 잡자 나혜석은 그의 기질을 더욱 충격적인 형태로 표출시켰다. 그 단적인 예증이 된 것이 소월 최승구(素月 崔承 九, 1892~1916)와 열애한 일이다. 소월 최승구는 경기도 시흥 출신으로 1892년생이어서 나혜석과는 네 살 차이가 났다. 그는 보성전문학교를 거쳐 나혜석보다 한 발 앞선 시기에 도일(渡日)하여 동경의 게이오대학[慶應大學] 예과에 입학하였다. 전공이 사학이었으나 허약체질로 폐결핵에 걸려 학업이 중단되었다. 귀국 후 요양에 힘썼으나 회복하지 못하고 26세를 일기로 1917년에 타계했다.

소월 최승구의 문학과 생애에 대해서는 김학동(金學東) 교수가 선편을 잡은 논문이 있다. 그에 따르면 최승구는 1914년 4월 창간호를 발행한 재일본동경조선학생학우회(在日本東京朝鮮學生學友會) 기관지 『학지광(學之光)』의 편집위원이었고 인쇄인을 겸했다(발행인 申翼熙). 그는 이 잡지 1호에 「정감적(情感的) 생활의 요구」, 「남조선의 신부」 등 두 편의 수상을, 그리고 2호에는 자유시, 「벨지엄의 용사(勇士)」를 발표하고 있다. 이와는 별도로 최근에 문제가 된 그의 작품이 1916년 『근대사조(近代思潮)』 창간호에 실린 「긴 숙시(熟視)」다.

저는 저의 고향을 항상 생각한다. 저와 저의 고향과는 거진 일체가 되었다.
저 없이는 저의 고향을 볼 수 없고 저의 고향 없이는 저를 인식치 못하게 되었다.
저는 얼마나 저의 고향을 그리워할까, 사랑할까, 얼마만큼이나 저의

정이 간절할까, 모르면 모르거니와 저는 저 외에 저의 애달픈 마음 또 알 사람은 없을 것이라 한다.

　저는 이와 같이 부르짖는다. "그대여 그대는 무엇이길래 내가 이처럼 그대를 생각하는가, 사랑하는가, 나는 그대를 다만 땅덩이라고 생각하지 아니한다. 나는 그대를 나의 생명이라 생각한다. 나는 이와 같이 그대를 사랑한다. 그대는 나의 생명—모든 것이다. 그대가 있음으로 하여 내가 이 세계에 태어났고 그대에게 포용되었고 그대에게 감화를 받았고 그대에게서 해방되었다. 그대는 나의 생명의 근원이다"라고.

— 최승구, 「긴 숙시」 일부

「긴 숙시」를 그동안 우리 주변에서는 김소월(金素月)의 미발표 작품이라고 해석해왔다.

「긴 숙시」가 김소월 설의 발단이 된 것은 엄호석의 『김소월론』이다. 1958년 조선작가동맹출판사에서 나온 『김소월론』을 통해 엄호석은 김소월이 시적 경향 가운데 하나가 애수와 하소연이라고 잡았다. 그리고 소월의 그런 감정의 뿌리에는 고향, 곧 국토에 대한 그리움의 정이 깃들어 있다고 보았다. 그 증거가 되는 작품의 하나로 「긴 숙시」를 들었다(엄호석, 『김소월론』, 1958, 223쪽).

그동안 우리 주변과 북쪽에서 제기된 「긴 숙시」의 작자 김소월 설은 너무나 명백한 외재적 반대 증거로 하여 그 논거 자체가 부정된다. 『근대사조』 창간호의 편집후기에는 주간인 황석우(黃錫禹)가 '소월 최승구의 글(「긴 숙시」-필자 주)을 실었으나 그에게 연락이 안 된다'고 한 것이 있다(김용직, 『김소월 전집』, 서울대학교 출판부, 1996, 534~535쪽). 이것으로 「긴 숙시」가 김소월 설이라는 성립 근거를 상실해버린다.

　자신의 수기를 통해서 나혜석은 그가 최소월을 사랑하게 된 것이 19세 때부터라고 고백한다. 이 해는 그가 동경여자미술학교에 입학한 바로 그해이며 또한 『학지광』에 최초의 사회비평에 속하는 「이상적 부인(理想的 婦人)」을 쓴 해이기도 하다. 이때 최승구는 이미 결혼한 신분이어서 고향에 부인을 두고 있었다. 그런 여건을 무릅쓰고 나혜석은 최승구와 교제를 거듭하여 약혼까지 감행했다. 그 사이의 사정은 그의 자전적 수기 일부에 나타난다. "약혼하였든 애인(최승구－필자 주)이 폐병으로 사거(死去)하였습니다. 그때 내 가슴의 상처는 심하야 일시 발광이 되었고 연하여 신경쇠약이 만성에 달하였습니다."

　최승구를 기능적으로 평가하려는 자리에서 우리가 주목해야 할 것이 김억의 발언이다. 그는 초기 작품을 묶어서 낸 사화집 『해파리의 노래』 제1부 머리에 "해를 여러 번 거듭한 지하(地下)의 최승구에게 이 시를 보내노라"고 적었다. 김억의 이 한 줄이 지닌 함축적 의미를 제대로 파악하기 위해서 우리는 당시 우리 문단과 예술계의 사조 경향을 감안해볼 필요가 있다. 최승구나 김억이 문단의 일각을 넘보고 있었을 때 아직도 우리 주변에는 교술주의의 다른 이름으로 생각되는 개화계몽주의의 그림자가 짙게 깔려 있었다.

　김억은 문단 진출을 시도한 초기 단계에서부터 상징파 시의 수용을 시도했다. 그를 통해서 그는 육당(六堂)과 고주(孤舟)의 개화, 계몽, 교술주의 차원을 지양, 극복하고자 했다. 그가 외곬으로 노린 것은 심미적 차원 구축을 통한 순수예술의 세계였다. 그런데 나혜석이 깊이 빠져든 최승구가 그의 작품을 통해 바로 이 탈교술주의 차원을 추구하고 있었다. 이것으로 김억이 그의 처녀시집 한 자리에 특히 최승구의 이름을 든 까닭이 명백해진다. 김억은 창작활동에서 최승구가 시도한 예술적 차원 추구 노력을 잊지 못해 한 것이다.

3. 나혜석의 소월(素月) 사랑 사유

최승구와의 사랑에 나타나는 나혜석의 정열은 어느 모로 보든 우리 사회의 통념을 뒷전으로 돌린 채 이루어진 감정의 독주 현상이었다. 이것을 우리는 낭만파 기질에 나타나는 애정일체주의자 사랑으로 볼 수 있을 것이다. 애정이 독주상태에 접어들면 세속적 명분이나 이해 타산, 사회적 규범은 부차적인 일로 돌아간다. 이때에 표출되는 것이 사랑을 지닌 주체의 무모하게까지 보이는 감정적 애정행위다. 그러나 따지고 본다면 최승구에 대한 나혜석의 사랑에는 그 동기부여로 생각 되는 부분이 전혀 없지도 않다. 우리는 그 요인으로 최승구의 유학생 활과 당시의 인간관계, 그가 지닌 예술적 자질과 미학적 소양을 살필 필요가 있다.

『학지광(學之光)』이 발간된 1910년대 중반기의 간행물 제작은 대개가 활자를 쓰지 않고 서예가들이 손수 쓴 것을 이용했다. 『학지광』도 예 외는 아니었다. 그 표지에 올린 제자는 신익희(申翼熙) 것으로 추정되 는 행서체(行書体)다. 그런데 안쪽 표지 제목 '학지광(學之光)'은 그와 달 리 전서체. 이 제자에는 전절의 자취가 뚜렷이 나타나지 않는 흠이 있으나 그런대로 그 자형이 단아하며 품격이 느껴진다. 이 제자가 바 로 최승구의 솜씨였다. 나혜석은 『학지광』 창간 때부터 집필자의 한 사람이었으므로 최승구의 서예 솜씨를 보았을 것이다. 그렇다면 거기서 받은 인상이 최승구에 대한 애정으로 변화되었을 가능성은 매우 크다.

나혜석과 최승구의 연결고리를 생각하는 경우 또 하나 지나쳐볼 수 없는 것이 나혜석의 둘째 오빠인 나경석(羅景錫)이다. 자전적 글에 따르면 그는 나혜석의 미술 지망을 찬성하여 동경 유학을 찬성, 지원해 주었다. 나경석은 일찍부터 최승구와 깊이 사귄 사이였다. 『학지광』 4호에 「저급(低級)의 생존욕(生存慾)─타작 마당에서 C군에게」라고 제목을 붙인 나경석의 글이 실려 있다. 이것은 최승구가 그에게 보낸 나경석의 사신(私信)을 그의 재량으로 『학지광』에 실은 것이다. 그 말미에 최승구는 "K.S형 주신 편지를 쾌락(快諾) 없이 초(抄)한 것을 용서하서요"라는 부기를 달았다. 여기 나오는 K.S는 나경석의 약칭이다. 이것만으로도 우리는 두 사람 사이의 남다른 교의(交誼)를 짐작하고 남을 정도다. 이런 두 사람의 친교가 나혜석의 최승구 지향에 상당한 영향으로 작용했을 가능성은 적지 않았을 것으로 보아야 한다.

세 번째 최승구에 대한 나혜석의 경도를 부채질했을 것으로 생각되는 것이 그의 작품에 내포된 심미적 차원 추구의 단면이다. 생전에 최승구가 발표한 작품은 극히 제한된 것이었다. 그러나 그밖에 최승구는 원고상태로 작품을 남기는바 그 분량이 시집 한 권이 될 만한 것이다. 그 가운데 주목되는 것이 작품 「미(美)」다.

> 미(美)는 천재(天才)라
> 고귀(高貴)하고 숭엄하도다
> (……)

미(美)는 대사실(大事實)이라

─온화(溫和)한 일광(日光)

다정(多情)한 춘색(春色)

우리가 '달'이라 부르난

해저(海底)에 빗최는 은각(銀殼)과 같이

우주에 충만하도다

미(美)는 비피상(非皮相)이라

적어도 이상(理想)과 같이

그러한 화각(化殼) 뿐은 아니다

장식(粧飾)과 덕의(德義)와

자만(自慢)의 면피(面皮)보다는

기록이 있고 공능(功能)도 있으므로

― 최승구 유작, 「미(美)」 일부

얼핏 보아도 나타나는 「미(美)」의 특징적 단면은, 문학 또는 예술의 심미적 차원 추구다. 그런데 여기서 우리가 유의해야 할 것이 있다. 그것이 1910년 후반기 이후 우리 주변의 낭만파적 탐미주의가 최승구 혼자만이 지향한 창작 태도가 아니라는 점이다. 창작에서 예술 본연의 세계를 추구하고 아름다운 차원 개척을 기도한 것은 육당(六堂)과 춘원(春園) 다음 세대의 일관된 경향이었다. 그 이름으로 우리는 김동인, 오천석, 주요한 등 창조파와 함께 훗날 『폐허』 동인을 형성한 김억, 남궁벽, 오상순, 황석우 등을 들 수 있다. 그런데도 나혜석이 그들을 모두 뒷전에 돌린 채 유독 최승구에만 집착한 까닭은 무엇인가. 이렇게 제기되는 의문을 풀기 위해서 우리는 앞에 든 최승구의 「미(美)」를 다시 살펴보아야 한다.

우리가 낭만파식 예술지상주의를 논하는 자리에서 언제나 이끌어들이는 것이 오스카 와일드의 「도리안 그레이의 초상화」 서문이다. 그 한 부분에 나오는 '예술가란 아름다운 것을 창조하는 자이다'라는 말이다. 여기서 도덕적인 것, 교훈주의가 배제된 것은 엄연한 사실이다. 그러나 우리가 지향하는 예술적 창조를 위해서 이런 생각만으로는 충분하지 않다. 무엇보다 여기에는 좋은 작품을 만들어내기 위해 선행되어야 할 형상화에 대한 의식이 명쾌하게 내포되어 있지 않다. 이미 제시된 바와 같이 최승구의 「미(美)」에는 그 빈터를 메울 수 있으리라 기대되는 구절들이 나온다. "미는 비피상적이라 (……) 장식과 덕의(德義)와 자만의 면피(面皮)보다는 기록이 있고 공능도 있으므로"라고 은유 형태로 표현되어 있지만 이런 구절에는 적어도 예술 제작자가 작품 제작에 임해서 지녀야 할 마음의 자세가 제시되어 있다.

이미 드러난 바와 같이 미술학도로서 나혜석에게는 강하게 낭만파의 기질이 내포되어 있었다. 낭만파의 특성은 강렬한 정열을 가진 점이다. 그러나 예술은 정열만으로 이루어지지 않는다. 적어도 거기에는 형상화의 전제가 되는 작가의 제작의식이 부수될 필요가 있다. 이런 논리를 나혜석의 경우에 대입시키면 재미있는 생각이 추출될 수 있다. 이미 확인된 바와 같이 예술가로서 홀로서기를 지향한 초기 단계에서 아직 나혜석은 형상화의 비의(秘義)를 터득하지 못한 상태였다. 그런데 최승구에게는 그에 대한 해결의 실마리를 지닌 듯 생각되는 면이 있었다. 최승구가 '미(美)를 비피상(非皮相)'이라고 한 것은 예술활동의 전제 요건 가운데 하나가 제재들을 구체화시켜야 하는 것임을 뜻한다. 이런 사실을 나혜석이 최승구의 글에서 읽게 된 것이다. 그

순간 그의 가슴에 사랑의 불길이 타오르게 된 것은 당연한 사태의 귀결이었다.

4. 예술과 생활의 상극(相剋), 그리고 여성 해방의 시도

최승구가 사거(死去)한 다음 나혜석은 다시 한 번 파격적 행동 양태를 보인다. 동경 유학을 마치고 귀국하여 한동안 그는 진명여학교의 미술교사로 근무했다. 동경대학 법학부 출신인 김우영(金雨英)이 열정적으로 그를 찾아와 청혼을 했다. 이때 나혜석은 김우영에게 변치 않은 사랑과 앞으로도 중단 없이 그림을 그리게 할 것 등과 함께 신혼여행 길에 최승구의 묘를 찾아줄 것을 요구했다. 김우영은 그의 요구를 모두 받아들였다. 김우영은 최승구의 무덤 앞에 엎드려 절했다. 또한 그의 묘 앞에 비석을 세워주기까지 했다. 지금도 오히려 그렇지만 당시 우리 주변에는 구도덕의 장막이 묵직하게 드리워져 있었다. 특히 여성이 혼전에 이성교제를 한 사실은 치부 중의 치부로 거의 예외가 없이 감추고자 한 부분이었다. 그것을 나혜석은 전혀 숨기지 않았을 뿐 아니라 오히려 결혼 때의 선행 조건에 포함시켰다. 이것은 나혜석이 표출시킨 예술가적 기질의 절정에 속하는 정경이 아닐 수 없다.

김우영과 결혼한 다음 나혜석은 한동안 안정된 일상을 누릴 수 있었다. 결혼한 다음 해에 김우영은 일제의 외무성 관리로 임명되어 만주국 부영사로 부임했다. 나혜석은 그를 따라 만주에서 보금자리를 틀었다. 조선미술전람회에 작품 〈봄〉, 〈농가〉 등을 출품하여 입상이 되었다. 이 무렵에 나혜석은 『매일신보』, 『동아일보』, 『신가정』, 『동명(東

明)」, 『신여성』 등에 수필과 수상 등도 발표하였다. 그것으로 신여성의 영예 가운데 쌍두마차에 해당되는 화가로서, 문필가로서 명성을 누릴 수 있었다. 1924년에 아들 선(宣)을 얻었고 이어 26년에 둘째 아들 진(辰)이 태어났다. '조선미술전람회'에도 1회에서 6회에 이르러 입선작을 낸다. 그러나 이런 나혜석의 낙원은 1920년대 후반기에 접어들면서 때 아닌 회오리바람에 휩쓸려 처참하게 찢겨버린다. 1927년 그는 미술 연구를 목적으로 파리 유학길에 오른다. 거기서 오랜 지기이며 남편 김우영의 친구이기도 한 최린(崔麟)을 만난다.

김우영은 법률공부로 베를린에 체재 중이었으므로 자연스럽게 나혜석은 최린과 빈번한 왕래를 한다. 그런 상황 속에서 그는 최린과 넘어서는 안 될 선을 넘어버린다. 이 비밀이 나혜석의 귀국과 함께 국내의 일간지에 대서특필로 보도된다. 격정에 사로잡힌 김우영이 이혼을 요구하고 나서자 나혜석에게는 결정적인 파국이 몰아닥친다. 처음에 나혜석은 김우영의 요구에 완강한 자세로 버틴다. 그러나 나혜석을 간통죄로 제소하여 법정에 서기를 불사하려 드는 김우영의 공세에 끝내는 무릎을 꿇지 않을 수 없게 된다. 나혜석에게 이혼은 가정과 안정된 생활을 포기케 하는 데 그치지 않고, 분신인 동시에 바로 목숨 그 자체인 아들, 딸과도 헤어지게 된다. 설상가상 격으로 나혜석에게는 부정(不貞)으로 시집에서 쫓겨났다는 멍에가 씌워졌다. 그것으로 무수한 사람들의 비난과 야유가 빗발쳤다. 그런 서슬 속에서 1931년 5월에 열린 제10회 조선미술전람회에서는 그의 작품 〈정원〉이 특선작이 되었다. 그 후 나혜석은 한때 중앙보육학교에서 미술교사로 근무했다. 또한 세속적인 번뇌를 극복하기 위해 불문(佛門)에 귀의한 바도 있다. 충남 수덕사에서는 사바세계의 번뇌 일체를 끊기로 한 서원과 함께 참선 생활을 하면서 상당 기간을 머물렀다. 8·15 후 나혜석은 거의 무의탁자의 신세가 되었다. 그의 최후는 1948년 서울의 용산 행려병자 수용소인 자재원에서 있었다. 그것이 한 시대를 앞장서 산 선구자 나혜석에게 던져진 우리 사회의 보상 아닌 보상이었다.

나혜석은 미술활동과 병행해서 꾸준히 문필활동도 펼쳐 나갔다. 그가 쓴 최초의 글은 이미 드러난 바와 같이 『학지광』(1914.12)에 게재된 수상 「이상적 부인」이다. 이어 나혜석은 「잡감(雜感)」(『학지광』, 1917.3), 「잡감, K언니에게 여(與)함」(1917.7)을 수록시켰으며, 『여자계』 1호에 소설 「회생한 손녀에게」를 발표했다. 제2차 문예동인지인 『폐허(廢墟)』 2호를 통해 「내물」, 「사(砂)」 등 두 편의 시를 활자화 시킨 바도 있다.

거듭 확인된 바와 같이 나혜석은 기질에서 직접적으로 감정을 방출하는 낭만파 기질의 소유자였다. 그럼에도 시와 소설 등 문학작품에서 그런 기질은 직접적인 형태로 잘 나타나지 않는다. 이런 경우의 우리에게 좋은 보기가 되는 것이 「노라」다. 이 작품은 김영환(金永煥)이 작곡한 〈인형(人形)의 가(家)〉의 가사로 전한다.

나는 인형(人形)이었네
아버지 딸인 인형으로
남편의 아내인 인형으로
그네의 노리개이었네

노라를 놓아라

순순히 놓아다고
높은 장벽을 헐고
깊은 규문(閨門)을 열고
자유의 대기(大氣) 중에
노라를 놓아라

나는 사람이라네
남편의 아내 되기 전에
자녀의 어미 되기 전에
첫째로 사람이라네

나는 사람이로세
구속이 이미 끊쳤도다
자유의 길이 열렸도다
천부(天賦)의 힘은 넘치네

아아, 소녀들이여
깨어서 뒤를 따라오라
일어나 힘을 발하여라
새날의 광명이 비쳤네

— 나혜석, 「노라」

주제의식으로 보아 이 작품은 여성 해방을 지향한 것이다. 그 어조를 통해서도 상당한 양감이 느껴진다. 이런 점을 감안하여 나혜석의 시 가운데 대표작은 이것으로 잡아야 할 것이다. 얼핏 보아도 명백한 바 이 작품은 제작 동기를 입센의 희곡에서 얻은 것이다. 이 작품의 이런 단면은 한 가지 사실을 입증한다. 그것이 나혜석의 시가 초창기

우리 주변의 여류들이 지닌 페미니즘 의식을 대변하고 있는 듯 보이는 점이다.

시가 아닌 소설분야에서도 나혜석의 여성 해방의식은 뚜렷한 줄기로 포착된다. 연보에 따르면 나혜석의 소설 가운데 처녀작은 1918년 3월호 『여자계』를 통하여 발표한 「경희」다(이에 앞서 1917년 말에 발행된 『여자계』 창간호에 나혜석의 소설 「부부」가 게재된 광고가 나와 있다. 그러나 현재까지 그 원전이 발굴된 바 없다). 일찍이 『조선신문학사조사(朝鮮新文學思潮史)』를 쓴 백철(白鐵)은 나혜석의 이 작품을 자연주의계 소설로 규정하고 장면 묘사에서 '상당히 리얼'하다고 평가했다. 그 보기로 든 것이 다음과 같은 부분이다.

> 뜨거운 강한 광선이 별안간에 왈칵 대드는 것은 편쌈군의 양편(兩便)이 육모방방이를 들고 「자−」하며 대드는 것같이 깜짝 놀랄만치 강하에 대여 들어온다. 오색(五色)이 혼잡한 백일홍(百日紅), 활연화(活年花) 위로는 연락부절(連絡不絶)히 호랑나비 노랑나비가 오고가고 한다. 감나무 위에서 까치 보금자리에는 까만 새끼 대가리가 들락날락하여 어미 까치가 먹을 것을 가지고 오는 것을 기다리고 있다. 답사리 그늘 밑에서는 삽살개가 쓰러져 자고 있다. 그 배는 불룩하다. 울타리 밑으로 굼벙이 잡으러 다니는 어미닭 뒤로는 대 여섯 마리의 병아리가 줄줄 따라간다. 경희는 얼빠진 것 같이 멀거니 앉아서 보다가 몸을 일부러 움직이었다.
>
> ─ 나혜석, 「경희」 일부

이 작품의 주인공인 경희는 해외에 유학중인 신여성이다. 방학이 되어 고향으로 돌아오자 그에게 아버지 이철원(李鐵原)이 이제 공부는 그만두고 결혼을 하라고 명령한다. 아버지가 좋은 혼처라고 말하는 상대는 김판서(金判書)집 아들이다. 그의 집은 부유하여 장래를 안락하게 살 경제적 여건이 마련되어 있었다. 경희가 아버지의 뜻을 거스르게 되면 학비를 얻어 쓸 길이 없다. 그러나 경희는 생판 모르는 상대에게 시집가는 것을 수긍할 수 없다. 그것은 결혼의 전제인 사랑과 관계없이 인습과 물질적인 조건에 자신을 내맡기는 꼴이 되어버리기 때문이다. 여자로서 한 사람의 인간으로서 살 것인가, 아버지의 뜻에 순종하면서 인습에 따라 자신을 포기할 것인가로 경희는 상당한 고민에 빠진다. 그런 과정을 거쳐 그는 "조선사회에서 여자로 사는 길", 곧 인습에 자신을 맡기기보다 스스로 제 길을 개척해 나가는 "우주 안" 또는 "전 인류의 여성"으로 살아가는 길을 택한다.

「경희」를 쓰기 전에 나혜석은 동경여자미술학교를 쉬고 일시 귀국했다. 그 전해에 고향으로 돌아왔다가 결혼을 해야 할 것이라는 아버지의 명령을 받았다. 나혜석이 그에 응하지 않자 아버지인 나기정은 학비 지출을 중단해버렸다. 부득이 나혜석은 미술학교를 휴학하였다. 그와 함께 지방에 내려가 여주공립보통학교에서 교사로 근무한 바 있다. 이것은 「경희」의 줄거리가 나혜석 자신의 실제 체험에 의거하고 있음을 뜻한다.

여기서 우리는 한 가지 사실을 명백하게 파악할 수 있다. 단편소설 「경희」의 바닥에 깔려 있는 것은 그 무렵까지의 우리 주변을 지배한 가부장체제적 결혼에 대한 극복의식이다. 이미 살핀 바와 같이 나혜석은 그의 대표작 가운데 하나인 「노라」를 통하여 여성 해방을 노래했다. 소설 분야의 대표작인 「경희」 역시 그와 같은 의미맥락에 의거하고 있는 것이다.

5. 남녀평등의 실현, 상호보완론과 끝자리의 말

여성 해방의 전제로 나혜석은 여성이 봉건적 인습인 인종의 틀을 깨고 나설 것을 주장했다. 나혜석에 따르면 그것은 '각성된 자아의 확립과 그를 통한 남녀차별의 벽을 허무는 것으로 실현이 가능'하게 된다. 나혜석의 그런 주장은 초기 수상에서부터 나타난다. 앞에서 이미 제목이 제시된 바 있는 「잡감─K언니에게 여함」에는 "남자가 이해할 수 있는 모든 일을 여자도 능히 이해할 수 있다. 일로 추리해 볼진대 여자의 이론, 즉 심리적 작용에는 조금도 남자와 다름이 없다"라는 구절이 나온다. 1930년대 후반기에 접어들면서 나혜석은 여성 해방과 그를 통한 남녀평등의 차원의 확보도 논했다. 그에 따르면 조선 여성이 남성의 지배 아래 있는 데 반해서 서구 여성은 그런 불평등을 완전하게 극복하기에 이르렀다. 이런 관점에서 나혜석은 '여성 해방의 이상이 남녀 사이에 이루어지는 상호작용, 또는 상보적 차원 추구로 전개되어야 한다'고 보았다. 남녀의 상호보완이 이루어지면 여성의 인간적 자각과 세계인식이 배가 된다. 그를 통해서 한 사회의 새 지평 타개가 이루어질 것으로 본 것이다.

돌이켜 보면 나혜석이 우리 문단과 사회에 등장, 활약한 시기는 1920년대에서 1930년대에 걸친다. 당시 우리 민족은 일제 식민지 체제하의 특수상황에 처해 있었다. 그 무렵 우리 주변에는 곳곳에 봉건적 사고의 장벽이 두꺼운 장막으로 드리워져 있었다. 나혜석은 불리한 여건을 무릅쓰고 그 나름대로는 이들 우리 사회의 병폐를 지양, 극복하려는 노력을 기울이다가 갔다. 그를 통해서 그가 지향한 것은 우리 사회의 근대화였다. 그런 의미에서 나혜석은 시대적 선각자였고 우리 사회의 도선사였다. 이 작업은 그런 나혜석의 모습을 기능적으로 제시, 부각하려는 데 근본적 의도를 둔 것이다.

제3부
한 줄기 바람에도 흔들린

의 춘원(春園) 소설 읽기 1. 어느 문화 배경 2. 동장불을 아낀 시절 춘원의 「허생전(許生傳)」 1. 지인의 문학 한줄기 바람에 흔들리는 — 이광수(李光洙)의 친일 굴절에 대한 생각 R. 타고르와 춘원 이광수 춘원(春園)과 봉산사 다시 읽는 춘원(春園)의 도산 안창호(島山 安昌浩) 비문 그리운, 그러나 이제는 돌아갈 수 없는 자리 — 나와 '문리대문학회'

나의 춘원(春園) 소설 읽기

---

1. 어느 문화 배경

잠시 춘원 이광수의 소설 가운데 대표작은 무엇일까를 생각해 본다. 이 경우 우리는 아무래도 『무정(無情)』, 『흙』, 『원효대사』, 『사랑』 등을 들어야 할 것이다. 그런데 내 춘원 읽기는 이들이 아닌 『단종애사』로 시작되었다. 그 이유가 된 것은 내가 태어나서 자란 우리 집의 특수한 문화 배경에 말미암는다.

2. 등잔불을 아낀 시절

어려서 나는 허약체질에 겁까지 많은 소년이었다. 지방 유생의 후예 였으므로 산도깨비, 물귀신이라든가 방앗간 도깨비, 여우와 너구리

화생은 믿지 않았다. 그러나 살아있는 사람들 일부에 대해서는 무섭고 두렵다는 고정관념을 가지고 있었다. 그 가운데도 어린 내 마음에 가장 크게 두려웠던 것이 '고등계'라고만 부른 조선인 형사였다.

그들은 도리우찌라고 알려진 모자를 쓰고 당꼬바지 차림으로 우리 집 큰 사랑채에 무시로 나타났다. 모두가 하나같이 짝달막한 키에 세모꼴 눈을 하고 있었다. 대개 기침소리도 없이 안채로 통하는 뒤꼍 길을 돌아보았고 닥나무와 대추나무가 들어선 집 뒤의 숲도 살폈다. 내가 그들을 무서워하는 까닭은 아주 단순했다. 우리 아버지는 8척 장신에 기골도 장대했으나 일제가 사갈시(蛇蝎視)하는 독립운동가에 사상범이었다. 그 아버지를 고등계 형사인 당꼬바지들이 호시탐탐 감시하고 있었기 때문이다.

코흘리개에 철부지 장난꾸러기였을 때 내가 사상이니 독립운동의 뜻을 제대로 알았을 리가 없었다. 초등학교에 들고 나서부터 우리집 사랑채에는 그에 관계되지 않을까 짐작되는 묘한 분위기가 있었다. 대개 저녁이 끝나고 나면 같은 마을이나 인근에서 들른 백부님 제배의 어른들이 낮은 목소리로 주고받는 이야기 소리가 들렸다(그 무렵 나는 우리 대소가에서 큰사랑에 기거하는 유일한 머슴애였다. 어른들 이야기 자리에 의례히 뒤따르기 마련인 숭늉 심부름, 다과상, 야화거리 나르기 등은 온통 내가 맡아 치르지 않으면 안 되었다).

때는 일제가 저지른 침략전쟁의 말기였다. 집집마다 배급으로 나오는 등유까지 아껴야 할 시기였다. 초저녁이면 사랑채에까지 호롱불을 켜지 않은 채 몇 마디씩 시국담(時局談)이 오고가는 것 같았다. 그 가운데 엿들은 것으로 특히 색달랐던 것이 일본군의 대륙작전 관계와 미군의 동경 공습 이야기였다. 당시만 해도 일제는 태평양에서 연전연승의 전과를 올리고 대륙작전이 성공리에 전개되어 곧 전 중국의 장악이 가능하다고 떠벌렸다. 그런데 사랑채 어른들이 은밀하게 주고받는 이야기는 그런 것이 아니었다. 태평양에서 일본 해군의 주력함대는 거의 제 모습을 갖추지 못할 정도로 파괴되었다고 했다. 대륙에서도 일본군은 중국군의 유인작전에 휘말려들어 도처에서 패퇴, 고립무원의 상태가 되어간다는 것이었다. 그런 이야기 가운데는 우화와 같은 소문도 섞여 있었다. 한때 일본군은 장개석의 수도인 중경 점령을 노려서 그예비 작전으로 대대적인 공습을 감행했다는 것이다. 그런데 장개석의 중요 군사시설은 산허리를 이용하여 만든 책상서랍과 같아서 일본 비행기의 공습이 시작되면 모두 지하에 수납되어 버린다고 했다. 어른들은 그런 이야기를 하면서 의례히 헛기침을 섞었다. 그리고는 자리를 뜰 때는 말조심하고 몸조심들도 하자는 말을 잊지 않으셨다.

3. 몰래 넘겨본 『이순신(李舜臣)』

내가 백부님이 읽으신 춘원의 역사소설 『이순신』을 몇 장 넘겨본 것은 그 무렵의 어느 날이었다. 두어 번인가 밤늦게 백부님이 일어나 펼치고 읽는 책이 있었다. 평소 당신께서 읽는 책은 거의 모두가 한적(漢籍)들이었다. 그들은 목각본이나 모필(毛筆)로 쓴 필사본으로 되어 있어 책상 대신으로 쓰는 서안(書案)에 올려놓아 두는 것이 상례였다. 그런데 문제의 책만은 아랫목에 따로 놓은 서궤(書机)에 두고 읽으셨다. 더욱 이상하게 생각한 것은 백부님이 출타 중일 때 그 책을 한적 밑에

집어넣는 일이었다. 잔뜩 호기심이 발동한 나에게 좋은 기회가 생겼다. 그날 백부님이 출타하시면서 문제의 책을 그대로 서궤 위에 놓고 나가신 것이다. 호기심을 주체하지 못한 나는 그 기회를 놓칠 수가 없었다. 백부님이 동구 밖까지 나가시는 것을 확인한 나는 곧 사랑채로 돌아가 두근거리는 가슴과 함께 예의 책을 넘겨보았다. 그때 내가 본 책 제목이 이광수(李光洙)의 『이순신(李舜臣)』이었다.

이제 나는 그때 백부님이 춘원의 『이순신』을 철부지인 나에게까지 신경을 쓰면서 읽으신 속사정을 짐작해본다. 아버지가 사상범이었기 때문에 우리 집은 총독부 경찰에게 일급 요시찰 대상으로 점 찍혀 있었을 것이다. 그런 세월을 사는 가운데 백부님 주변에도 전세가 일본군에게 불리하다는 풍문들이 나돌았고 그것이 곧 광복의 희망을 안겨주었다. 그러자 백부님의 뇌리에 어느 때부터 금서가 된 춘원의 소설 『이순신』이 생각났을 것이다. 벽장 속에 숨겨둔 소설 『이순신』을 꺼내어 다시 읽기까지 백부님에게 다소간의 주저도 있었으리라. 그러나 이 분은 춘원의 『이순신』이 『동아일보』에 연재될 때부터 그에 부수된 일에 관계가 있었다. 춘원이 『단종애사』에 이어 혼신의 정열을 기울여 『이순신』을 집필하여 『동아일보』를 통해 발표한 것이 1931년 여름철부터다. 그 한해 앞서 그는 이충무공(李忠武公)의 유적지를 답사, 조사했고, 순례기도 써서 발표했다. 이어 『이순신』을 연재하면서 그는 「이충무공행록(李忠武公行錄)」을 『동광(東光)』에 번역 소개했다.

당시 춘원은 일제 총독부 경찰에게 일급 요시찰 인물이었다. 그런 그가 임진왜란 때 국난을 막아낸 민족적 영웅 이순신을 소설화하여 집중적으로 부각하는 글들을 썼다. 그 직접적인 목적, 동기는 충무공의 기념사업에 있었다. 식민지 체제였지만 1920년대 중반기에 이르자 우리 주변에서는 민족정신의 선양사업들이 벌어졌다. 그 일환으로 이루어진 것이 충무공 이순신 장군 기념사업이었다. 이 일을 주도할 기관으로 동아일보가 선정되었다(당시 춘원은 편집국장 자격으로 동아일보에 관계하고 있었다). 기념사업을 진행하는 과정에서 동아일보사는 내용의 일부를 사회 각계각층의 출연금으로 충당하고자 했다. 낙동강 상류에 위치한 우리 마을에도 『동아일보』와 함께 '이순신 장군 기념사업 출연금 공모' 통지가 날아든 모양이다. 우리 아버지와 달리 백부님은 춘원의 준비론, 점진주의적 국권회복운동도 민족해방을 위해서 도움이 된다고 믿었던 분이다. 그때의 일을 내가 훨씬 뒤에 여쭤보았을 때 백부님은 그때의 정확한 출연 액수를 기억하지는 못하셨다. 그러나 어떻든 『동아일보』 충무공기념사업회로 얼마를 우편환으로 보냈다고 했다. 그러자 영수증과 함께 우송되어 온 것이 춘원의 충무공 전기소설인 『이순신』이었다.

지금 내 이야기는 많이 빗나가버렸다. 그때 나는 백부님이 보시던 『이순신』을 훔쳐보고 적지 않게 실망했다. 하나는 백부님이 몰래 읽으신 책이 대단한 기서(奇書)가 아니라 안채 여기저기에 굴러다닌 한글소설의 하나였기 때문이다. 또 하나 내가 춘원의 『이순신』을 설핏하게 생각한 데 빌미로 작용한 것이 그 문장 형태였다. 논설문과 달리 춘원은 창작물에 일체 한문 인용을 하지 않는 소설가다. 그런데 그날 내가 펼쳐본 『이순신』에는 군데군데 인용문이 있었고 거기에는 번역 다음에 원문이 한문으로 올라 있었다. 어려서 나는 소학을 배우다가 말고 초등학교에 입학했다. 그 나머지 왕조실록 정도의 한문도 대하기만

하면 거부 반응이 생겼다. 그런 한문 기피증상이 그때에도 발동했다. 나는 춘원의 『이순신』을 몇 장 넘기다 말고 제자리에 되돌려 놓았다. 그것으로 내 춘원 소설 읽기가 불발이 된 것이다.

4. 『단종애사』를 읽을 무렵

내가 다시 춘원의 소설을 읽게 된 것은 8·15를 맞이한 다음의 일이다. 민족해방을 맞기 얼마 전에 평생을 독립운동으로 시종하신 우리 아버님이 타계하셨다. 독립운동자의 가족인 우리집에 날아든 해방의 소식은 참으로 남달랐다. 그날 우리 가족은 빈소에 비치된 상복을 입고 산길을 올라가 아버님 무덤 앞에 절하고 잔을 올렸다(형님들은 출타 중이어서 내가 배례의 주체가 되었다). 다음 날 우리는 면소재지까지 밀려가서 목이 터져라 만세를 불렀다. 해방과 함께 우리는 신생 조국의 말과 글을 마음대로 쓰고 읽을 자유를 누리게 되었다. 내 한글 읽기 실력은 여섯 살 때 언문본을 익히면서 시작된 것이다. 그 뒤에도 틈틈이 안채에 굴러다닌 고담소설, 시가집을 넘겨보는 정도로 중단되지 않았다. 그런 터수에 9월부터 학교가 정상화되었다. 그때부터 나는 한글맞춤법을 정식으로 배우게 되었고 곧 쉬운 소설이나 수필 정도를 읽는 데는 지장이 없는 정도의 독서능력도 얻었다.

그때부터 나는 형들이 읽다가 둔 춘원과 김동인, 염상섭, 현진건, 이기영, 함세훈, 이태준, 박태원, 심훈 등의 소설을 닥치는 대로 읽었다. 소설 읽는 재미에 해가 뜨고 지는 줄을 모르는 시간을 보냈다. 그러던 어느 날 나는 안방 선반 위에서 겉장이 떨어져 나간 『단종애사』를 발견했다. 아침에 그것을 펼치고 나서 점심은 먹는 둥 마는 둥 했다. 밤이 깊어가는 줄도 모르고 그 속에 빠져들어 갔다. 잘 알려진 바와 같이 『단종애사』는 그 줄거리가 조선왕조를 지배한 주자학적 행동철학, 특히 군신유의(君臣有義), 충군애국(忠君愛國)을 뼈대로 한 것이다. 우리 집은 유학의 강통을 이어 받아온 선비의 후예라 그 무렵까지도 이런 행동 강목이 어린 내 머릿속에까지 알게 모르게 뿌리를 뻗고 있었다. 그런 내 소견에 따르면 수양대군이 부왕의 고명(顧命)으로 훗날을 부탁한 어린 세자 단종을 핍박하여 정권 장악을 기도한 것은 폭악의 극치였다. 또 그를 충동질하여 단종을 몰아내고자 책동한 한명회, 권람, 홍윤성, 원두표 등은 악당 중의 악당으로 생각되었다. 그 반대파인 김종서나 안평대군과 사육신 등은 춘원에 의해 그지없이 곧고 맑은 인격적 실체로 그려져 있었다. 특히 사육신이 김질의 고변으로 모진 국문을 받고 살점이 떨어지며 피가 튀고 뼈가 으스러지도록 되어도 칭신(稱臣)을 거부하면서 '나으리'라고 하는 부분은 매우 충격적이었다. 그 부분을 읽었을 때는 제법 밤이 깊었다. 사육신의 처참한 처지를 대리 체험하는 과정에서 나는 눈물을 몇 번이고 닦았다. 그러자 평소 나를 각별하게 귀여워한 백모님이 소리도 없이 내 곁에 와서 앉으셨다. 무명 수건과 함께 수수떡 부친 것을 내 앞으로 내밀면서 안쓰럽다는 표정이 되어 한마디 하셨다. "봐하니 『단종애사』가 그렇게 슬픈갑다. 씨도둑은 못한다고 그 아지뱀(시숙의 경상도식 호칭) 아들이니 왜 안그렇겠노." 어떻든 그 다음 날 먼동이 틀 때까지 나는 춘원의 『단종애사』 두 권(상·하)을 끝까지 다 읽었다. 그리고는 『젊은 그들』을 읽고 한국에서 역사소설의 대표 작가가 김동인일 것이라는 평가를 수정해야겠다고 생각했다.

5. 춘원 비판, 좌파의 시각

『단종애사』를 읽은 다음 내 우리말 소설 읽기는 폭주상태가 되었다. 하루도 소설을 읽지 않으면 성이 안차서 안절부절하기 시작했다. 그렇게 되자 나에게는 일종의 포부가 생겼다. 그것은 '앞으로 내가 할 일은 문학이며 그와 관계없는 분야의 공부는 대충해도 되리라'는 생각이었다. 그와 아울러 내 문학 공부는 시나 소설을 쓰는 창작활동이 아니라 이론으로 작품을 분석하는 쪽에 두어야겠다고 마음먹었다. 내가 이런 생각을 한 이유는 간단한 데 있었다. 우리 마을은 조선왕조를 지배한 주자학의 흐름을 계승하려는 보수유생의 고장이었다. 이른바 영남학파의 흐름을 이어온 우리 고장에서는 남아가 필생의 길로 택할 것은 사단칠정(四端七情)을 문제 삼고 이기론(理氣論)을 궁구하는 일이었다. 도학(道學)에 전념할 것을 요구하는 이 분위기 속에서 시나 소설을 쓰는 일과 같은 사장(詞章)을 택하면 교언영색(巧言令色)의 류(類)에 떨어지는 잡색(雜色)의 짓거리로 생각될 수 있었다. 아침저녁 어른들의 그런 말씀들을 수도 없이 들어왔으므로 내가 창작의 길보다 이론 습득의 길을 택한 것이다. 이보다 더 절실한 이유가 다른 데도 있었다. 8 · 15 후 중학교에 진학한 다음 내가 시인이 될 수 있을까 하여 몇 번인가 작품 비슷한 것을 써서 백일장에 내어보았다. 그것으로 학년 대표 정도의 평가를 받을 수는 있었다. 그러나 그뿐이었다. 내 작품은 내가 읽어도 김소월이나 주요한, 정지용, 김기림, 김영랑 등의 시에서 받는 감흥이나 가락이 빚어지지 않았다. 그것이 어린 내 가슴에 낭패라는 마음을 안겼다. 이런 사정이 작용하여 일찌감치 나는 창작의 길을 포기하고 평론으로 방향을 바꾼 것이다.

이론 분야를 지향하게 되자 나는 자연스럽게 선배 비평가들의 글에 관심이 쏠렸다. 문예잡지를 보아도 시나 소설보다 평론들에 먼저 눈이 갔다. 그런 어느 날이었다. 학교 앞 서점에서 문학가동맹 소속의 비평가 김동석의 제2평론집 『뿌르조아의 인간상』이 나온 것을 보았다. 김동석이라면 제1평론집 『예술과 생활』 때부터 나에게 고마울 수가 없는 기억을 선사한(?) 비평가였다. 그 무렵 갓 중학교에 입학한 신분으로 나는 어느 친구와 함께 상급생의 지도로 된 문예 서클에 나갔다. 내가 기대한 것은 상당 수준의 문학담이었으나 모임에 참석하고 보니 사정이 전혀 딴판이었다. 연사라고 나온 상급생은 시나 소설과 전혀 관계가 없는 시국담을 늘어놓았다. 그리고 부록 격으로 청록파의 시를 공격하였다. 특히 조지훈의 작품을 비판하면서 인민이 헐벗고 굶주린 현 정세 속에 파초 잎에 뿌리는 비를 노래하고 있으니 타도 대상인 반동문학자라고 성토의 말을 서슴지 않았다.

상급생의 발언이 있기 전에 나는 종형을 통해 조지훈의 시 해석을 들었다. 「완화삼(玩花衫)」이나 「파초우(芭蕉雨)」의 세계는 정치적 시국담을 벌인 것이 아니며 자연에 귀의하려는 마음을 노래하고 있다(그때 종형은 선인가 불교의 경지라는 말을 한 것 같다). 중국의 당시(唐詩)에는 자연귀의의 세계를 가진 아주 좋은 시가 많다. 따라서 문학가동맹계의 비평이라고 하더라도 조지훈의 시에 대한 일방적 공격은 정당하지 못하다. 그때 어린 나를 붙들고 그런 말을 일러준 종형은 지금 생각하면 상당한 식견을 가진 문학도였다. 그 직후에 『청록집』이 나왔다. 그것을 펼쳐보면서 나는 종형의 말이 매우 훌륭하다고 생각했다. 그럼에도 문예 서클을 표방한 모임에서 일방적인 조지훈 공격이 있었던 것이다.

지금은 상상할 수가 없는 일로 당시 중학교에서 상급생의 위치는 하급생에게 거의 절대적인 것이었다. 그럼에도 나는 당돌하게도 상급생에게 이의를 제기했다. "질문이 있느냐"는 사회자의 말에 나는 곧 손을 치켜들었다. 그리고 "짤막하게 하라"는 사회자의 말에 "한 마디만 묻겠다"는 전제와 함께 상급생을 향한 발언을 했다.

그 요지는 지금 지적된 조지훈의 시가 「파초우」라고 생각하는데 맞느냐는 것이었다. 그렇다는 답을 듣게 되자 이어 나는 그 무렵 외워둔 「파초우」의 전문을 낭송했다. 그리고 나는 이 시는 자연귀의의 마음을 담은 것이지 인민의 생활과는 관계가 없다고 본다. 이 시가 왜 나쁜 시인지 납득이 되도록 설명해달라고 했다. 그러자 내 질문에 대답을 해야 할 상급생이 불같이 화를 냈다. 문학가동맹의 비평가가 그렇게 말했으면 됐지 무슨 다른 말이 필요한가. 이 학생은 은연중 반동사상에 감염된 것 같으니 주의가 필요하다. 그때 그의 응답 아닌 응답은 그런 내용이었다.

『뿌르조아의 인간상』을 대했을 때, 그 전해의 일이 있었기 때문에 김동석에 대한 내 감정은 별로 좋을 수가 없었다. 그런데도 경성대학 법학부에 입학했으나 영문과로 전과한 수재, 김동석의 평론집이 또 하나 나온 것을 보자 호기심도 생겼다. 주머니를 뒤졌으나 그만한 액수가 내 주머니에 있을 리 없었다. 마침 그 서점의 점원이 내 초등학교 동창이었다. 그에게 간청하여 『뿌르조아의 인간상』을 빌렸다. 이 책은 지금 보니까 탐구당 판으로 1949년 2월에 발행된 것이다(지금 내가 가지고 있는 것은 그때 내가 친구의 서점에서 빌린 것이 아니다. 그때의 것은 내가 빌려보고 일부를 베낀 다음 곧 반납했다. 지금 내가 가지고 있는 책은 대학에 든 다음 청계천 어느 고서점에서 산 것이다).

그의 춘원론은 이 책 제1부 '순수의 정체(正體)', 네 번째에 실려 있는 것으로 제목이 「위선자(僞善者)의 문학―이광수론」으로 되어 있다. 김동석은 이 글에서 춘원이 어릴 적부터 자기 재주를 믿고 주변의 칭찬만을 들으면서 자랐기 때문에 자기 도취에 빠졌고 나아가 서민의 생활을 외면하는 선민의식을 체질화한 것으로 판단했다. 그 나머지 일제 치하에서는 민족의 지도자가 친일분자가 되었다는 것과 8·15 후에는 다시 그 돌파구를 미군정에 구하고 있다고 지적했다. 김동석의 「이광수론」은 물론 짤막한 글이다. 그러나 길이에 관계없이 비평의 한 부분인 작가론은 한 작가를 비판하기 위한 최소한의 논리적 절차를 거쳐야 한다. 그것이 논거 제시다. 다음이 그런 논거를 정당화할 수 있는 논리화 과정이다. 그것은 소략하거나 일방적이어서는 안 된다. 거기서 얻어낸 결론이 불가피하게 엉뚱하게 되거나 왜곡된 것이 될 수밖에 없기 때문이다. 그럼에도 김동석은 그의 「이광수론」에서 춘원이 친일문학자인 이유를 일제의 막바지에 쓴 단편적 산문이나 시의 일부에서만 구했다. 친일 이전에 춘원이 『이순신』과 같은 민족혼의 진작을 노린 작품을 쓴 사실은 이미 확인한 바와 같다. 그 밖에도 춘원은 민족을 위한 수많은 글을 남겼다. 실제 활동을 통해서도 그는 적지 않은 세월을 몸 바쳐 민족을 위한 일을 했다. 김동석의 「이광수론」은 이런 사실을 돌보지 않은 채 작성된 글로 보였다. 여기까지가 걸음마 단계에서 내가 춘원의 소설을 읽으면서 겪어본 체험들이다.

춘원의 『허생전(許生傳)』

1. 거인의 문학

두루 알려진 바와 같이 춘원 이광수(春園 李光洙)는 한국 현대문학사에 나타난 거인이며 높은 산령이었다. 『무정(無情)』을 통하여 그는 고전문학기를 마감하고 근대문학의 넓은 지평을 열게 했다. 그가 출현하기 직전까지 한국문학과 문단은 낡은 윤리의식과 도덕률의 틀 속에 갇혀 있었다. 남녀 간의 자유스러운 교제는 그 자체로 죄악시된 금기 사항이었다. 이 도덕주의의 높은 장벽을 춘원은 『유정』을 쓰고 『사랑』을 출간시킴으로써 시원스럽게 뛰어 넘었다.

춘원(春園)이 『이순신(李舜臣)』, 『원효대사(元曉大師)』를 발표하기까지 우리 역사상의 위인, 걸사(傑士)는 거의 모두가 편년체 사기(史記)나 유사(遺事)의 틀 속에 갇혀 있었다. 그들이 피와 살을 가지는 인간으로 되

살아나 민중과 호흡을 같이하게 된 것도 춘원의 손길을 통해서였다. 일제 식민지 체제하의 우리 민족은 80퍼센트 이상이 그 생명을 토지 경작으로 지탱하고 있었다. 그 토지를 식민지 체제와 함께 일제가 무한정 수탈해갔다. 총독부의 토지측량사업이 마감되고 동척이 제 모습을 갖추게 되자 우리 농민들은 제 몫으로 경작할 토지가 없었다. 그들은 모두가 삶의 터전을 빼앗겨 세 끼 식사를 할 길이 없는 신세로 전락해버렸다.

'각박' 그 자체라고 할 수밖에 없는 이 식민지적 질곡 속에서 춘원은 『흙』을 써냈다. 소설의 주인공 '허숭'은 당시 최상급 생활이 보장된 변호사였다. 그러나 일단 우리 농촌의 현실에 눈뜨자 그는 자신이 누린 사회적 신분에 안주하기를 거부했다. 상당한 부와 명예가 보장된 도시생활을 버리고 그가 찾은 곳은 고향마을 '살여울'이었다. 거기서 그는 농민들과 함께 논밭을 갈고 곡식을 심어 가꾸는 길을 택했다. 이런 소설로 춘원은 우리 농민과 그 아들, 딸들에게 식민지 체제하 조선의 한 자리에 삶의 희망을 심어보고자 했던 것이다.

2. 김동인(金東仁)의 시각

우리 문단에서 비평적 담론이 활발하게 발표된 것은 1920년 중반기부터다. 그 가운데 한 분야로 작가론이 나타났다. 그를 통해서 여러 비평가들은 거의 단골 식단처럼 춘원의 작품들을 문제 삼았다. 그리하여 춘원은 한국 비평계의 제일 표적이 된 것이다.

비평의 가장 강한 속성의 하나가 남이 만든 작품을 비판, 공격하는 일이다. 이광수의 작품이 그 예외가 될 수는 없었다. 1920년대 이후 활성화된 우리 평단에 등장, 활약하게 된 대부분의 비평가들은 정례 행사처럼 『무정』과 『개척자(開拓者)』를 문제 삼고 『이순신』, 『이차돈(異次頓)의 사(死)』 등을 비판했다. 그들이 애용한 것은 개론 정도의 수준인 서구의 근대소설 이론이었다.

『무정』과 『개척자』는 그에 따라 인물의 성격 창조에 결함이 있는 작품으로 폄하되었다. 『유정』과 『사랑』은 사건 처리에 필연성이 결여된 통속 연애물로 격하되었으며, 『마의태자(麻衣太子)』와 『원효대사(元曉大師)』는 일본의 시대소설을 본뜬 강담물(講談物)로 취급되었다.

김동인(金東仁)은 한때 성행한 이광수 비판의 선두주자이면서 선봉장 역할을 했다. 그는 1930년 중반기경 『삼천리(三千里)』에 이광수 문학의 총괄 비평격인 「춘원연구」를 작성, 발표했다. 이때에 그는 당시 우리 주변에서 전혀 거론된 적이 없는 이광수의 초기작 「어린 벗에게」와 「소년(少年)의 비애(悲哀)」를 담론의 허두에 올렸다. 이들 작품을 김동인은 이 소설을 "현란한 미문(美文), 그것은 조선 국어체 문장의 초창기인 당시에 있어서도 과연 경이(驚異)의 미문(美文)이었다"고 평했다.

『무정』을 분석한 자리에서 김동인은 주제의식이 혼란이 일어났고 등장인물의 성격이 제대로 부각되지 못하였음을 지적하여 "성격(性格)의 불통일(不統一)"이란 소제목을 단 항목을 만들고 있다. 그러면서 이 소제목 다음에 그는 "『무정』은 아직까지 춘원(春園)의 대표작인 동시에 조선 신문학이라 하는 대 건물이 가장 긴한 주춧돌"이라고 호평을 아끼지 않았다. 이것은 분명히 앞뒤의 논리가 모순되는 것으로 춘원 평가에 혼란을 야기시킨 일이다. 이런 이유로 하여 우리는 「춘원연구」의 그 다음을 살피지 않을 수 없다.

『무정』, 『개척자』를 논한 다음 자리에서 김동인은 춘원의 소설을 크게 두 유형으로 나누었다. 그 하나가 '물어(物語)류'라는 지적이며 다른 하나가 '사화(史話)'라는 평가다. 전자의 예로 김동인은 『허생전(許生傳)』, 『일설춘향전(一說春香傳)』, 『마의태자(麻衣太子)』 등을 들었다. 여기서 '물어(物語)'란 일본식 소설 분류양식 명칭이다. 일본 소설양식에 「겐지물어(源氏物語)」, 「헤이케물어(平家物語)」 등이 있다. 이들 작품은 옛 일본사회의 생활상을 줄기로 한 가운데 그를 토대로 영위되는 상류사회의 이야기가 줄거리를 이루고 있다.

김동인은 사화의 예로 『단종애사』 한 편만을 거론했다. 사화는 그 성격으로 보아 역사적으로 실재한 인간들이 등장하는 소설이다. 그렇다면 김동인은 이 소설에 속하는 춘원의 소설로 무엇보다 먼저 『이순신(李舜臣)』을 다루어야 했다. 그럼에도 김동인은 이에 대해서는 일언반구도 하지 않았다. 지금 생각하면 그 빌미가 『이순신』의 내용에 있지 않았나 생각된다. 두루 알려진 것처럼 이순신은 임진왜란을 당하여 일본 해군을 남쪽바다에서 맞아 재기가 불능할 정도로 격파해버린 우리 민족의 영웅이었다. 그런 내용으로 된 소설을 일제가 좋아하지 않았다. 김동인은 자신이 그런 소설을 거론하게 되면 총독부 경찰의 기휘에 걸릴지 모르겠다는 생각을 한 것 같다. 이것이 그가 사화 항목에 속하는 춘원의 소설을 거론한 자리에서 『이순신』을 제외한 사유가 되었으리라 짐작된다.

3. 편차를 가진 비판, 허생의 등장

지금 읽어보면 김동인의 「춘원연구」는 두 가지 특징적 단면을 드러낸다. 그 하나는 어조가 직설적으로 거침이 없고 문장도 쾌도난마식으로 명쾌한 점이다. 특히 춘원 소설에 나타나는 결함을 적발하여 비판한 솜씨는 읽는 이에게 시원하고 통쾌하다는 느낌을 줄 수 있다. 이와 함께 「춘원연구」에는 불가피하게 지적하지 않을 수 없는 결함도 있다. 그것이 시야가 제한되어 있고 그 나머지 평가, 판단의 기준에 상당한 편차가 일어나는 현상이다. 이런 경우의 우리에게 좋은 보기가 되는 것이 『단종애사』의 한 부분을 이루는 사육신 성격화 실패론이다.

> (……) 요컨대 이 「단종애사」는 南秋江의 六臣傳의 現代語化에 지나지 못한 것은 작자 스스로 가석히 여겨야 할 것이다. (……) 새로운 소설의 수법이라는 것은 알지도 못하는 옛날 南孝溫 같은 사람도 역사를 소설화하여 보려 노력한 흔적이 너무도 뚜렷한데, 어찌하여 이 작자는 단지 南氏의 노력을 그대로 再敷衍하고 自家의 전개를 전혀 할 생각을 안 했는지?

김동인의 이와 같은 주장을 그대로 믿는 경우 춘원의 역사물 소설은 옛사람이 쓴 행장(行狀)보다 더 딱딱한 글이 된다. 그러나 김동인의 견해와 작품의 실재 사이에는 상당한 거리가 있다. 남효온이 만든 「사육신전」은 『추강선생문집(秋江先生文集)』 8권에 전한다. 거기에서 성삼문(成三問) 등 사육신은 행장 형식으로 기록되어 있다. 그 사이에 사실을 윤색한 예가 있다면 국문장에 나가서 신문관을 향해 내뱉은 말과 행동이 적혀 있는 정도다. 그것만으로는 인간상이 부각되고 창조적 성격이 이루어져 있다고 보기 어렵다. 이런 「사육신전」을 춘원의 소설보다 낫다고 본 것이 김동인이다. 이것은 그가 춘원의 『단종애사』 비판이 매우 일방적이었음을 뜻한다.

김동인의 춘원 비판은 그가 물화(物話)라고 명명한 『허생전』에 이르러 더욱 정도가 심해진다. 널리 알려진 대로 「허생전」은 연암 박지원(燕巖 朴趾源)이 지은 한문소설로 그의 기행문인 『열하일기(熱河日記)』 '옥갑야화(玉匣夜話)'에 수록되어 있다. 이 소설의 줄거리를 적어보면 다음과 같다.

> 허생은 남산골 묵적동에 사는 가난한 선비였다. 그는 오두막에 살면서도 큰 선비가 되기를 기했다. 10년 공부로 글읽기에 정진했으나 부인의 살림 걱정에 책을 내어 던지고 거리에 나섰다. 장안의 이름난 재산가인 변부자(卞富者)에게 10만금을 빌려서 독특한 상술로 누거만금을 모았다. 그 돈으로 빈민을 구제하고 또한 도적의 무리를 모아서 삶의 길을 열어 주어 평화를 누리도록 만들었다. 그는 모은 돈 나머지는 바다에 던져버렸다. 다만 그 일부만을 가지고 변부자에게 가서 돌려주었다. 이에 크게 놀란 변부자가 그의 뒤를 밟아보니 여전히 남산 밑의 오두막으로 들어갔다. 그가 천하의 기재임을 안 변부자는 당시 조정의 실세인 이완(李浣)에게 그를 천거했다. 마침 임금의 뜻을 받들어 부국강병의 길을 생각하고 불벌(北伐) 대책 수립에 여념이 없었던 이완이 그를 찾아갔다. 그러자 허생은 그를 향해서 북벌의 전제가 되는 세 가지 난제 해결이 가능한가를 물었다. 첫째 제갈량과도 같은 인재를 내가 천거하면 임금에게 말하여 삼고초려(三顧草廬)를 시킬 수 있는가, 두 번째 명문거족의 딸들을 모두 청나라 거족들에게 시집보낼 수 있는가, 셋째 국고에 저장 중인 곡식을 개방하여 백성들에게 나누어 줄 수 있는가 등이었다. 허생

의 말을 들은 이완은 그 어느 것도 할 수 없는 일이라고 말했다. 그러자 허생은 크게 노하여 국녹을 먹으면서 아무것도 못하겠다니 죽어 마땅하다고 칼을 들어 그를 찌르려 했다. 크게 놀란 이완이 뒷문으로 도망쳐 위기를 모면했다. 다음날 다시 남산골을 찾았다. 허생은 이미 집을 떠나고 종적이 묘연했다.

　이런 줄거리 소개로 짐작되는 바와 같이 박지원이 이 소설에서 노린 것은 공리공담을 일삼고 대의명분론을 휘두를 줄 밖에 모르는 당시 조정의 사이비 선비인 벼슬아치들이었다. 실학파로서 그가 지향한 것은 백성의 삶을 도탄에 빠뜨린 채 파당정치를 일삼는 사대부 계층을 각성시켜 국리민복(國利民福)을 추구하는 이용후생(利用厚生) 체제의 구축이었다. 춘원의 『허생전』은 이런 주제의식과 함께 쓰여진 박지원의 소설을 바탕으로 한 가운데 그 창작화에도 성공한 작품이다. 다음은 '허생'이 제주도에 가서 학정을 일삼는 제주목사를 응징하기 위해 사람들을 모아가는 장면이다.

　　허생은 몇 가지 꾀를 말하여 김 좌수를 돌려보내고, 돌이와 다른 부하 사람들을 내보내어 제주 성중으로 돌아다니면서 장정이라는 장정을 모두 한 달 삭전을 미리 주고 사게 하였습니다. 그래 가지고는 떡서리와 삼태기를 많이 사들여 제주 성중에 있는 큰 돌 작은 돌을 모조리 집어 성 뒤에 돌산을 쌓게 하고, 그 돌산이 다 끝이 나거든 서문 밖으로 흘러내리는 개천을 동문으로 끌어들여 남문 안으로 흘려 서문으로 뽑아내도록 한다고 소문이 퍼졌습니다.
　　아무려나 보통 삭전의 갑절은 되것다 일은 헐하것다 또 일이 호기심을 끌것다 점심때가 못하여 제주 성중에 특별한 일 없는 장정들은 모두 허생 집으로 모여들어 그 큰 성중이 조용하게 되었습니다.

오정이 지나자, 점심을 먹은 장정들이 혹은 떡서리를 지고, 혹은 삼태기를 들고, 제주 성중으로 쫙 퍼져서 길바닥 집터 할 것 없이 쓸데없는 돌이란 돌을 모조리 줍는데 저녁때에는 벌써 북문 밖에 쌓인 돌이 두 길이나 넘게 되었습니다.

그리고 나서 저녁 후에는 말총 고르는 일을 하고 삭전은 낮일의 갑절을 준다 하고 소문을 내었더니 나도 나도하고 늙은이 젊은이 모두 모여 드는데 모여 드는 대로 아직 일이야 있든지 없든지 약속한 대로 삭전을 주어서 받아들입니다.

과연 그날 날이 저물더니 사방으로 말총짐이 모여드는데 말에 실은 것, 소에게 실은 것, 사내들이 등에 진 것, 여편네들이 머리에 인 것, 대체 얼만지 한량을 알 수가 없습니다. 이 총짐을 받아 들여서는 여러 백 명 사람들이 긴 것은 긴 것대로 짧은 놈은 짧은 놈대로 가는 것은 망건거리 굵은 것은 체불거리, 이도 저도 못할 것은 빨랫줄 짐밧거리 이 모양으로 차국차국 골라 쌓는데, 원래 제주가 예로부터 말총의 소산이지마는 제주서 생장한 본토박이 제주 사람들도, "어디서 말총이 이렇게 많은 게 오나?" 하고 모두들 감탄을 합니다.

이런 춘원의 『허생전』에서 우리가 읽을 수 있는 것은 생동하는 다수 군중의 움직임이며 각양각색으로 나타나는 그들의 표정이다. 그에 바탕한 사람들의 생활상은 아주 이색적이며 인상적이다. 더욱 중요한 것은 박지원의 「허생전(許生傳)」에는 이에 해당되는 부분이 한 자도 나오지 않는 점이다. 그러니까 이것은 춘원의 완전한 창작에 속한다. 이런 춘원의 작품을 혹평한 김동인은 따라서 문예비평이 지녀야 할 객관성을 지키지 못한 것이 된다.

4. 고전적 제재가 선택된 이유. 또는 올바른 소설 읽기의 길

위와 같은 춘원의 『허생전』에 대해서 김동인은 매우 부정적이었다. "만약 춘원으로서 조선 민중이 이해할 수 있는 저급물어(低級物語)를 쓰려는 목적으로 이 『허생전』을 썼다하면 그것은 너무나 '뒷걸음질'이다. 왜 그러냐하면 이 『허생전』보다 훨씬 나은 『무정』도 그만치 독자층에게 환영을 받은 것으로 보아서 우리나라 독자는 『무정』만한 정도면 넉넉히 이해할 수 있으리라고 생각하는 것도 오해는 아니겠다."라고 말하는 바와 같이 김동인은 춘원의 『허생전』이 판매 부수를 올리는 일, 곧 독자의 호응도를 노리고 쓴 것으로 잡고 있다. 이것은 적어도 한 가지 점에서 작가 춘원의 창작 의도를 곡해하고 시작한 말이다.

김동인이 오해한 바와 같이 『허생전』이 판매 부수를 생각하고 쓴 작품은 아니었다. 그것은 적어도 한 가지 사실로 명백하게 증명될 수 있다. 시기로 보아 『허생전』은 춘원이 상해에서 귀국한 다음, 3년 뒤인 1923년에 시작되어 그 다음해 봄에 연재를 마친 작품이다. 귀국 직후 춘원은 「소년에게」를 『개벽(開闢)』에 발표했고, 그 다음해에는 역시 같은 잡지에 「민족개조론(民族改造論)」을 게재시켰다. 이것은 민족의 힘이 개인의 수양을 통해 함양될 수 있다는 안도산식(安島山式) 사회개조론의 한 가닥이었다. 그러니까 춘원이 귀국과 함께 시도한 것이 점진주의형 민족운동의 확산시도였던 것이다. 이런 사실은 그 다음해에 춘원이 장편 『선도자(先導者)』를 『동아일보』에 연재함으로써 뚜렷이 확인된다.

이제까지 우리는 춘원의 상해임시정부 이탈과 귀국이 곧 민족운동의 포기며 일제에 대한 무조건 투항으로 해석해왔다. 그러나 몇 가지 정황으로 보아 이런 판단은 전면적 진실이 아니다. 우선 춘원의 귀국이 일제를 향한 백기 투항이었다면 귀국과 함께 총독부 경찰의 구금을 자초하는 논설을 그가 써서 발표했을 리가 없다. 「소년에게」를 쓰고 그는 종로경찰서에 호출되어 문초를 받았다. 사람에 따라서 그들 글의 성격이 일제에 대한 적극투쟁론이 아님을 지적할 수 있을 것이다.

이런 지적은 춘원의 귀국을 상황, 여건과의 상관관계 속에서 읽고자 하지 않음으로써 이루어진 판단의 결과다. 춘원이 상해 이탈을 생각하고 있었던 1920년도 말부터 임시정부는 거의 기능 마비상태에 빠진 터였다. 여러 지역과 파벌을 배경으로 한 민족운동자들은 상해 임시정부를 정부 형태로 유지하는 데 필요한 최소한의 응집력도 유지하지 못했다. 국내와 해외에서 들어오던 운동자금들도 거의 끊겨버렸다. 그보다 더욱 큰 문제가 있었다. 민족운동이 상당한 조직 기반 위에서 전개되어야 할 것이라는 원칙에 맹목인 일부 과격분자들이 각개약진 식으로 과격투쟁을 시도하고 나섰다. 철권정치가 자행되는 한반도의 현실을 감안할 때 적극, 전면투쟁론으로 명명이 가능한 급진주의자들의 궐기론에 일리가 없는 바는 아니었다. 그러나 춘원은 그들과 행동 노선을 달리하는 점진주의 노선에 입각한 흥사단의 일원이었다.

흥사단의 시각으로 보면 일제를 한반도에서 몰아내는 길은 임정의 지휘계통을 무시한 채 시도되는 폭력투쟁만으로 이루어질 수 없는 것이었다. 도산(島山)식 점진론에 의하면 민족이란 인격적 훈련을 받은 개인을 토대로 했다. 그 개인이 조직을 구성하고 조직이 유능한 지도자를 추대한다. 그를 통해 총체적인 민족의 역량을 함양한 다음 그 힘을 바탕으로 독립운동이 시도될 때 비로소 기능적 민족운동이 전개될 수 있었다. 여기서 추출된 것이 적극 무력투쟁과 함께 전개되어야 할 수양, 교육을 통한 민족운동이었다. 특히 교육을 통한 민족 역량의 함양은 동포와 멀리 떨어진 해외에서보다 다수 대중이 삶을 엮고 있는 국내에서 시도될 필요가 있었다. 이런 논리의 귀결점에서 일제의 사찰감시와 상해임정의 동지들이 보내는 싸늘한 눈초리를 의식한 가운데 감행된 것이 춘원의 귀국이었다. 그러므로 춘원의 귀국은 일제를 향한 전면 귀순이 아니었다. 그 구체적 증거로 나타나는 것이 귀국과 함께 발표한 「민족개조론」이다. 도산(島山)을 모델로 한 장편 『선도자』도 이런 사실을 강하게 밑받침한다.

이상 논리를 수긍하는 경우, 그러나 『허생전』은 우리에게 또 하나의 의문부를 달고 나타나게 된다. 춘원은 이 작품 직전 그가 직면한 국내의 상황이 상상 이상으로 가혹함을 느꼈을 것이다. 그것으로 그가 현실개혁 노선을 포기하게 된 것인가. 이에 대한 답이 '그렇다'이면 『허생전』은 민족의 포기를 뜻하고 고전세계도 도피가 될 것이다. 이렇게 제기되는 의문에서 우리는 먼저 박지원 원작 「허생전」을 다시 생각해볼 필요가 있다. 이미 드러난 바와 같이 원전 「허생전」에는 체제비판 의식이 강하게 나타나며 실학파로서 박지원이 시도한 사회개조 의욕도 듬직한 줄기로 남아 있다.

실학파로서 이용후생파(利用厚生派)에 속한 박지원이 노린 것은 당시 절대 빈곤에 시달린 서민들을 도탄의 생활에서 건져내는 일이었다.

그런 생각을 박지원은 직설적이 아닌 우의(寓意)로 표현했다. 그 표현으로 그런 속뜻을 살리기 위해서 '허생'을 등장시켰다. 일개 무명의 선비가 장사에 손을 대어 누거만(累巨萬)의 돈을 모으게 한 것이 그 단적인 증거다. 도적의 무리들을 모아 교유시킨 후 충분한 보수를 주어 귀향케 한 일도 그 또 다른 표현이었다. 춘원의 『허생전』은 이런 박지원의 의도를 많이 능가할 정도로 잘 살린 작품이다. 그러니까 그는 원전에 찾아볼 수가 없는 제주도 백성들을 등장시켜서 그들이 펼친 생산활동을 그려낸 것이다.

여기서 우리는 춘원의 성장과정도 고려해넣어야 한다. 그는 어려서 서당교육을 받았다. 『열하일기』, 『연암집』을 독파할 넉넉한 독서능력을 갖춘 터였다. 그와 아울러 그에게는 우리 민족의 다수를 이루는 서민 대중의 생활현실을 외면하지 않으려는 의식도 가지고 있었다. 그 단적인 보기가 되는 것이 『무정』이며 『흙』이다. 전자에는 '삼랑진역'을 지나다가 홍수로 집과 전답을 잃은 동포의 참상이 묘사되어 있다. 거기에는 춘원의 분신으로 생각되는 '이형식'이 등장한다. '이형식'은 흙탕물에 잠긴 홍수 현장을 가리키면서 다음날 조선이 행복한 생활 조건을 갖추도록 함께 힘쓰자고 일행과 맹세한다. 이런 작가의식을 일제를 향한 무조건 투항이라거나 까닭 없는 대중 영합주의라고 단정하는 것은 옳지 못하다.

『무정』의 경우와 거의 같은 이야기가 『흙』에도 그대로 되풀이 될 수 있다. 『흙』의 주인공은 '허숭'이다. 그가 자신이 누릴 수 있는 사회적 혜택을 모두 포기하고 돌아간 곳은 고향마을 '살여울'이다. 거기서 그는 밭을 갈고 씨를 뿌려 농작물을 가꾸는 농민으로 살고자 한다. 『허생전』을 이들 작품과 상관관계를 가지는 소설로 읽지 못하면 우리는 소설 읽기에 요구하는 최소한의 교양마저도 갖지 못한 사람이 된다. 한 작가를 기능적으로 읽는다는 것이 억측과 망상으로 칼을 휘두르는 폭력행위는 아닐 것이다. 이런 사실을 확인하기 위해 작성된 것이 이 글이다.

한 줄기 바람에도 흔들리는

— 이광수(李光洙)의 친일 굴절에 대한 생각

1. 애국애족의 발자취

춘원 이광수의 생애 전반기는 반제(反帝), 애국투쟁으로 점철되어 있다. 10대인 한때 그는 항일, 저항의 지름길을 찾아 만주와 상해, 시베리아를 떠돌았다. 2·8독립선언을 주도하여 3·1운동의 발파제 역할을 한 일은 너무나 유명하다. 상해 잠행(潛行) 이후 임시정부의 조직, 편성에 참여하고 그 기관지인 『독립신문』을 기획 발간하여 한동안 해외 민족운동을 주도한 것은 그것만으로도 우리 민족운동사에 한 획을 그어낸 일이다.

그런 춘원이 1920년 초에 돌연 귀국해버렸다. 이에 대해서 그동안 우리 주변에서는 총독부 경찰과의 밀약설이 나돌았다. 그러나 이때 춘원의 귀국은 도산 안창호(島山 安昌浩)와의 협의 결과였다. 귀국 다음

해에 춘원(春園)이 중국으로 밀행하여 북경에서 도산(島山)을 만났다. 이때 그는 도산과 흥사단의 국내판인 수양동우회(修養同友會)의 조직, 활동을 논의했다. 그 직후 춘원은 '무실역행(務實力行)'을 행동지침으로 한 수양동우회를 발족, 가동한 것이다. 그와 아울러 인격의 도야와 그를 통한 민족역량의 함양을 골자로 한 「소년에게」를 발표했으며 『동아일보』를 통하여 도산을 주역으로 등장시킨 『선도자(先導者)』를 집필, 연재했다. 이들 작품은 모두 일제의 검열에 걸려 삭제와 압수의 변을 당하여 중단되어 버렸다. 이들 사실은 국내 귀환 이후에도 춘원이 민족운동의 보폭을 그 나름대로 유지했음을 말해준다.

2. 돌발 현상으로 나타난 친일굴종(親日屈從)과 그 수수께끼 풀기

1930년대에 접어들면서 만주사변을 일으킨 일제 군부(軍部)는 대륙 침탈의 예정을 실현시키는 수순을 밟기 시작했다. 이어 전단을 대륙으로 확대시켰다. 세계제패의 야욕에 들뜬 그들은 전력의 극대화를 노린 나머지 후방 단속에 혈안(血眼)이 되었다. 각급 학교의 조선어 과목이 폐기되고 지원병제가 공포되었다. 또한 그들은 한반도에서 민족적 저항의 불씨를 송두리째 제거하기 위해 '사상범 예비 구금령'을 만들었다. 신석정 시인이 노래한 것처럼 "꽃 한 송이 피워 낼", "새 한 마리 울어 줄", "노루 새끼 한 마리 뛰어다닐 지구(地球)도 없는" 시대가 몰아닥친 것이다.

우리 민족사의 영공(領空)이 칠흑의 밤으로 덮이게 되자 춘원은 지난날의 빛나는 민족운동의 궤도에서 일탈하여 친일 일변도의 길을 걷기 시작했다. 그 구체적 사례로 들 수 있는 것이 '황군위문작가단(皇軍慰問作家團)' 참가, 국책 문학조직인 '조선문인협회(朝鮮文人協會)' 참여 등이다. '창씨개명, 학병 권유강연'에도 빠지지 않고 참여하였다.

춘원의 친일적 굴절에 대해서는 그동안 우리 주변에서 적지 않게 다양한 해석이 이루어져 왔다. 이제 그들을 유형화해보면 다음과 같은 축약이 가능할 것이다.

① 국가 권력이 자행한 폭력 앞에서 이루어진 굴종 현상(屈從 現象)
② 역사, 사회의식 결여에 따른 상황 오판설
③ 민족보존론을 전제로 한 위장 전향론

첫째는 총독부의 공포정치에 노출된 개인의 왜소성을 전제로 한다. 일제의 철권통치는 우리 민족을 구성하는 모든 사람들의 일거수 일투족을 감시, 규제했다. 그들은 한반도의 영구, 완전한 식민지화를 노렸으므로 그 반대운동에 대해서 가차없이 연행, 구금, 투옥, 처형하는 일을 서슴지 않았다. 그들에 비한다면 우리 민족이 시도하는 반제투쟁은 그 대부분이 적수공권(赤手空拳)의 상태에서 시도되었다. 힘없는 민족의 민족투쟁은 막강한 지배민족의 탄압을 불러와 성공의 전망이 서지 않는 가운데 피만을 흘리는 비극적 사태를 야기시켰다. 이런 생각이 춘원 같은 민족운동자의 기를 꺾어 상황의 악화와 함께 친일로 돌아서게 했으리라는 생각이다.

얼핏 일리가 있어 보이는 위의 생각에는 어일 길이 없는 논리상의 빈터가 생긴다. 춘원과 비슷한 연대를 산 민족운동자로 우리는 만해 한용운(萬海 韓龍雲), 위당 정인보(爲堂 鄭寅普), 벽초 홍명희(碧初 洪命憙) 등을 들 수 있다. 이들은 모두 일제 식민지 체제하에서 민족운동을 시도한 경력의 소유자들이다. 한때 문필활동을 했으며 사회조직에 관계한 점으로도 춘원과 공통분모를 가진다. 그럼에도 일제 식민지 체제 막바지에서 춘원처럼 민족적 절조를 꺾고 외곬으로 황민화(皇民化)의 길을 걸은 예는 위의 세 사람의 경우 나타나지 않는다. 이런 의미에서 우리는 ①과 같은 해석에 동조를 할 수가 없다.

3. 기술비평의 시각과 민족보존론

두 번째 유형에 속하는 해석은 그 이론적 틀이 문제다. 일찍이 레이몽 알롱은 사회나 역사를 보는 눈길을 세 가지로 집약할 수 있다고 보았다. 그들이 곧 기술, 실천적인 비평태도, 윤리, 이념적인 경우 및 이데올로기 비평 태도 등이다.

기술비평은 일단 기존 질서의 대원칙을 시인, 수긍한다. 그 전제 위에서 부분적인 모순이나 시행착오 현상을 수정하고자 하는 것이 이 비평 태도의 특성이다. 윤리·이념적인 비평 태도는 기술적인 경우와 좋은 대조가 된다. 여기서는 처음부터 기존의 가치체계라든가 행동 이념이 부차적인 것으로 돌아간다. 이때는 사회, 역사의 새 국면 타개가 부분적인 수정이나 개혁으로는 제대로 이루어지지 않는다고 믿는다. 그리하여 한 사회를 지배하는 전통이라든가 체제 자체를 배제하고 그 구조를 뿌리째 뒤엎어버리고자 한다. 이와 달리 이데올로기 비평의 좋은 보기가 되는 것이 마르크스주의자들의 입장이다. 마르크스주의자들은 신봉하는 이데올로기의 절대성을 믿어 의심치 않는다. 이 때 현실은 그 이데올로기를 통해서만 긍정되거나 부정된다. 그러니까 이것은 매우 경직된 관념 독주형의 사회비평 태도다.

레이몽 알롱식 분류에 따르면 춘원이 가진 역사의식은 기술비평의 갈래에 속하게 될 것이다. 애초부터 그는 사회주의식 행동논리와는 거리를 두었다. 또한 흥사단 운동에 참가하면서 춘원은 민족의 해방이 원리론으로 이루어질 수 없다고 믿은 바도 있다. 그 구체적 보기가 되는 것이 상해임정에서 주전론(主戰論)의 편에 서지 않고 도산의 흥사단 운동에 참가한 일이다. 상해임정시대에 적극, 전면 전투론을 고집하지 않았던 사람들에는 여운형(呂運亨), 장덕수(張德秀) 등이 있었다. 이들 가운데 그 누구도 일제의 패망이 예견될 수 있었던 말기에 민족운동을 포기하고 180° 방향 전환을 하여 부일협력자(附日協力者) 일변도의 행동 양태를 보인 예는 나타나지 않는다. 이 경우 우리는 또 다른 보기로 도산 안창호를 들어야 할 것이다. 이미 드러난 바와 같이 춘원은 그 행동 양태에서 도산의 판박이와 같은 사람이었다. 그 도산에게 일제의 검사가 "조선 독립이 가능하다고 보는가?"라는 질문을 던졌다. 그러자 도산은 거침없이 "대한독립은 반드시 된다고 믿는다"고 답했다. 이런 사례가 가리키는 것은 명백하다. 그것이 춘원의 전향과 사회, 역사의식의 유무 사이에 유기적 상관관계가 포착되지 않는 점이다.

일부 논자들이 이에 대해서 내세우고 있는 것이 민족보존론이다. 민족보존론의 뼈대는 별로 복잡하지 않다. 수양동우회 사건을 거치면서 춘원은 총독부 사찰진의 엄청난 협박에 노출되었다. 그들은 춘원에게 민족운동의 포기를 강요하면서 만약 그에 응하지 않을 경우의 사태를 말했다. 그들은 춘원이 180° 방향전환을 하지 않을 경우 조선의 모든 사상범, 지도자들을 체포하여 처벌해버리겠다고 협박했다는 것이다. 이 절대절명의 위기에 처해 한 몸을 희생하여 민족 전체를 살리기 위한 고육책으로 나온 것이 춘원의 친일변절이라는 생각이다.

③에 속하는 시각은 귀국 후 춘원의 행동 궤적을 살피면 그 논리상의 한계가 드러난다. 두루 알려진 바와 같이 상해에서 귀국 후 춘원은 사회운동가나 정치가로 살았다기보다는 문단과 사회에 영향을 행사하는 작가나 지식인으로 살아나갔다. 이것은 귀국 후 춘원이 국내에서 전개된 민족운동의 중심부에 있지 못했음을 뜻한다. 악랄한 일제라고 해도 민족운동과 관계가 없는 문화인들까지 처형하려 들지는 않았을 것이다. 다만 이때에 꼭 하나 예외로 생각될 수 있는 사람들이 있기는 했다. 그들이 바로 수양동우회의 구성원들이었다. 그런데 수양동우회는 1941년 11월 경성고등법원 상고심을 통해서 증거불충분으로 전원이 석방되었다.

앞에서 이미 드러난 바와 같이 춘원의 친일 급선회는 수양동우회 사건이 종결되고 난 뒤에 일어났다. 그렇다면 일제 말기에 그가 희생양이 되어야만 구출이 가능한 그 주변의 민족운동자들은 없었다는 계산이 나온다. 실체가 없는 대상을 두고 춘원이 정신적으로 자신을 포기해버리는 친일굴종을 한 것이라는 논리는 성립될 수가 없다. 그렇다면 대체 이 무렵에 춘원의 180° 방향전환이라고 밖에 볼 수 없는 친일행위의 원인이 무엇인가가 더욱 궁금해진다.

4. 해외 발간 자료의 발견과 가설의 설정 – 초전시체제제하 춘원이 가진 강박관념

얼마 전 나는 해외 독립운동 조직의 기관지 『독립』을 볼 기회를 가졌다. 『독립』은 조선민족혁명당 미주지부 기관지로 영문 명칭이 『Korean Independence』로 되어 있다. 그 창간호는 1943년 10월 6일에 나왔다. 지면 구성은 발간 후 얼마동안 국문 3페이지에 영문 1페이지였다가 1946년 초부터는 국문과 영문이 각각 2페이지 식으로 바뀌었다.

내가 『독립』을 처음 보고 긴장하게 된 것은 거기에 에드가 스노우, 마크 게인 등의 글이 실렸고 1944년 8월 2일부터 님 웰스의 김산 일대기인 『아리랑 노래』가 연재되어 있었기 때문이다. 『아리랑 노래』는 우리 또래가 『신천지(新天地)』에 번역되어 실린 것을 처음 읽었다. 그것이 태평양전쟁 말기에 이미 미주에서 번역된 것을 보고 상당한 관심을 느끼지 않을 수 없었다.

뿐만 아니라 1945년 6월 6일자 『독립』의 제1면에는 「조선 용사 적의 진중에서 탈출」이라는 제목을 단 김준엽(金俊燁)의 일본군 탈출기가 실려 있었다. 김준엽의 글은 짤막한 서문과 함께 일기 형식으로 된 것이다.

> 평양을 떠날 때
> 2월 13일 평양을 떠날 때 ○○동지는 지남침과 중국의 상세지도를 사주면서 마지막으로 하시는 말씀이 「중국으로 가는 것은 참 좋은 기회다. 이제 넘어가거라, 네가 갈 길은 오직 그 길 하나 뿐이다.」나는 결심을 깊이 하였던 것이다.

이런 일기식 수기를 보고 나는 김준엽이 쓴 『장정(長征)』(1), 「나의 광복군 시절」을 찾아내어 펼쳐보았다. 그것으로 김준엽의 일본군 탈출이 1945년 3월 29일에 결행된 것임을 알 수 있었다. 위의 탈출수기는 그로부터 3개월 후에 『독립』에 실린 것이다. 『독립』에는 또한 사이사이에 시조와 시들이 실려 있었다. 무심코 그들을 넘겨본 나에게 '리광수'의 이름이 나왔다. 처음 나는 그 작자가 미주에 사는 사람으로 춘원과 동명이인이겠거니 생각했다. 그런데 그 가운데 춘원이 상해에서 귀국 직후에 쓴 「조선아!」가 있었다.

> 조선아
> 너를 위하여 내가
> 몇 번이나 울었던고, 이를 갈았던고
> 몇 번이나 밉다고 발길로 찼으며
> 몇 번이나 안돌아본다고 고개를 흔들었던고…
> 그리고는 또다시
> 아아 또다시
> 오 '내 조선아!' 하고 얼싸 껴안았던고?
> (……)
>
> 아— 조선아!
> 왜 너는 남과 같이 크지를 못하였더냐
> 굳세지를 못하였더냐
> 왜 남과 같이 슬기롭지를 못하였더냐
> 어찌하여 남의 웃음거리가 되었더냐
> 아아 얼마나 내가 너를 저주하였으랴
> 네 배에서 나온 것을 저주하였으랴

(이하생략)

　　— 장백산인(長白山人), 「조선아」 1연, 3연. 『개벽』(44), (1924. 2)

　춘원의 이 작품은 일제 말기에 간행된 『춘원시가집(春園詩歌集)』에는 제외되고 나타나지 않는다. 그 바닥에 깔린 사정을 짐작하는 것은 어렵지 않은 일이다. 일제의 검열을 의식한 나머지 작자 자신이 스스로 이 작품을 삭제했을 가능성이 그것이다. 이것이 이 작품을 『독립』에 게재한 이유도 될 것이다. 어떻든 상해 귀국 후 춘원이 쓴 작품 가운데 이 시는 그래도 민족의식의 줄기를 가장 뚜렷이 느끼게 한다. 이 작품 이외에도 『독립』에는 거의 격주 간격으로 춘원의 시조가 게재되어 있었다. 다음은 1944년 10월 18일자 『동지』에 게재된 춘원의 작품이다.

　　　어데가 살진 땅을 한 만리나 얻어 놓고
　　　주리는 저 동포를 다 다려다 주옵고저
　　　창천아 말슴하소라 새 부지가 어데뇨

　이들 시조에는 거의 모두가 '금강산유기에서'의 꼬리표가 붙어 있다. 「금강산유기」는 춘원이 1922년 『신생활(新生活)』에 연재한 것이다. 이것으로 우리는 『독립』이 춘원의 신작을 얻어 실은 것이 아니라 그에게 양해를 구하지 않고(당시 상황으로 보아 그럴 여건이 아니었을 것이다) 구작들을 임의로 재수록한 것임을 알 수 있다. 참고로 나는 『춘원 이광수 전집』을 펼쳐 「금강산유기」 부분을 넘겨보았다. 내가 본 「금강산유기」에는 위의 시조가 수록되어 있지 않았다. 이 역시 일제의 검열을 의식하여 단행본으로 발간할 때 제외시킨 결과일 것이다.

구작이라고는 하지만 『독립』이 춘원의 시와 시조를 그것도 한두 수가 아닌 여러 작품을 활자화시킨 것을 보고 나는 뜻밖이라는 생각을 품지 않을 수 없었다. 조선민족혁명단은 중국 항전 지구의 임정 좌파계 조직이 통합 형태를 취하고 발족한 무장투쟁단체였다. 이 조직의 성향은 그 기관지인 『독립』에도 어느 정도 드러난다. 1946년 1월 23일자 『독립』 1면 머리에는 "모든 권리는 민중에게로"라는 구호가 찍혀있다. 그에 앞선 1945년 9월 26일자 논설에는 「미국 조선정책은 제국주의적 야심의 표현인가」가 보인다. 이런 좌파 정당의 기관지에 춘원의 글이 실린 속사정은 무엇이었던가.

분명히 춘원은 자타가 공인하는 반계급주의자였고 그의 행동노선은 비폭력 온건주의로 폭력투쟁과는 거리를 두고 있었다. 그런 그의 작품을 민중혁명노선을 지향한 조선민족혁명당 미주지부 기관지가 특별대우를 하면서까지 실은 까닭이 무엇인가. 이에 대한 해답은 한마디로 줄일 수 있다. 그것은 당시 춘원의 이름이 국내는 물론 해외에까지 단연 타의 추종을 허락하지 않을 정도로 혁혁했기 때문일 것이다.

두루 알려진 바와 같이 일제는 식민지 경영의 초기부터 물 샐 틈 없는 사찰조직과 정보망을 갖추고 있었다. 그런 그들이었으므로 춘원 문학의 독자가 해외에까지 널리 읽히고 있는 사실을 잘 파악하고 있었을 것이다. 그렇다면 이런 그의 성가(聲價)와 이상징후군으로 포착되는 춘원의 친일행위 사이에는 어떤 상관관계가 있는가. 이에 대한 해답 역시 별로 복잡하지 않다. 식민지 경영에 유능했던 일제는 우리 민족, 사회에 춘원이 누린 명성을 지나쳐 보지 않았다. 그것을 역이용하여 일제는 끊임없이 춘원을 견제, 구속하는 자료로 삼은 것이다(이 경우의 대표적 사례가 1944년 춘원의 작품 전량이 총독부 검열국에 압수되어 폐기처분된 일이다). 춘원이 친일 전향을 한 다음에도 거듭 그의 작품이 수색, 압수당한 사례가 그런 사실을 말해준다. 이런 사태는 유달리 예민한 신경을 가진 춘원에게 막중한 부담이 되었을 것이다. 일제 말기 시대상황이 악화 일로를 치닫게 되자 춘원은 그것으로 상당히 강한 강박관념에 사로잡힌 것으로 판단된다. 그 결과 그는 무시로 생명을 위협당하고 있다는 심리상태가 되었을 것이다. 일제 말기에 춘원이 보인 의식착란 현상과 그와 표리관계로 보이는 자아망실, 돌발적인 친일성향 행동은 여기에 그 원인이 있었던 것이다.

여기에 이르면 우리가 내릴 판단의 말도 명백해진다. 춘원은 타고 나기를 문필인, 예술가, 지식인에 그쳐야 할 사람이었다. 우리 민족사는 그런 그에게 그 특수성으로 하여 너무 많은 짐을 지웠다. 지사(志士)로 살 수 없는 춘원에게 우리는 당대뿐만 아니라 먼 후대에 이르기까지 민족운동의 귀감이 될 매운 기개를 요구했다. 혁명가일 수가 없었던 그에게 아직도 우리는 민족사의 소명(召命)을 저버렸다고 질책의 채찍을 휘둘러 마지않는다. 이제 우리는 춘원을 우리와 같은 차원에서 살다간 평상인의 자리로 되돌려 놓아야 한다. 누군가 말했듯 우리 모두는 약한 갈대다. 한 줄기 바람에도 쉽게 흔들리고 꺾이는 갈대일 뿐이다.

R. 타고르와 춘원 이광수

1. 하나의 예외

신문학 초창기의 우리 문단은 일종의 서구 추수주의에 지배되어 있었다. 춘원도 그 예외는 아니었다. 삼중당(三中堂)에서 나온 『이광수전집』은 열여섯 권째가 잡록(雜錄), 곧 여러 신문 잡지의 요청에 의해서 쓴 단편적 글들을 모은 책이다. 거기에 포함된 회상기들을 보면 작가를 지망하고 나서 춘원이 읽은 책들이 톨스토이, 괴테, 빅토르 위고, 뒤마, 디킨스 등으로 나타난다. 이것으로 명백해지는 바와 같이 춘원역시 문단생활의 초입 한때를 매우 강한 서구 근대문학 추수주의자로산 셈이다. 그런데 이 경우에 꼭 하나 예외 격으로 나타나는 현상이있다. 그것이 일찍 춘원이 인도의 시인이며 사상가인 R. 타고르를 수용한 바 있는 점이다.

2. 타고르의 수입, 소개 여건

본명이 라빈드라나타 타쿠라(Ravindranatha Thakura)인 타고르는 1861년 벵골 지방의 명문 태생이다. 1877년 영국 런던에 유학한 경력을 가진다. 일찍부터 벵골말로 서정시와 소설, 시극을 썼으며 인도의 고유 종교인 힌두교의 세계를 천착해갔다. 한편 그는 자신이 쓴 시들을 영어로도 발표했다. 그 가운데 하나인 『기탄자리(Gitanjali)』가 영국 시단 일부에서 주목의 과녁이 되었다. 특히 W. B. 예이츠는 그 서문에서 그가 타고르의 시집 원고를 처음 대했을 때 가진 충격을 다음과 같이 토로했다.

> 나는 이들 번역 원고(『기탄자리』 – 필자 주)를 며칠 동안이나 가지고 다니면서 열차칸이나 여객버스 또는 식당 등을 가리지 않고 읽었다. 사람들에게 내 지나친 감동을 감추지 않으면 안되었다.
>
> — Macmillan, 1965년

이때의 영국판이 기틀이 되어 1913년 타고르는 노벨문학상을 받는 영예를 안았다. 그 이전 그는 우리나라나 중국, 일본에서 거의 이름조차 알려져 있지 않은 시인이었다. 노벨문학상 수상을 계기로 이런 상황은 일변하게 되었다. 중국에서는 1915년 10월호 『신청년(新靑年)』에 진독수(陳獨秀)가 『기탄자리』를 「찬가(讚歌)」로 고치고 그것을 번역, 소개했다. 이어 1923년 타고르의 중국 방문에 즈음하여서는 서지마(徐志摩)가 다음과 같은 내용을 중심으로 한 환영사를 발표했다.

…… 우리나라 신시단에는 그(타고르-필자주)를 그대로 닮은 것이라고 볼 수밖에 없는 몇몇 이름이 있는 타고르를 사숙한 제자들이 있읍니다. 그 밖에도 작품 10수 중 8이나 7이 직접, 간접으로 그의 영향을 받고 있는 것입니다. 일개 외국의 시인으로 능히 그 힘이 이와 같이 널리 알려져 있는 것은 참으로 놀라운 일이 아닐 수 없습니다.

— 서지마(徐志摩), 태과니 내화(太戈爾來華), 『소설월보(小說月報)』 14권 9호

일본의 타고르 수용 또한 중국과 같은 시기에 시작되었다. 1915년 동경당(東京堂)에서 『기탄자리』가 마스노[增野良三]에 의해 번역 출간된 것을 시작으로 그에 의해 『신월(新月)』(동경당(東京堂)), 『월정(園丁)』(백일사(白日社)) 등이 같은 해에 나왔다. 또한 미우라[三浦關造]의 『불타의 공양』(동경당), 사이모꾸[齋木仙醉]의 『타고르의 노래』(오카사키 서점 [岡岐屋書店]) 등이 발행된 것도 거의 같은 시기다. 뿐만 아니라 이때에는 타고르의 연구서인 가와베[江部鴨村]의 『타고르의 사상 및 종교』(오카사키 서점), 요시다[吉田絃二郎]의 『타고르, 성자(聖者)의 생애(生涯)』도 출간되었다.

3. 중개자 진학문(秦學文)

한국에서 타고르의 문학이 어느 정도의 부피를 가지고 소개된 것은 1917년도의 일이다. 이 해 11월호 『청춘(青春)』에 진학문(秦學文)이 「인도의 세계적 대시인 타고르」를 머리로 한 타고르 특집을 맡았다. 그 내용은 ① 앞서 밝힌 한 편과 함께 ② 『기탄자리』, 『원정(園丁)』, 『신월(新月)』에서 작품 한 편씩을 뽑아 번역 소개. ③ 「쫓긴 이의 노래」를 원

문 "The Song of the Defeated"와 함께 수록. ④「타先生송영기(送迎記)」 등으로 되어 있다. 이상 제목으로 짐작되는 바와 같이 진학문의 손으로 된 위의 글들은 그가 타고르를 직접 만난 다음 작성한 것이다. 이때의 면담을 결정지어준 것이 타고르의 일본 방문이었다. 관계사항을 밝히면 타고르는 1916년 처음 일본을 방문했다. 타고르의 이때 일본 방문은 약 1주일에 걸쳤는데 그 일정 속에 동경대학 강당에서의 강연이 포함되어 있었다. 이 자리에서 그는「日本에 대한 인도의 사명」을 제목으로 한 소견을 펼쳤고 그 내용의 뼈대가 된 것은 정신문화를 통한 두 나라의 공동 보조와 인류의 미래에 대한 공헌이었다(미야모도 [宮本正淸], 타고르, 『동양(東洋)과 서구(西洋)』, 一條書房, 1943). 이때의 타고르 방문을 우리 쪽에서 포착한 것이 육당(六堂) 최남선(崔南善)이었다. 당시 그는 『소년』에 이어 『청춘』을 발간하여 민중계도의 새 지평을 열고자 했다. 그 무렵 우리 주변에서 발간되는 일간지는 총독부 기관지인 『매일신보』밖에 없었다(『동아일보』, 『조선일보』 등 신문은 3 · 1운동 다음에 발간). 이런 상황으로 하여 육당은 『청춘』을 일종의 시사 보도 매체 구실도 하도록 힘썼다.

이때 육당이 진학문을 지명한 데는 그에 상응하는 이유가 있었다. 당시 그는 와세다대학[早稻田大學] 영문과 학생이었다. 전공으로 하여 타고르와 의사소통이 가능했을 뿐 아니라 육당이나 춘원과 교분이 두터웠다. 이때 육당의 요청을 받자 진학문은 전후 두 차례에 걸쳐 그와 면담을 했다. 그와 함께 타고르의 경력과 작품을 뽑아 소개한 것이 위에 든 바와 같은 특집을 이룬 것이다. 어떻든 진학문의 이때 취재는 상당한 열기와 함께 이루어졌다. 그 보기로 들 수 있는 것이 다음과 같은 그의 취재 현장 기록이다.

　　각기 순차로 이러나 자기의 성명과 생국을 말할새 나의 차례를 당하
니 숭엄함을 극도로 느낀 나는 공연히 가슴이 울렁거린다. My name is
Hakmoon Chin, I came from Corea하고 조음으로 소리를 버럭 지르고 그
대로 주저앉았다. 나종에 자기의 소리가 너무 광적이었던 것을 생각하
고 부끄러움을 금치 못하야 남모르게 얼골을 붉혔다.

이것은 요코하마[橫濱] 삼계원(三溪園)에서 진학문이 타고르와 첫 대
면을 했을 때의 인사장면을 적은 부분이다. 이 짧은 인용을 통해서도
다소 평정을 잃은 가운데 타고르를 맞이한 그의 모습이 손에 잡힐 듯
드러난다. 그 결과 그는 위의 타고르 소개에서 부분적인 실수를 범하기
도 했다. 그것이 「쫓긴 이의 노래」 말미에 부친 다음과 같은 말들이다.

　　이 글은 작년 시인이 동영(東瀛)(일본 - 필자 주)에 내유하얏슬 적에
특별한 뜻으로써 우리 『청춘(靑春)』을 위하야 지어 보내신 것이니 써 인
도와 우리와의 이천년 이래 옛 정을 도타이 하고 겸하야 그네 우리네 사
이에 새로 정신적 교호를 맺자는 심의에서 나온 것이라 대개 동류(東留)
수열월 사이에 각방면으로 극진한 환영과 후대를 받고 신문 잡지에서도
기고의 간촉이 빗발치듯 하였건마는 적정을 조하하고 충담을 힘쓰는 선
생이 이로써 세속적 번뇌라 하야, 일체 사각(辭却)하시고 오즉 금옥가십
(金玉佳什)을 즐겨 우리에게 붙이심은 진실로 우연한 것이 아니라.

여기 나타나는 바와 같이 진학문은 "The Song of the Defeated"를 타
고르가 우리를 위해 만든 특별선물이라고 믿었던 것 같다. 사실 바쁜
일정 속에서 타고르는 일본측 신문, 잡지들의 요청에 일일이 응할 겨

를을 갖지 못했다. 그럼에도 그가 만약 우리를 위해 별도로 작품을 만들어 그것을 전하는 노고를 아끼지 않았다면 그 배려 자체가 특별한 것이 아닐 수 없었다. 따라서, 위와 같이 「쫓긴 이의 노래」에 부친 진학문의 말이 액면 그대로인 경우 그의 흥분도 결코 까닭 없는 일이 아닌 셈이었다. 그러나 이미 언급된 바와 같이 "The Song of the Defeated"는 타고르가 우리를 위해 쓴 특별창작이 아니었다. 이 작품은 『채과집(採果集)』에 이미 수록되어 있었고, 이 시집은 이미 그 전해에 발행된 것이었다.

4. 춘원(春園)의 타고르 수용

타고르가 1916년 일본 방문 때 자리를 같이한 우리나라 사람 가운데는 진학문만이 아니라 춘원도 있었다. 이에 대해서는 전기 「타선생송영기」에서 진학문이 한 다음과 같은 기록이 있다.

> 1916년 7월 11일 정오라 橫濱市 本牧 三溪園에 체류하야 있는 印度 詩聖 타先生을 방문코자 東京역에서 橫濱가는 차를 기다리고 섰는 23인의 일단이 있으니 (……) 그중에 조선 사람도 두 사람 있으니 L군과 나다.

이때의 춘원은 진학문과 같이 학생 신분이었다. 그러나 당시 그는 이미 우리 근대시의 기폭제가 된 「옥중호걸(獄中豪傑)」과 초기의 사회 개혁논설인 「금일 아한청년(我韓靑年)과 정육(情育)」, 「문학의 가치」 등을 발표한 바 있었고 또한 『매일신보』에 우리 근대소설의 기폭제가 된 『무정(無情)』 집필을 준비 중에 있었다. 그러나 이때 춘원이 타고르에 관해서 직접적인 담론을 펼친 예는 나타나지 않는다. 춘원이 타고르의 문학에 관계된 발언을 한 것은 1920년대 중반기부터다. 이때 김억(金億)이 타고르의 『원정(園丁)』을 번역 출간시켰다. 이 역시집이 나오자 춘원은 매우 호의적인 평을 보냈다.

> 서로 꾸밀 것도 없다. 〈그대로─머리도 빗을 것 없이 단장도 할 것 없이 그대로 만나자.〉 그대로 아름답고 그대로 반갑다. 타고르의 시는 어느 것이나 이 정조 아님이 없거니와 그중에도 이것이 가장 많이 드러난 것이 『園丁』이다. 『기탄자리』는 모든 생명을 신으로 보고 내가 그 앞에 예배하는 정을 읊은 것이요, 『新月』은 모든 자연과 모든 생령을 한 동안 동산에 사는 애인으로 보고 애의 세레나아데를 보내는 것이니, 결국 같은 정조를 다른 모양으로 표현함에 불과하다.

춘원이 와세다대학 문과에서 사사한 스승 중의 한 사람은 요시다[吉田絃二郎]였다. 요시다는 일찍이 꽤 깊이 타고르에 경도되어 있었던 사람으로 그 방면에 연구서까지 상재한 바 있었다. 춘원이 그에게 사사했다는 사실만으로도 그와 타고르의 상관관계는 뚜렷이 감지된다. 이와 아울러 춘원의 글들, 그 가운데도 특히 수상들을 검토해보면 그 가운데는 타고르의 것에 대비 가능한 것이 몇 편 나타난다. 가령 「자기초월(自己超越)」에서 춘원이 '소아를 희생하고 대아에 살자'고 주장한 것의 그 보기가 될 수 있다.

> 금일의 조선청년은 너머도 뜻이 적지 아니한가. 나 일개인이 일생의 고락을 염두에 두는 것이 너머하지 아니한가. 일생이 며칠인고, 길어야 칠십년 생명의 기한이 금석인지 명조인지를 모르거든 낙인들 얼마며 고

인들 얼마랴. 예로부터 부유같은 인생이라고 하거니와 인간의 일생이란 개체의 고견지(苦見地)에서 볼 때에는 실로 보잘 것 없는 것이다. 그러한 내 일생의 고락, 영욕을 매두몰신(埋頭沒身) 한다는 것은 너머도 낮고 좁은 일이 아닌가 한다. 하물며 낙을 바란다고 낙을 얻은 이가 만에 일이요 부를 바란다고 부를 얻는 이가 또한 그리함에랴. 사람이란 ─더구나 청년이란 모로미 개인을 초월하야 종족에 살고 현재를 초월해야 무한한 장래에 살아야 할 것이다.

이 글은 물론 타고르적인 것이기에 앞서 춘원의 민족주의를 뼈대로 한 것이다. 이 무렵 그는 상해임정에서의 활동을 접고 국내로 돌아온 직후였다. 그러나 일제 치하라는 상황 속에서도 그는 민족을 위한 행동을 아주 포기하지 않았다. 다만 이때부터 춘원이 택한 것이 '주정론(主戰論)' 대신 '준비론'이었다. 주전론이 민족 전체를 동원하여 일제의 구축을 위한 전투태세를 갖추고자 한 것이라면 준비론은 개체(個體)의 인격 완성과 그를 통한 민족적 역량 축적을 전제로 한 것이다. 그 논리 형성과정에서 주장된 것이 우리 모두가 소아(小我)를 버리고 대아(大我)를 획득하는 일이 있었다. 이것이 「생의 실현」에서 타고르가 지향한 우주적 '나'를 확보하기 위해 일상적 '나'를 지양, 극복해야 할 것이라는 사상과 일맥상통한다.

타고르에 의하면 우리의 생(生)은 브라마에 귀의(歸依)하는 것으로 완성된다. 그에게 브라마는 '그 본질에 있어서 전체의 생명이요, 빛이며, 세계의식'이다. 그런데 우리가 자아라는 좁은 테두리 안에 갇혀 있는 동안 그런 참 생명의 실현할 길은 막혀버리고 이루어지지 않는다. 이 경우 그가 예로 든 것이 꿀벌이 있다. 우리가 작게 자아라는 좁은 테두리에 갇혀 있는 동안 끝내 그것은 분리와 독립을 벗어나지 못한다. 그 상태는 마치 꿀벌이 육각형의 집 속에서만 그의 생을 영위하려는 것과 다를 바 없다는 것이다. "인간이 아무리 무섭게 애를 쓸지라도 스스로의 꿀 집 세포 속에서 꿀을 만들어 낼 수는 없다. 왜냐하면 인간의 생명의 양식은 사철 그의 벽 밖에서 공급되기 때문이다." 이와 같은 타고르의 생각을 한국 쪽으로 이동시키면 귀국 후 춘원이 펼친 인격수양, '자아수양론'이 될 수 있다. 이와 아울러 이 무렵 춘원이 펼친 담론에는 또 다른 각도에서 타고르의 경우에 대비 가능한 것이 있다. 1932년 『동광(東光)』지를 통해 발표한 「옛 조선인(朝鮮人)의 근본도덕(根本道德)」이란 논문이 그것이다. 여기서 춘원은 먼저 옛 조선의 생활 형태가 집단적 성격의 것이었다고 전제했다. 그 증거로 든 것이 우리 전통사회에서 '나'라는 일인칭이 거의 쓰이지 않았다는 지적이다.

> "우리"라는 朝鮮말은 일종 특유의 의미를 가진 말이어서 자기가 속한 집단을 의미한다. 우리 마을, 우리 집, 우리 나라, 우리 사람, 우리 일, 우리네 등이 다 제가 속한 집단을 가리키는 것이니 이것은 다른 방언에는 별로 없다. 개인은 집단이 양풍미속에 반하야 또는 집단의 이상과 이익에 반하야 자유의 행동을 하지 못하였다.

여기 나타나는 바와 같이 춘원은 일찍 우리 사회에는 '나'보다 집단을 우선 시키는 정신이 있다고 보았다. 춘원은 그것이 영미식 개인주의에 유린되어버린 사실을 통탄해 마지않았다. 그에 의하면 그런 생활태도는 우리의 가장 아름다운 것을 상실한 것이다. 춘원은 식민지 체제하에서 우리가 살아남을 수 있는 길은 이러한 개체중심, 이기적

생활태도를 버리고 봉사의 생활을 되찾음으로써 가능하다고 믿었다. 얼핏 보아도 나타나는 바 이런 춘원의 생각은 『Sadhana』의 전제가 된 생각과 매우 흡사하다.

타고르는 『Sadhana』에서 유럽과 인도문명의 차이를 지적하는 것으로 그 주장에 대한 발판을 삼았다. 그에 의하면 인도의 문명은 숲 속에서 자라났다는 것이다. 처음 아리안 침략자들이 인도에 나타났을 때 인도는 광범한 숲의 나라였다. 그리고 숲은 "그들에게 무서운 태양열에서 피할 그늘을 마련했고, 집체의 폭풍우를 피할 피난처를 제공했으며, 가축에게 목장을, 제물을 올릴 불을 피우는 데는 연료를, 그리고 가옥의 건축에 재목을 이바지하였다."는 것이다. 이와 같은 자연 환경을 배경으로 자라난 인도의 문명이 지니는 특색은 항상, 독립적인 것이 아니라 포괄적이며 통일, 조화의 측면으로 나타난다는 것이 타고르의 생각이었다. 동양의 통일 조화에 대척되는 개념으로 타고르는 그리스로 대표되는 서구 문명을 갖다놓았다. 그에 의하면 도시의 성벽 안에서 자라난 것이 그리스의 문명이다. '이러한 성벽들은 우리의 정신적 견해에 분리와 지배의 원칙'을 심어놓았다는 것이다. 타고르는 서구가 정복과 피정복의 정신을 버리지 못하며 전체보다는 개인, 그리고 대의보다는 자아의 이익을 앞세우는 이유가 그런 데 있다고 본다. 그러면서 그는 동양과 서구를 논하는 글 가운데서 서구식 행동 양태와 정신이 마땅히 배제되어야 할 것임을 다음과 같이 역설했던 것이다.

서구 사람들은 동양과 접촉하여 수 100년이 경과된 오늘에 있어서도, 여전히 현대를 완성할 기사도의 정신적 정열을 보여주지 않고 있다. 그들은 가는 곳마다 배타적인 가시 울타리를 높이 쌓아 올리고, 인류를 국가적 이기주의의 제물로 제공하고 있으며, 그들 상호간에도 치열한 투쟁을 전개하여 야수적인 잇발을 들어내어 자랑함으로써 그들 사이에 선망감(羨望感)이나 자아내게 하고 있다.

여기에 나타나는 바와 같이 타고르의 생각에는 그 문화의 배경을 논한 방식에서부터 서구식 생활 태도의 비난에 이르기까지 상당한 부분이 춘원의 것과 공통되는 점이 있다. 그러나 무엇보다 우리에게 중요한 것은 다음과 같은 작품에 나타나는 춘원과 타고르의 대비 가능성일 것이다.

> 형제여 자매여
> 문허지는 돌탑 밋헤 꿀어앉어,
> 읍조리는 나의 노래ㅅ소리를
> 듣는가 – 듣는가
>
> 형제여 자매여
> 깨어진 질향로에 떨리는 손이,
> 피우는 자단향의 향내를,
> 맡는가 – 맡는가
>
> 형제여 자매여
> 님네를 그리워 그 가슴ㅅ속이 그리워.
> 성문 밖에 서서 울고 기다리는 나를
> 보는가 – 보는가

이 작품의 유력한 측면으로 우리는 기다림과 기구(祈求)를 들 수 있지 않을까 한다. 여기 나오는 산문적 의미에서의 화자는 형제자매를 위해 성문 밖 돌탑 밑에서 노래를 읊조리며 그들을 기다리는 사람이다. 그리고 그 기다림은 단순한 기다림이 아니라 자단향을 피우는 모습에서 드러나는 바와 같이 무엇인가를 바라는 마음의 기다림인 것이다. 그런데 기다림과 기구(祈求)라면 우리는 곧 타고르를 생각하지 않을 수가 없다. 특히, 기다림을 주제로 한 작품을 뺀 『원정』이나, 예배, 찬송을 제거한 『기탄자리』를 생각한다는 것은 날개 없이 비상을 시도하겠다는 생각처럼 허망스러운 일이다. 뿐만 아니라 이 작품의 소재가 된 돌탑이라든가 자단향, 성문 등도 타고르의 작품에서 소재로 쓰인 점이 간과될 수는 없다. 춘원과 타고르의 상관관계는 이처럼 묵시적인 상태로 나타난다. 그러나 그 사이의 상관관계는 부정될 수가 없을 정도로 뚜렷하게 줄기를 이루고 있는 것이다.

춘원(春園)과 봉선사(奉先寺)

---

1. 역사의 격랑(激浪)과 더불어

일제 말기에 춘원은 사릉으로 물러나서 살았다. 그 무렵 그는 거의
날마다 문인협회에 나가야 하고 시국 강연에 내몰리는 일상이 싫었던
것 같다. 그 나머지 일제 군부의 소개령(疏開令)이 내리자 사릉에 초가
를 하나 사들여 농사를 짓기로 한 것이다.

8·15를 춘원은 사릉(思陵) 초가에서 맞이했다. 철들고 나서 곧 그가
지향한 것이 우리 민족을 일제의 기반에서 벗어나게 하는 일이었으나
고대해 마지않은 해방은 춘원에게 사나운 역풍을 몰고 왔다. 일제 말
기에 일본 군부가 그에게 강요한 체제 옹호활동은 거의 불가항력의 사
태였다. 악명 높은 총독부의 사찰진은 그에게 적극 전면적인 전시체제
수립에 협력할 것을 요구했다. 그렇게 하지 않으면 그와 동지들을 깡

그리 없애버릴지 모른다고 협박했다. 이렇게 가혹 그 자체인 상황이 몰아닥치자 춘원은 민족적 절조를 꺾고 일제에 협력하는 길을 택했다.

암흑기의 이런 대일 협력이 일반 민중에게는 춘원을 민족반역의 반역자로 낙인 찍게 만들었다. 격심한 정치적 혼란과 함께 춘원을 민족의 죄인으로 성토 대상이 되게 했다. 빗발치는 돌팔매를 춘원은 피하려고 하지 않았다. 스스로 민족을 위해 친일을 했다고 믿은 그였으나 어떻든 이때에 그는 창살 없는 감옥에 던져진 채 비등하는 여론의 십자가를 짊어지게 된 것이다. 이런 춘원의 사릉생활은 해방 다음해의 가을까지에 걸치는 것으로 나타난다. 그러니까 해방된 그날부터 약한 해 가까이를 춘원은 민족의 죄인이 되어 사릉에서 칩거한 셈이다.

2. 봉선사, 광동학교(光東學校)

춘원이 일제 말기부터 생활한 사릉 집을 떠나 그 자리를 봉선사(奉先寺)로 옮긴 것은 8·15 다음해 9월 2일이었다. 그날은 흐리고 때때로 빗방울이 떨어졌다. 이때의 일이 「산중일기」 앞부분에 다음과 같이 적혀 있다.

> 정참봉 댁에서 조반 대접을 받고 아침 아홉시 쯤 사릉(思陵)집을 떠났다. 운허당(耘虛堂)의 청함을 입어 봉선사(奉先寺)로 가는 길이다. 사릉집에 애착을 느낀다. 삼각산이 바라보이는 서창의 경치가 그중에도 그립다. 문갑이라는 아이의 지게에 지워진 이불, 책상, 화로, 벼루집, 내 행장의 단촐함이 중학교 신입생과 같다.
>
> 봉선사로 가는 것이 입산인 것도 같고 아닌 것도 같다. 隨緣銷舊業,

任運着衣裳' 하는 신세다.

벼도 조도 수수도 패고 팥꽃, 면화꽃, 무궁화꽃도 피었다. 밭에 잡초가 무성한 것이 농민의 의기가 떨치지 못하는 표다. 하필 농민이랴, 허욕으로 사람들은 본무를 잊고 있다. 해방은 양심에서의 본분에서의 해방인 양하다.

삼십 리 길에 피곤할 때 즈음하여서 봉선사에 다달았다. 동구의 젓나무, 잣나무 수풀길이 언제 보아도 좋다. 세상 띄끌에서 멀리 떠난 듯하다.

이번 여기 왔다가 돌아갈 때에는 새사람이 되고저.

운허당과 여러 아는 이들이 반갑게 맞아 준다.

봉선사로 춘원을 옮겨 앉게 한 것은 그의 삼종제인 운허당 이학수(李學洙)였다. 그는 춘원과 고향을 같이하고 자란 사람으로 춘원의 많지 못한 피붙이의 한 사람이었다. 10대 초에 양친을 잃고 고아가 되자 고향을 등진 춘원이 점진주의 실력 양성을 통한 민족운동의 길을 걸은 데 반해 그는 젊어서 한때 주전론(主戰論)의 입장을 취하면서 일제와 무력투쟁을 불사하는 길을 걸었다. 그러다가 1920년대 중반기부터 사문(沙門)에 들어 중생제도(衆生濟度)를 기하는 승려가 되었다.

춘원은 상해에서 귀국한 얼마 뒤 금강산 유점사에 들른 적이 있다. 그 갈피 어느 자리에서 사바세상을 등진 삼종제와 상봉했다. 그 후 춘원은 사랑하는 아들 봉근(鳳根)이를 잃고 또한 평생의 스승이며 정신적 지주로 섬긴 도산 안창호(島山 安昌浩)와도 사별하는 아픔을 겪었다. 어려서부터 파란이 겹친 춘원임에도 이때의 일들은 엄청난 무게와 부피로 그를 뒤흔들었다. 이 절대 절명의 위기를 맞자 춘원은 그 이전까지 그가 신봉한 기독교의 세계를 떠나지 않을 수 없었다. 30년대 후반부터 그는 중생을 괴롭히는 번뇌와 미혹을 물리치고 서방정토(西方淨土)

를 염원하는 화엄불교(華嚴佛敎)의 세계에 기울게 되었다. 그 각명한 증거로 들 수 있는 것이 1930년 중반기 이후 춘원이 「법화경」 한글풀이를 시도한 점이다. 『이차돈의 사(死)』, 『원효대사(元曉大師)』 등 불교의 교리를 뿌리로 한 작품을 쓴 것도 이 무렵부터였다.

유점사를 떠난 다음 운허당 이학수는 곧 봉선사의 주지가 되었다. 공교롭게도 그 시기가 춘원의 사릉 우거와 전후해서 이루어졌다. 일제 말기에 춘원은 몸소 지게를 지고 소를 몰아 논밭을 가는 생활을 했다. 그 틈틈이 운허당과도 왕래하면서 대자대비의 차원을 염원하는 염불수도의 길을 걷기 시작한 것이다. 춘원이 거처를 봉선사로 옮긴 것은 운허당이 새로 포교사업과 병행하여 학교법인인 광동학원(光東學園)을 설립함으로써 이루어진 일이다. 새로 설립된 광동중학교에서 춘원은 국어작문과 영어를 학생들에게 가르쳐 달라는 위촉을 받았다.

3. 『돌베개』의 세계, 다경향실(茶經香室)

춘원은 봉선사 생활을 통하여 구도자의 자세로 지난날의 과오를 청산하고자 했다. 이 무렵에 그는 도산의 전기를 쓰는가 하면 백범 김구(白凡 金九)의 자서전 한글판을 내는 데도 성력(誠力)을 다했다. 『돌베개』, 『나』, 『나의 고백(告白)』 등 일종의 참회록에 해당되는 글들이 나온 것도 이 시기였다.

운허당의 제의를 받아들인 춘원의 봉선사 생활은 빛과 어두움의 두 면을 아울러 빚어냈다. 당시 춘원은 중학교의 교사가 아니라 대학교에서 전공 강의를 하여도 넉넉할 지적 수준을 확보하고 있었다. 그런 그가 코흘리개 티를 갓 벗어난 중학교의 학생들을 가르치게 되었다. 그러나 8·15 직후 우리 주변을 휩쓴 이념대립의 소용돌이는 광동학교에도 밀려들었다. 춘원이 광동학교에서 학생들을 가르치게 되어 한 학기가 지났을 때다. 좌익계에 속하는 일부 교사들이 학생들을 사주했다. 그들에 따르면 춘원은 친일파, 민족반역자인데 그런 교사는 신생하는 나라의 교육자가 될 수 없다는 것이었다. 그들의 사주를 받자 학생들 일부가 춘원을 배척하여 백지동맹을 벌였다.

교사로서 춘원이 학교에 사표를 낸 것은 이때가 처음이 아니었다. 10대에 오산학교의 교사가 되었을 때 춘원은 문자 그대로 학생들의 우상이었다. 그런 그가 기독교 계통의 재단이 운영하는 학교에서 톨스토이를 예찬하고 진화론도 학생들에게 가르쳤다. 이것을 남강(南崗) 다음에 교장으로 부임한 서양 선교사 출신의 교장이 용인하지 않았다. 두어 번 학교 부속 교회에서 그가 이단이라고 지적되자 춘원은 오산을 떠나버렸다. 그의 1차 해외방랑이 그것으로 시작된 것이다.

광동중학교에서 야기된 사태는 오산 때와 달리 철부지 학생들에 의해 빚어진 것이었다. 백지동맹이라고 하지만 그 무렵 각급 학교에서는 그런 형태의 학생들 움직임이 거의 다반사로 일어났다. 이 사태에 대해서 운허당도 춘원에게 별로 문제될 것이 없으니 웃고 넘기라고 종용했을 것이다. 그러나 그런 사태에 직면해서 대범하게 처신할 정도로 당시 춘원의 심경에 여유가 없었다. 그 나머지 그의 광동학교 교사생활은 겨우 한 학기로 끝났다.

백지동맹사건과 달리 춘원의 봉선사 생활에는 햇살 바른 양지로 이야기 될 부분도 나타난다. 사릉에서 춘원이 봉선사로 옮기자 운허당은 그의 거처 앞에 따로 춘원이 기거할 방을 장만하여 주었다.

운허당(耘虛堂)은 나를 위하여서 방 하나를 수리하여 주었다. 벽을
떨고 남향 창을 내어서 볕이 잘 들었고 벽장과 선반을 만들어서 선비의
한 살림을 할 만한 깨끗한 서재가 되었다. 문비에는 「茶經香」이라는 추
사체로 쓴 누구인지의 액을 붙였으니 이것은 내 방의 내용을 고대로 표
현한 것이었다.

이런 문면으로 드러나는 바와 같이 봉선사에서 춘원은 '다경향실'
을 매우 좋아한 것 같다. 거기서 그는 읽고 싶은 책을 읽고 쓰고 싶은
글을 쓰며 새 나라의 학생을 가르치는 일에 그지없는 보람을 느낀 것
이다. 독서와 교육 등의 일과를 치르는 가운데 겨를이 생기면 숲 속을
거닐고 시내에 나가 목욕도 하는 생활이 거기 있었다.

묵은 비 개이고 날이 활작 맑아 아침의 금빛이 솔밭에 차다.
이 날 처음 영어를 한 시간 가르치다. 수십 년 만에다.
박생원과 함께 약수에 가다. 박노인 가로되, '가서 먹어 약수지비 떠
오면 맥물이라고'. 뜻깊은 말이다.
오후에 개울에 나가 목욕하고 땀밴 내복, 양말 빨아 바위에 널다. 바
람은 서늘하나, 볕이 따갑다. 하늘에 닿은 수풀, 욱어진 풀, 소리질러 달
리는 냇물, 구름 오락가락하는 높은 하늘, 무서운 생각이 난다. 어린 마
음이다.
이 날 밤에 달 밝고 반듸불 날고 버레 소래 소낙비와 같다.

이렇게 시작된 봉선사 생활이 학생들의 배척운동에 봉착하자 춘원
은 너무도 엄청난 충격을 받았다. 어떻든 불의의 사태에 직면하자 그

는 결연히 봉선사를 떠나기로 했다. 그 길로 춘원은 다시 사릉 집으로 돌아갔고 그와 함께 곧 마음의 평정을 찾았다. 거기서 그는 변함없는 동반자 박정호와 함께 논밭을 갈고 채소와 곡식을 심었다. 그러나 다음해에 그는 건강 악화로 그곳 생활까지를 접고 효자동 자택에 돌아가지 않으면 안 되었다. 춘원을 아낀 주변 사람들의 도움으로 안정가료가 이루어지자 그의 건강이 다소 회복된 듯하다. 이 해에 대한민국 정부가 수립되고 차츰 우리 주변의 혼란상도 수습되기 시작했다.

그러나 모처럼 얻은 이런 형태의 평화도 오래 허용되지 않았다. 1949년도에 다시 그 앞에는 모진 시련이 닥쳐왔다. 국회에서 반민특위가 구성되고 그가 육당(六堂)과 함께 반역자로 소환을 받았다. 그것으로 춘원은 특별 검사의 호된 문초가 따른 심문대 앞에 섰다. 춘원이 이런 사태에 직면하자 사릉 동민 300여 명이 그의 무죄 석방을 진정하여 청원서를 반민특위에 올렸다. 반민특위에 계류된 피소자 가운데 가족이나 친지가 아닌 일반 시민의 무죄 석방 청원이 이루어진 예는 춘원 이외에 달리 그 예가 나타나지 않는다. 이것은 그의 평소 행보가 어떤 성격의 것이었는가를 알리는 단적인 증거가 될 것이다.

4. 풀벌레가 우는 자리

지난달(2010년 10월) 11일 우리 학회의 동호인 일부가 봉선사를 다녀왔다. 그 전날 우리는 연중행사로 연구발표회를 가졌다. 금년도 발표회에는 단국대학교 대학원 세미나실에서 열렸다. 100명 정도의 좌석이 거의 찰 정도로 성황이었다. 그 자리에서 윤홍로 교수의 「춘원의 용동(龍洞) 체험과 글쓰기」 이하 다섯 편의 주제논문이 발표되었다. 그에 이은 질의, 토론의 시간도 흔히 있을 수 있는 겉치레나 형식을 떠난 차원에서 진지하게 이루어졌다. 그럼에도 모임이 끝날 무렵이 되자 우리는 까닭 모르게 아쉽다는 생각을 품었다. 어느 누구든가 그 틈서리에서 올해가 춘원이 북에 납치되어 간 다음 60주년이 되는 해라고 말했다. 그런 발언에 촉발되어 우리 몇몇은 춘원의 유적지인 사릉을 찾고 봉선사에 가보아야 한다고 생각을 모았다.

지금 사릉의 고택은 춘원이 한때 거처한 농가 그대로가 아니다. 그것은 6·25 뒤 오랫동안 방치되어 있다가 이용자가 생겨서 그들이 입주해 살았다. 그런 틈서리에 별채와 창고, 외양간 등은 없어지고 본채만이 남아 있다. 그것을 기념관으로 만들기 위해 텃밭 자리를 정리하고 오랫동안 고택을 이용해온 거주자와도 협의가 되어가는 중이다. 봉선사도 널리 알려진 대로 8·15 직후 춘원이 머문 그대로가 아니다. 6·25 동란이 일어나고 다시 서울이 수복되는 과정에서 서울 사수를 꾀한 인민군이 마지막 방어선을 광릉 일대로 택했다. 그에 대해 국군과 UN군이 적을 제압하기 위해 엄청난 폭격과 포격을 저지선을 향해 퍼부었다. 당시 빚어낸 전화가 봉선사와 그 부속건물 일체를 깡그리 불타오르게 해버렸다. 지금 봉선사는 그 잿더미 위에서 새로 건립된 대웅전과 부속 시설들이다.

올해는 늦더위가 계속되어 우리가 봉선사의 산문을 들어섰을 때도 경내의 나무와 풀들은 아직 푸른빛을 띠고 있었다. 다만 산문 좌측 언덕에 있는 운허당 기념비, 춘원 기념비 주변의 풀들은 그와 달랐다. 거기 숲과 풀은 생기가 가시어 희미하게나마 가을을 느끼게 만들었다. 비석 주변에는 벌레소리가 들리고 들국화 몇 송이가 피어 있었다. 우리 일행은 그런 정경 속에서 기념비 한 구석에 새겨진 춘원 자신의 말을 읽었다.

> 내가 내 자식들이나 가족 친구들이 내가 죽어간 뒤에 구태어 묘를 만들어 주고 비를 세워 준다면 지하에 가서까지 말릴 수야 없는 일이겠지만, 만일 그렇게 되어진다면 내 생각으로는 '이광수는 조선 사람을 위하여 일하던 사람이다' 라는 글귀가 쓰여졌으면 하나, 그도 마음뿐이다.

이런 문면을 읽고 나서 춘원의 지난날에 대한 우리 생각들이 모두 합치되는 것은 아니었을지 모른다. 그러나 춘원에 대한 우리 평점이 아무리 각박하다고 하더라도 그의 평생이 숙명적으로 우리 민족을 짊어지고 연자매를 돌아간 마소와 같았다는 것을 부인할 이는 없을 것이다. 그런 생각을 하면서 비석 앞을 한동안 서성거리다가 다시 우리 일행의 발길은 '다경향실'이 있었던 조사당 쪽으로 옮겨졌다. 다경향실은 본래 대웅전이 바라보이는 왼쪽 언덕 일각에 있었다. 그러나 그 자리에 서게 되자 우리는 다시 한 번 역사의 비정한 생리를 느끼지 않을 수 없었다. 우리가 찾아본 '다경향실' 자리에 60년 전 운허당이 춘원을 위해 세워준 단칸 초옥은 남아 있지 않았다. 거기에는 이름 모를 가을 풀들이 우거진 채였고 다만 한 조각 돌 위에 '다경향실 유지(茶經香室 遺趾)'의 기록이 보일 뿐이었다. 아침에 뿌리던 빗발은 그 무렵에 이미 개어 있었다. 이따금 들리는 풀벌레 소리가 오랜 절간의 풍경을 더욱 쓸쓸한 것으로 만들어주었다. 다음은 그런 풍경 속에서 내가 느낀 감회의 일단을 적어본 토막 글들이다.

奉先寺記念碑前憶春園 〈봉선사의 기념비 앞에서 춘원을 생각하며〉

落地西關貧士門	태어난 곳 서녘 변새, 가난한 선비의 집
喪親十歲棄鄕村	열 살에 양친 잃고 고향땅을 등졌거니
流離沿海枕霜塊	떠돌이로 헤맨 노령(露領) 서릿덩이 베개하고
聲討扶桑懷彈痕	일제 타도 외친 동경 총알 자욱 남겼었지
荒塢單碑秋草冷	쓸쓸한 뫼, 외진 비석 가을 비 차가운데
平郊歸雁夕陽溫	터진 들판 기럭들에 저녁 햇살 따뜻하다
生存死去聞無處	태어나고 죽어감을 물어볼 길 없는 자리
孰慰人間抱恨魂	누구라 이승살이 한 많은 넋 달래려나

春園寓居茶經香室有感 〈춘원의 다경향실 터를 보고 느낌이 있어〉

少日春園愛國人	젊은 철 춘원은 애국자로 살았었지
中年變節毁全分	한때 절조 꺾어 영욕이 나뉘었다.
殘碑一片茶香室	한 조각 남은 비석 다경향실 이 자취를
斷續寒恐荒草群	실솔이 울음 울어 거친 풀 서리뿐을

奉先寺秋景 〈봉선사의 가을〉

千古伽藍不絶人	천년이라 오랜 절집 사람 발길 연이으니
人間覺夢此相分	우리네 깨침과 꿈 뚜렷이 구별된다.
漸修頓悟終何事	도를 닦고 부처됨이 종당에는 무엇인가
看彼前郊黃稻群	저기 황금 물결치는 들녘의 벼를 보라.
淸梵山門抱俗人	맑게 이는 독경소리 중생 품는 절문인데
無端念佛悟迷分	끊임없는 염불임에 꿈과 깨침 같지 않다.
浮雲流水幾多歲	뜬구름 흐르는 물, 몇몇 해가 지나갔나
大德碑前黃菊群	큰 스님 비석 앞에 엉키어 핀 국화꽃들

다시 읽는 춘원(春園)의
도산 안창호(島山 安昌浩) 비문

1. 춘원의 도산 섬기기

춘원에게 도산 안창호(島山 安昌浩)는 민족운동의 상징이었고 살아 움직이는 도덕적 규범의 뚜렷한 입상이었다. 평소 그에게는 경모해 마지않는 두 사람의 우리 역사상 위인이 있었다. 그 한 사람은 임진왜란 때의 구국의 영장 이순신(李舜臣) 장군이다. 이순신 장군을 위해서 춘원은 그 전적지를 두루 답사했다. 장편소설 『이순신』을 써서 발표했으며 삼엄한 일제의 감시, 규제를 무릅쓰고 『충무공전서』를 편찬, 간행하는 사업에 참여하였고 「이충무공행록(李忠武公行錄)」을 우리말로 옮겨내기까지 했다.

춘원의 도산 섬기기는 충무공의 경우에 결코 뒤떨어지지 않았다. 상해임시정부 시기에 춘원은 도산의 식사(式辭)나 담론, 갖가지 논설들을 거의 도맡다시피 하여 그 초고를 만들었다. 1921년에 있었던 귀국 후에 그는 총독부 경찰의 번득이는 감시체제 속에서 살지 않으면 안 되었다. 그런 상황을 무릅쓰고도 춘원은 도산이 영도한 흥사단의 국내판인 수양동우회 운동을 전개했다. 주요한과 더불어 그 기관지 격으로 『동광(東光)』을 간행했으며 거기에 창간호부터 산옹(山翁)의 이름으로 도산의 담론들을 실었다.

『동광』 창간에 앞서 춘원은 도산을 주인공으로 한 장편소설 『선도자(先導者)』를 발표(1923년 3월 『동아일보』에 연재 시작, 총독부의 간섭으로 같은 해 7월 17일 연재 중단)했다. 다음해에 그는 일제 고등경찰의 감시망을 뚫고 비밀리에 국경선을 넘어 북경으로 갔다. 거기서 도산을 만났고 그 자리에서 흥사단 운동을 국내에서 전개할 방략을 논의한 듯하다. 뿐만 아니라 도산이 지닌 많은 양의 행동 철학을 채록하여 귀국한 후 잡지와 신문을 통해 발표했던 것이다.

2. 흥사단, 동우회와 도산, 춘원

한동안 수천리 거리를 두고 이루어진 춘원과 도산의 유대관계는 도산이 상해에서 피체되어 국내로 압송되어 온 국면을 거치면서 더욱 극적인 것이 되었다. 1930년대에 접어들자 일제는 대륙제패의 야욕에 들뜬 나머지 만주사변을 일으켰다. 그들의 작전이 무난하게 이루어지자 일본의 군부는 중국 동북지방에 괴뢰 만주국을 세웠다. 그들은 다음 단계에서 다시 대륙으로 전단을 확대시켰다. 1932년 초 그들은 상해를 침공하여 중국군의 완강한 저항을 물리치고 그 지역을 제압하기에 성공했다. 그 전승 잔치로 일제는 홍구공원(虹口公園)에서 축하행사를 벌이기로 했다. 그 행사장에 한인애국단 단원인 윤봉길(尹奉吉) 의사가 잠입했다. 그는 승전 분위기에 들뜬 일제의 수뇌부가 총출동한 단상을 향하여 고성능 폭탄을 투척했다. 폭탄은 요란한 폭발음과 함께 일본군 사령관과 대사, 영사, 거류민 단장 등을 일거에 휩쓸어버렸다. 그것으로 중국 신문들이 정규군 몇 개 사단이 올린 전과와 맞먹는다고 평가한 일본군 응징의 쾌거가 이루어졌다. 그러나 이 폭탄 투척의 성과는 뜻밖에도 우리 측 독립운동자들, 특히 당시 상해 조계에 거주한 임정 요인들에게 후폭풍으로 몰아닥쳤다.

윤봉길 의사의 의거로 그들의 면목이 진흙탕에 처박힌 일제는 당시까지 그 자리를 지킨 상해임정의 요인들 색출과 검거에 나섰다. 이 수색, 검거의 회오리에 도산이 휘말려버렸다. 그날 도산은 윤봉길 의사의 거사 사실을 전혀 모른 채 외국인 조계 내에 있는 친지의 집에 가 있었다. 일제가 그 자리를 급습하여 도산을 체포하였다. 그들은 정당한 법적 절차도 거치지 않은 채 그를 국내로 압송해버렸다.

김구(金九)의 『백범일지(白凡逸志)』에 따르면 윤봉길 의사의 거사가 있기 전에 그는 몇 사람의 임시정부 요인들에게 그런 사실을 전하는 조치를 취했다. 특히 도산에 대해서는 믿을 만한 교포를 시켜 피신을 하라는 내용을 담은 적바림을 적어 보낸 것으로 되어 있다. 다음은 『백범일지』의 한 토막으로 윤봉길 의사를 홍구공원으로 보낸 다음의 일을 적은 부분이다.

> 그 길로 나는 조상섭(趙尚燮)의 상점에 들러 편지 한 장을 써서 점원 김영린(金永麟)을 주어 급히 안창호 선생에게 전하라 하였다. 그 내용은

「오전 십시경부터 집에 계시지 마시오. 무슨 대 사건이 있을 듯합니다.」
하는 것이었다. 그리고 나는 석오(石吾:임정 요인 이동녕의 호 – 필자
주)) 선생께로 가서 지금까지 진행한 일을 보고하고 점심을 먹고 무슨
소식이 있기를 기다리고 있었다.

위와 같은 기록들로 보아 그날 김구가 도산에게 보낸 편지는 중간
과정에서 차질을 일으켜 제대로 전달되지 못한 듯하다. 어떻든 그 스
스로가 전혀 관계하지 않은 사건에 휘말려 도산은 총독부의 철권통치
가 진을 친 국내로 압송되었다. 국내에서 도산을 기다린 것은 사상통
제반의 심문과 무시로 가혹행위를 감행하는 일제 경찰의 취조자들이
었다. 도산을 법정에 세운 일제는 그에게만 4년의 실형을 선고했다.
이것으로 도산은 1935년에 이르기까지 일제의 감옥에서 죄수로 살았
다. 그는 2년 6개월 만에 건강 악화로 가출옥을 했다.

1930년대 중반부터 일제는 대륙에서 확전을 거듭했다. 후에 태평양
전쟁으로 나타난 세계제패의 야욕 달성을 위한 시간표 짜기에도 여념
이 없었다. 상황이 이렇게 악화 일로를 치달리고 있었음에도 춘원은
가출옥한 도산과 무시로 접촉하고 있었다. 이 무렵에 이르자 춘원과
도산은 민족운동의 명맥을 동우회 운동으로 살리고자 한 것 같다. 당
시 침략전쟁 수행에 혈안이 된 총독부 경찰이 이런 두 사람의 시도를
그대로 보아 넘길 리가 없었다. 1937년에 이르자 일제는 춘원이나 도
산뿐 아니라 그 주변의 전 민족운동 세력을 송두리째 뿌리 뽑기 위해
동우회 회원의 일제 색출 검거 작전에 나섰다. 1937년 6월 일제의 경
찰은 도산과 춘원 등 흥사단 국내 조직인 동우회 회원 105인을 전시체
제 속에서 반체제운동을 벌였다는 죄목으로 전원 연행 구금하여 철창

속에 몰아넣었다.

동우회 사건으로 춘원은 도산과 함께 서대문형무소에 수감되었다. 춘원은 같은 해 12월 중순경 건강 악화로 일단 병보석이 되어 풀려났다. 당시 춘원을 기다린 것은 너무나 엄청난 사태였다. 춘원과 비슷한 시기에 도산도 병보석이 되어 감옥생활에서 벗어났다. 그러나 그 후속 조치로 경성제대 병원에 입원한 도산이 건강 악화로 불귀의 객이 되어버렸다. 도산은 춘원에게 상해에서 흥사단 가입 이후 민족운동의 가늠자였다. 특히 인격도야를 통해 개인의 완성과 그를 바탕으로 한 민족적 역량 육성이 독립운동의 기본 전략이 되어야 한다는 도산의 국권회복 노선은 한때 춘원이 가슴 깊이 공감한 행동 지침이었다. 생활의 규범이며 민족운동의 정신적 지주인 도산을 잃어버리자 춘원은 불시에 방향타를 잃고 망망대해를 표류하는 조각배 꼴이 되어버렸다. 이 무렵부터 그는 민족운동이 곧 일제를 향한 저항이라는 그 나름의 신념을 거의 포기한 상태로 몰고 가버린다. '황국작가위문단' 파견에 이름을 올리고 '문인보국회'에 참여하였다. '창씨개명, 학병 권유'를 서슴지 않은 것도 도산의 서거로 춘원이 받은 충격파의 정도를 말해주는 일이다.

3. 춘원의 도산 비문

여기에 이르기까지 우리는 도산과의 상관관계를 통해서 춘원이 우리에게 끼친 발자취를 더듬어보았다. 춘원의 손으로 된 「도산 안창호 선생 비문」은 이런 경우의 우리에게 두 사람 사이의 유대관계를 말해

주는 많은 자료 가운데도 가장 중요한 몫을 차지한다. 무엇보다 여기에는 8·15 후에 춘원이 완성한 도산의 전기 『도산 안창호(島山 安昌浩)』의 전권 내용이 집약 제시되어 있다. 파란으로 점철된 도산의 일생이 1,140여 자 40여 행에 담긴 가운데 사이사이에 우리말과 한자어 투의 맛과 격조를 살린 글 솜씨 또한 지나쳐 볼 수 없는 것이다.

이미 드러난 바와 같이 도산이 서거한 시기는 일제가 우리 땅에 삼엄한 전시체제를 펴고 있었을 때였다. 그런 총독부 정치 아래서 도산의 유해는 친지 몇 사람의 손으로 망우리 공동묘지에 묻혔다. 그로부터 8·15 해방이 있기까지 그 무덤은 찾는 이도 많지 않았고 한 조각 돌도 서 있지 않았다. 8·15 후 그것을 아쉽게 생각한 흥사단의 동지들 사이에 비석 건립의 논의가 일어났다. 당시 춘원은 사릉에 칩거하면서 민족의 죄인으로 살았다. 오로지 참회하는 심경으로 그는 『돌베개』를 쓰고 동시에 1947년에 책이 되어 나온 『도산 안창호』를 탈고했던 것이다. 이런 사실들에 비추어 보면 흥사단의 동지들이 도산의 묘전비 건립을 논의하게 되자 그 비문을 맡길 사람으로 춘원을 두고 달리 생각될 수가 없었다.

다시 『도산전서』를 보면 춘원이 「도산 비문」을 완성한 것은 6·25 전쟁 직전인 1950년경으로 나타난다. 이때의 비문은 탈고 직후 곧 돌에 새겨지지는 못했다. 바로 그 무렵에 동족상잔의 한국동란이 일어났기 때문이다. 6·25로 춘원은 납북이 되어버렸으나 다행히 「도산 비문」은 서예가인 김기승(金基昇)의 손에 넘어가 있었다. 창황한 피난길을 떠나기 전에 그는 비문을 포장하여 땅속에 파묻었다. 서울이 수복된 다음 그것을 다시 파낸 것이 지금 우리가 대하게 되는 「도산 비문」이다.

여기에 제시된 「도산 비문」은 비석 전면에 각자된 찬(贊)과 후면과 측면을 차지한 본문으로 나뉘어진다. 비석 전면에 새겨진 찬은 그 전문이 전통적 격식에 따른 순한문이다. 비문의 본문은 그와 달리 고어체로 되어 있으며 중요 단어가 모두 한자들이다. 지금 우리 주변의 젊은이들 대부분은 한문뿐만 아니라 한자 교육도 거의 받지 못했다. 그러니까 춘원이 쓴 원상태의 「도산 비문」에 그들은 손쉽게 접근할 수 없는 것이다. 이런 교육적 현실을 감안해서 여기서는 거의 모든 한자들에 한글 음을 달기로 했다. 또한 전문을 우리말로 풀어서 일단 한글 세대에게도 비문의 내용이 파악될 수 있도록 배려해보았다.

마지막으로 밝혀둘 것이 하나 있다. 춘원이 쓴 이 비문은 처음 오석(烏石)에 각자되어 망우리의 도산묘사 앞에 비석으로 세워졌다. 그러나 지금의 도산공원으로 옮겨지는 과정에서 춘원이 쓴 비석 원문은 교체되었다. 지금 우리는 춘원이 쓴 원형 그대로의 「도산 비문」 원문을 비석 위에서는 찾아볼 수 없다. 누군가 말한 것처럼 세월은 덧이 없고 인간의 역사는 근본적으로 비정, 잔인하다. 그 모든 사실을 모르지 않는 우리가 여기서 새삼스럽게 춘원의 글 하나를 다듬어 고쳐 읽고자 하는 까닭은 무엇인가. 한마디로 이것은 변하고 사라지는 세월 속에서도 믿고 가꾸어나가고 싶은 인정과 의리가 우리 가슴에 면면히 꿈틀대기 때문일 것이다.

4. 춘원 작 도산 비문의 주석, 해독

도산 안창호선생 기념 비문

비 전면 찬(贊)

學不厭格物致知欲復祖國
학불염격물치지욕복조국

誨不倦樹德立言爲寧斯民
회불권수덕입언위영사민

直無僞接人以愛春風和氣
직무위접인이애춘풍화기

公無私作事以誠秋霜嚴威
공무사작사이성추상엄위

배우기에 부지런하여 물리를 캐며 슬기를 길렀으니
내 나라 되찾으려 함이었고
가르침에 게을리하지 아니하고 덕을 닦고 말 세워나간 것은
우리 백성 섬기려 함이었네
올곧아 거짓 없었고 사람들 대함에 사랑으로 하니
봄바람과 같은 화기 있었고
공번되어 사사로움 몰랐으며 일을 지음에 지극정성이었으나
가을 서릿발 같은 엄격과 위의(威儀) 지녔어라

비 본문

島山 安昌浩先生은 檀紀四二一一年 戊寅 十月六日 大同江 下流 도롱섬
　　　　　　　　　　단기　　　　　　무인

에 낳시니, 考諱興國妣黃氏의 三男이요, 文成 安裕先生의 裔라, 先世
　　　　　　　　고 휘 흥 국 비 황 씨　　　　　　　　　문 성 안 유 선 생　　예　　선 세

平壤 南村魯南에서 儒를 業하더라. 三歲에 入學하여 當年 三卷書를 떼
평 양　남 촌 노 남　　　 유　업　　　삼 세　　　　　　　　　 삼 권 서

다. 家貧하나 師를 隨하여 學을 廢함이 없더니, 十七歲 甲午에 新學을
　　 가 빈　　 사　 수　　 학　 폐　　　　　　　　　　갑 오　 신 학

求하여 上京 美國人 元杜宇의 塾에 入하다.
구　　　　　　　　 원 두 우　　숙

　　도산 안창호 선생은 단기 4211년(1878년) 10월 6일(고종 15년) 대동
강 하류 도롱섬에서 태어나시니 그 아버님은 흥국이요 어머님은 황씨
였는데(考–돌아가신 아버지, 諱–돌아가신 어른들의 이름, 妣–돌아
가신 어머니) 그 셋째 아드님이었으며 문성공(文成公) 안유(安裕)의 후예
였다. 조상은 평양 남촌 노남에서 선비로 살았다. 세 살 때에 글을 배
우기 시작하여 곧 책 세 권을 떼었으며 집은 가난했으나 스승을 따라
글 읽기를 계속하셨고(9세에서 14세까지 강서군 심정리에 머물며 그
곳 선비인 김현진(金鉉鎭)에게 글을 배운 사실을 가리킨다) 17세 된 갑
오년(1895년) 신학문을 구하여 상경 미국 사람인 언더우드(Underwood,
H. G.)의 학당(구세학당)에 입학하였다.

十九歲 丙申에 獨立協會에 加入 徐載弼博士의 薰陶를 받고 平壤에서
　　　　 병 인　 독 립 협 회　　　　　　　　　　　훈 도　　　 평 양

國權獨立과 生活革新의 思想을 鼓吹하다. 快哉亭演說은 그때라. 救國
국 권 독 립　생 활 혁 신　사 상　고 취　쾌 재 정 연 설　　　　　구 국

의 道가 敎育에 있음을 力說하여 故里에 前進學校를 세우니, 私立學校
　 도　 교 육　　　　　　 역 설　 고 리　진 진 학 교　　　　사 립 학 교

의 嚆矢라. 數傾의 荒蕪를 開墾하여 老母奉養의 資로 長兄 致浩에 獻
　 효 시　 수 경　 황 무　 개 간　노 모 봉 양　자　 장 형 치 호　 헌

하고 二十二歲 己亥에 夫人 李氏를 伴하고 渡美하다. 桑港과 羅城에서
　　　　기 해　　　　　반　도 미　　상 항　노 성

苦學中에도 同胞를 尋訪하여 援助와 指導를 廢하지 아니하니,
고학중　　동포　심방　　　원조　지도　폐

다 悅服하다.
열 복

19세 병신년(1896년)에(『도산전서』 권말에 실린 「도산연표」에 의하
면 이 해는 1897년 정유년으로 되어 있다-필자 주) 독립협회에 가입
하여 서재필(徐載弼) 박사의 가르침을 받고 평양에서 나라의 주권 확립
과 생활 혁신 사상을 외치며 일깨우고자 했으니 쾌재정의 연설은 그
때였다. 구국의 길이 교육에 있음을 역설하여 고향에 전진학교를 세
우니 사립학교의 시초가 되었다. 여러 마지기의 황무지를 개간하여
늙은 어머님을 봉양하도록 맏형님인 치호(致浩)에 바치고 22세가 된 기
해년(1899년-「도산연표」에 따르면 이 해에 도산은 21세이다-필자
주) 부인 이씨와 더불어 미국으로 건너갔다. 샌프란시스코와 로스앤
젤레스에서 고학을 하는 가운데도 동포를 찾아보며 원조와 지도를 꾸
준하게 하여 모두가 좋아하며 뒤따랐다.

□ 쾌재정 연설-쾌재정은 1897년 평양에서 열린 독립협회 관서지
부대회가 열린 장소였다. 이때 도산이 평양감사 조민희(趙民熙)와 수백
군중이 모인 자리에서 18조목의 쾌재(快哉)와 18조목의 부재(不哉)를 들
어 정부를 비판하고 민중의 각성과 궐기를 호소했다. 이 연설로 도산
은 일약 시대와 민족의 선도자가 되었다.

當時 布哇로부터 多數同胞가 美本土에 渡來하여 日本人勞動斡旋者의
당시 포와　　　다수동포　　　 　　　　　　　일본인노동알선자

搾取에 呻吟함을 보고 李剛·鄭在寬等 同志와 謀하여 就職斡旋生活指
착취　신음　　　　 이강 정재관등 동지　모　　취직알선생활지

導를 目的으로 共立協會를 組織하고 因해『共立新報』를 創刊하니,
도　목적　　　공립협회　조직　　인　공립신보　　창간

北美 大韓人國民會와『新韓民報』의 前身이라. 丙午 二十九歲에 還國
북미 대한인국민회　신한민보　전신　　병오　　　　　　환국

하니, 保護條約 翌年이라. 國運挽回의 唯一路가 敎育과 産業의 振興임
　　보호조약 익년　　국운만회 유일로　교육　산업　진흥

을 力說하여 新民會와 靑年學友會를 創立하니 實로 我國 組織的 民族
역설　　신민회 청년학우회　창립　실 아국 조직적 민족

運動의 始라. 當時 著名하던 愛國者를 網羅하였고 三一運動의 指導者
운동　시　당시 저명　　애국자 망라　　　　운동　지도자

거의 다 이에서 出하니라.

당시 하와이로부터 수많은 동포가 미국 본토에 건너와서 일본인 노
동거간꾼의 착취에 신음함을 보고 이강(李堈), 정재관(鄭在寬) 등 동지와
도모하여 취직 알선, 생활 지도를 목적으로 공립협회를 조직하고 그
에 곁들여『공립신보』를 창간하니 북미주의 대한인국민회와『신한민
보』의 전신이었다. 병오년(1906년) 29세(「도산연표」에 따르면 이때 귀
국은 1907년 정미－필자 주)에 환국하니 보호조약(을사보호조약: 일
제는 우리의 외교권을 박탈해가고 군대도 해산시킴－필자 주) 다음해
였다. 국운을 만회하는 오직 한 가지 길이 교육과 산업의 진흥임을 역
설하여 신민회와 청년학우회를 창설하니 실로 우리나라의 조직적 민
족운동의 시작이었다. 당시 저명하던 애국자를 두루 얽어내었으니
3·1운동의 지도자가 거의 다 여기에서 나온 것이다.

□ 신민회 - 1906년 발족을 본 독립운동 조직. 미국에서 귀국한 안창호가 이갑, 양기택, 이동녕, 이동휘, 신채호, 노백린 등과 손을 잡고 발족시킨 비밀결사. 민족과 국가의 실력 양성을 목표로 하고 정치, 교육, 문화, 정치 등 각 분야에 걸친 진흥운동을 전개하였으나 1912년 데라우치(寺內) 총독 암살 모의에 연루되어 구성원 전체에 체포령이 내려 중심 세력이 망명함으로써 자연 해체되었다.

□ 청년학우회 - 1908년 안창호가 발기, 조직한 청년운동단체. 무실역행(務實力行)을 행동지침으로 삼고 유능한 청년들을 결집하여 국권 양성을 기한 조직으로 박중화를 회장으로 하고 이동녕, 신백우, 김좌진, 최남선, 윤기섭 등이 참여하였다. 특히 기관지 격인 『소년(少年)』을 간행하여 개화기의 신문명 수용에 결정적 구실을 했다. 신민회의 자매조직으로 흥사단의 모체가 되었다.

平壤大成學校를 設하고 몸소 校長이 되어 人格主義 敎育에 新機軸을
평양 대성학교 설   교장   인격주의 교육 신기축
開하더니, 隆熙三年 安重根事件으로 日憲兵隊에 拘禁되었다가 翌春에
개   융희삼년 안중근사건   일헌병대 구금   익춘
釋放되었으나 日本과 協力하는 政黨과 內閣을 組織하라는 第二次의
석방   정당   조직
日本의 要請을 一蹴하고 亡命의 길을 떠나다. 靑島會議 海參威會議에
요청 일축 망명   청도회의 해삼위회의
서 不幸히 獨立運動方略에 關하여 合意를 보지 못하고 先生은 美洲로
불행 독립운동방략 관 합의
돌아와 加洲에서 水路掘鑿人夫로 生計를 삼으니, 興士團의 構想이
가주   수로굴착인부 생계   흥사단 구상
이때에 되다.

평양대성학교를 창설하고 몸소 교장이 되어 인격주의 교육에 새로운 기틀을 열었더니, 융희 3년(1909년) 안중근(安重根) 사건으로 일본 헌병대에 구금되었다가 다음해 봄에 풀려났으나 일본과 협력하는 정당과 내각을 조직하라는 두 번째 일본의 요청을 일축하고 망명길을 떠났다. 청도회의 해삼위회의에서 불행하게 독립운동의 방략에 관하여 의견의 합치를 보지 못하고 선생은 미주로 돌아가 캘리포니아에서 수로공사를 하는 인부로 생계를 삼으니 흥사단의 구성이 이때에 된 것이다.

□ 청도회의─데라우치[寺內] 총독 암살사건으로 연행, 투옥된 안창호는 1909년 12월에 일단 석방되었다. 그길로 그는 망명길에 올랐다. 이때 그가 지은 것이 '간다 간다 나는 간다/너를 두고 나는 간다'로 시작되는 「거국가(去國歌)」였다. 이 망명길에서 도산은 처음 위해위를 거쳐 북경 경유 청도에 도착했다. 거기서 유동열, 신채호, 이동휘, 이종호, 이강 등과 만나 국내외의 민족운동을 아우를 방략을 논의했다. 그러나 즉시 전면 투쟁을 주장한 주전론(主戰論)과 중국의 동북쪽에서 동포를 교육하고 군대도 양성하면서 국권 회복을 기하자는 점진론(漸進論)이 첨예하게 대립되어 도산의 거듭된 중재 시도가 실패에 돌아갔다.

□ 해삼위회의─청도회의가 결렬된 다음 도산은 다시 해외의 독립운동조직을 결집시키려는 시도로 러시아령인 블라디보스토크를 향했다. 『안도산 전기』에 따르면 그가 해삼위에 도착한 것은 1910년 9월이었다. 도산은 이때 이강과 이갑 등의 도움을 받아 그곳 민족운동자와 대동단결의 길을 모색하고자 했다. 그러나 이곳에서 역시 서로의 의

견은 분열되어 기대한 성과는 얻지 못한 채 한일합방의 소식이 전해
져 도산은 다시 그의 길을 떠나야 했다.

未幾에 同胞의 懇請으로 國民會를 强化하여 몸소 中央總會長이 되니,
미기　　　간청　　　국민회　　강화　　　중앙총회장

會勢大振하여 布哇 黑西哥와 멀리 시베리아 北滿에까지 미쳐 儼然히
회세대진　　포와　흑서가　　　　　　북만　　　　엄연

太極旗를 지키는 一國家의 觀이 있더라. 第一次 世界大戰이 끝나매
태극기　　　일국가　관　　　　제일차　세계대전

國民會는 李承晩博士에게 歐美外交, 先生에게 遠東同胞團結을 委任
국민회　이승만박사　　구미외교　　선생　　원동동포단결　위임

하니, 先生은 己未五月 上海에 上陸하여 大韓民國臨時政府 內務總長에
　　　선생　기미오월　상해　상륙　　　대한민국임시정부　내무총장

就任 國務總理 李承晩博士를 代理하여 政廳을 開하고 同志를 糾合하고
취임　국무총리　이승만박사　대리　　정청　개　　동지　규합

三系政府를 統合하고 獨立運動 方略을 制定한다.
삼계정부　통합　　독립운동　방략　제정

　얼마 지나지 않아서 동포의 간절한 요청으로 국민회를 강화하여 몸
소 중앙 총회장이 되니 회의 세력이 크게 떨치어 하와이와 멕시코와
멀리 시베리아, 북만주에 까지 그 세가 미치어 엄연하게 태극기를 지
키는 한 나라의 모습을 띠게 되었더라. 제1차 세계대전이 끝나자 국민
회는 이승만 박사에게 유럽과 미주의 외교를 맡기고 선생에게 극동의
동포 단결을 위임하니 선생은 기미년(1919년) 5월 상해에 상륙하여 대
한민국 임시정부 내무총장에 취임하여 국무총리 이승만 박사를 대리
하여 정청을 개설하고 동지를 규합하여 세 가닥 정부를 통합하고 독
립운동 방략을 제정하였다.

□ 삼계정부 ― 상해임시정부가 성립되기 전 해외 독립운동자들에 의해 세 개의 정부 형태 조직이 형성되었다. 그 하나가 3·1운동의 본원지인 서울에 형성된 한성정부였고 다른 하나가 만주 쪽의 것이었다. 이와는 달리 러시아 연해주에도 망명자들에 의한 정부 구상이 있어 이들을 통틀어 삼계정부라고 일컬은 것이다.

　　　四十五歲 壬戌에 大韓獨立黨을 發起하고 滿洲에 遊說中 日官憲의 要請
　　　　임술　대한독립당　발기　　만주　유세중　일관헌　요청

　　　으로 吉林에서 逮捕되더니, 中國志士의 蹶起로 難을 免하다. 四十八歲
　　　　　길림　　체포　　　　　궐기　난　면

　　　乙丑에 比律賓을 訪問한 뒤 北美 各地同胞를 巡廻遊說하고 다시 中國
　　　　을축　비율빈　　　　북미　각지동포　순회유설

　　　에 돌아와 南京에 東明學院을 設하고 大公主義의 政治·經濟·道德의
　　　　　　남경　동명학원　설　　대공주의　정치　경제　도덕

　　　理想을 說하다.
　　　　이상

　45세 임술년(1922년)에(「도산연표」에 따르면 이 해는 1923년 계해(癸亥)년이다. ― 필자 주) 대한독립당을 발기하고 만주에 유세를 하던 중 일본 관헌의 요청으로 체포되었다가 중국지사의 궐기로 난을 면하게 되었다. 48세 을축년에(1925년) 필리핀을 방문한 뒤 북미주의 여러 곳 동포를 순회하여 유세하고 다시 중국으로 돌아와 남경에 동명학원을 설립하고 대공주의 정치, 경제, 도덕의 이상을 설파하였다.

　□ 대공주의 ― 도산이 흥사단과 수양동우회 동지들에게 보낸 편지에 나오는 말, 1927년 연희전문학교 축구단이 상해로 원정을 갔다. 그들

을 환영하는 자리에서 처음 이 말을 썼다는 기록도 있다.(『도산전기』

15장, 「이상촌 추진 시절」). 도산은 민족운동의 기본 방향을 개인의 인

격도야와 그들이 조직을 이루어 단결된 힘을 모으는 단결력으로 잡았

다. 그 개념의 단위 속에는 공(公)과 사(私)의 구분이 있었다. 도산에게

사(私)란 개인이 자기 본위로 세상을 살아가는 것을 뜻했다. 그에 대해

서 사회와 민족을 위할 줄 아는 것이 공(公), 도는 공변된 차원을 헤아

릴 줄 아는 것이었다. 도산의 어록에는 '개인은 민족에 봉사함으로써

자신에 대한 의무와 인류에 대한 의무를 완수한다.'라는 구절이 나타

난다. 또한 흥사단 단원들에게 그는 '단원은 단을 위하여 일하고 단은

민족을 위하여 일하자.'라고도 말했다. 요컨대 도산의 대공주의란 개

인이 사적인 차원만을 추구하는 것이 아니라 그가 속한 사회, 국가,

민족의 이익도 생각하면서 살아가자는 행동노선이었다.

五十五歲 壬申에 上海爆彈事件으로 日官憲에게 逮捕 本國에 護送되어
　　　　임신　　상해폭탄사건　　　　　　　체포　　　호송

大田獄에서 四年刑을 치르고 出獄後 江西松苔에 一廬를 結하고 隱居하
　　　　　　　　　　출옥후 강서송태　일려　결　　은거

여 自我革新 民族革新을 說하더니, 丁丑에 數百同志와 被檢 西大門獄
　자아혁신 민족혁신　　　　　정축　　　　　피검 서대문옥

에서 發病하여 京城大學病院에서 殉國하시니 戊寅三月十一子時요,
　　발병　　　　　　　　　　　순국　　　　무인

享年 六十一이라. 서울 東郊 忘憂里墓地에 權窆하다. 夫人 李氏 必立·
향년　　　　　　　동교 망우리묘지　권폄　　　　　　　　필립

必鮮· 必英 삼자와 秀山· 秀羅 二女 北美에 있다.
필선　필영　　　수산 수라

55세 임신년에(1932년) 상해 폭탄사건으로 일본 관헌에게 체포되어

우리나라로 호송되어 대전감옥에서 4년 형을 치르고(법정 언도가 4년이었으나 실형은 2년 6개월을 살고 일단 병보석이 되었다. – 필자 주) 출옥한 후 평안도 강서의 송태에 한 집을 얻고 은거하여 자아혁신, 민족혁신을 설파하더니 정축년에(1937년) 수백의 동지와 함께 피검되어 서대문감옥에 발병을 하여 경성대학병원에서 순국하시니 때는 무인년(1938년) 3월 11일 자시(子時) 곧 새벽녘이었다. 이승에서 누린 해가 61세라 서울 동쪽 변두리 망우리묘지에 임시로 묻히시었다. 부인 이씨(李氏), 필립(必立), 필선(必鮮), 필영(必英) 세 아들과 수산(秀山), 수라(秀羅) 두 딸이 북미주에 있다.

檀君紀元四千二百八十八年乙未九月 日
島山安昌浩先生記念事業會立
春園 李 光 洙 撰
素筌 孫 在 馨 篆
原谷 金 基 昇 書

단군기원 4288년(1955) 을미(乙未)년 9월 일
도산 안창호 선생 기념사업회 건립
춘원 이광수 찬
소전 손재향 전서
원곡 김기승 글씨

그리운, 그러나 이제는 돌아갈 수 없는 자리

— 나와 '문리대문학회(文理大文學會)'

1. 파격적인 출범

'문리대문학회(文理大文學會)'의 정식 명칭은 서울대학교 문리과대학 문학회였다. 지금은 없어졌지만 문리과대학은 서울대학교의 여러 단과대학 가운데 하나였다. 우리 대학은 문학부와 이학부로 구성되어 있었고 문학부는 국문, 중문과를 비롯하여 영어, 독어, 불어, 언어, 철학, 심리, 종교, 사회, 정치 등의 전공학과 등으로 이루어져 있었다. 문리대 문학부는 그 가운데 순문학과가 중심이 되어 발족한 학생들의 임의단체였다.

우리 또래가 신입생이 되었을 때만 해도 아직 우리 대학에는 6·25전쟁의 자취가 짙게 깔려 있었다. 교사 여기저기에는 철수해간 미군사령부의 병영 표시판이 남아 있었다. 강의를 듣는 중에도 북악산 북쪽으로 생각되는 방향에서는 유리창이 흔들릴 정도로 요란한 포성이 들렸다. 내 기억에 틀림이 없다면 문리대문학회가 발족한 것은 우리 대학의 교정에 마로니에의 푸른 잎이 그림자를 드리우고 있었을 때다. 그날 나는 정식 수강신청도 하지 않은 채 외국문학 강의실의 뒷자리에 앉아 있었다. 누군가 내 어깨를 치기에 고개를 돌렸더니 철학과의 Y군이었다. 그가 문리대문학회를 발족시키는 모임이 있으니 가보자고 했다. 마침 강의는 휴강인 것 같아서 우리 몇몇은 Y군을 앞장세우고 본관 남쪽에 있는 대형 강의실로 몰려갔다.

우리가 도착했을 때 100여 명 정도 수용이 가능한 회의장은 거의 차 있었다. 대충 자리를 잡고 나자 사전에 이야기가 있었던 듯 사회자석으로 Y군이 등장했다. 그의 개회 선언은 참으로 기상천외하였다.

"문리대문학회는 문리대문학회다. 인원 점검, 자격 심사는 물론 회칙과 부서 결정 등도 일체 생략하는 것이 마땅하다. 다만 일을 해나가기 위해서는 회장을 뽑고 실무진 선정을 그에게 일임하는 것이 좋을 것 같다. 반대 의견이 있으면 말하고 찬성이면 박수로 가결시켜 달라."

그 무렵 우리는 예외 없이 기성세대가 만들어 놓은 수속과 절차, 규칙 등에 넌덜머리가 나 있었다. 사회자의 제안에 반대가 있을 리 없었다. 장내가 떠나갈 듯한 박수소리와 함께 사회자의 제안이 그대로 통과되었다. 이어 우리는 회장 선거에 들어갔다. 지금 같으면 복수 후보자가 나타나고 그에 따른 각 후보자의 소견 발표가 있었을 것이다. 그러나 우리는 그런 절차 역시 물리쳐 버렸다. 사회자의 추천으로 불문학과의 이일(李逸)이 단일 후보로 지명되었다. 다시 일어난 박수소리와 함께 그가 등장했다. 그의 인사말은 두 문장으로 끝났다.

"유학 준비를 하고 있어서 좀 바쁜데 하라니까 문학회 일을 맡아보겠다. 여기서 비준을 맡아야 하는 부회장은 독문학과의 이상일(李相日)과 불문학과의 김규태(金圭泰)로 하겠다."

회장의 너무나 명쾌한 취임사와 함께 문리대문학회의 창립총회는 막을 내렸다. 그 사이에 소요된 시간은 넉넉잡아 10여 분, 당시 우리 대학은 학부 인원만 줄잡아도 천 몇 백 명이 넘는 대세대였다. 요즘 같으면 날치기 시비가 일어날 것은 물론 대표성이 문제되고 회의절차의 적법성도 논란의 대상이 되었을 것이다. 그러나 그날 발족한 문리대문학회가 그 자리에서나 다른 곳에서 그런 일들로 논란의 대상이 된 적은 한 번도 없었다. 오히려 당일 회의장에 참석하지 못한 친구들은 "잘했다. 역사적인 출범이다" 등의 말로 기뻐하고 좋아했다.

2. 제1회 '문학의 밤'

문리대문학회는 발족과 동시에 곧 문리대 '문학의 밤'을 열었다. 당시 우리 대학에서 제일 큰 집회공간이 일제시대에 세운 우리 학교의 대강당이었다. 거기서 제1회 문학회의 막이 오른 것이다. 행사 내용은 제1부가 문학 강연, 제2부가 작품 낭독으로 이루어졌다. 약 300명 정도가 들어갈 수 있는 강당 1층에 자리가 모자랄 정도로 많은 사람들이 모여 들었다. 1부의 사회를 맡은 사람은 영문학과 이태주(李泰柱) 형이었다. 그는 재학 때 『문리대학보』에 『리어왕(The King Lear)』 연구를 연재했고 뒤에는 영화 연극 쪽으로 전공을 바꾸어 지금도 30대 초반의 정력을 과시하는 그 분야의 명장이며 달인으로 활약 중이다.

이태주 형의 사회에 따라 불문과의 김붕구(金鵬九) 교수가 등장하여 상징주의 시에 대한 견해를 피력했다. 그는 당시에 이미 사르트르와 까뮈, 말로 등을 중심으로 한 실존문학을 부지런히 수입, 소개하는 인기 외국문학자였다. 나중에 여러 권의 번역서와 함께 문학적 담론서인 『불문학산고』, 『보오드렐 연구』 등을 내어 한국 외국 문학 연구의 지표를 세운 분이다. 김붕구 교수에 이어 박이문(朴異汶) 형이 전후 프랑스문학의 흐름을 소개하고, 이어 이어령(李御寧) 형이 단상에 올랐다. 그날 밤 박이문 형은 두꺼운 프랑스어 원전을 한 아름 들고 나와서 빨리 끝내 달라는 사회자의 독촉을 두어 번이나 들을 정도로 열을 올렸다.

박이문 형 다음에 등장한 이어령 형은 그 쉰된 목소리로 한국문단 전체를 싸잡아서 가차 없는 공격을 퍼부었다. 그에 따르면 "한국에는 좋은 작품을 쓰기 위해서 모인 집단으로서의 문단이 존재하지 않는다. 한국에 문단이 있다면 어쩌다가 작가로 이름을 올리게 된 사람들이 익힌 무능과 나태만이 있을 뿐이다. 한국문학의 새 차원 구축을 위해 우리는 그런 한국 문단의 습속을 가차 없이 격파해야 한다. 그 잿더미 위에서 비로소 우리 문학의 장미가 피어날 수 있다"는 것이 그의 선언성 강연의 요지였다.

이어령 형의 강연 사이사이에는 박수가 쏟아지고 일부 참가자는 환성까지를 질렀다. 그 덕택으로 문학의 밤이 축제 분위기로 바뀌었다. 대학 문학의 밤 치고는 이상열기라고 할 정도로 분위기가 고조되자 1부에 이어 2부는 쉬는 시간 없이 진행되었다. 2부의 작품 낭독에는 창작이 아예 끼어들지 못했다. 이 분야에서는 영, 독, 불, 중국의 시들이 원시와 번역시로 낭독되었다. 여기에는 우리 대학 나름의 속사정이 있었다.

다른 대학의 문학 행사가 거의 모두 그랬던 것처럼 처음 우리는 '문학의 밤' 제2부에 창작시 낭독 순서를 넣고 싶었다. 그런데 작품 공모를 해보았으나 제대로 성과가 오르지 않았다. 평소 우리는 다른 대학의 문학활동에 대해 "유치하다, 수준미달이다" 등의 비하 발언을 서슴지 않았다. 그런 우리가 그들보다도 못한 작품을 공개석상에서 낭독하기에는 알량한 자존심이 허락하지 않았다. 우리 대학에서 벌인 문학의 밤에 창작시가 배제된 속사정이 그런 데 있었다.

제2부의 작품 낭독에는 순서에 없는 즉흥 출연도 끼어들었다. 두어 사람의 낭독자가 등단하여 작품을 읽고 내려온 다음이었다. 청중석 쪽에서 단상으로 뛰어오르는 사람이 생겼다. 그는 사회자의 양해를 구한 다음 자신이 정치과의 아무개라고 이름을 밝혔다. 평소에도 문학부 쪽 강의실을 들락거려 낯이 익은 사이였다. 그의 제일성은 문리대 문학의 밤이 전공학과의 근친상간 같은 모임이 되어서는 곤란하다였다. 이어 그는 자신이 암송하고 있는 프랑스 시를 굵은 목소리로 낭송해 보였다. 이런 해프닝을 벌인 그에게는 씁쓸한 뒷이야기도 붙는다. 문리대 졸업 후 그는 우리 여권으로 프랑스 유학길에 올랐다. 그러나 어떻게 된 영문인지 거기서 북쪽 공작원과 짝패가 되어 남쪽을 등져 버렸다. 평소 그와 가깝게 지낸 학우들의 말에 따르면 유학 가기 전까지 그에게 이데올로기 낌새를 느끼게 하는 구석은 없었다고 한다. 문학의 밤에 보인 것 같은 객기가 발동한 나머지라고 생각하기에는 그때 그의 모습이 너무 일그러져 버린다.

‘문학의 밤’에 참가하여 여러 낭독자들이 벌이는 원시 낭독과 번역시 읽기를 지켜보면서 나는 어딘가 아쉬운 점이 있지 않나 생각했다. 당시 우리 주변에는 시를 지망하여 부지런히 작품을 쓰는 친구가 적지 않았다. 나도 그 가운데 한 사람이었다. ‘문학의 밤’이 열린다는 말을 듣고 나는 행여나 하는 생각에서 오랫동안 덮어둔 작품 연습장을 펼쳐 보았다. 그 가운데 그래도 마음이 가는 몇 편을 골라내어 두어 번 개칠까지 했다. 그러나 창작시 배제 원칙에 따라 그때의 작품은 끝내 햇볕을 볼 기회가 없었다. 다음은 그 가운데 하나 「석류(石榴) 꽃」인데 지금 다시 읽어보니 이런 것을 시라고 밤잠을 설치기까지 한 것인가 고소를 금치 못하겠다.

누가 그린 원(圓)이 있었으리
가슴 저민 사연도 있었으리

빠알간 이 채색(彩色) 호심(湖心)같은
하늘에 머물기 전에

석유(石油)내 젖어든 초가 지붕 추녀와
자꾸 두 손 모아진
그런 향(向)으로

먼저 불 밝혔을
이 꽃이 피기 전

뱃길에 별이 박힌
심청(沈淸)의 칠월(七月) 밤

누구는 또

뒤란 문 여닫았으리

—「석류(石榴) 꽃」

3. 『문학』 창간호 발간

'문학의 밤' 행사가 성공리에 끝나게 되자 그 다음 차례로 문리대문학회가 해야 할 일이 회지의 발간이었다. 회지 발간은 우리가 서둘러 이루어야 할 과제였는데 그 이유는 단순한 데에 있었다. 우리 대학과 달리 8·15 후 종합대학으로 승격 출발을 한 시내의 대학들이 우리보다 한 발 앞서 작품집이나 종합문예지 체제의 회지를 발간하고 있었다. 동국대학의 『동국시집(東國詩集)』, 연세대학의 『문우(文友)』, 고려대학의 『고대문화(高大文化)』, 이화대학의 『이화(梨花)』 등이 그 좋은 보기였다. 이런 상황이었으므로 문리대문학회의 실무진들이 발족 직후부터 회지 발간을 서두르지 않을 수 없었다.

게시판에 작품 모집 공고가 나붙자 '문학의 밤' 때와는 다른 현상이 일어났다. 뜻밖에도 상당수의 작품이 투고되어 문학회의 책상 위에 쌓이게 된 것이다. 그 가운데는 당시 이미 대학이나 문단에 자리를 잡은 이교상(李敎祥), 박이문 등의 평론과 함께 오상원(吳尙源), 최승묵(崔升默), 이어령(李御寧), 박맹호(朴孟浩) 등의 소설, 송욱(宋稶), 성찬경(成賛慶) 등의 시가 있었다.

원고가 모이자 문리대문학회는 회지의 이름을 결정하고 판형과 체제, 기타 편집 계획도 세웠다. 회지 제목은 처음 『낙산문학』, 『문리대문학』 등이 검토되었다. 그러나 곧 우리 나름의 오기가 작동하여 군말을 뺀 형태의 『문학(文學)』이 채택되었다. 편집체제는 당시 우리 주변에서 발간된 일반 문예지의 예를 따랐다. 세로쓰기 조판에 국판으로 판형을 결정했다. 제자 강박(姜博), 표지화 송영수(宋榮洙), 비화 문우식(文友植), 목차 컷 황염수(黃廉秀) 등의 협조를 얻었다. 이들 대부분은 훗날 정진을 거듭하여 우리 화단의 새 시야를 타개시킨 분들이다. 그러나 당시는 문리대문학회 쪽의 예술적 동반자 운운 등 그럴싸한 말에 속아 무보수로 작품을 만들어 주었다.

대충 작품들이 모이고 편집체제가 결정된 다음 가장 중요한 일이 해결을 기다리고 있었다. 그것이 발간 경비의 문제였다. 처음 문학회의 실무진은 이 문제를 안이하게 생각한 것 같다. 『문리대학보』의 전례가 있었으므로 첫 단계에서 문학회는 소요 경비를 학도호국단 쪽과 상의해보았다. 그러나 학생회는 문학회가 호국단 소속이 아닌 별도 모임이어서 회지 발간은 전혀 고려할 수 없다고 잘라 말했다. 뜻밖의 사태에 당황한 실무진이 학생과장과 학장님을 찾아뵈었다. 그러나 당시 국립대학의 회계 지출이 너무도 빡했다. 학장실에서 보조 가능 여부의 문의가 있자 행정실무자의 회답이 있었다. 문교부나 대학본부에서 영달되는 금액 이외의 지출은 일체 불가능하다는 것이 회신 내용의 모두였다.

생각다 못한 실무진들이 소요 경비를 마련하려고 구걸행각에 나섰다. 지도교수를 비롯하여 대학 선배와 동창들 가운데 가능한 사람들의 명단을 만들었다. 몇 분의 선생님들이 그에 호응하여 얼마간의 액수를 발간 보조금으로 내어 놓으셨다. 그에 용기를 얻어 우리는 선배, 동창이 근무하는 행정부처와 국회, 회사 등을 조를 나누어 돌아다녔다. 대부분의 선배, 동창들이 좋은 일을 한다고 격려까지 하면서 다소 간의 액수를 기부 대장에 적어주었다. 지금같이 예산 타령을 앞세우는 학생회 활동과는 전혀 다른 과정을 거쳐 경비 문제 해결의 물꼬가 트인 셈이다.

경비 모금과정에서 우리는 옛 이야기의 한 토막 같은 인정가화(人情佳話)도 갖게 되었다. 먼저 편집 계획이 끝나자 실무진이 『문리대학보』를 조판하는 인쇄소에서 우리 잡지의 견본 조판도 맡아달라고 했다. 인쇄소에서는 당연히 출판경비가 마련된 줄 알고 서둘러 회지 일부를 짜서 찾아가라고 했다.

막상 일이 이렇게 되자 난감하게 된 것이 인쇄소에 일을 맡긴 바로 그 당사자들이었다. 그 가운데는 독문과의 이영구(李榮九) 형이 포함되어 있었다. 그는 생각다 못하여 하숙집 아주머니에게 그가 처한 난감한 사정을 털어놓았다. 이 하숙집 아주머니가 한때 중증 문학병을 앓은 문학소녀였다. 이영구 형의 얘기가 끝나자 대뜸 장롱 속에서 결혼 때 받은 금반지를 내어놓았다. 이것을 전당이라도 잡혀서 계약금 일부를 만들어 쓰라는 말이 그 뒤를 따랐다. 내가 듣기에 그때 우리가 얻어 쓴 돈이 당시 대학교수 봉급의 두 달치에 해당되는 액수였다고 한다. 그 뒤 우리는 하숙집 아주머니의 돈을 문리대문학회가 해결해 주었다는 이야기를 듣지 못했다. 이영구 형은 학부 졸업과 함께 고향 쪽에 돌아가 한때 부산외대에서 교편을 잡았다. 몇 해 전에 그는 작고했다. 지금 그에게 결혼반지를 저당 잡히게 한 하숙집 아주머니의 소식을 아는 사람은 우리 주변에 아무도 없다.

상당한 우여곡절을 겪으면서 간행된 『문학』 창간호는 1956년 7월에 나왔다. 그 창간사는 회장인 이일(李逸) 형이 썼는데 제목이 「문학의 문학적 위도(緯度)에 관한 에세이」였다. 이 글 앞의 일부분은 "우리에게 확실한 것은 아무것도 없다"로 되어 있다. 이것으로 당시 우리를 지배한 정신풍도가 상실의 세대보다 비이트에 가까웠음을 알 수 있을 것이다.

창간호『문학』의 처음 글은 송욱(宋稶)의 「어느 십자가(十字架)」가 실렸다. 그 시의 마지막 부분은 "자유(自由)가 딸리고 드난사니까/유식(有識)이 무식(無識)으로 폭락하기에/물가(物價)는 둑을 넘고/기우는 십자가(十字架)가 사주(四柱)를 본다"였다. 그 무렵까지 고작 정지용이나 김기림, 문고판으로 된 괴테나 엘리엇, 보들레르를 들고 다닌 우리가 송욱 투의 난해시를 제대로 읽을 능력이 있었을 리 없었다. 다만 초현실주의 냄새가 나는 그의 말에 당시 우리에게 유행어의 하나가 된 부조리(不條理)의 철학이 담긴 것 같아 사이비 공감대가 형성되었다. 총 면수가 168면인『문학』창간호의 제목들을 적어보면 다음과 같다.

〈시〉

송　욱(宋　稶) … 어느 십자가(十字架)

김규태(金圭泰) … 병원(病院)

한인석(韓仁錫) … 원(圓)

하동훈(河東勳) … 월식(月蝕)

문병욱(文炳郁) … 주도(詋禱)

성찬경(成贊慶) … 개똥벌레의 노래

이상일(李相日) … 제물(祭物)

이　일(李　逸) … 신화이후(神話以後)

〈소설〉

　오상원(吳尙源) … 시차(視差)

　이어령(李御寧) … 사반나의 풍경(風景)

　최승묵(崔昇默) … 우계(雨季) Ⅱ

　이영우(李英雨) … 회귀(回歸)

　박맹호(朴孟浩) … 파벽(破僻)

〈에세이〉

　이교창(李敎昌) … 유한(有限)과 시간과 향락(享樂)과

　유종호(柳宗鎬) … 난해성(難解性)에 대하여

　정종화(鄭鍾和) … 죽음의 계곡(溪谷) – 헤밍웨이의 도정(道程)

〈평론〉

　김붕구(金鵬九) … 현대문학의 지성적 분위기(知性的 雰圍氣)

　홍사중(洪思重) … 새로움의 의미

　이　환(李　桓) … 허무(虛無)의 신(神)

　이태주(李泰柱) … 에즈라 파운드와 이매지즘 운동

　박이문(朴異汶) … 현대시와 지성(知性)

　『문학』 창간호에서 주목된 시는 송욱의 「어느 십자가」와 함께 성찬경의 「개똥벌레의 노래」였다. 성찬경의 작품은 "바람이 분다. 크라이스트가/영원(永遠)히 방랑(放浪)한다"로 시작한다. 이 시에서 성찬경은 병치(竝置)의 기법을 쓰면서 그 어조에 정감을 깃들게 했다. 또 "무지개가 선다/발레리의 계산기(計算器)다"로 그의 시는 현대 서정시의 한 방법인 이질적 요소의 폭력적 결합을 노린 실험적 작품이 되었다. 송욱은 등단 초기에 보들레르식 영육의 갈등을 다룬 시를 썼다. 그의 이

런 시작 경향이 위의 작품을 계기로 풍자시 연작물인 「하여지향(何如之鄕)」으로 꼴바꿈을 했다. 우리 대학 출신 가운데 많지 못한 시인 가운데 한 사람인 그의 시에 탈각작용이 엿보인 작품이어서 「어느 십자가」는 얼마동안 우리 사이에서 화제가 되었다.

소설에서 박맹호(朴孟浩)의 「파벽」은 자유당 정권에 대한 비판의식을 바닥에 깐 것이었다. 『한국일보』 신춘문예에 응모하여 당선작이 된 것인데 그 내용 때문에 활자화되지는 못했다. 그것을 조금 개작한 다음 『문학』 창간호를 통해 발표한 것이다. 이어령과 오상원은 당시 이미 우리 문단에서 주목을 받는 문제 작가였다. 얼마간 고료를 받을 수 있는 작품을 상업 문예지가 아닌 문리대 『문학』에 발표한 것은 그들 나름의 탈시장(脫市場), 상아탑적 고고한 세계 추구와 무관하지 않을 것이다. 최승묵의 「우계」는 당시 우리 주변에서 예가 드문 몽타주 기법이 쓰인 것이어서 화제가 되었다. 최승묵은 이밖에도 몇 편의 깔끔한 단편을 썼고 『문리대학보』에는 이태주, 박진권(朴鎭權)과 함께 T. S. 엘리엇의 「황무지」를 번역 소개했다. 성격이 매우 착실했고 겉치레보다 내실을 기하는 학구파였는데 20대 중반에 요절해 버렸다.

에세이를 쓴 이교창(李敎昌)은 소속이 철학과였다. 『문리대학보』에 초기 실존 철학자 키에르케고르 연구를 몇 회에 걸쳐 연재할 정도의 실력파였다. 신경계통에 이상이 생겨 오래 투병생활을 하다가 30대에 병몰했다. 가세도 넉넉하여 건강만 허락되었다면 대륙 쪽으로 유학을 떠날 장래도 예정된 경우였다. 유종호의 비평은 에세이로 발표되어 있으나 그 내용은 본격 평론에 값할 정도로 듬직한 것이었다. 이 무렵부터 이미 그는 훗날의 글쓰기에서 보여준 중후함을 마련하고 있었던 것이다.

평론에서 홍사중(洪思重)은 순문학과 출신이 아닌 사학도였다. 그는 학교 졸업과 동시에 일간지의 논설을 맡아 그 정확한 문장과 날카로운 시각으로 문명을 날렸다. 후에 학원으로 복귀하여 대학에서 후진을 지도했다. 김붕구, 이환, 박이문 등은 모두가 불문과 출신이다. 셋 가운데서 박이문 형은 학부 재학 때부터 시를 쓰고 비평활동도 병행했다. 유별난 학구파여서 이화여대에 있다가 프랑스에 유학하여 그곳에서 학위를 했다. 그 논문이 훌륭하여 심사한 파리대학의 교수들의 주목을 받아 그들의 추천으로 대학출판부에서 학위논문이 출판되었다. 오래 미국 쪽에서 머물러 있다가 1980년대 말경에 귀국했다. 지금도 문학과 철학 두 분야에서 자타가 권위를 인정하는 엄연한 존재다.

4. 『문학』 제2집

『문학』 창간호를 낸 다음 1기 문학회의 실무진들이 총 사퇴를 했다. 그들이 썰물처럼 빠져나간 자리를 메울 일꾼으로 내 이름이 거명되었다. 본래 나는 학부 입학과 동시에 아르바이트로 출판사 일을 보았다. 학교 출석을 하랴 그쪽 일을 하랴 하는 나날이어서 다른 친구들보다 배나 바쁜 일상을 살았다. 뿐만 아니라 고향에는 홀어머니가 계셔서 그쪽에도 신경을 쓰지 않을 수가 없었다. 그런 터수의 내가 예산의 마련도 없는 문학회 일을 명색으로라도 떠맡는 것은 어불성설(語不成說)이었다. 1기 임원진에게 그런 사정을 이야기하고 다른 사람을 물색해 달라고 간청을 했다. 그러나 평소 흥허물이 없다고 믿은 1기 임원진은 막무가내였다. "엄살 좀 그만 떨라"는 한마디로 내 이야기를 일축해 버렸다.

　내가 2기 문학회의 일을 떠맡게 된 데는 그 빌미가 나에게도 있었다. 『문학』 창간호가 나오자 그 반응이 학내외를 떠들썩하게 할 정도였다. 교정에서 만난 학우들의 말들은 대개 『문학』 창간호가 훌륭하다는 쪽에 기울어 있었다. 그런데 정치과와 철학과 쪽의 일부 친구들 의견은 그와 달랐다. 그들은 우리 대학의 작품 수준이 기성문인들에 비해 낮았으면 낮았지 조금도 나을 것이 없다고 말했다. 실상이 그런데 문학회 멤버들은 대단한 성과라도 올린 듯 생각하고 있으니 일종의 나르시시즘에 걸려든 것이 아닌가. 그런 말을 듣고 보니 우리가 쓴 소설이 당시의 기성 작가인 김성한, 손창섭, 장용학 등의 것에 비해 우위라고 할 수준이 아니었다. 다른 자리에서 자세히 밝히겠지만 시도 이상이나 서정주, 백석, 윤동주 등 8·15 전 우리의 선배 세대의 것에 견주어 그 등급이 떨어지는 것으로 판단되었다. '하늘 보고 침 뱉기'로 나는 그런 생각을 가까운 친구들에게 떠벌리기까지 했다. 그것이 1기 문학회 임원들 귀에 들어간 것 같다. 나를 곱게 보았을 리가 없는 그들이 "그렇다면 어디 네가 맡아서 한 번 해봐라"가 되어버렸다.

　억지 춘향 격으로 문학회 일을 맡게 되자 제일 먼저 나는 학내의 친구들에게 도움을 요청할 수밖에 없었다. 그들이 불문과 홍승오(洪承五), 하동훈(河東勳), 원윤수(元潤洙), 김기봉(金基鳳), 영문과 이상옥(李相沃), 신은철(申殷澈), 박상식(朴尙植), 정종화(鄭鐘和), 국문과 이종석(李種奭), 김학동(金學東), 독문과 전광진(全光珍), 김윤섭(金潤涉) 등이었다. 그들을 찾아서 자문을 구하여 나는 '문학의 밤'을 기획하고 『문학』 2집 발간 경비를 마련하기 위한 시간표도 짰다.

제2회 '문학의 밤'은 1회의 경험이 있었으므로 일이 비교적 쉽게 진행되었다. 1부의 문학 강연은 영문과 이양하 선생과 1회 때 이어령 형을 다시 등장시켰다. 이양하 선생은 현대 영문학의 경향에 대해서 이야기를 하셨는데, 지금 그 내용은 잘 생각나지 않는다. 평소에도 달변은 아니어서 회의장이 아주 조용한 분위기였던 것만은 기억에 남아 있다. 이어령 형은 역시 패기가 있었다. 그날은 주로 한국평단의 무능을 공격하면서 몇 사람 비평가가 범한 오류와 오독 현상을 적발, 지적했다. 몇 번인가 박수소리가 일어나 강연이 중단되었을 정도다.

제2회 '문학의 밤'에는 첫 회와 다르게 창작시 낭독의 자리도 마련되었다. 당시 송욱 교수는 영문과 조교수였는데 우리 또래의 접근을 허용하지 않을 정도로 고고해 보였다. 그런 그에게 작품 낭독을 부탁했더니 파안대소로 응해주었다. 그날 시 낭독 벽두에 등단하여 「하여지향(何如之鄕) 1」을 낭랑한 목소리로 읽어 요란한 박수를 받았다. 정한모 선생은 당시 우리 대학의 전임이 아니라 강사였다. 평소 굵으면서 잘 울리는 목소리로 「가고파」를 완창하는 실력의 소유자였는데 그날은 그 듬직한 목소리로 뒤에 『문학』 2집에 실은 「바람 속에서」를 읽어주셨다.

지금 기억이 희미한데 해외시 낭독은 주로 여학생들이 맡았다. 불문과 오증자, 전진영, 독문과 이병애, 양혜숙, 영문과 최진령, 이정은, 최옥영 차례로 등단하여 원시와 번역시를 읽었는데 그 솜씨가 전문가를 뺨칠 정도였다. 기대 이상의 해외시 낭독 솜씨에 안도의 숨을 쉬면서 그와는 달리 나는 마음 한 구석으로 의문도 가졌다. 그 속사정을 친구들에게 알아보았더니 대부분의 낭독자들이 과사무실을 빌려 사전에 낭독 연습을 거듭한 것을 알 수 있었다.

다만 1회 때보다도 진일보했다고 자평들을 한 제2회 '문학의 밤'에도 그 준비과정에서 옥의 티라고 할 부분이 남게 되었다. 처음 우리는 문학 강연을 담당할 분으로 정인섭(鄭寅燮) 선생을 생각했다. 우리 모임은 그 성격상 해외문학 쪽에 저울의 추가 더 기울어 있었다. 그런 사정을 감안한 나머지 해외 문학파 출신인 정인섭 선생에게 옛 학창시절의 추억담을 곁들인 외국문학 수용 문제를 듣기로 한 것이다. 그런데 그 직후에 정종화 군이 참석하여 정인섭 교수를 후퇴시키고 이양하 교수를 모셔야 한다고 주장했다. 이양하 교수는 그 전해까지 미국에 체재한 바 있었다. 그런 선생님을 모시고 그쪽 문단의 최신 동향을 들어야 한다는 것이 정종화 군의 교체 주장 근거였다. 그의 주장에 따라 예정을 바꾼 것까지는 좋았지만 정작 정인섭 선생에게는 취소 말씀을 드리지 못했다. 모임이 끝나고 나서 내가 선생님을 찾아뵈었을 때는 화를 상당히 많이 내셨다. 아무런 통고도 없이 일방적으로 강연을 취소해 버리다니 영 되어 먹지 않았다는 말씀이셨다. 사실 그것은 전적으로 내 잘못이어서 몸 둘 바를 몰라 했다.

제2회 '문학의 밤'을 끝내자 제일 걱정이 된 것이『문학』2집 발간비를 마련하는 일이었다. 이때에 비범한 능력을 발휘한 것이 이종석(李種奭), 김기봉(金基鳳) 등이었다. 둘은 1기 문학회 실무자들이 가르쳐 준 대로 모금대상 명부를 작성했다. 그리고 정부 각 부처, 국회와 기업들에 산재해 있는 선배들을 찾아보는 각개격파 전술을 세웠다. 우리 대학의 선배들 대부분은 성가신 우리의 심방을 반갑게 맞이해주었다.

그 결과 한 달 남짓한 동안에 『문학』 2집 발간비용이 마련되었다. 단 모금과정에는 밝은 이야기와 함께 적지 않게 우리 마음을 어둡게 한 장면도 있었다.

어느 날인가 경성대학 철학과 출신이 교장으로 있는 고등학교를 찾아간 적이 있다. 수위실을 통해 연락을 한 다음 교장실로 찾아간 것까지는 좋았다. 우리를 보자마자 그 분은 우리 지도교수를 '군'이라고 불렀다. 그리고 "무슨 학교가 교지 발간에 예산을 세우지 않은 채 학생들을 거리로 내몰고 있는지 대단히 불쾌하니까 돌아가서 내 말을 전하라"는 책망만 톡톡히 들었다. 그때 교장선생님을 찾아간 사람은 김기봉, 이종석과 나 세 사람이었다. 선배로 믿은 교장선생님의 노기를 띤 말씀에 참으로 참담한 심정이 되어 물러난 기억이 아직도 남아 있다.

위의 경우와 아주 대조적이었던 것은 이한빈(李漢彬) 선생을 찾은 자리였다. 당시 그는 재무부 국장이었는데 교장선생님의 전례가 있었으므로 우리는 적지 않게 긴장한 상태에서 문학회 경비 부조를 부탁했다. 우리들의 말이 끝나자 예상 밖으로 많은 액수를 선뜻 적어주면서 구내식당에서 점심까지 사주었다. "박봉의 관리여서 더 많이 못 돕는 것이 미안하다. 좋은 일을 하는 것이니 보람을 느끼라"는 격려의 말씀까지 곁들이셨다. 그날 이후 나는 이한빈 선생을 '신사 중의 신사'라고 생각하고 있다.

난제 중의 난제라고 생각된 발간비가 마련되자 우리는 곧 『문학』 2집의 편집에 들어갔다. 권두에 정한모(鄭漢模) 선생의 시 「바람 속에서」를 실은 이 잡지에는 소설 3편, 시 9편과 함께 에세이와 평론이 수록

되었다. 그 제목들을 제시해 보면 다음과 같다.

〈시〉

송　욱 … 하여지향(何如之鄕)

이상일 … 거울

김사목(金思穆) … Dance Macabre

김규태 … 식인종(食人種)의 노래

오증자(吳澄子) … 선물(膳物)을 위한 ETUDE

황명절(黃明杰) … 오늘의 기도(祈禱)

성찬경 … 촛불의 광상곡(狂想曲)

정한모(鄭漢模) … 바람 속에서

〈소설〉

정병조(鄭炳祖) … 매리(梅利)의 집

박상식(朴商植) … 성당(聖堂)의 사(死)

최승묵 … 여우

〈산문〉

이어령(李御寧) … 녹색우화집(綠色寓話集)

이교창 … 인간적이란 말의 뉘앙스

이태주 … 도피(逃避)와 항거(抗拒)

김용직(金容稷) … 사슴과 휴전선(休戰線)

〈평론〉

정명환(鄭明煥) … 신(神) 잃은 성인(聖人)

김열규(金烈圭) … 시론(詩論)

말틴 하이덱거 · 전광진(全光珍) 역 … 휠덜린과 시(詩)의 본질

2집에서 문리대 『문학』이 달라진 점은 시의 양적 증가다. 새로 작품을 발표한 정한모, 문병욱 등은 소속이 국문과이며 김사목은 영문과였다. 오증자, 황명걸 등은 김규태와 같은 불문과였는데 이 가운데 김사목은 계속 시를 쓰지 않고 미국으로 유학을 간 다음 그쪽에서 신학으로 전공을 바꾸었다고 한다. 언젠가 풍문으로 교회의 목사가 되었다는 이야기를 들었다. 정한모 선생은 후에 문리대 국문과의 전임이 되었고 행정관리자로서도 능력이 있어 시협회장, 방송통신대학장, 문화부장관 등을 지냈다. 오증자는 졸업 후 시에서는 멀어진 것 같다. 대학에서 강의를 맡고 번역가로서 활동을 계속했다. 황명걸은 신문사에서 문화부 일을 하는 한편 작품활동도 계속하여 중단 없이 문학도의 길을 걸어온 것으로 알고 있다.

소설을 쓴 세 분 중 정병조 선생은 당시 성균관대학의 영문과 교수였다. 「매리의 집」은 기지촌을 배경으로 한 작품인데 그 주인공 일우는 양공주에게 기식을 하는 지식청년이다. 주인공의 체험 내용을 사실적이 아닌 자동기술법을 원용하면서 쓴 것이 「매리의 집」이다. 실험적인 소설로 깔끔한 문장이 돋보였다.

이 소설에 대해서 나는 하지 않았으면 좋을 말을 쓴 적이 있다. 『대학신문』을 통한 서평에서 등장인물의 성격이 제대로 부각되지 못했다고 비판을 가했던 것이다. 그 후 나는 내 당치 않은 발언에 대해 정병조 선생이 아주 서운해 했다는 말을 들었다. 언젠가 찾아뵙고 사죄를 드려야겠다고 생각해 왔는데 미수에 그친 채 선생님이 타계해버렸다.

박상식(朴尙植) 형은 소속이 영문과였는데 고등학교 때부터 소설을 써서 교내 잡지에 발표한 경력을 가지고 있었다. 만나기만 하면 헤밍웨이나 포크너의 작품을 들먹이면서 "내가 그들보다 돋보이는 명품을 만들겠다"고 포부를 피력했다. 제대로 된 문학을 하려면 생활이 안정되어야 한다고 말하더니 외무고시에 합격하여 외교관의 길을 걸었다. 외국 공관 근무를 거쳐 외교문제연구소 소장이 되고 나서는 문학담이 중단되어 버렸다.

『문학』 제2집에 수록된 글 가운데 주목된 것에는 두 편의 평론도 포함되었다. 정명환 선생의 「신 잃은 성인」은 카뮈론으로 실존주의 문학의 중심 개념 가운데 하나인 반항의 문제를 다룬 것이다. 50년대의 우리 대학 주변은 온통 실존주의 문학론으로 들끓고 있었다. 그런데 그 생각들이 피상적이어서 많은 경우 반항을 정치나 현실에 대한 대항의식 정도로 착각했다. 정명환 교수는 그의 글을 통해 까뮈의 반항이 인간 조건에 대한 인식을 전제로 함을 밝혀주었다. 나는 이 글을 읽으면서 문학과 철학, 문학과 인간의 존재방식을 재정립할 기틀을 얻을 수 있었다. 그것으로 다분히 피상적인 쪽으로 흐를 위험성이 도사린 우리 또래의 문학인식에 넓이와 깊이가 생긴 것이다.

김열규 선생의 글에는 캣씨러, 화이트 헤드, 야스퍼스와 하이데거의 개념이 원용되어 있는가 하면 C. 브룩스, I. A. 리차드의 이름이 나온다. 그 이전의 우리 비평은 현장비평이 양적으로 우세했고 초비평의 차원이 구축된 예는 드물었다. 김열규 선생의 글은 그런 우리 평단의 빈터를 메울 수 있는 비평이어서 우리 또래의 화제가 되었다.

5. 그리운, 그러나 돌아갈 수 없는 마음의 고향

『문학』 2집을 낸 다음 우리는 졸업반이 되었다. 전중세대인 우리 앞에는 졸업 후 장래의 진로 문제가 기다렸고, 당장 해결을 보아야 할 병역 문제와 취직 문제가 있었다. 그 서슬 속에서 나는 10년 가까이 그 가장자리를 맴돈 시 쓰기를 포기하기로 결심했다. 그 빌미로 작용한 첫째 요인은 시에 인생을 거는 것에 대한 불안감이었다. 학부생활의 막바지에서 나는 내 진로가 좀 더 인간과 세계의 근본 문제를 다룰 수 있는 쪽으로 이동되어야 하지 않을까 생각하게 되었다. 그와 함께 내가 시 쓰기를 단념한 데는 좀 더 직접적인 요인도 작용했다. 그것이 내가 자신의 창작능력에 대해 근본적인 회의를 품게 된 점이다.

> 어디로 갔느냐
> 헤매게 하든 것들
>
> 불러 보아야 아득하기만 한 것들은
> 어느 수심(水深)에 묻혀
> 있다는 것이냐
>
> 어렸던 열네 살
> 가슴에 상장(喪章)이 달릴 때처럼
> 몸부림쳐야 그저 그만하다
> 바다
>
> 차라리
> 비석(碑石) 하나 세우기를
> 거부(拒否)했다

바다

아, 오늘도
씀바귀 질근질근
남(南)이요 북(北)으로 찢어진 국토(國土)에는

흰 옷을 걸쳐 슬픈 겨레
다만 하늘을 우러러 살고 있어
바다, 차라리 미칠 수도 없는 마음

하냥 회한(悔恨)은 꽃무덤에서처럼
붉은 핏빛으로 피어나는 것이기

여기 사흘 밤 사흘 낮을
어두운 고래 뱃속에서 딩굴며
하누님 불렀다는

요나의 바다
짐승스러운 몸짓이어

—「바다의 장(章)」

강(江) 물이 풀리다니
강(江) 물은 무엇하러 또 풀리는가
우리들의 무슨 서름 무슨 기쁨 때문에
강(江) 물은 또 풀리는가

기러기같이
서리묻은 섯 달의 기러기 같이
하늘의 어름짱 가슴으로 깨치며
내 한 평생을 울고가려 했더니

무어라 강(江) 물은 다시 풀리어
이 햇빛 이 물결을 내게 주는가
저 밈둘레나 쑥니풀 같은 것들
또 한 번 고개 숙여 보라 함인가

황토(黃土) 언덕길
꽃 상여(喪輿)
떼 과부(寡婦)의 무리들
여기 서서 또 한 번 바래보라 함인가

강(江)물이 풀리다니
강(江)물은 무엇하러 또 풀리는가
우리들의 무슨 서름 무슨 기쁨 때문에
강(江)물은 또 풀리는가

— 서정주, 「풀리는 한강(漢江) 가에서」

먼저 들어본 것은 내가 시 쓰기를 포기하기 직전 대학신문에 투고하여 활자화가 된 것이다. 이것을 시라고 발표하고 한동안 나는 제법 기분이 들떠 있었다. 학교 구내에서 만난 몇몇 친구들로 부터 요번 작품 재미있게 읽었다는 인사말들을 들었다. 그것으로 나는 내가 졸업 후 시 쓰기에 전념하는 것이 어떨까 하는 생각까지 해보았다. 그런 어느 날, 나는 대학 구내서점에서 『서정주 시선(徐廷柱 詩選)』을 넘겨보았다. 거기서 다시 읽게 된 것이 미당(未堂)의 6 · 25 시 「풀리는 한강 가에서」였다.

내가 쓴 바다 시에 대해 어느 정도의 긍지 비슷한 것을 가질 수 있었던 것은 거기에 한국전쟁의 체험이 담긴 것으로 믿었기 때문이다. 그런데 미당의 「풀리는 한강 가에서」를 읽게 되자 나는 그런 내 생각이 참으로 터무니없는 것임을 절감하게 되었다. 나는 내 작품에서 동족상잔의 쓰라린 체험을 고작 씀바귀나 비석으로 대치시켰을 뿐이다. 그에 비해서 미당의 시에는 화자가 엄동설한 강물에 뜬 기러기와 일체화되어 있다. 다시 그 기러기는 가슴으로 '어름짱'을 가르게 되는데 그 '어름짱' 앞에 '하늘의' 석자 한 단어가 수식어로 붙어있다. 이것으로 우리 겨레의 현실에 대한 아픔이 구천(九天)에까지 사무치게 된 것이다.

미당(未堂)의 시편을 읽고 나자 나는 내가 가진 재능을 다시 저울질하지 않을 수 없었다. 학부생활을 시작하면서 내가 터무니없이 믿게 된 것이 내가 우리 또래에서는 비교적 많은 해외작품을 읽고 있다는 점이었다. 더욱 어처구니없게도 나는 기성 시인들이 서구의 근대시와 현대시 및 그 이론에 대해서는 거의 백지라고 믿었다. 실제가 그렇지도 않았지만 설사 그런 내 생각에 몇 프로의 진실이 있다고 치더라도 그 다음에 더 절실한 의문이 제기되었다. 시는 독서와 동일시될 수 없는 별개의 창작행위였다. 시 쓰기를 위해 얼마간의 지식과 이론은 때로 방해요소까지 될 수 있다는 것도 나는 깨쳐야 했다. 어떻든 알량한 내 독서내용에 비해 내 시는 서정주의 수준에도 멀리 미치지 못했다. 이런 사실에 생각이 미치자 나는 내 시 쓰기에 종지부를 찍지 않을 수 없었다. 그 직후 나는 내 자신을 다시 생각해보았다. 그 결과 내가 확인하게 된 것이 나에게 창작능력이 없다는 사실이었다. 이 시점에서 나는 내가 지향할 길을 열정과 끈기를 밑천으로 한 문학 연구로 잡았다. 지금 나에게 문리대문학회의 시절은 그립지만 다시 돌아갈 수는 없는 옛 고향 같은 공간일 뿐이다.

/// 찾아보기

ㄱ

「간도(間島) 동포의 참상(慘狀)」 • 101

『개척자(開拓者)』 • 75, 89

개화가사 • 78

경기체가 • 36

「경희」 • 217, 218

「계고차존(稽古箚存)」 • 178

고려가요 • 36, 190

「고려사악지(高麗史樂志)」 • 196

「古茂山간 玉伊」 • 154

「고산구곡가(高山九曲歌)」 • 45

고시(古詩) • 43

『고향』 • 124

「곰」 • 82

「匡麗歸來記 – 잃어버린 고향을 찾아서」 • 153, 154

「광복기도회(光復祈禱會)에서」 • 99, 101, 104

「曠野」 • 27, 28, 30, 33

「광야로 가는 이」 • 127

구비전승(口碑傳承) • 189

「舊作三篇」 • 81

「구지가(龜旨歌)」 • 197

국사원판 • 70

「그날이 오면」 • 14

근대문예사조 • 105

『근대풍경(近代風景)』 • 169

『기탄자리』 • 259, 260

「긴 숙시(熟視)」 • 206

김구(金九) • 66, 282

김규식(金奎植) • 94

김규태(金圭泰) • 299

김기림(金起林) • 65, 161, 163

김기봉(金基鳳) • 310

김기진(金基鎭) • 125, 126

김동석(金東錫) • 65, 231

김동인(金東仁) • 63, 147, 161, 237

김동환(金東煥) • 63

김두봉(金枓奉) • 92

김병조(金秉祚) • 92

김부식(金富軾) • 179

김붕구 • 309

김산(金山) • 131

김소월(金素月) • 13, 14, 161, 207

김억(金億) • 264

김여제(金輿濟) • 92

김열규 • 316

김용제(金龍濟) • 63

김원모 • 48, 49, 55, 58

김윤섭(金潤涉) • 310

김일엽(金一葉) • 127

김종길 • 26

김준엽 • 254

김춘수(金春洙) • 40

김탄실(金彈實) • 127

김학동(金學東) • 310

김한(金翰) • 92

김홍서(金弘敍) • 92

ㄴ

『나』 • 273

나도향(羅稻香) • 147

『나의 고백(告白)』 • 273

「나의 毒言抄」 • 154

「나의 하나님」 • 40

나혜석(羅蕙錫) • 127, 204

남녀평등 • 219

「남조선의 신부」 • 206

낭만파식 예술지상주의 • 212

「내물」 • 215

「노라」 • 216

노성석(盧聖錫) • 63

「路程記」 • 22

「녹음애송시(綠陰愛誦詩)」 • 167

「논개(論介)」 • 106, 107

〈농가〉 • 213

「농촌계발(農村啓發)」 • 88

「눈물의 열차」 • 154

「님」 • 15, 16

ㄷ

「단국 부인의 망(妄)」 • 178

단군배제론 • 180

「단심가(丹心歌)」 • 60

『단종애사』 • 228, 230, 237

「대한독립단(大韓獨立團)의 약력」 • 55

「대한민국임시정부 성립 축하가」 • 98

「대한흥국책(大韓興國策)」 • 170

『대한흥학보(大韓興學報)』 • 82

「도리안 그레이의 초상화」 • 212

「도산 비문」 • 286

「도산십이곡(陶山十二曲)」 • 45

도산 안창호(島山 安昌浩) • 92, 272

『도산 안창호(島山 安昌浩)』 • 285

도산(島山)식 점진론 • 243

「도산연표」 • 289

『독립』 • 94, 253, 256

「독립군가」 • 99

『독립신문』 • 49, 97

독서편집증 • 161

『돌베개』 • 273

「동명왕편(東明王篇)」 • 184, 199

동학농민운동 • 108

두보(杜甫) • 17

ㄹ

『런던 데일리 해럴드』 • 133

『렌의 애가(哀歌)』 • 127

ㅁ

마르크시스트(Marxist) • 144

『마의태자(麻衣太子)』 • 236

「만리장성」 • 172

「만몽문화(滿蒙文化)」 • 172

『만엽집(萬葉集)』 • 43

「만주약사(滿洲略史)」 • 172

「만주의 명칭」 • 172

「만주풍경」 • 172

만전춘(滿殿春) • 190

만해 한용운(萬海 韓龍雲) • 58

「말 듣거라」 • 86

「먼 후일」 • 15

모윤숙(毛允淑) • 127

모택동 • 132

「몽고천자(蒙古天子)」 • 172

무저항 소극론 • 57

『무정(無情)』 • 75, 88, 89, 122, 223, 234

『문단 30년사』 • 147

『문학독본(文學讀本)』 • 160

「문학(文學)이란 하(何)오」 • 88

「문학의 가치」 • 263

「물레방아」 • 149, 159

「미(美)」 • 211

「민족개조론(民族改造論)」 • 75, 242

민족적 감정 • 14

민중계몽 • 88

ㅂ

『바다와 육체(肉體)』 • 163

「바다의 장(章)」 • 318

「바리공주」 • 200

「발자취」 • 113

박상식(朴尙植) • 310

박영희(朴英熙) • 63, 148

박이문 • 300, 309

박지원 • 241

박태원 • 161

반봉건 문명개화 • 78

반제(反帝)의식 • 78

백남칠(白南七) • 92

『백록담』 • 167

『백범일지(白凡逸志)』 • 65, 67, 68, 70, 282

『백조』 • 104

백지동맹사건 • 274

「벙어리 三龍이」 • 159

「벨지엄의 용사(勇士)」 • 206

「병중음(病中吟)」 • 99

벽초(碧初) • 121

변영로(卞榮魯) • 105

〈봄〉 • 213

「봄」 • 17

「봄을 찾은 마음」 • 127

「봄의 레포」 • 154

봉선사(奉先寺) • 271

「뽕」 • 149, 159

「부엉이」 • 154

부인론 • 111

「부인 해방문제에 관하여」 • 54, 111

「불놀이」 • 112

「빼앗긴 들에도 봄은 오는가」 • 19

『뿌르조아의 인간상』 • 231

비춘원설(非春園說) • 51

『빛나는 지역(地域)』 • 127

ㅅ

「사(砂)」 • 215

『사랑』 • 61, 75, 223, 234

사료조사편찬부 • 93

사림(士林) • 39

사설시조 • 43

「사세시」 • 32, 33

「사육신전」 • 239

사회개조론 • 242

사회개혁 • 88

「산중일기」 • 271

「산촌여정(山村餘情)」 • 163

삼계정부 • 294

『삼국사기』 • 179

『삼국지』 • 161

「삼천(三千)의 원혼(怨魂)」 • 99

『상록수』 • 122

상해시대 • 104, 113

상호보완론 • 219

샤머니즘 • 203

『새별』 • 86

「샘물이 혼자서」 • 116

서간문범(書簡文範) • 164

「서경별곡(西京別曲)」 • 190

서구 추수주의 • 105

서재필(徐載弼) • 289

서정소곡 • 116

서정주(徐廷柱) • 40, 319

「석류(石榴) 꽃」 • 303

『선도자(先導者)』 • 242, 244, 281

선우혁(鮮于赫) • 91

『선화봉사고려도경(宣和奉使高麗圖經)』
    • 179

『세종실록』 • 184

「소년(少年)의 비애(悲哀)」 • 236

「송막연운록(松漠燕雲錄)」 • 172

수고본(手稿本) • 68

수양동우회 사건 • 252

『수호지(水滸誌)』 • 161, 121, 122

『시경(詩經)』 • 43, 168

「시골」 • 149

「시조자수고(時調字數考)」 • 36

「C랑(娘)과 나의 소개장」 • 164

『신가정』 • 213

『신문학사조사』 • 124

신문화운동 • 105

신민회 • 291

『신생활(新生活)』 • 106

『신여성』 • 213

『신월(新月)』 • 260

신은철(申殷澈) • 310

『신천지(新天地)』 • 140

실력 양성론 • 102

심훈 • 14, 122

ㅇ

「아드와의 원수를」 • 154

『아름다운 새벽』 • 116

『아리랑』 • 131, 136, 140, 145

『아리랑 노래』 • 131, 253

악부(樂府) • 43

『악장가사(樂章歌詞)』 • 190

『악학궤범』 • 190

『안도산 전기』 • 292

안창호(安昌浩) • 91

양주동(梁柱東) • 190

「어린 벗에게」• 236

「어부사시사(漁父四時詞)」• 45

「엄마야 누나야」• 15

엇시조 • 43

『여요전주(麗謠箋注)』• 191

여운형(呂運亨) • 91

「역사여 한국 역사여」• 42

「연보(年譜)」• 23

연시조(連時調) • 43, 45

『연암집』• 245

연형체(連形体) • 45

『열하일기』• 245

염상섭 • 161

예술지상주의 • 104

「예전엔 미처 몰랐어요」• 15

「오도답파기행(五道踏破紀行)」• 89

오언율시(五言律詩) • 18

「오우가(五友歌)」• 45

오스카 와일드 • 212

「옥중호걸(獄中豪傑)」• 82, 83, 263

「완화삼(玩花衫)」• 231

「往十里」• 15

「외투기」• 154

외형률 • 78

「원왕생가(願往生歌)」• 202

원윤수(元潤洙) • 310

『원정(園丁)』• 260, 264

『원효대사(元曉大師)』• 144, 223, 234, 236, 273

위당 정인보(爲堂 鄭寅普) • 250

「우리 영웅(英雄)」• 82, 87

유동문학(流動文學) • 189

『유정』• 234

「육호잡기(六號雜記)」• 150

윤봉길(尹奉吉) • 72

윤선도 • 45

율시(律詩) • 43

「을숙도(乙淑島)」• 46

「응제시(應製詩)」• 184

이광수(李光洙) • 53, 63, 75, 91, 111, 122, 144, 161, 170, 226

이교창(李敎昌) • 308

이규보(李奎報) • 199

이기영(李箕永) • 124

이능화(李能和) • 202

이동녕(李東寧) • 91

이동휘(李東輝) • 92

이두현(李杜鉉) • 201

이병각(李秉珏) • 153

이상 • 161

이상옥(李相沃) • 310

이상일(李相日) • 299

「이상적 부인(理想的 婦人)」• 208

이상화(李相和) • 19, 20

『이순신(李舜臣)』• 75, 225, 227, 234, 236, 280

이승만(李承晩) • 91

이어령(李御寧) • 300

이영구(李榮九) • 305

이용후생파(利用厚生派) • 244

이육사 • 13, 26, 33

이이 • 45

이일(李逸) • 306

이종석(李種奭) • 310

『이차돈(異次頓)의 사(死)』• 236, 273

「이충무공행록(李忠武公行錄)」• 226, 280

이태주(李泰柱) • 299

이태준 • 161

이한빈(李漢彬) • 313

이환 • 309

이황 • 45

인촌 김성수(仁村 金性洙) • 88

『일본은 언제 전쟁을 일으킬 것인가』• 134

일선동조론(日鮮同祖論) • 171

『임꺽정전(林巨正傳)』• 121, 122

임종국(林鍾國) • 63

ㅈ

「자기초월(自己超越)」• 264

「자녀중심론」• 75

「자열서」• 170, 176

「잡감, K언니에게 여(與)함」• 215

장건상(張建相) • 92

장명구(張明求) • 131

『장정(長征)』• 254

장재천(張在千) • 131

「저 바람 소리」• 53, 99, 100, 102

적극적 독립쟁취론 • 57

적극적 민족운동론 • 57

전광진(全光珍) • 310

절구(絶句) • 43

「절정」• 24, 33

「젊은이의 시절」• 149

「접동새」• 17

「정감적(情感的) 생활의 요구」• 206

「정과정곡(鄭瓜亭曲)」• 190

정완영 • 46

정인섭(鄭寅燮) • 312

정종화(鄭鐘和) • 310

정지용 • 160, 161

정철 • 45

「제망매가(祭亡妹歌)」• 202

「조국(祖國)」• 109

조동호(趙東祜) • 92

『조선무속고(朝鮮巫俗考)』• 202

『조선문단』• 115

「조선아!」• 254

『朝鮮의 마음』• 106

「조선의 현재와 장래」• 75

조소앙(趙素昻) • 82

조윤제(趙潤濟) • 36, 190

조지훈 • 232

『좌익공산주의 소아병』• 134

주권침탈 • 105

주요한 • 63, 112, 115

주전론(主戰論) • 103

『중국의 붉은 별』• 132

「즐김의 노래」• 50

「진달래꽃」• 15, 17

진독수(陳獨秀) • 259

ㅊ

「찬가(讚歌)」• 259

「찬기파랑가(讚耆婆郎歌)」• 202

창씨개명령(創氏改名令) • 26

『창조』• 104

『採果集』• 263

「처용가(處容歌)」• 191, 192, 197

처용가 배경설화 • 196

청년학우회 • 291

청도회의 • 292

『청록집』• 231

「청산별곡(靑山別曲)」• 190

「청춘」• 158

「靑葡萄」• 14
「招魂」• 14, 21
최남선 • 183
최린(崔麟) • 170, 214
최승구 • 207
최창식(崔昌植) • 91
「추억」• 127
추수주의(追隨主義) • 14
축자역(逐字譯) • 70
「춘망(春望)」• 17, 19
『친일문학론』• 63

ㅌ

타고르 • 258, 264
「타先生送迎記」• 261
「태극기」• 98
탈식민지(脫植民地)운동 • 89
톨스토이식 금욕주의 • 145
퇴계(退溪) • 39

ㅍ

「파초우(芭蕉雨)」• 231, 232
「팔베개 노래조」• 21
「팔베개의 노래」• 20
『폐허』• 104
포은 정몽주(圃隱 鄭夢周) • 60
『푸르타크 영웅전』• 161
「풀리는 한강(漢江) 가에서」• 319
「피로 새긴 당신의 얼굴을」• 127

ㅎ

하동훈(河東勳) • 310

「하여지향(何如之鄕)」• 308
『학지광(學之光)』• 206
「한 개의 별을 노래하자」• 24
「한국문단측면사」• 126
한용운 • 123
항일 저항시 • 14
해삼위회의 • 292
「해에게서 소년에게」• 79, 80
향가 • 36
「허생전(許生傳)」• 234
『허생전』• 240, 244
「헌화가(獻花歌)」• 202
『혁명(革命)』• 146
헬렌 포스터 스노우(Helen Poster Snow) • 132
현순(玄楯) • 91
현진건 • 161
협객물 소설 • 123
「홍료초(紅蓼抄)」• 154
홍명희(洪命憙) • 121, 123
홍사중(洪思重) • 309
홍승오(洪承五) • 310
황국작가위문단 • 284
황군위문작가단 • 63
황매천(黃梅泉) • 32
「황조가(黃鳥歌)」• 198
「황진이」• 38
「황혼」• 24
「황씨(黃昏)」• 22
「회생한 손녀에게」• 215
「회화(會話)」• 149
「훈민가(訓民歌)」• 45
『흙』• 75, 144, 223, 235
흥사단 운동 • 144